ニコール、
僕が考える美しさに

ものすごくうるさくて、ありえないほど近い

ジョナサン・サフラン・フォア
近藤隆文＝訳

EXTREMELY LOUD & INCREDIBLY CLOSE

JONATHAN SAFRAN FOER

NHK出版

Book Design: 畑中 亨
Cover Illustration: Gray 318

なんぞ？

やかんはどうだろう？　湯気が出たら注ぐところが開いたり閉まったりして口になって、きれいなメロディを口笛で吹いたり、シェイクスピアをやったり、いっしょに大笑いしてくれたりするのは？　パパの声で本を読んで寝かしつけてくれるやかんを発明するのもいいし、やかんの集団に「イエロー・サブマリン」というぼくの大好きなザ・ビートルズの曲のコーラスを歌わせるのもいいかも、というのは昆虫学がぼくのレゾン・デートルのひとつだからで、レゾン・デートルというのはぼくが知ってるフランス語の表現だ。もうひとついいのは、おならをしたとき、肛門にしゃべるよう訓練すること。ものすごく愉快な人になりたかったら、ありえないほどくさいおならをするたび「ぼくじゃない！」って言うよう訓練する。それで、もしありえないほどくさいおならを鏡の間でしたら、鏡の間というのはヴェルサイユにあって、ヴェルサイユというのはパリのはずれにあって、パリというのは当然フランスにあるから、ぼくの肛門はこう言うんだ、「ス・ネテ・パ・モア！」

小型マイクはどうだろう？　みんながそれを飲みこむと、心臓の音が小さいスピーカーから出る仕組みになっていて、そのスピーカーをオーバーオールの前ポケットに入れておけるとしたら？　夜、スケートボードで通りを走ると、みんなの心臓の音が聞こえて、みんなにはこっちの音が聞こえるなんて、ちょっと潜水艦のソナーっぽい。

ひとつヘンなのは、女の人たちがいっしょに住んでいると生理がいっしょに来る、という話をぼくは知りたいわけじゃないのに知っているけど、そんなふうにみんなの心臓も同じタイミングで動くようになるのかどうかってことだ。もしそうなったらすごくヘンだけど、病院の赤ちゃんが生まれる場所は別で、そこはたぶん家つきボートのなかにつるしたクリスタルのシャンデリアみたいな音がする、というのは、赤ちゃんたちには心臓の音を合わせる時間がまだないから。それと、ニューヨークシティマラソンのゴールの近くは、戦争みたいな音がすると思う。

あと、急いで脱出しないといけないことはよくあるのに、人間には翼がない、というか、とにかくまだ生えてないから、鳥のえさをつけたシャツというのはどう？

それはそうと。

ぼくが最初にジュージュツのけいこを受けたのは三か月半まえだった。護身術についてぼくがものすごく知りたかったのは当然だし、ママからタンバリン演奏のほかにも運動したほうがいいと言われたから、ぼくは三か月半まえに最初のジュージュツのけいこを受けにいった。教室には一四人の子がいて、ぼくらはみんないかした白い服を着ていた。おじぎの練習をしたあと、みんなでアメリカ先住民式に座っていると、センセイ・マークがぼくに来なさいと言った。「私の急所を蹴りたまえ」とセンセイは言った。ぼくは決まりが悪くなった。「エクスキュゼ-モワ？」とぼくはセンセイに言った。センセイは足を開いてぼくに告げた、「急所を思いきり蹴ってみなさい」。両手をわきにつけて、息を吸って目をつぶったので、それで本当に真剣なんだとぼくにもわかった。「あほな（ホゼ）」とぼくは言いながら、心のうちでこう考えていた、**なんぞ？** センセイは言った、「さあ、来い。私の急所をぶっつぶすんだ」。「急所をぶっつぶす？」センセイは目をつぶったまま、げらげら大笑いして言った、「私の急所をぶっつぶそうとしても、きみにはできない。それがいまから起きることだ。鍛え抜かれた肉体は直接の打撃を吸収できることを見せてあげよう。さあ私の急所をぶっつぶせ」。「ぼくは平和主義者です」とぼくは言うと、ぼくぐらいの歳の人はたいていその言葉の意味を知らないから、ふりかえってみんなに伝えた、「人の急所をぶっつぶすだなんて正しくないよ。ぜったいに」。センセイ・マークが言った、「質問していいかな？」ぼくはまた前を向いて言った、『質問していいかな？』というのは、もう質問になってます」。センセイは、「きみの夢はジュージュツの師匠になることかい？」「いいえ」とぼくは答えたけど、いまはもううちの宝石商をつぐことだってぼくの夢じゃない。センセイは言った、「ジュージュツの弟子がどうやってジュージュツの師匠になるか知りたいかい？」「全部知りたいです」とぼくは言ったけど、それももう本当じゃない。センセイはぼくに告げた、「ジュージュツの弟子は師匠の急所をぶっつぶすことでジュージュツの師匠になるんだよ」。ぼくは言った、「それはグッとくるなあ」。ぼくが最後にジュージュツのけいこを受けたのは三か月半まえだった。

　いまここにぼくのタンバリンがあったらどんなにいいだろう、というのは、全部が終わったいまでも、ぼくの靴は重いままだし、いいビートをたたけば少しはましになることがあるからだ。ぼくがタンバリンで演奏できるいちばん感動的な曲は、ニコライ・リムスキー＝コルサコフの「くまんばちの飛行」で、ぼくはパパが死んだあとにこれをダウンロードしてケータイ電話の着信音にもしている。ぼくが「くまんばちの飛行」を演奏できるのはかなりすごいことで、というのはところどころありえないほど速くたたかないといけないし、それがぼくにはものすごく大変で、だってまだ手首をうまく使えるわけじゃないから。ロンはドラム五点セットを買ってあげようかと言ってきた。お金で愛を買えない（マネー・キャント・バイ・ミー・ラヴ）のは当然だけど、ぼくはジルジャンのシンバルはついているのかきいてみた。ロンは「なんでも好きなものを買ってあげる」と言って、ぼくの机からヨーヨーを取って犬の散歩の技を決めようとした。なかよくしたかっただけなのはわかるけど、ぼくはありえないほど頭にきた。「ヨーヨー・モワ！」とぼくはロンに言って、奪いかえした。でも本当に言いたかったのは、「あんたはぼくのパパじゃないし、これからもぜったいパパにはならない」

地球の大きさはずっと同じなのに、死んだ人の数は増えつづけているのって、すごくヘンじゃない？　それでいつか人を埋める場所がなくなるだなんて？　去年の九歳の誕生日に、おばあちゃんは『ナショナル・ジオグラフィック』の、おばあちゃんの呼び方でいうと『ジ・ナショナル・ジオグラフィック』の定期購読を申しこんでくれた。白いブレザーもくれて、というのはぼくが白い服しか着ないからだけど、これはぶかぶかで着られないので、きっと長持ちすると思う。おばあちゃんはおじいちゃんのカメラもくれて、それでぼくはそのカメラが大好きだった。おじいちゃんはどうしておばあちゃんを置いて出ていったときにカメラを持っていかなかったのか、ぼくはきいてみた。おばあちゃんが言うには、「おまえにあげたかったんじゃないかしら」。ぼくは言った、「でもぼくはそのときマイナス三〇歳だったんだよ」。おばあちゃんは言った、「それでもよ」。それはそうと、『ナショナル・ジオグラフィック』で読んでグッときた話によると、いま生きている人は人類の全歴史上に死んだ人より多いそうだ。ということは、みんながいっせいに『ハムレット』をやりたいと思っても、それはできない、だって頭がい骨の数が間に合わないんだから！

だったら、死んだ人用の超高層ビルを下に向かって建てるのはどうだろう？　生きている人用に上に建てた超高層ビルの下側につくればいい。そしたら地下一〇〇階に人を埋めることができて、まるっきり死んだ世界が生きた世界の下にできる。ときどき考えるのだけど、エレベーターが止まったままで超高層ビルが上がったり下がったりしたらヘンじゃないかな。それで九五階に行きたかったら、95のボタンをおすと九五階がこっちにやってくる。それにこれはものすごく便利で、九五階にいるとき飛行機が下の階にぶつかっても、ビルが地上に連れていってくれるから、その日は鳥のえさシャツを家に忘れてきたとしたって、みんな安全だ。

　ぼくはいままで二回だけリムジンに乗ったことがある。一回目は最低な気分だったけど、リムジンは最高だった。ぼくは家ではテレビを見せてもらえないし、リムジンでもテレビを見せてもらえないけど、車にテレビがあるのはやっぱりいかしてた。ぼくは学校に寄ってトゥースペーストとザ・ミンチの二人にリムジンに乗っているところを見せられないか、きいてみた。学校は通り道にないし、墓地に行くのに遅刻したらいけないわとママは言った。「なぜいけないの？」とぼくはきいて、これはいい質問だと本当に思った、だって考えてみたら、なぜいけない？いまはもうちがうけど、まえのぼくは無神論者だったから、観察できないものは信じなかった。人は一度死んだら、ずっと死んでいて、何も感じないし、夢を見ることもないって信じてた。だからって、観察できないものをいまは信じてるってことじゃなくて、やっぱり信じてない。信じてるのは物事はものすごく複雑だってだけ。それはそれとして、ぼくたちは本当にお墓に何かを埋めようとしていたわけじゃないけど、それもそれとして。

　ぼくはがんばってがまんしていたけど、おばあちゃんにずっとさわられてうっとうしかったから、前の席にはっていって運転手の肩をつついていたら、やっとこっちに注意を向けてくれた。「あなたの。称号。は。何」とぼくはスティーヴン・ホーキングの声できいてみた。「なんだって？」「この子はお名前を知りたがっているの」とおばあちゃんが後ろの席から言った。運転手がぼくに名刺をよこした。

ぼくは自分の名刺をわたして言った、「よろしく。ジェラルド。ぼく。は。オスカー」。なぜそんなしゃべり方をするのかとジェラルドがきいた。ぼくは言った、「オスカーのＣＰＵはニューラルネットプロセッサ。学習型コンピュータです。人間と接触すればするほど、より多くを学習します」。ジェラルドは「Ｏ」と言って、そして「Ｋ」

サンシャイン・リムジン

ジェラルド・トンプソン

GERALD THOMPSON

五つの行政区で運行いたします

(212)570-7249

と言った。ぼくは気に入ってもらえたかどうかわからなかったので、こう言ってみた、「そのサングラス、一〇〇ドルの値打ちはあるよね」。ジェラルドは言った、「一七五だよ」。「ののしり言葉はたくさん知ってるよ」「ぼくはののしり言葉を使ったらいけないんだ」「バマー」「『バマー』って?」「二、三、知ってるよ」「ぼくはののしり言葉を使ったらいけないんだ」「バマー」「『バマー』って?」「残念ってことさ」「『シット』って知ってる?」「それはののしりの言葉だろ?」「『シッイタケ』って言えばちがうよ」「まあね」「おれのタマフクロウをナメタガレイ、この生シッイタケ」ジェラルドは首をふって吹き出したけど、いやな感じじゃなくて、というのは、ぼくの話が受けたってことだ。「『毛まん』も言っちゃいけないんだ」とぼくは言った、「うさぎでつくったほんとのパイの話なら別だよ。かっこいい運転用手ぶくろだね」。「どうも」と、そこでぼくはあることを思いついたので言ってみた。「**本当はさ**、リムジンが**ものすごく**長かったら、運転手さんは必要ないんだよね。後ろの席から乗って、リムジンのなかを歩いていって、前の席から降りると、そこは行きたい場所になってるんだ。いまの場合でいうと、前の席は墓地にあるんだよ」「で、おれはいまごろ試合でも見物してるわけか」ぼくはジェラルドの肩をたたいて言った、「辞書で『愉快』を引いたら、あなたの写真がのってるよ」

後ろの席でママがハンドバッグのなかの何かをつかんでいた。それをにぎりしめてるってわかったのは、ママの腕の筋肉が見えたからだ。おばあちゃんは白いミトンを編んでいて、それはぼく用だとわかったけど、べつに外は寒くなかった。ぼくはママに、何をにぎってるのか、なんでそれをかくしておかなきゃならないのかききたかった。それと、たとえ低体温症になったって、あのミトンはぜったい、一回もつけないって思ったのをおぼえてる。

「そう考えてみるとね」とぼくはジェラルドに告げた、「**ありえないほど**長いリムジンをつくって、後ろの席がママのVJにあって、前の席がお墓にあったら、リムジンは人生と同じ長さになるよね」。ジェラルドは言った、「あ、けどみんながそんなふうに暮らしたら、誰も人と出会わないだろ?」ぼくは言った、「だから?」

ママはにぎりしめ、おばあちゃんは編み物をし、ぼくはジェラルドに「まえにフランス生まれのニワトリのおなかをけったことがあるんだ」と言って、というのは彼を大笑いさせたかったから、笑わせることができたら靴が少しは軽くなるかもしれないからだった。ジェラルドは聞こえなかったらしくて、何も言わなかったので、ぼくは言った、「フランス生まれのニワトリのおなかをけったことがあるんだってば」。「えっ?」「ニワトリはこう言ったよ、『卵(ウフ)』」「どういうことだい?」「ジョークだよ。別のを聞きたい? それとももうじゅうぶん?」ジェラルドはミラーに映ったおばあちゃんを見て言った、「この子は何を言ってるんです?」おばあちゃんは、「この子のおじいさんは人間を愛する以上に動物を愛していたのよ」。ぼくは言った、「わかった? ウフって?」

ぼくははって後ろに戻って、というのは運転しながらおしゃべりするのは危険で、ハイウェイの上ならなおさらだし、このときぼくらはそこを走っていたからだ。おばあちゃんにまたさわられだして、こんなふうに思うのはいやだったけど、やっぱりうっとうしかった。ママが「ハニー」と言ったので、「ウイ」と答えると、ママは言った、「あなた、郵便配達の人(メイルマン)にアパートの合い鍵を渡したの?」ママがここでこの話をするなんてすごくヘンな気がした、というのは、なんにも関係なかったからだけど、たぶんママはわかりきったことじゃない話題を探していたんだと思う。ぼくは言った、「郵便配達の人(メイルウーマン)は女性だよ」。ママはうなずいたけど、それはぼくにってわけじゃなくて、その郵便配達の彼女にカギをわたしたのかときいた。ぼくはイエスとうなずいた、というのは、いろいろ起こるまえはママにウソをついたことなんかなかったから。ウソをつく理由もなかったし。「どうしてそんなことしたの?」とママがきいた。それでぼくは「スタンが――」と言いかけた。するとママは、「誰が?」でぼくは言った、「ドアマンのスタンだよ。スタンはときどきコーヒーを買いに出るけど、ぼくは荷物がちゃんと届くようにしたいし、それで思ったんだ、もしアリシアが――」。「誰が?」「郵便配達の人。もしアリシアがカギを持ってたら、うちのドアの内側に郵便を置いていってもらえるなって」「でも知らない人に鍵を渡したらいけないわ」「よかった、アリシアは知らない人じゃないから」「うちのアパートには貴重品がたくさんあるの」「知ってるよ。うちにはほんとにいいものがあるよね」「いい人そうな人が思ったほどいい人じゃないってこともあるのよ？　もし彼女にものを盗まれたらどうするの？」「ぬすまないよ」「でも、もし？」「でもぬすまない」「じゃあ、彼女はあなたに自分のアパートの鍵を貸してくれた？」ママはどう見てもぼくにかちんときていたけど、なぜかはわからなかった。ぼくは何も悪いことはしてなかった。もししたとしても、それがなんなのかわからなかった。悪気なんかぜんぜんなかったし。

ぼくはリムジンのおばあちゃんの側に移ってママに言った、「なんでぼくが彼女のアパートのカギを欲しがるの？」ママにはぼくが自分の寝袋のジッパーを閉めかけてるのがわかって、ぼくにはママがほんとはぼくを愛してないのがわかった。ぼくは本当のことを知っていた、というのは、もし選べたなら、ママはこれをぼくのお葬式にしたかっただろうってことだ。ぼくはリムジンのサンルーフを見あげて、天井ができるまえの世界を想像すると、こんな疑問が浮かんできた。ほら穴に天井はないんだろうか、それともほら穴は全部天井？「今度からママに確認してね、いい？」「ぼくのこと、おこらないで」と言ってぼくは手をのばしておばあちゃんの向こうにあるドアのロックを二回、開けたり閉めたりした。「怒っていないわ」とママが言った。「ちっとも？」「怒ってない」「まだぼくを愛してる？」ぼくはもうピザハットの配達人とＵＰＳの人と、グリーンピースのナイスガイたちにも合いカギをつくってあったから、スタンがコーヒーを買いにいっているすきに、グリーンピースの人たちはマナティとかの絶滅危惧動物の記事を置いていけるけど、その話をする絶好のタイミングには思えなかった。「いままでにないくらい愛してるわ」

「ママ？」「なあに？」「質問があるんだ」「どうぞ」「ハンドバッグのなかで何をにぎっているの？」ママが手を出

して開くと、そこはからっぽだった。「ただ握っていたの」とママは言った。

ありえないほど悲しい日なのに、ママはとっても美しく見えた。それをママにどう伝えようかずっと考えたけど、思いつく方法はヘンでまちがっているものばかりだった。ママはぼくがつくってあげたブレスレットをつけていて、おかげでぼくは一〇〇ドルの気分になった。ぼくはママにジュエリーをつくるのが大好きで、というのは、そうするとママはハッピーになるし、ママをハッピーにすることもぼくのレゾン・デートルのひとつだから。

いまはもうちがうけど、ほんとに長いあいだぼくの夢はうちの宝石店をつぐことだった。パパからはいつも小売業をするには頭がよすぎると言われていた。ぼくは納得がいかなかったけど、それはパパのほうが頭がよかったからで、もしぼくが小売業には頭がよすぎるとしたら、パパこそ**本当に**小売業には頭がよすぎたはずだった。ぼくはパパにそう伝えた。「第一に」とパパは言った、「パパはおまえより頭がよくないし、おまえより物知りであるとしたって、それは年上ってだけのことさ。親は子より物知りに決まっていて、子は親より頭がいいに決まっている」。「その子の頭がのろまじゃなかったらね」とぼくは言った。パパはそれについて何も言わなかった。「『第一に』って言ってたけど、第二は?」「第二に、そんなに頭がいいとしたら、なぜパパは小売業を営んでいるんだ?」「たしかに」とぼくは言った。そしてふと、あることを思いついた。「でもちょっと待って、家族のだれもやってなかったら、家業じゃなくなるよね?」パパは言った、「もちろん家業のままさ。誰かほかの人の家業になるだけで」。ぼくはきいた、「とすると、うちの家族はどうするの? 新しい店を開く?」パパは言った、「何かを開くだろうな」。二回目に乗ったリムジンのなかでそのことを考えたとき、ぼくは間借り人とふたりでパパのからっぽの棺おけを掘り起こしにいくところだった。

日曜日には、ときどきパパといっしょに〝調査探検〟というおもしろいゲームで遊んだ。この調査探検はときどきものすごく単純で、二〇世紀のどの一〇年間にも関係があるものを持ち帰るよう言われた——ぼくは頭を働かせて岩をひとつ持ち帰った——こともあったし、ありえないほど複雑で、二週間かかることもあった。最後にやった探検のとき、結局それは終わらなかったけど、ぼくはパパからセントラルパークの地図をわたされた。ぼくは言った、「それで?」それでパパは言った、「それで何だ?」ぼくは言った、「ヒントは?」パパは言った、「ヒントがあるだなんて誰が言った?」「いつもヒントはあるよ」「だからって、今回もあるという意味にはならないぞ」「ヒントはひとつもなし?」パパは言った、「ヒントがないのがヒントでないとしたらな」。「ヒントがないのがヒントなの?」パパはなんの話かさっぱりわからないというように肩をすくめた。ぼくはそれが大好きだった。

ぼくは一日じゅう公園を歩きまわって、手がかりになりそうなものを探したけど、問題は何を探してるのか自分でわかっていないことだった。ぼくはいろんな人のところに行って、ぼくが知っておいたほうがいいことを知らないかきいてみた、というのは、パパは人に話しかけないといけないような調査探検にすることがあったからだ。でもぼくがきいた人はみんな、**なんぞ?** って感じだった。ぼくは貯水池のまわりでヒントを探した。街灯の柱や木に貼ってあるポスターをかたっぱしから読んだ。動物園の動物の説明文をじっくり確認した。ありそうにないってわかっていたけど、たこあげをしている人たちにたこを下ろしてもらって調べたりもした。でも、パパだったら仕かけをしていてもおかしくない。何もないのは、残念なことかもしれないけど、何もないのがヒントだとしたら別だ。何もないのがヒントなんだろうか?

その夜、注文したジェネラル・ツォズ・グルテンの中華料理を食べているとき、ぼくはパパがおはしを完ぺきに操れるのにフォークを使っていることに気がついた。「ちょっと待った!」とぼくは立ちあがった。ぼくはパパのフォークを指さした。「そのフォークがヒントなの?」パパは肩をすくめて、というのはぼくにしたら、これが大きなヒントってことだ。ぼくは思った。**フォーク、フォーク**。ぼくは実験室に走ってクローゼットのなかの箱から金属探知機を取り出した。夜にひとりで公園に行くのは禁止されているから、おばあちゃんにいっしょに来てもらった。ぼくは八六丁目の入り口からはじめて、芝刈りをするメキシコ人のひとりになったつもりでものすごく正確な線に沿って歩いて、何も見落とさないようにした。夏だから虫がうるさいのは知っていたけど、イアホンで耳がふさがっていたから聞こえなかった。ぼくがいて、地下の金属があるだけだった。

音と音の間隔が短くなるたび、ぼくはおばあちゃんに懐中電灯でその場所を照らすように言った。そして白い手ぶくろをはめて、道具箱から小さいシャベルを取り出して、ものすごくそっと掘る。何か見つかったら、本物の考古学者みたいに絵の具の筆でどろを落とした。その夜は公園のほんの一部しか探さなかったけど、掘り出したなかには二五セント玉一個と、クリップひとつかみと、電気をつけるときに引っぱるランプのチェーンっぽいもの、あと、冷蔵庫につけるスシ型マグネットもあったけど、ぼくはスシがどんなものか知らなければよかったと思っている。ぼくはそういう証拠品を全部ふくろに入れて、見つけた場所のしるしを地図につけた。

うちに帰ると、実験室の顕微鏡で証拠品をひとつずつ調べていった。曲がったスプーン、何本かのねじ、さびたはさみ、おもちゃの車、ペン、キーホルダー、ありえないほど目が悪い人用のこわれたメガネ……。

それをパパのところに持っていくと、パパはキッチンテーブルで『ニューヨーク・タイムズ』を読みながら、まちがいに赤ペンでしるしをつけていた。「こういうのを見つけたんだ」とぼくは言って、証拠品を入れたトレイでにゃんにゃん（プッシー）をテーブルのわきにどかした。パパはそれを見てうなずいた。「それで？」とぼくはきいた。パパはなんの話かさっぱりわからないというように肩をすくめて新聞に目を戻した。「いい線いってるかどうかも言ってくれないの？」バックミンスターがのどを鳴らして、パパはまた肩をすくめた。「でも何も言ってくれなかったら、どうして正解できるの?」パパは記事の何かを丸く囲んでから言った、「逆に考えると、どうして間違えられる?」
パパが立ちあがって飲み水を取りにいったので、ぼくはパパが丸いしるしをつけたところを調べてみた、というのはパパだったら仕かけをしていてもおかしくないからだ。それは行方不明になった女の人についての記事で、彼女とエッチしていた議員が殺したんだとみんなが思っていると書いてあった。二、三か月あとに死体がワシントンDCにあるロック・クリーク公園で発見されたけど、そのときにはもういろんなことがすっかり変わっていて、気にする人は彼女の両親くらいしかいなかった。

声明を、集まった数百人の報道陣に向けて自宅裏の仮設メディアセンターから読みあげると、リーヴィ家の父親は気丈にも娘が発見されるとの確信を再度表明した。「探すのをやめる決定的な理由が出てくるまで、私たちは探すのをやめません。つまり、シャンドラが帰ってくるまでは」。続く短い質疑応答の最中、『エル・パイス』の記者がリーヴィ氏に「帰ってくる」とは「無事に帰ってくる」ということかと尋ねた。こみあげる感情にリーヴィ氏は話すことができず、弁護士がマイクを取った。

「私たちは今後もシャンドラの無事を願い、祈り、手を尽くして

これはまちがいじゃない！　ぼくへのメッセージだ！

つぎの三日間、ぼくは毎晩セントラルパークに引き返していった。それで掘り出したのはヘアクリップと、一セント玉の束と、画びょう一個と、ハンガーと、９Ｖの電池と、スイスアーミーナイフと、小さな写真立てと、ターボと書いてある犬の名札と、四角いアルミホイルと、指輪と、かみそりと、ものすごく古くて五時三七分で止まっているけど午前なのか午後なのかわからない懐中時計だった。でも、これがいったい何を意味するのかまだつき止められなかった。見つければ見つけるほど、ぼくはますますわからなくなった。

ダイニングのテーブルに地図を広げて、すみをＶ８野菜ジュースの缶でおさえた。ぼくがものを見つけたところは点々としていて、まるで宇宙の星みたいだった。星占い師みたいに点を線でつないで、中国の人みたいに目を細くすると、なんだか「もろい」という文字みたいに見えた。もろい。もろいって何が？　セントラルパークはもろい？　自然はもろい？　ぼくが見つけたものはもろい？　画びょうはもろくない。曲がったスプーンはもろい？

線を消して別のやり方で点をつなぐと、今度は「ドア」になった。もろい? ドア? それで頭に浮かんだのは「ポルト」で、これは当然、フランス語でドアのことだ。ぼくは線を消して点をつないで「ポルト」にした。おどろいたのは、点と点をどうつなぐかで、「サイボーグ」にも「カモノハシ」にも「オッパイ」にもできるし、もしこっちがものすごく中国人っぽくなれば、「オスカー」にだってできるということだった。点のつなぎ方しだいでほとんどなんにでも見える、というのは、何にも近づかないということだ。としたら、何を見つければいいのかいつまでたってもわからない。そうすると、またぼくは眠れなくなる。

それはそれとして。

ぼくはテレビを見せてもらえないけど、見ていいと言われたドキュメンタリーは借りられるし、読みたいものは何を読んだってかまわない。ぼくの愛読書は『ホーキング、宇宙を語る』で、といっても最後まで読んだわけじゃなくて、というのは数学がありえないほどむずかしくてママもあまり役に立ってくれないからだ。この本でひとつ気に入っているところは第一章の出だしで、そこでスティーヴン・ホーキングが話すのは、有名な科学者が講演で地球は太陽のまわりをまわっていて、太陽は太陽系のまわりをまわっているとかいったことを話したときのこと。そのとき部屋の奥にいた女の人が手をあげて言った、「あなたの話はたわごとです。世界は本当は平らな板で、巨大なカメの甲らの上に乗っているのです」。すると科学者は、そのカメはなんの上にのっているのかときいた。女の人は、「いえ、カメはずっと下まで何匹も重なっているのです!」

この話が大好きなのは、人はこんなに無知になることがあるんだとわかるからだ。あと、ぼくはカメが大好きだから。

あの最悪の日から二、三週間あとに、ぼくは手紙をたくさん書きだした。なぜかはわからないけど、靴を軽くしてくれることはそれくらいしかなかった。ひとつヘンなのは、ふつうの切手を使うかわりに自分が集めていた切手を、それも貴重なものも使ったことで、それでぼくが本当にやろうとしているのはものを捨てることなのかなと思ったりした。最初に書いた手紙はスティーヴン・ホーキングへのものだった。ぼくはアレグザンダー・グレアム・ベルの切手を使った。

スティーヴン・ホーキング様

ぼくを弟子にしてくれませんか?

草々

オスカー・シェル

返事はもらえないと思っていて、というのはむこうはあれだけすごい人でこっちはまるっきりふつうだったからだ。でも、ある日学校から帰るとスタンが封筒をよこして、「ユーヴ・ガット・メール!」と、教えてあげたＡＯＬの声で言ってきた。ぼくは一〇五段の階段をうちまでかけあがって、実験室に走り、クローゼットに入って懐中電灯をつけ、封筒を開いた。なかの手紙がタイプされていたのは当然で、というのはスティーヴン・ホーキングは手を使えないし、筋萎縮性側索硬化症だし、それがどんなものかぼくは知っていて、残念だと思っている。

お手紙、ありがとう。こちらには大量の郵便物が届くため、個別に返信を書くことができません。

しかしながら、私がすべての手紙を読んで保管し、
いつの日かそれ相応の返事を書けるよう願っていることを
お知りおきください。その日が来るまで、

敬具

スティーヴン・ホーキング

ぼくはママのケータイにかけた。「オスカー?」「鳴るまえに出たね」「大丈夫?」「ラミネーターが必要なんだ」「ラミネーター?」「ありえないほどすてきなものをもらったから保存したくて」

パパはいつもぼくを寝かしつけてくれて、そういうときはとっておきの話をしてくれたり、ぼくといっしょに『ニューヨーク・タイムズ』を読んだり、ときどき口笛で「アイ・アム・ザ・ウォルラス」を吹いたりして、というのはそれがパパの好きな曲だったからだけど、パパにもその歌の意味が説明できないのが、ぼくはじれったかった。最高だったのは、ふたりで見るどの記事にもパパがまちがいを発見してみせたことだ。文法のまちがいもあったし、地理やデータのまちがいもあったし、記事が話の全体を書いていないということもあった。『ニューヨーク・タイムズ』より頭がいいパパがいるのはうれしかったし、ほっぺたでパパの胸毛をTシャツごしに感じられるのも、一日の終わりなのにきまってひげそりのにおいがするのもうれしかった。パパといるとぼくの脳みそはおとなしくなった。ぼくはものを発明しなくてもよかった。

あの夜、あの最悪な日のまえの夜にパパが寝かしつけてくれたとき、ぼくは世界はカメの甲らにのった平らな板なのかきいてみた。「なんだって?」「地球が宇宙を落ちていくんじゃなくて、ちゃんと決まったところにいるのは

そのせい?」「いま私が寝かしつけてるのはオスカーなのか? 宇宙人が脳みそを実験用に盗んでいったのか?」ぼくは言った、「ぼくらは宇宙人がいるなんて信じてない」。パパは言った、「地球はたしかに宇宙を落ちているんだ。知ってるはずだぞ、相棒。地球はつねに太陽に向かって落ちている。それが公転するということだ」。それでぼくは、「そんなの当然だけど、重力があるのはなぜなの?」パパは、「重力があるのはなぜとはどういうことだい?」「理由は何?」「理由がなきゃいけないなんて誰が言った?」「だれも言ってないね、たしかに」「いまの問いかけは修辞的なものだった」「それって、どういうこと?」「質問したのは答えが欲しいわけじゃなくて、要点をはっきりさせるため、ということさ」「要点って?」「理由はなくてもいいということ」「でも理由がないとしたら、そもそも宇宙が存在するのはなぜなの?」「交感神経のせいさ」「じゃあ、ぼくがパパの息子なのはなぜ?」「ママとパパが愛を交わして、パパの精子のひとつがママの卵子のひとつと接合したから」「ごめん、ちょっと吐いてくる」「子どもぶらなくていい」「でも、わからないんだよ、ぼくらが存在するのはなぜ? どうやって、じゃなくて、なぜ」ぼくはパパの考えがホタルになって頭のまわりを公転するのを見守った。パパは言った、「存在するから存在するのさ」。「**なんぞ?**」「この宇宙とは違ういろんな宇宙を想像できるが、実際に生じた宇宙はこれだということさ」

パパの言いたいことはわかったし、ぼくはパパの意見に反対じゃなかったけど、賛成でもなかった。無神論者だからって、ものが存在するからには理由があってほしいと思わないわけじゃない。

短波ラジオをつけると、パパに手伝ってもらってギリシャ語を話す人を見つけることができて、ぼくはうれしくなった。何をしゃべっているかはわからなかったけど、ぼくらは横になって、天井に貼ってある星座の光を見ながら、しばらく耳をかたむけた。「おまえのおじいさんはギリシャ語を話せたんだ」とパパが言った。「というか、いまもギリシャ語を話せるってことだよね」とぼくは言った。「そうだな。いまここにはいないというだけで」「じゃあ、ぼくらが聞いてるのはおじいちゃんかも」新聞の第一面が毛布みたいにぼくらの上にかかっていた。あおむけになった男子のテニス選手の写真がのっていて、たぶん優勝したんだと思うけど、その選手がうれしいのか悲しいのかははっきりしなかった。

「パパ?」「うん?」「お話ししてくれる?」「いいとも」「いい話だよ?」「いつものつまらない話とは違って」「そう」体をパパにありえないほど近づけると、鼻がパパのわきの下に食いこんだ。「話の腰を折らないな?」「努力する」「話をしにくくなるから」「それにうっとうしいし」「それにうっとうしいし」

パパが話しはじめるまえの一瞬が、ぼくの好きな瞬間だった。

「昔むかし、ニューヨーク市には六つめの行政区があった」「ぎょうせいくって何?」「それを話の腰を折るというんだよ」「わかってるけど、ぎょうせいくが何かわからないと意味が通らないよ」「地域みたいなものさ。もしくは地域の集まり」「じゃあ、むかしは六つめの行政区があったんだとすると、五つの行政区って何?」「マンハッタンは当然として、あとはブルックリン、クィーンズ、スタテンアイランド、ブロンクス」「ぼくはどれかほかの行政区に行ったことある?」「始めるぞ」「知りたいんだよ」「ブロンクス動物園に一度、二、三年まえに行った。おぼえてるだろ?」「ううん」「ブルックリンにも植物園のバラを見にいった」「クィーンズに行ったことは?」「ないと思う」「スタテンアイランドに行ったことは?」「ない」「六つめの行政区は**ほんとうに**あったの?」「それを話そうとしているんだ」「もう話の腰は折らないよ、約束する」

話が終わると、ぼくらはまたラジオをつけてフランス語を話す人を見つけた。これはとびきりうれしくて、というのはこのあいだまで休みをすごしたところを思い出させてくれたからだけど、いまはその休みが終わらなければよかったのにって思う。しばらくすると、起きてるかとパパがきいた。ううんとぼくが言ったのは、こっちが眠るまでパパがはなれようとしないのはわかっていたし、朝、仕事に行くときにつかれていてほしくなかったから。パパはぼくのおでこにキスをしておやすみと言って、ドアのところに行った。

「パパ?」「なんだい、相棒?」「なんでもない」

つぎにパパの声を聞いたのは、つぎの日、学校から帰ってきたときだった。ぼくたちが早引きさせられたのは、そのとき起きた出来事のせいだった。ぼくはこれっぽっちもパニくってなくて、というのはママもパパもミッドタウンで働いていたし、おばあちゃんは当然、働いていないということで、大好きな人はみんな安全だったから。

うちに着いたのが一〇時二二分だったのを知っているのは、ぼくはよく時計を見るからだ。アパートはがらんとしてとても静かだった。キッチンに歩きながら、ぼくは玄関ドアにつけるレバーを頭のなかで発明した。そのレバーが動くと、リビングにある大きなスポークつきの車輪が天井からぶら下がった金属の歯をはじいて、美しい音楽が、「フィクシング・ア・ホール」とか「アイ・ウォント・トゥ・テル・ユー」とかが鳴りだしてアパートは大きなオルゴールになる。

少しのあいだバックミンスターをなでて愛していることを伝えてから、ぼくは電話のメッセージをチェックした。ケータイはまだもってなかったし、下校するときトゥースペーストがこのあとスケートボードの技に挑戦するのを公園で見せてくれるか、立ち読みしてもばれない通路のあるドラッグストアへ『プレイボーイ』を見にいくか電話で知らせると言っていたからで、ぼくは気が進まなかったけど、でもまあね。

メッセージ1。火曜日、午前八時五二分　誰かいるか?　もしもし?　パパだ。そこにいるなら、出てくれ。オフィスにかけてみたが、誰も出ない。聞いてくれ、ちょっとした事故があった。こっちは大丈夫だ。この場所から動かず消防を待つよう言われている。きっとうまくいく。状況がもう少しわかったらまた電話する。大丈夫だと知らせたかっただけだから、心配しないように。またすぐ電話する。

パパからのメッセージはあと四つあった。九時一二分にひとつ、九時三一分にひとつ、九時四六分にひとつ、一〇時〇四分にひとつ。ぼくはそれを聞いて、もう一度聞きなおすと、どうしたらいいか、どんなことを考えて感じればいいか決められないうちに、電話が鳴りだした。

一〇時二六分四七秒だった。

かけてきた人の番号を見て、パパだとわかった。

私がおまえのところにいないわけ

六三年五月二十一日

まだ生まれぬわが子へ　私はずっと黙っていたのではない、昔は話しに話して話しに話しまくった、口を閉じていられないほどだった、沈黙はガンのように私を襲った、アメリカに来てまもないころの食事時だった、私はウェイターに「そのナイフの渡し方、それで思い出すのは――」と言いかけたのに、その文を最後まで言うことができなかった、彼女の名前が出てこなくて、もう一度言おうとしても出てこず、彼女は私のなかに閉じこめられたままだった、おかしい、もどかしい、哀れだ、悲しいと思い、ポケットからペンを取り出して「アンナ」とナプキンに書いた、二日後にも同じことが起き、その翌日にもまたあって、私が話したいのは彼女のことだけなのに、それは何度もくりかえされた、ペンがないときは、「アンナ」と宙に――右から左へ逆向きに――書いて話し相手にわかるようにし、電話をしているときは番号――2、6、6、2――をダイヤルして、自分では言えないことを相手に聞こえるようにした。次に私が失った単語は「と（アンド）」だった、たぶん彼女の名前に似ていたからだろう、こんな簡単な言葉を、こんな大事な言葉を失い、「&（アンパサンド）」と言わざるをえず、ばかげた感じがしたが、これが現実だ、「コーヒーアンパサンド甘いものをください」、誰もそんなふうにはなりたくないだろう。「欲しい」という単語も早い時期に失ったが、これはものを欲しがらなくなったということではなく——ものはもっと欲しかった——欲求を表現できなくなっただけなので、代わりに私は「望む」と言った、パン屋では「ロールパンをふたつ望む」と伝えたものだが、それではしっくりこなかった、私が考えることの意味はまるで木の葉が木から川に落ちるように私から離れて漂いはじめた、私は木で、世界は川だった。ある午後、公園に犬がいたときには「おいで」を失った、床屋で鏡を見せられたときに「けっこう」を失った、「恥（シェイム）」を——動詞と名詞を同時に——失ったのは、無念（シェイム）だった。私は「持ち歩く」を失った、持ち歩くもの——「手帳本」「鉛筆」「小銭」「札入れ」——を失い、「失う」すら失った。しばらくすると、残った単語はほんのひと握りになった、人に親切にされたら、「『どういたしまして』のまえに来る言葉」と相手に言った、空腹になったら腹を指差して「満腹の反対」と言った、「イエス」は失ったが、「ノー」はまだあったので、「あなたはトーマス？」と訊かれたら、「ノーではない」と答えていたが、やがて「ノー」も失い、刺青の店に行って左の手のひらにＹＥＳ、右の手のひらにＮＯと彫ってもらった、何と言うか、それで人生は素晴らしくなったわけではない、生きていけるようにはなった、冬のさなかには両手をこすり合わせると、ＹＥＳとＮＯの摩擦で身体が温まる、手を叩けば、ＹＥＳとＮＯをくっつけたり離したりすることで賞賛の気持ちを示せる、「本」を意味するときは合わせた手をはがすように開く、私にとってすべての本はＹＥＳとＮＯの調和であり、この本だって、私の最後の本であるこの手帳本はなおさらそうだ。もちろん、それで私の心は日々刻々と、ばらばらどころか粉々に打ち砕かれていく、私は自分が寡黙だとは、まして無言になるとは考えたこともなかった、もともと物事をくよくよ考えることはまったくなかった、何もかも変わってしまった、私と私の幸せのあいだに割りこんだ隔たりは世界ではなかった、爆弾と燃える建物ではなかった、それは私、私の考え、けっしてあきらめないガンだった、知らぬが仏なのか、私にはわからないが、考えることはあまりにつらい、教えてくれ、考えることは私に何をしてくれたのか、考えることは私をどんな素晴らしい場所に連れてきてくれたのか？　私は考えに考えて考える、幸せの外にいようと考えたことは百万回もあるのに、なかに入ろうとしたことは一度もない。声に出して言えた最後の単語は「私(アイ)」、恐ろしいことだが、これが現実だ、私はよく近所を歩いては、「アイ・アイ・アイ・アイ」と言った。「コーヒーはいるかい、トーマス?」「アイ」「それと甘いものでも?」「アイ」「いい天気だな?」「アイ」「あわてているね。まずいことでもあるのかい?」「もちろん」と私は言いたかったし、「ちゃんとしたことなんかあるのかい?」と尋ねたかった。ここで糸口をつかみ、沈黙のスカーフをほどいて最初からやり直したかったが、代わりに私は「アイ」と言った。この病気にかかっているのは私だけではないと知っている、街で年寄りの声を聞いてみると、「エイ・イエイ・イエイ」とうめいている者もいるが、最後の単語、「アイ」にしがみつく者もいる、彼らがそう言いつづけるのは必死だからだ、それは文句ではなく祈りなのだが、やがて私は「アイ」も失い、完全に無言になった。私はこれと同じような白紙の手帳本を持ち歩き、口で言い表せないことを全部そこに記すようになった、それがそもそもの始まりだ、パン屋でロールパンがふたつ欲しければ、「ロールパンをふたつ欲しい」と次の白紙のページに書いて見せ、誰かに助けてもらいたければ、「助けてくれ」と書き、笑いたくなったら、「ハハハ!」と書き、シャワーのなかでは好きな曲を歌う代わりに歌詞を書く、インクが水を青や赤や緑に染めて、その歌が私の脚を流れ落ちる、一日の終わりには手帳本を持ってベッドに入り、人生のページに目を通す――

ロールパンをふたつ欲しい

それとぜひ甘いものをいただければ

すまない、これより細かい持ち合わせがなくて

さあ、新しいうわさを広めよう・・・

レギュラーで頼む

ありがとう、でもいまにもはちきれそうで

よくわからないが、もう遅い

助けてくれ

ハハハ！

一日が終わるまえに白紙のページが尽きることは珍しくなかったので、通りやパン屋やバスの停留所で人に伝えたいことがある場合は、その日の本をぱらぱらめくっていちばん合ったページを見つけて再利用するのが精いっぱいだった。「ご機嫌いかが?」と訊かれたりしたら、私の最善の返事は「レギュラーで頼む」か、「それとぜひ甘いものをいただければ」を指差すことになったかもしれない、唯一の友人、ミスター・リクターから「また彫刻をつくってみたらどうだろう? 最悪、それでどうなるわけでもあるまい?」と提案されたときは、記入ずみの本のなかばまでめくって、「よくわからないが、もう遅い」。私は何百冊、何千冊もの本を使い果たした、その本がアパートのいたるところにあった、私はそれをドアの支えや紙押さえに使った、高いところに手が届かないときは積みあげて台にした、ぐらぐらするテーブルの脚の下に入れた、鍋敷やコースターにしたり、鳥かごの下に敷いたり、本で人から虫を叩き落として詫びたりした、自分の本が特別だと思ったことはなく、必要だっただけ、ことによってはページ――「すまない、これより細かい持ち合わせがなくて」――を破って汚れを拭き取ったり、まる一日ぶんを使って非常灯の電球を包んだりしてもよかった、そういえば、ミスター・リクターとセントラルパーク動物園で午後をすごしたことがある、私は動物のえさをどっさり持っていった、えさを与えないでくださいという掲示を出すのは動物だったことがない者だけさと、ミスター・リクターが冗談を言った、私はライオンたちにハンバーガーを放り投げた、ミスター・リクターが笑って檻をがたがた揺らした、動物たちは隅に行った、われわれは一緒に、そしてそれぞれに、大声と無言で笑いに笑った、無視しなくてはならないものを無視することを、この世界に救えるものがないのなら無から新しい世界を築くことを心に決めた、その日こそ、生涯最良といえる日、人生を生きながら人生のことをまったく考えなかった一日だった。その年の後半、雪が降りだして玄関のステップを隠し、私がソファに座って、それまでに失ったあらゆるものの下に埋もれているうち朝が晩になるころ、火をおこすのに使った

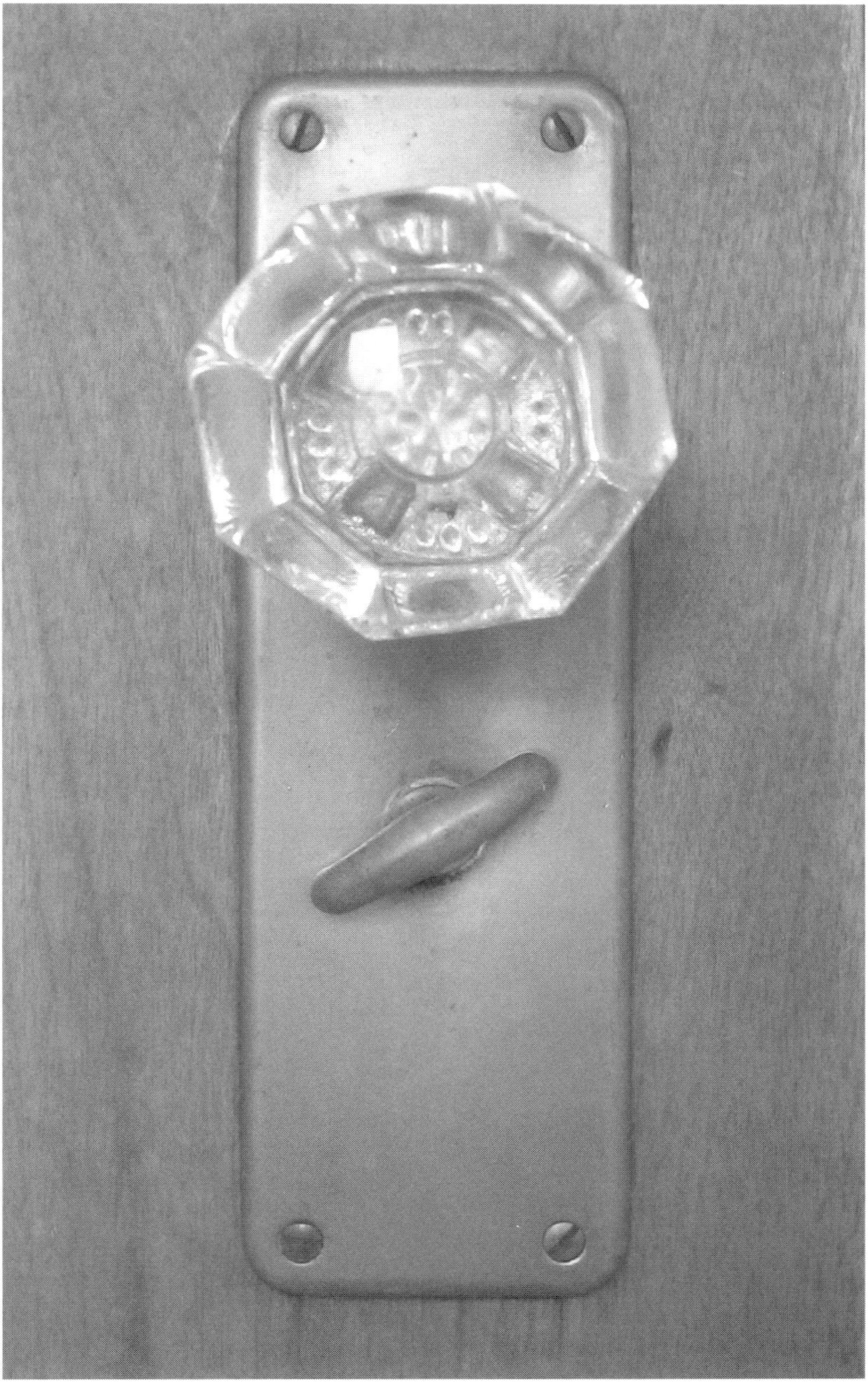

焚きつけは私の笑い声だった。「ハハハ！」「ハハハ！」「ハハハ！」「ハハハ！」私はおまえのお母さんと出会ったときにはもう言葉が出なくなっていた、だからこそ私たちは結婚できたのかもしれない、彼女は私を知らずにすんだのだ。出会ったのはブロードウェイのコロンビアン・ベーカリー、われわれはともにひとり、打ちひしがれて混乱したままニューヨークにやってきた者どうしだった、私は隅に座ってコーヒーに入れたクリームを小さな太陽系のようにぐるぐるかきまぜていた、店は半分空席なのに、彼女はするすると隣にやってきた、「あなたは何もかも失った」と秘密を分かち合うように彼女は言った、「わかるわ」。別の世界の別の人間だったら別のことをしただろう、だが私はいつもの私であり、世界はこの世界だったので、黙っていた、「大丈夫」と彼女はささやき、口を必要以上に私の耳元に近づけて、「わたしもよ。たぶん部屋の反対側にいてもわかるわ。イタリア人とは違う。わたしたちはひどく目立つの。まわりの人たちを見るといいわ。みんな、わたしたちが何もかも失ったのはわからないかもしれないけれど、どこかずれているのはわかっている」。彼女は木であると同時に木から遠くへ流れていく川でもあった、「最悪ってわけじゃないわ」と彼女は言った、「わたしたちみたいになるよりもっとひどいことだってある。ねえ、少なくともわたしたちは生きているのよ」、見たところ、彼女は最後の台詞を引っ込めたがっていたが、言葉の流れはあまりに強かった、「それにこの天気は百ドルだし、それだけは言わせてちょうだい」、私はコーヒーをかきまぜた。「でも今夜はしょぼしょぼするそうよ。とにかく、ラジオで男の人がそう言っていたの」、私は肩をすくめた、「しょぼしょぼ」とはどういう意味なのかわからなかった、「A&Pでツナを買うつもりだったの。今朝の『ポスト』からクーポンを切り取ってきてね。三缶の値段で五缶が買える。すごいでしょ！　べつにツナは好きじゃないの。おなかが痛くなるのよ、正直言って。でもあの値段には勝てない」、彼女は笑わせようとしたが、私は肩をすくめてコーヒーをかきまぜた、「どうしようかしら」と彼女は言った。「天気は百ドルで、ラジオの人は今夜しょぼしょぼすると言っているから、それより公園に行ったほうがいいのかもしれない。すぐ日焼けしちゃうけれど。どっちにしても、今夜はツナを食べないって気がしない？　ううん、ずっと食べないかもしれないわ、正直に言えば。おなかが痛くなるからね、真っ正直なところ。だからそれについては急がなくていいの。でも天気はね、ずっとこのままじゃないから。というか、このままだったためしはないわ。それに断っておくと、お医者さんから外に出るのは身体にいいって言われているの。わたしは目がしょぼしょぼして、お医者さんの話だと、まだ外出の時間が足りないから、もう少し外に出れば、もう少し心配性じゃなくなれば……」。彼女は手を差し伸べてきたが、私はどう取ればいいのかわからず、その手の指を沈黙で折った、彼女は言った、「わたしと話したくないのね？」私はナップサックから手帳本を取り出し、次の白紙のページを最後から二枚目に見つけた。「私はしゃべれない」と私は書いた。「すまない」彼女はその紙を、私を、そしてまた紙を見た、両手で目を覆って泣きだした、涙が指のあいだからあふれて小さなクモの巣をつくった、彼女は泣いて泣いて泣きじゃくった、そばにナプキンがなかったので、私はそのページ――「私はしゃべれない。すまない」――を破って彼女のほっぺたを拭いた、私の説明と謝罪がマスカラのように顔を伝い落ちた、彼女は私のペンを取って次の白紙のページに、手帳本の最後に書いた

――

お願い、結婚して

私はページを戻して「ハハハ!」を指差した。彼女はページを進めて「お願い、結婚して」を指差した。私はページを戻して「すまない、これより細かい持ち合わせがなくて」を指差した。彼女はページを進めて「お願い、結婚して」を指差した。私はページを戻して「よくわからないが、もう遅い」を指差した。彼女はページを進めて「お願い、結婚して」を指差すと、今度は「お願い」に指を置いた、そのページを押さえつけて会話を終わらせようとするかのように、あるいはその単語の先に本当に言いたいことがあるかのように。私は人生について、私の人生や、ばつの悪さ、小さな偶然、ベッドの脇のテーブルに置かれた目覚まし時計の影について考えた。私のささやかな勝利と、私の目の前で壊れていったあらゆるものについて考えた、むかし両親が階下で客をもてなしているあいだに彼らのベッドの上でミンクのコートをかきわけたこと、一度きりの人生をともにすごせたはずのただひとりの人を失ったこと、千トンの大理石をあとに残してきたこと、彫刻を手放すことだってできただろう、自分という大理石から自分を解放することだってできただろう。かつて私は喜びを感じたが、とうてい十分ではなかった、そもそも十分なことなどあるのだろうか？　苦しみが終わってもその苦しみが正しかったことにはならないのだから、苦しみに終わりはない、なんというざまだ、と私は思った、なんというばか、なんと愚かで心が狭く、なんと役立たずで、なんと困り果てて悲しみにあふれ、なんと無力なのか。私のペットたちはみな自分の名前を知らない、私はなんという人間なのか？　私は彼女の指をレコード針のように持ちあげ、ページを一枚ずつ戻していき──

助けてくれ

グーゴルプレックス

ママがお葬式につけていったブレスレットの話をすると、ぼくがやったのはパパの最後の音声メッセージをモールス信号に変換することで、空色のビーズが音のない部分、くり色のビーズが文字の区切り、むらさきのビーズが単語の区切り、ビーズのあいだの長い糸と短い糸が長い音と短い音なのだけど、この音はたしかトンツーとか呼ばれていると思う。パパなら知っていただろう。つくるのに九時間かかったし、もともとこれはサニーという、ときどきアリアンス・フランセーズのビルの外に立っているのを見かけるホームレスの人にあげるつもりでいて、というのはサニーがぼくの靴を重くするからなのだけど、自然史博物館でボランティアのツアーガイドをやっている小ぎれいなおばあさんのリンディにあげていたら、ぼくは彼女の特別な人になれただろうし、だれか車いすの人にあげたってよかったかもしれない。でもそうするかわりにぼくはママにあげた。いままでもらったなかで最高のプレゼントだわとママは言った。〝食べられる気象事象〟に興味があったころにあげた食用ツナミよりもいいかとぼくはきいた。ママは言った、「それは別」。ぼくはロンに恋しているのかきいてみた。ママは「ロンは素晴らしい人よ」と言ったけど、それはぼくがきいていない質問への答えだった。だからぼくはもう一度きいた。「〇か×で答えて。ママはロンに恋している」ママは指輪をした手をかみの毛にやって、「オスカー、ロンはわたしの**お友だち**なの」。

じゃあママは友だちとエッチしているのか、ききたくなった。もしもイエスと答えたら走って逃げて、もしもノーと答えたら、うわさに聞くヘビーペッティングというものをしているのかきいたと思う。ぼくはママにまだ〈スクラブル〉のゲームで遊んじゃいけないと言いたかった。鏡を見るのもいけない。ステレオの音をよけいにうるさくするのもいけない。そういうのはパパに対してフェアじゃないし、ぼくにもフェアじゃない。でもぼくはそんな気持ちを全部胸のうちにしまいこんだ。ママにはほかにもパパのメッセージを変換したモールス信号アクセサリー――ネックレス、アンクレット、ぶらぶらゆれるイヤリング、ティアラ――をつくってあげたけど、ブレスレットが断然いちばんきれいだったのは、たぶん最後のものだったからで、それでいちばん貴重になったんだと思う。

「ママ?」「なあに?」「なんでもない」

一年たっても、ぼくにはまだものすごく苦労することがあって、どういうわけか、シャワーを浴びることとか、当然だけど、エレベーターに乗ったりすることがなかなかできなかった。ぼくをパニくらせるものもたくさんあった。つり橋、細菌、飛行機、花火、地下鉄に乗っているアラブの人たち(ぼくは人種差別主義者じゃないのに)、レストランやコーヒーショップとかの公共の場所にいるアラブの人たち、建築用の足場、下水道や地下鉄の格子、持ち主のいないバッグ、シューズ、口ひげを生やした人、けむり、結び目、高いビル、ターバン。よく大きな黒い海の真ん中とか、深い宇宙にいるような感覚になったけど、それはグッとくる感じじゃなかった。何もかもがぼくからありえないほど遠かったってだけ。夜は最悪だった。いろんなものを発明しはじめて、うわさに聞くビーバーみたいにやめられなくなる。ビーバーが木をかじりたおすのはダムをつくるためだと思われているけど、本当の理由は歯の成長が止まらないので、木をかじりまくってしょっちゅう歯をけずっていないと、のびた歯が顔に食いこんで自分が死ぬことになるからだ。ぼくの脳みそもそんなふうだった。

ある夜、グーゴルプレックス個くらいの発明をしたあとで、ぼくはパパのクローゼットに行った。まえはパパとそこの床でグレコローマンスタイルのレスリングをやったり、愉快なジョークを言ったりしたし、天井からぶら下げた振り子と床に丸く並べたドミノで地球の自転を証明しようとしたこともあった。でもパパが死んでからは一度も行ってなかった。ママはロンといっしょにリビングにいて、うるさすぎる音で音楽を聞きながらゲームで遊んでいた。パパを恋しがっていなかった。ぼくはドアのノブをにぎって、少ししてからそれをまわした。

パパの棺おけはからっぽだったけど、パパのクローゼットは満ぱいだった。それに一年以上たっているのに、まだひげそりのにおいがした。ぼくはパパのTシャツ全部にさわった。パパが一度もつけなかったおしゃれな時計と、もう貯水池のまわりを走ることもないスニーカーの予備のひもにさわった。全部のジャケットのポケットに手をつっこんだ（タクシーのレシートとミニチョコの〈クラッケル〉の包み紙、ダイヤモンド業者の名刺が見つかった）。パパのスリッパに足を入れてみた。パパの金属の靴べらに映った自分を見た。平均的な人は七分で眠りに落ちるけど、ぼくは何時間もしないと眠れなかったし、パパの持ち物に囲まれて、パパがさわったものにさわって、どうでもいいとわかっていてもハンガーを少しまっすぐにかけなおすと、靴が軽くなった。

パパが靴ひもを結ぶときに使っていたいすにパパのタキシードがかかっていて、ぼくは思った、**ヘンだ**。どうしてスーツといっしょにつるしてないんだろう？　死んだまえの夜にパパはおしゃれなパーティに行ったんだっけ？　だとしても、ぬいだタキシードをちゃんとつるさないのはなぜ？　ひょっとしてクリーニングしなきゃいけなかった？　でも、ぼくはおしゃれなパーティなんておぼえてなかった。たしかパパはぼくを寝かしつけてくれて、いっしょにギリシャ語を話す人を短波ラジオで聞いて、ニューヨークの六番目の行政区の話をしてくれたはずだった。もしほかにもヘンなことに気がつかなかったら、タキシードのことはもう考えなかったと思う。でもぼくはいろいろ気がつきはじめた。

いちばん上の棚にきれいな青い花びんがあった。きれいな青い花びんがあんな高いところで何してるんだろう？　手が届かないのは当然なので、タキシードがかかったままのいすを寄せて、それから自分の部屋に行くと、ぼくがヨリック役をやると知っておばあちゃんが買ってくれた『シェイクスピア選集』のセットを一度に四悲劇ずつ運んできて、まあまあの高さに積みあげた。その全部の上に乗ったら、一瞬うまくいった。でも指の先が花びんにかかったところで悲劇たちがぐらぐらしだすし、タキシードがありえないほど気になるしで、気づいたときには全部床の上に落ちていて、ぼくもそうだったし、花びんもそうで、そっちはこなごなになっていた。「ぼくがやったんじゃない！」と叫んだけど、ママたちは声を聞きつけるどころか、うるさすぎる音楽を流して、げらげら大笑いしすぎていた。ぼくは自分という寝袋に入ってジッパーを閉めて、というのはけがをしたからじゃないし、ものをこわしたからでもなくて、ママたちが大笑いしていたからだった。いけないことだと知りながら、ぼくは自分にあざをつくった。

片づけをはじめたそのとき、ぼくはまたヘンなものに気がついた。散らばったガラスの真ん中に小さな封筒があった。大きさはワイヤレスのインターネットカードくらい。**なんぞ？**　その封筒を開いてみると、なかにカギがひとつ入っていた。**なんぞ、なんぞ？**　見た目がヘンで、ものすごく大切なもののカギなのは当然で、というのはふつうのカギより太めで短かったから。ぼくはわけがわからなかった。太めで短いカギが、小さな封筒のなかに、青い花びんのなかに、パパのクローゼットのいちばん上の棚にあるだなんて。

ぼくがまずやったのは理にかなったこと、つまり、こっそりアパートの全部のカギ穴に差してみることだった。試さなくても玄関のカギじゃないのはわかって、というのは留守のとき家に入れるように首からひもでぶら下げているカギと同じじゃないからだ。ぼくは気づかれないようにつま先で歩いて、バスルームのドアと、ほかのベッドルームのドアと、ママのドレッサーの引き出しを試した。パパが請求書の整理に使っていたキッチンの机と、かくれんぼのときにときどきかくれたリネン収納室の横のクローゼットと、ママの宝石箱も試した。でも、そのどのカギでもなかった。

その夜ぼくはベッドのなかで、ニューヨークじゅうのまくらの下を通って貯水池につながる特別な排水管を発明した。夜、泣きながら寝る人がいたら、涙が同じ場所に流れていって、朝に天気予報官が涙の貯水池の水位が上がったとか下がったとか報告すれば、ニューヨークの靴が重いかどうかわかる。それで、**ほんとうに**おそろしいことがあったときは——核爆弾とか、生物兵器攻撃とかでも——ものすごくうるさいサイレンが鳴りだして、みんなにセントラルパークに来て貯水池のまわりに砂ぶくろを置くように伝えるんだ。

それはそうと。

つぎの朝、ぼくはママに気持ちが悪すぎて学校には行けないと言った。これはぼくがついた最初のウソだった。ママはぼくのおでこに手をあてて言った、「たしかにちょっと熱いわ」。ぼくは言った、「熱を測ったら、三八度二分あった」。ふたつめのウソだった。ママは後ろを向いて、背中のジッパーを閉めてちょうだいとたのんだ。自分でできるのに、ぼくがそうするのが大好きなのを知っているのだ。ママは言った、「一日じゅう会議ばかりだけれど、何か必要だったら、おばあちゃんに来てもらえばいいし、一時間おきに電話して様子を訊くからね」。ぼくはママに、「電話に出なかったら、寝てるかトイレに行ってるかだよ」。ママは言った、「出なさい」

ママが仕事に出かけると、ぼくは服を着て階段を下りていった。スタンが建物の前をそうじしていた。ぼくは気づかれないですりぬけようとしたけど、スタンは気がついた。「具合が悪そうには見えないな」とスタンは落ち葉を通りにはきながら言った。ぼくはスタンに言った、「気持ち悪いんだ」。スタンがきいた、「ミスター気持ち悪いがどこへ行くんだい？」ぼくは答えた、「八四丁目の薬屋さんまでせき止めドロップを買いに」。ウソその三。本当に行ったのはフレイザー&サンズというカギ屋さんで、それは七九丁目にある。

「また合い鍵がいるのかい？」とウォルトがきいた。ぼくはウォルトにハイファイブをすると、見つけたカギを見せて、何がわかるかきいてみた。「何かの鍵つきの箱に使うものだな」とウォルトは、カギを顔に近づけてメガネごしに見ながら言った、「金庫かな。このつくりからいって、鍵つきの箱用だ」。ウォルトはうんとカギが並んだラックを見せてくれた。「ほら、どれとも似てないだろ。こいつはずっと太い。破りにくいのさ」ぼくは手が届く全部のカギにさわってみると、なぜだか気分が落ち着いた。「ただ、固定式の金庫じゃなさそうだ。あまり大きいものじゃない。持ち運びできるものかな。貸金庫ってこともあるぞ。古いやつだ。それか火のまわりをのろくさせるタイプのキャビネットか」それでぼくは吹き出したけど、頭がのろいのは笑い事じゃないというのは知っている。

「こいつは古い鍵だ」とウォルトは言った。「二、三〇年まえのものかもしれん」「どうしてわかるの？」「鍵にはくわしいからな」「かっこいい（クール）」「それに鍵を使う金庫はもうあまりないのさ」「そうなの？」「まあ、ふつうはもう鍵なんか使わない」「ぼくは使うよ」とぼくはウォルトに告げてアパートのカギを見せた。「わかってるよ」とウォルトは言った。「だが、あんたみたいな人間は絶滅種さ。近ごろはみんな電子化されてる。キーパッド。指紋識別」

「それはヤバいね」「おれは鍵が好きなんだ」ぼくはしばらく考えこむと、靴がぐっと重たくなった。「じゃあ、ぼくみたいな人間が絶滅種だとしたら、あなたの仕事はどうなるの？」「特殊な仕事になるだろうな」とウォルトは言った、「タイプライター屋みたいに。いまは役に立ってるが、そのうち珍しがられるのさ」。「新しい仕事が必要かもね」「この仕事が好きなんだ」

ぼくは言った、「ひとつ質問したいことがあったんだけど」。ウォルトは言った、「シュート」。「シュート?」「シュート。どうぞ。訊いてみな」「あなたはフレイザー、それともサン?」「孫(グランドサン)さ、本当のところは。じいさんがこの店を始めたんだ」「クール」「だがまあ、息子(サン)でもあるな。生きてるころはおやじが店を仕切ってたから。それにたぶんフレイザーでもあって、夏のあいだはせがれが働く」

ぼくは言った、「質問はもうひとつあるんだ」。「シュート」「このカギをつくった会社を見つけられると思う?」「誰がつくったとしてもおかしくないな」「じゃあ、教えてほしいんだけど、これで開けられるものを見つけるにはどうしたらいい?」「残念ながら、その点についてはあまり役に立てないな、片っぱしから鍵穴に差してみろと言うのがせいぜいだ。合い鍵が欲しかったら、いつでもつくってやるがね」「グーゴルプレックス個のカギがあったらいいかも」「グーゴルプレックス?」「グーゴルのグーゴル乗だよ」「グーゴル?」「1の後ろに0を一〇〇個つけた数のこと」ウォルトはぼくの肩に手をかけて言った、「あんたに必要なのは錠前だ」。ぼくは腕をずっと上にのばして肩に手をかけて言った、「ああ」

帰るときにウォルトにきかれた、「学校に行かなくていいのか?」ぼくはとっさに考えてウォルトに言った、「きょうはマーティン・ルーサー・キング・ジュニア師の日だよ」。ウソその四。「それは一月じゃなかったかな」「むかしはね」ウソその五。

アパートに戻ると、スタンが言った。「ユーヴ・ガット・メール!」

オスクくん

やあ、きみ!　楽しい手紙と防弾ドラムスティックをありがとう。このスティックは、使わずにすむことを祈るよ！　正直なところ、レッスンをすることはあまり考えたことがなくて……

同封のTシャツ、勝手ながらサインさせてもらったけど、気に入ってもらえたらうれしい。

きみの友だち、
リンゴ

ぼくは同封のTシャツを気に入ったりしなかった。大好きになったんだ！　白じゃなかったから着られないのは残念だけど。

ぼくはリンゴの手紙をラミネート加工して壁に貼った。そのあとインターネットでニューヨークのカギについて調査をすると、役に立つ情報がたくさん見つかった。たとえば、ニューヨークには三一九軒の郵便局と二〇万七三五二個の私書箱がある。どの箱も当然、カギつきだ。それから、ホテルの部屋はだいたい七万〇五七一あって、たいていの部屋にメインのカギとバスルームのカギ、クローゼットのカギ、ミニバーのカギがあるのもわかった。ミニバーというのがどんなものか知らなかったので、プラザホテルという、ぼくも知っている有名ホテルに電話できいてみた。それでミニバーがどんなものかわかった。ニューヨークには三〇万台以上の車があって、しかもそれは一万二一八七台のタクシーと四四二五台のバスを計算に入れていない数だ。それから、まえに地下鉄に乗っていたころのことを思い出すと、車しょうさんがカギを使ってドアを開け閉めしていたので、そっちにもあることになる。

ニューヨークには九〇〇万人以上の人が住んでいて（五〇秒ごとにひとりの赤ちゃんがニューヨークで生まれていて）、みんなどこかに住まないといけないし、ほとんどのアパートは玄関にふたつのカギがあって、バスルームにもたいがいあって、ひょっとしたらほかの部屋にもあるし、ドレッサーや宝石箱にもあるのは当然だ。それにオフィスや、アートスタジオや、貸倉庫や、銀行にある貸金庫や、庭の門や、駐車場もある。何もかも――自転車のカギから天井のかけ金やカフリンクスの置き場所まで――ふくめたら、たぶんニューヨーク市にはひとりにつき約一八個のカギがあって、ということは全部で約一億六二〇〇万個のカギがあるわけで、これはカギをつっこむ穴だらけということだ。

「シェルです……ああ、ママ……ちょっとはね、でもまだかなり気持ち悪い……ううん……うん……うん……そうだね……インド料理を注文しようかな……でもまだ……だいじょうぶ。うん。そうする……わかってる……わかってるって……じゃあ」

時間を計ってみると、ぼくはひとつのカギを開けるのに三分かかった。つぎに、ニューヨークで生まれる赤ちゃんが五〇秒にひとりで、ひとりにつき一八個のカギをもつとすると、ニューヨークでは二・七七七秒ごとに新しいカギができるのがわかった。とすると、ぼくがひたすらカギを開けつづけたとしても、一秒につきカギ〇・三三三個ぶん遅れることになる。それにこれは、ひとつのカギからつぎのカギへ移動しなくてもよくて、食事もしなければ、眠ったりもしないとしたらの話で、だとしてもオーケーなのは、どっちみち眠れてないから。もっとましな計画が必要だった。

その夜、ぼくは白い手ぶくろをつけてパパのクローゼットのごみ箱のところに行って、割れた花びんを捨てておいたふくろを開けた。ぼくはどこに向かったらいいか教えてくれそうな手がかりを探していた。証拠を汚染しないように、何をしているかママにばれないように、手を切って感染したりしないようにものすごく気をつけないといけなかったけど、どうにかカギが入っていた封筒が見つかった。そのときになって、ぼくは名探偵だったら最初に気がつきそうなことに気がついた。「Black」という単語が封筒の裏に書かれていたのだ。もっとまえに気がつかなかった自分に頭にきて、ぼくは自分に小さなあざをつくった。パパの字はヘンだった。雑な感じで、なんだか急いで書いたか、電話しながらその言葉を書きとめたか、別のことを考えていたみたいだ。だとすると、何を考えていたんだろう?

ぼくはいろいろググってまわり、ブラックがカギつきの箱をつくる会社の名前じゃないのをつき止めた。ちょっとがっかりした、というのはそれが理屈に合った説明だったはずで、論理的なことが最高の説明に決まってるけど、ありがたいことに説明というのは一種類だけじゃない。つぎにぼくはブラックという場所がこの国のどの州にもあって、というより世界じゅうのほとんどの国にあるのをつき止めた。たとえば、フランスにはノワールという場所がある。だから、この発見はあまり役に立たなかった。ぼくは少し別の調査もしたのだけど、そんなことをしたら傷つくだけだとわかっていても、どうにもならなかった。ぼくは見つけた画像——女の子をおそうサメ、ツインタワーのあいだでつなわたりをする人、ノーマルな恋人に口でしてもらっているあの女優、イラクで頭を切り落とされる兵士、盗まれた名画がかかっていた壁——をいくつかプリントアウトして、『ぼくの身に起きたもの』という、ぼくの身に起きたこと全部を入れておくスクラップブックに収めた。

つぎの朝、ぼくはきょうも学校に行けないとママに伝えた。ママはどこが悪いのときいた。ぼくはママに言った、「悪いところはいつも同じ」。「気持ちが悪いの?」「悲しいんだよ」「パパのことで?」「何もかも」ママは急いでいるはずなのにベッドのぼくのとなりに座った。「全部って?」ぼくは指を折ってかぞえはじめた。「うちの冷蔵庫のなかの肉と乳製品、なぐり合い、交通事故、ラリー――」「ラリーって？」「自然史博物館の前にいるホームレスの人で、いつもお金をねだって『ぜったい食べ物につかうから』って言うんだ」ママが背中を向けたので、ぼくはその服のジッパーを閉めながら、かぞえつづけた。「ママがしょっちゅう見てるはずのラリーを知らないこと、バックミンスターは寝て食べてトイレに行くだけでレゾン・デートルがないこと、IMAXシアターでもぎり係をしてる首がなくて背が低くて不細工な男、太陽がいつか爆発すること、毎年誕生日にかならず一個はもうもってるものをもらうこと、安いからってジャンクフードを食べて太る貧乏な人……」そこで指が足りなくなったけど、リストはまだはじまったばかりだし、こうしているあいだはママが出かけないはずだから、ぼくはもっとつづけたかった。「……家畜やペット、ぼくもペットを飼ってること、こわい夢、マイクロソフト・ウィンドウズ、いっしょにいてくれる人がいないのにはずかしくていっしょにいてくれと人にたのめないものだから一日じゅうぶらぶらしてるお年寄り、秘密、ダイヤル式電話、おかしいことも楽しいこともないのに中国人のウェイトレスがにこにこすることと、中国人はメキシコ料理の店を経営してるのにメキシコ人はぜったい中国料理の店を経営しないこと、鏡、テープデッキ、ぼくの学校での不人気、おばあちゃんの集めているクーポン、貸し倉庫、インターネットが何か知らない人、へたな字、美しい歌、五〇年後には人間がいなくなること――」「五〇年後には人間がいなくなるなんて、誰が言ったの？」ぼくはママにきいた、「ママは楽観論者、それとも悲観論者？」「わたしは楽観的よ」「じゃあ、悪い知らせになるけど、人間は簡単に人を殺せるようになったらすぐに殺しあうし、もうじきそうなるんだよ」「美しい歌で悲しくなるのはどうして？」「本当じゃないから」「ぜったい？」「美しくて本当のことなんかない」ママはにっこりしたけど、それほど楽しくなさそうで、こう言った、「まるでパパみたいね」

「パパみたいってどういうこと？」「パパはよくそんなことを言っていたから」「どんなことを？」「そうね、なになになんてものはないとか。何もかもなになにだとか。当然とか」ママは笑いだした。「パパはいつもひどく断定的だったわ」『だんていてき』って？」「はっきりしていること。『断定』から派生した言葉」「断定的のどこがいけないの？」「パパは木を見て森を見ないことがあったわ」「なんの森？」「なんでもない」

「ママ？」「なあに？」「ぼくのすることがパパに似てるって言われると、いい気分がしないんだ」「まあ。ごめんなさい。そんなによく言ってるかしら？」「しょっちゅうだよ」「いい気分がしないのはわかるわ」「それにおばあちゃんはいつも、ぼくのすることがおじいちゃんに似てるって言うんだ。そうするとヘンな気分になるんだよね、ふたりはもういないから。自分は特別じゃないって気分にもなるし」「そんなこと、おばあちゃんもママも思うわけない。わたしたちにとってあなたがいちばん特別だって、わかるでしょ？」「たぶん」「**いちばん**なのよ」

ぼくの頭をなでているうち、ママの指は耳の後ろにまわって、ほとんどさわられたことがない場所に届いた。

ぼくはまた服のジッパーをあげていいかきいてみた。「もちろん」とママは後ろを向いた。ママは言った、「学校に行ってみたらいいんじゃないかと思うの」。ぼくは言った、「そうしたいと思ってるよ」。「一時間目だけでも行ってみたら」「ベッドからも出られないんだよ」ウソその六。「ファイン先生も、自分の気持ちに耳をかたむけたほうがいいって言ってたし。たまにはひと息ついたほうがいいんだって」それはウソってわけじゃなかったけど、本当というわけでもなかった。「ただ、くせになったらいけないわ」とママが言った。「ならないよ」とぼく。ママはベッドカバーの上に手を置くと、なんだかぶくぶくしていると思ったんだろう、服を着てベッドに入っているのかときいた。ぼくはママに言った、「着てるよ、なぜかというと寒いから」。その七。「というか、熱っぽくて」

ママが出かけるとすぐ、ぼくは持ち物を集めて階段を下りていった。「きのうより具合がよさそうだ」とスタンが言った。大きなお世話だよとぼくは答えた。スタンは「おやおや」と言った。ぼくは言った、「きのうより気分が悪いんだよ」

歩いて九三丁目の画材屋さんに行くと、ぼくは入り口にいた女の人に店長と話をさせてくれるようたのんだ。これは大事な質問があるときにパパがしていたことだ。「どういうご用件でしょう?」と女の人がきいた。「店長に会わせてほしい」とぼくは言った。すると女の人は、「承知していますよ。それでわたしにどんなご用件でしょう?」

「あなた、ありえないほど美人だ」とぼくは返して、というのはこの女の人は太っているから、これはとびきりのほめ言葉になるし、ぼくが性差別主義者であるにしたって、これでまた好きになってもらえると思ったからだ。

「どうも」と店長が言った。ぼくは言い切った、「映画スターにだってなれるよ」。店長は、**なんぞ?** と言いたそうに首を振った。「それはそうと」とぼくは封筒を見せて、カギを見つけたことと、そのカギで開けられるものを見つけようとしていることと、ブラックというのが何かを意味していそうなことを説明した。ぼくはブラックについて教えてもらいたかった、だってたぶんこの人は色の専門家だから。「そうね」と店長は言った、「わたしが何かの専門家かどうかはわからない。ただ、ひとつ言わせてもらうとしたら、この人が『ブラック』という単語を赤のペンで書いたのはちょっと興味深いわ」。ぼくはなぜそれが興味深いのかたずねた、というのはその赤ペンはパパが『ニューヨーク・タイムズ』を読むときに使っていたのと同じものだと思ったからだ。「こちらへ」と店長は言って、一〇〇本のペンのディスプレーがあるところまで案内してくれた。「これを見て」店長はディスプレーのとなりにあるメモ帳を見せた。

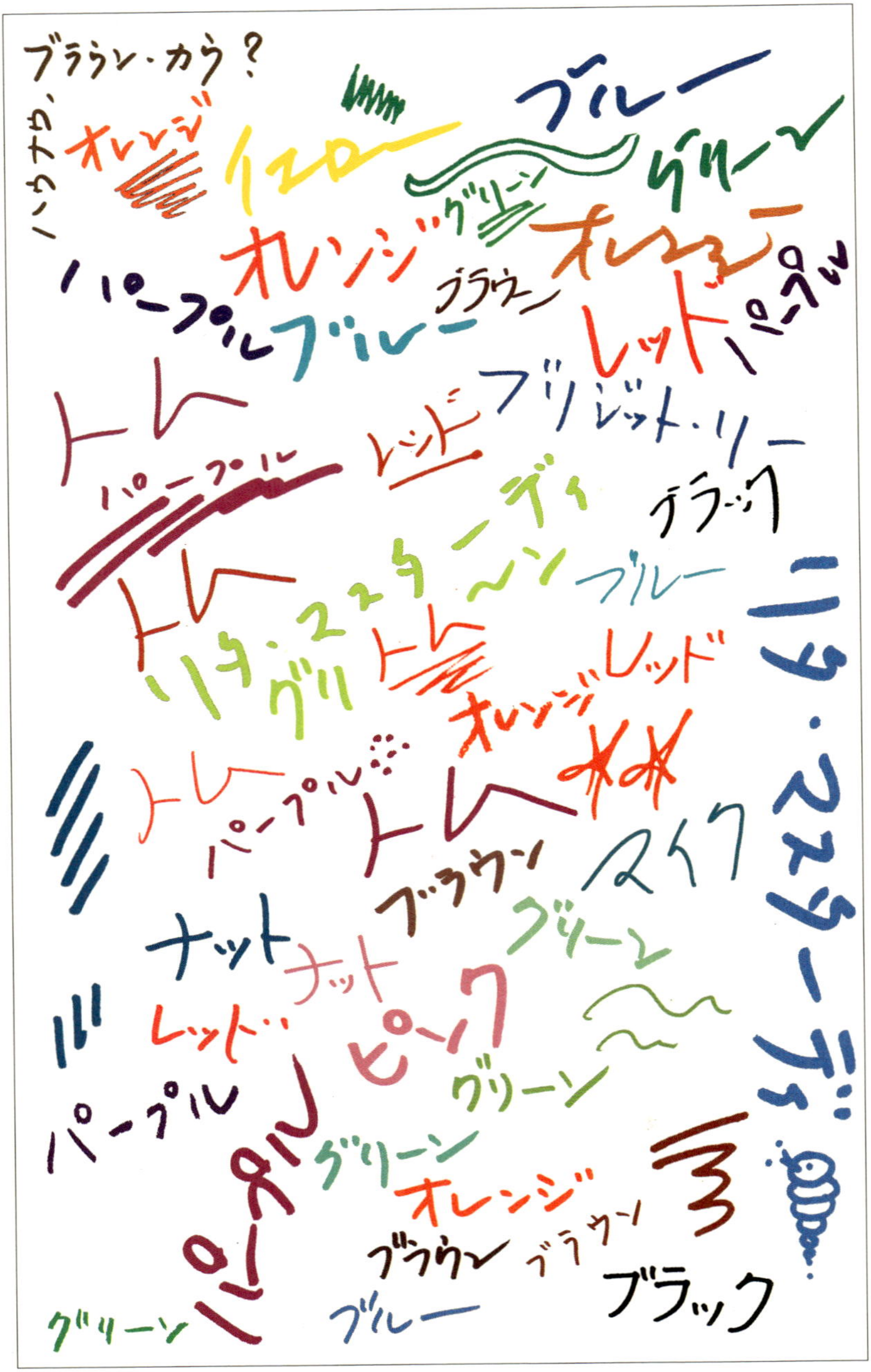
ブラウン・カウ？
ハウナウ、
オレンジ
イエロー
ブルー
グリーン
グリーン
オレンジ
オレンジ
ブラウン
パープル
ブルー
レッド
パープル
トム
ブリジット・リー
レッド
パープル
ブラック
トム
リタ・マスターディ
ブルー
グリ
トム
レッド
リタ・マスターディ
オレンジ
トム
パープル
マイク
ブラウン
グリーン
ナット
ナット
レッド
ピンク
グリーン
パープル
グリーン
オレンジ
ブラウン
ブラウン
ブラック
ブルー
グリーン

「ほら」と店長は言った、「たいていの人は手に持ったペンの色の名前を書くの」。「なぜ？」「なぜかはわからないわ。心理的なものだとは思うけれど」「心理的って、心のってこと？」「そんなところね」そのことについて考えたぼくは、はっと啓示を受けた。自分も青のペンを試すとしたら、たぶん「ブルー」という単語を書く。「あなたのパパがやったように、ある色の名前を別の色で書くのは簡単なことじゃない。自然にできることじゃないの」「ほんとに？」「こっちはもっと難しいわよ」と店長はつぎの紙に何かを書いて、それを声に出して読むようぼくに告げた。すると店長の言うとおり、それはぜんぜん自然な感じがしなくて、ぼくの一部は色の名前を言いたがったし、別の一部は書いてあることを言いたがった。結局、ぼくは何も言わなかった。

ぼくは店長にこれは何を意味すると思うかきいてみた。「そうね」と店長は言った、「何かを意味してるかどうかはわからない。でも、いい、誰かがペンの試し書きをするとき、彼はふつうそのペンの色の名前か自分の名前を書くの。だから、『ブラック』が赤で書かれているということを考えると、ブラックというのはその彼の名前じゃないかと」。「それか彼女の名前」「もうひとつ言っておくわ」「なに？」「bが大文字で書いてあるでしょう。ふつう色の頭文字は大文字にしない」「ホゼ！」「はい？」「ブラックを書いたのはブラックだ！」「えっ？」「**ブラック**を**書いた**のは**ブラック**なんだ！　ブラックを見つけなきゃ！」店長は言った、「ほかにお役に立てることがあったら、知らせてちょうだい」。「愛してるよ」「あの、店内でタンバリンを振るのはやめてもらえるかしら？」

店長は歩いていき、ぼくはその場にちょっと残って、自分の脳みそに追いつこうとした。スティーヴン・ホーキングだったらつぎにどうするか考えながら、メモ帳のページを逆にめくっていった。

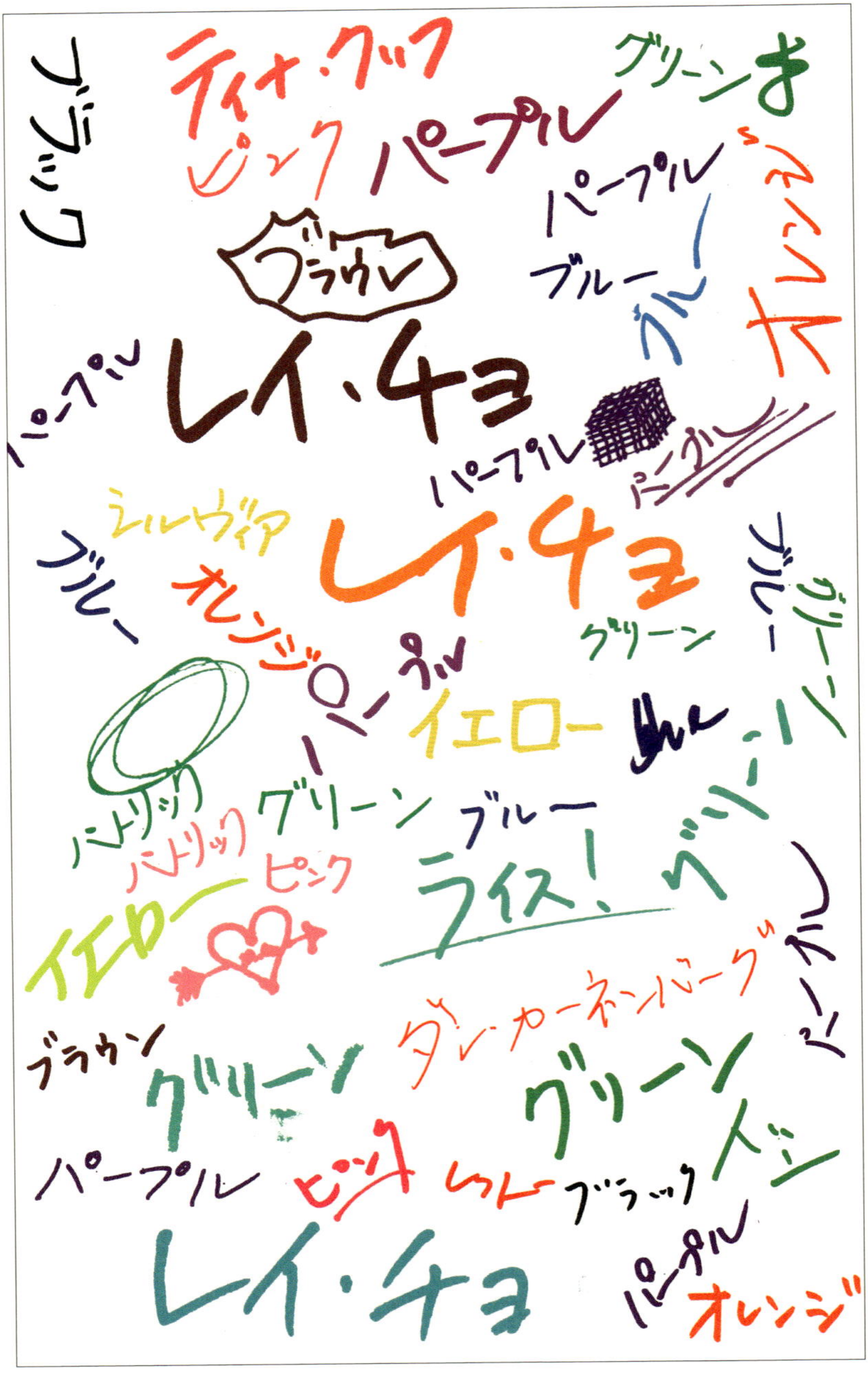
ブラック
ティナ・グッフ
グリーン
ピンク
パープル
パープル
ブラウン
ブルー
パープル
レイ・チョ
パープル
ブルー
レイ・チョ
オレンジ
グリーン
イエロー
グリーン
ブルー
ピンク
イエロー
ブラウン
グリーン
グリーン
パープル
ブラック
レイ・チョ
オレンジ

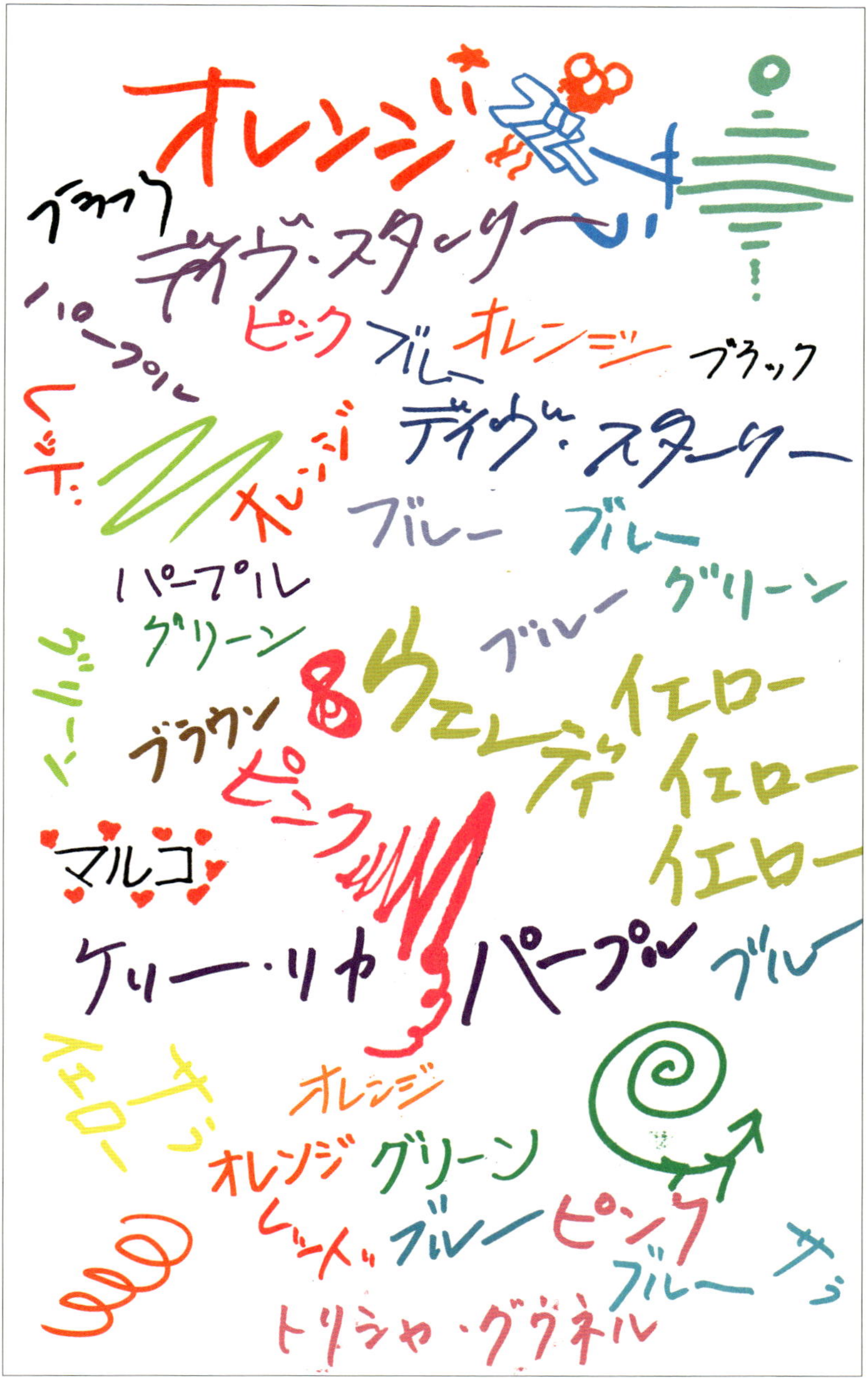
オレンジ
ブラウン
デイヴ・スターリー
パープル
ピンク
ブルー
オレンジ
ブラック
レッド
オレンジ
デイヴ・スターリー
ブルー
ブルー
パープル
グリーン
ブルー
グリーン
グリーン
ウェンディ
イエロー
イエロー
イエロー
ブラウン
ピンク
マルコ
ケリー・リカ
パープル
ブルー
イエロー
サラ
オレンジ
オレンジ
グリーン
レッド
ブルー
ピンク
ブルー
サラ
トリシャ・グウネル

グリーン
ベス・フェイヤ
イエロー
ブラック
オレンジ
ピンク
レッド
ジョン
ブラック
トーマス・シェル
パープル
パープル
パープル
シェリー
ジェレミー
グリーン
ピンク
フレッド
ブラウン
ブルー
オレンジ
ブルー
ブルー
グリーン
レッド
グリーン
ジョン
デニス
パープル
ブラウン
レッド
ブルー
グリーン
ジョン
イエロー
グリーン
ニック

ぼくは最後の紙をメモ帳からはがすと、また店長を見つけに走った。店長は絵の具の筆を持った人に応対していたけど、ぼくはここで話の腰を折っても失礼にはならないと考えた。「これ、パパだ！」と、パパの名前を指さした。「トーマス・シェル！」「すごい偶然ね」と店長は言った。ぼくは、「ただ、パパは画材を買ったりしなかったんだよね」。すると店長は、「画材を買ったけれど、あなたは知らなかったのかもしれないわ」。「ペンが必要だっただけかも」ぼくは店のなかをディスプレーからディスプレーへと走って、パパがほかの画材を試さなかったか見てまわった。そうすれば、パパが画材を買いにきたのか、ペンを一本買うためにいろんなペンを試しただけなのか証明できる。

ぼくは自分が見つけたものが信じられなかった。

パパの名前は**そこらじゅう**にあった。パパはマーカーもオイルスティックも色エンピツもチョークもペンもパステルも水さい絵の具も試していた。プラスチックねんどにまで名前を彫っていて、先っぽが黄色くなった彫刻刀が見つかったので、それで引っかいたんだとわかった。パパはまるで史上最大のアートプロジェクトを計画していたみたいだった。でも納得がいかなかった。だって、これは一年以上まえに書かれていなきゃいけないから。

ぼくはまた店長を見つけた。「さっき、ほかにお役に立てることがあったら、知らせてちょうだいって言ってたよね」店長は言った、「こちらのお客さまがすんだら、あなたの話をしっかり聞いてあげますからね」。ぼくはそのお客さまがすむまでそこにつっ立っていた。店長がこっちを向いてくれた。ぼくは言った、「さっき、ほかにお役に立てることがあったら、知らせてちょうだいって言ってたよね。それでだけど、お店のレシートを全部見せてもらいたいんだ」。「どうして?」「そうすれば、パパがいつここに来て、何を買ったかわかるから」「どうして?」「そうすればわかるから」「でも、どうして?」「あなたのパパが死んだんじゃない、だから説明してもわかってもらえないよ」店長が言った、「あなたのパパは亡くなったの?」ぼくは店長にそうだと告げた。そして、「ぼくは傷つきやすいんだ」と。店長はレジの一台、というかコンピュータのところへ行って、指で画面に何かをタイプした。「名前のスペルをもう一度教えてくれる?」「S、C、H、E、L、L」店長はボタンをいくつかをおすと、顔をしかめて言った、「ないわ」。「ない?」「何も買わなかったか、現金で払ったかね」「シッイタケ、ちょっと待って」「えっ?」「オスカー・シェル……ハイ、ママ……だってトイレにいるから……ポケットにあったから……うん。うん。少しはね、でもトイレに行かないときに折り返してもいい? 三〇分くらいしたら?……それは内緒……たぶん……うん……うんうん……オーケー、ママ……ああ……じゃあ」「あと、もうひとつ質問があるんだ」「それはわたしに言っているの、それとも電話に?」「あなたに。あのディスプレーの横のメモ帳はいつからあるの?」「さあ」「パパが死んだのは一年以上まえなんだ。それだと、だいぶまえからってことになるよね」「そんなにまえということはないでしょうね」「それはたしか?」「まずたしかよ」「そのたしかさって、七五パーセントより多い、少ない?」「多いわ」「九九パーセント?」「よりは少ない」「九〇パーセント?」「そのくらい」ぼくは何秒間か集中した。「かなりのパーセントだね」

ぼくは走って家に帰り、もう少し調査すると、ニューヨークにはブラックという名前の人が四七二人いるのがわかった。住所の数は二一六個だったけど、これは当然ブラックさんたちのなかにはいっしょに住んでいる人がいるからだ。毎週土曜日に二軒ずつたずねるなら、ぼくにもできそうだし、それに休みの日を足して、『ハムレット』のけいこと鉱物やコインの見本市とかの用事のぶんを引くと、全部終わるまで三年かかることになった。でも、知らないまま三年も生きていられない。ぼくは手紙を書いた。

シェール・マルセル、

アロー。オスカーの母です。よくよく考えたところ、オスカーがフランス語のレッスンを受ける当然の理由はないと判断しましたので、これまでのようにあの子が日曜日にあなたに会いにいくことはもうありません。いままでオスカーにいろいろ教えてくださってありがとうございました。とくに条件時制、あれはヘンですね。あたりまえのことですが、オスカーがレッスンに行かなくても、わたしに電話していただく必要はありません、というのはわたしはもう知っていますし、これはわたしが決めたことなのです。それから、小切手はこれからもお送りします、あなたはいい人ですから。

ヴォートル・アミ・デヴエ、

マドモアゼル・シェル

これはすごい計画だった。土曜日と日曜日を使ってブラックという名前の人たち全員を見つけて、パパのクローゼットにあった花びんのなかのカギについて知っていることがあったら教えてもらうのだ。一年半で何もかもわかるだろう。少なくとも、新しい計画を考えなきゃならないかどうかはわかる。

もちろん、その夜ぼくはカギ穴探しにいくと決めたことをママに話したかったけど、できなかった。いろいろかぎまわってめんどうなことになると思ったとか、花びんのことでおこられるのが心配だったわけじゃないし、本当なら涙の貯水池に水を足しているはずのときにロンといっしょに笑ってばかりのママにおこったわけでもない。なぜかは説明できないけど、ママが花びんのことも封筒のこともカギのことも知らないのは自信があった。あのカギはぼくとパパだけの秘密だった。

そういうわけで、それから八か月のあいだ、ぼくはニューヨークでカギ穴探しにいくとき、どこに行くの、帰りはいつとママにきかれても、「出かけるよ。あとで戻るから」としか言わなくなった。ここですごくヘンだったのは、ぼくももっとがんばってわかろうとすればよかったのだけど、ママがそれ以上は何も、「出かけるってどこへ?」とも「あとっていつ?」ともきかなかったことだ。ふだんはぼくのことで用心深くて、パパが死んでからはとくにそうだったのに。(ママはケータイを買ってくれて、いつでも連絡がつくようにしたし、地下鉄のかわりにタクシーを使いなさいと言っていた。交番にぼくを連れていって指紋をとらせたのは、すごかった)。急にぼくのことを気にかけなくなったのはなぜなんだろう? カギ穴を探しにアパートを出るたび、ぼくは少し軽くなって、というのはパパに近くなるからだけど、少し重たくもなって、それはママから遠くなるからだった。

その夜はベッドに入っても、カギのことや、二・七七七秒ごとにニューヨークで新しいカギ穴が生まれることが頭からはなれなかった。ぼくは『ぼくの身に起きたもの』をベッドと壁のすき間から引っぱり出して、そのうち眠くなればいいなと思いながら、しばらくぱらぱらめくった。

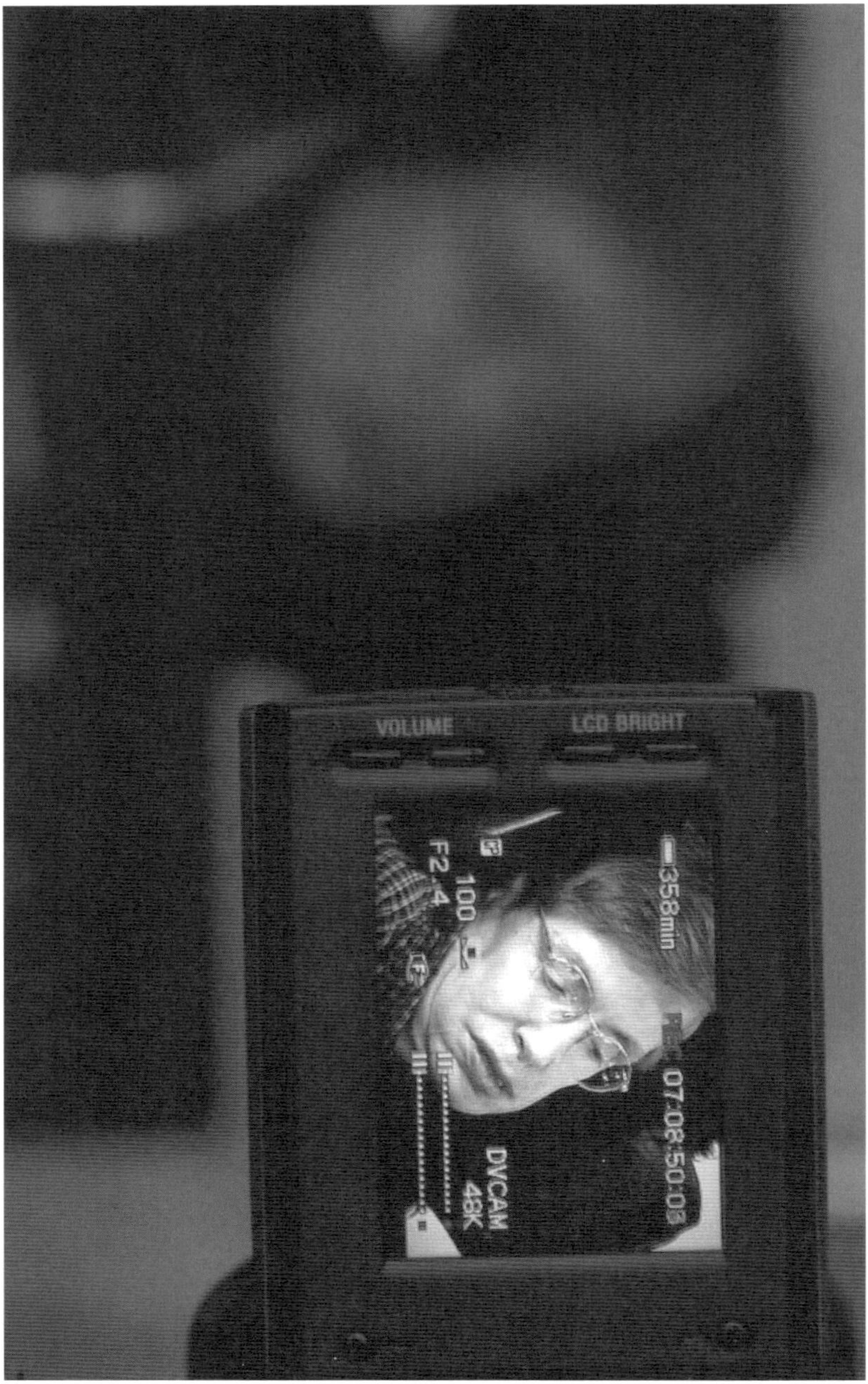
VOLUME
LCD BRIGHT
358min
DVCAM
48K

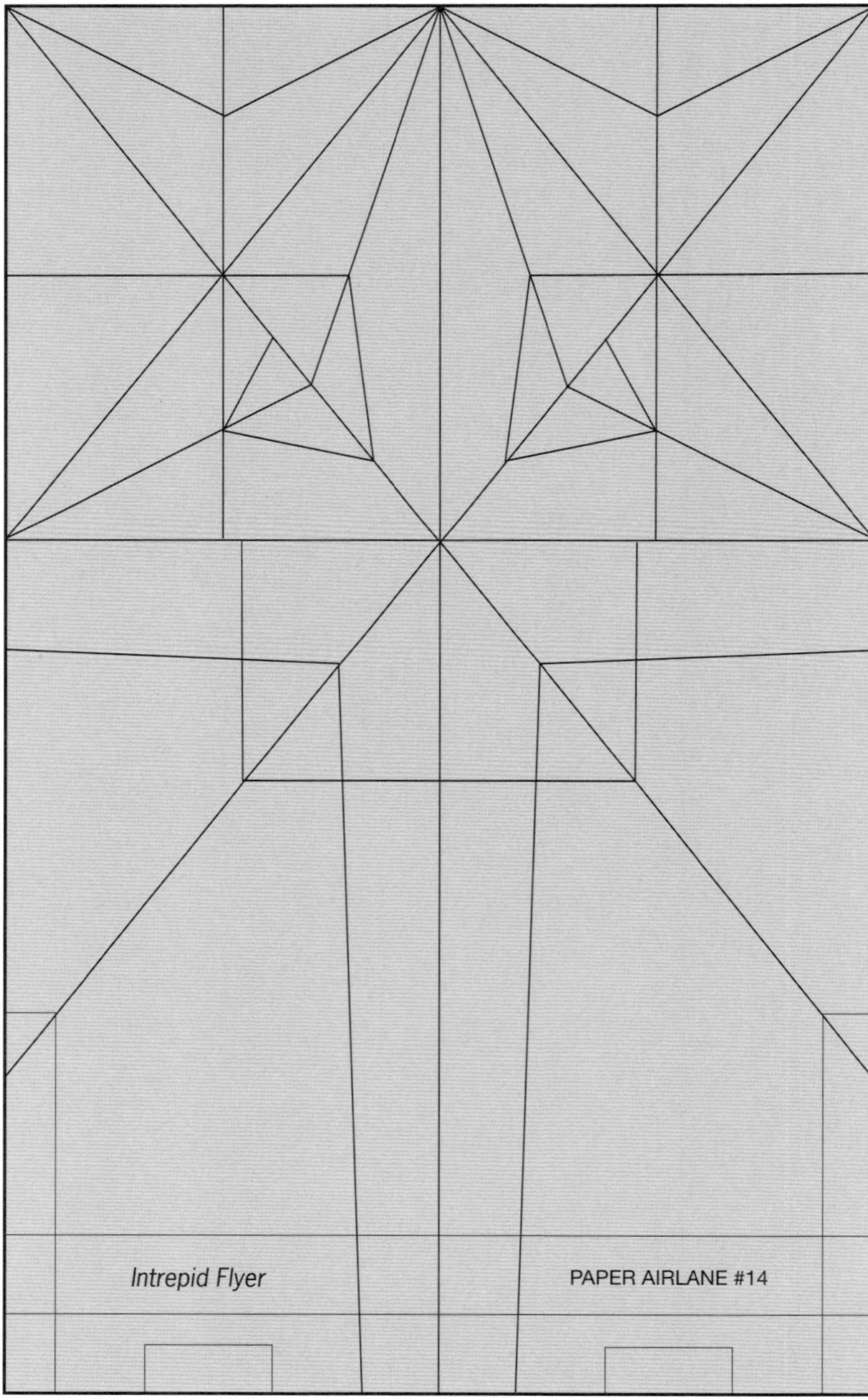
Intrepid Flyer
PAPER AIRLANE #14

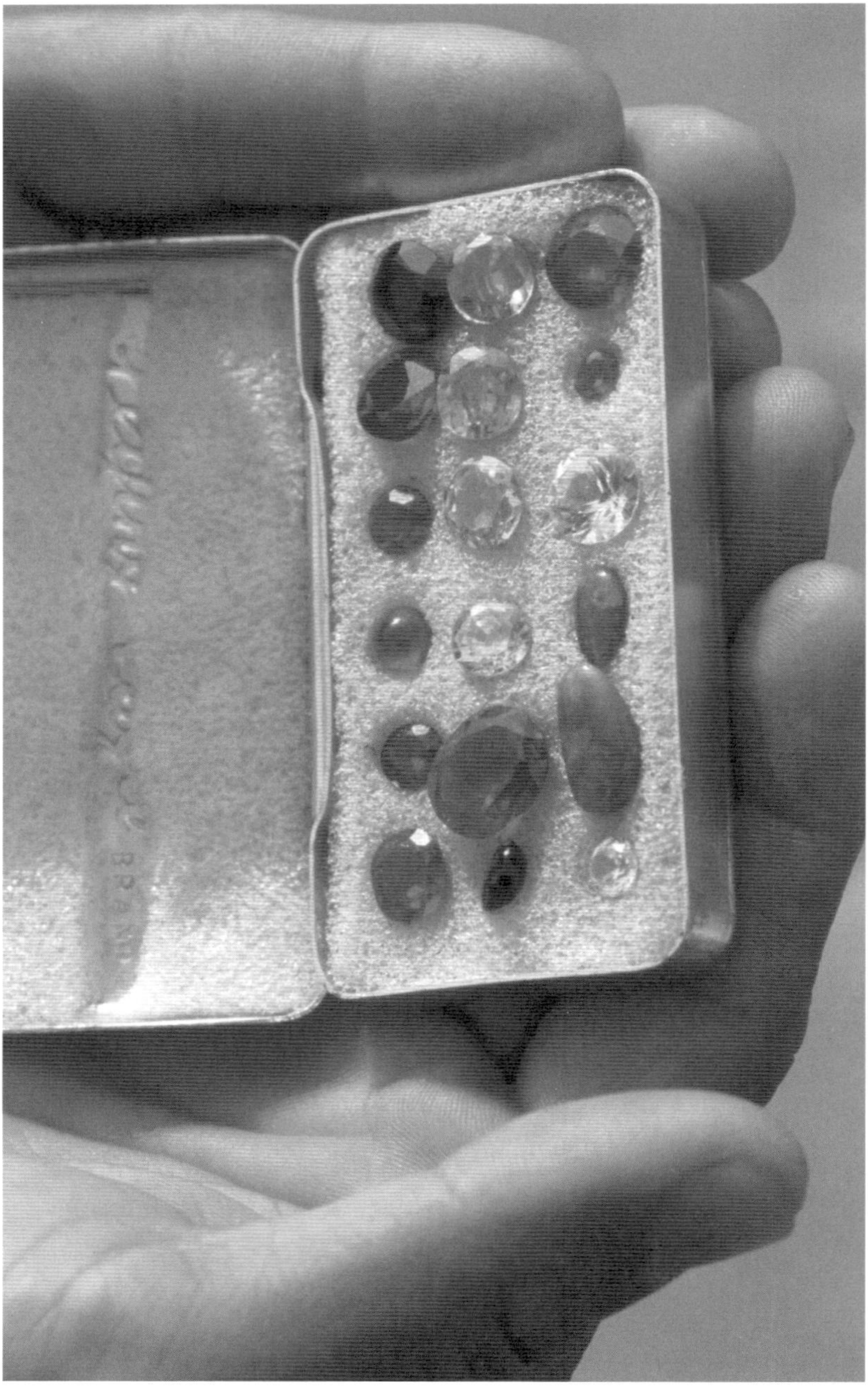

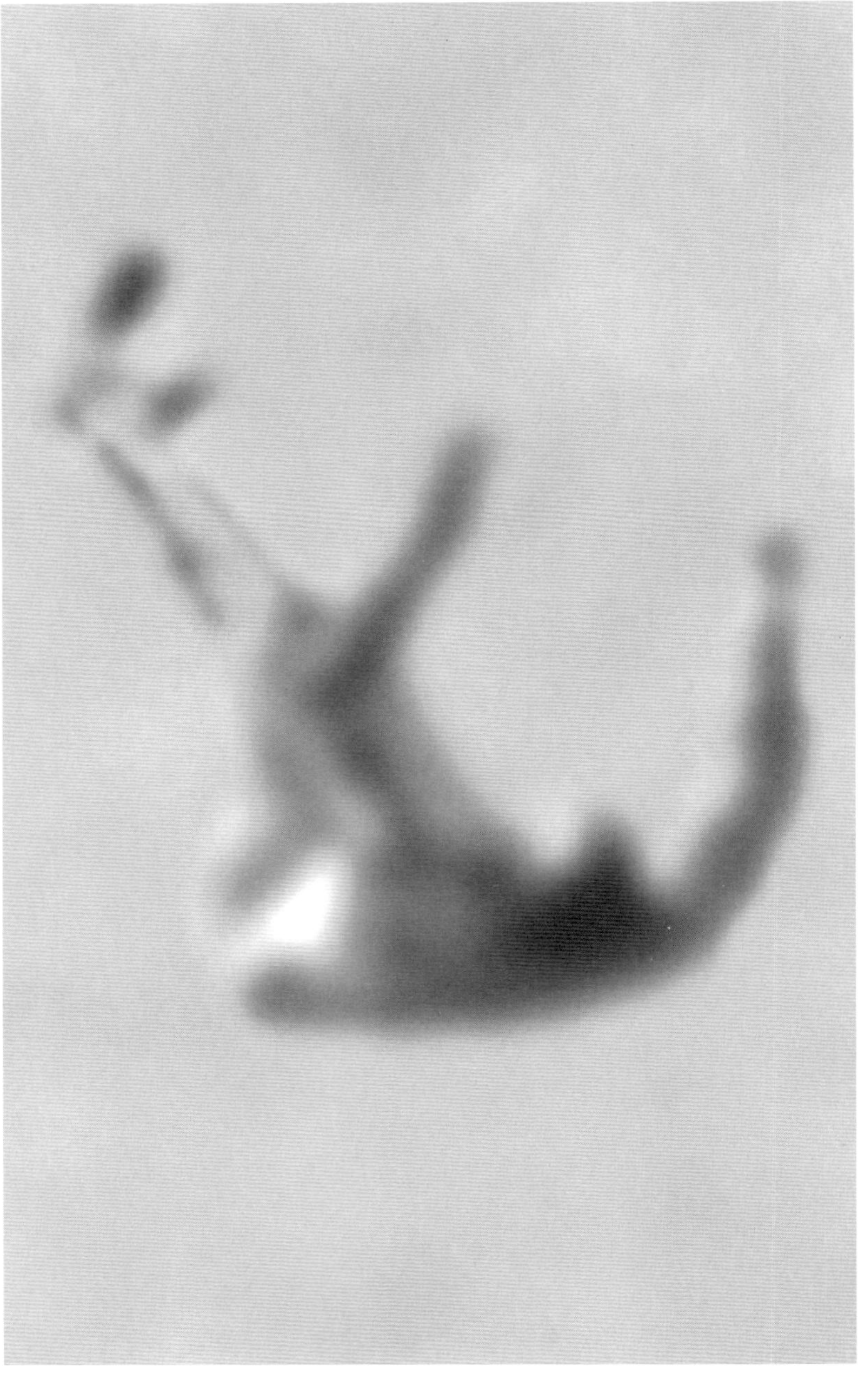

グリーン

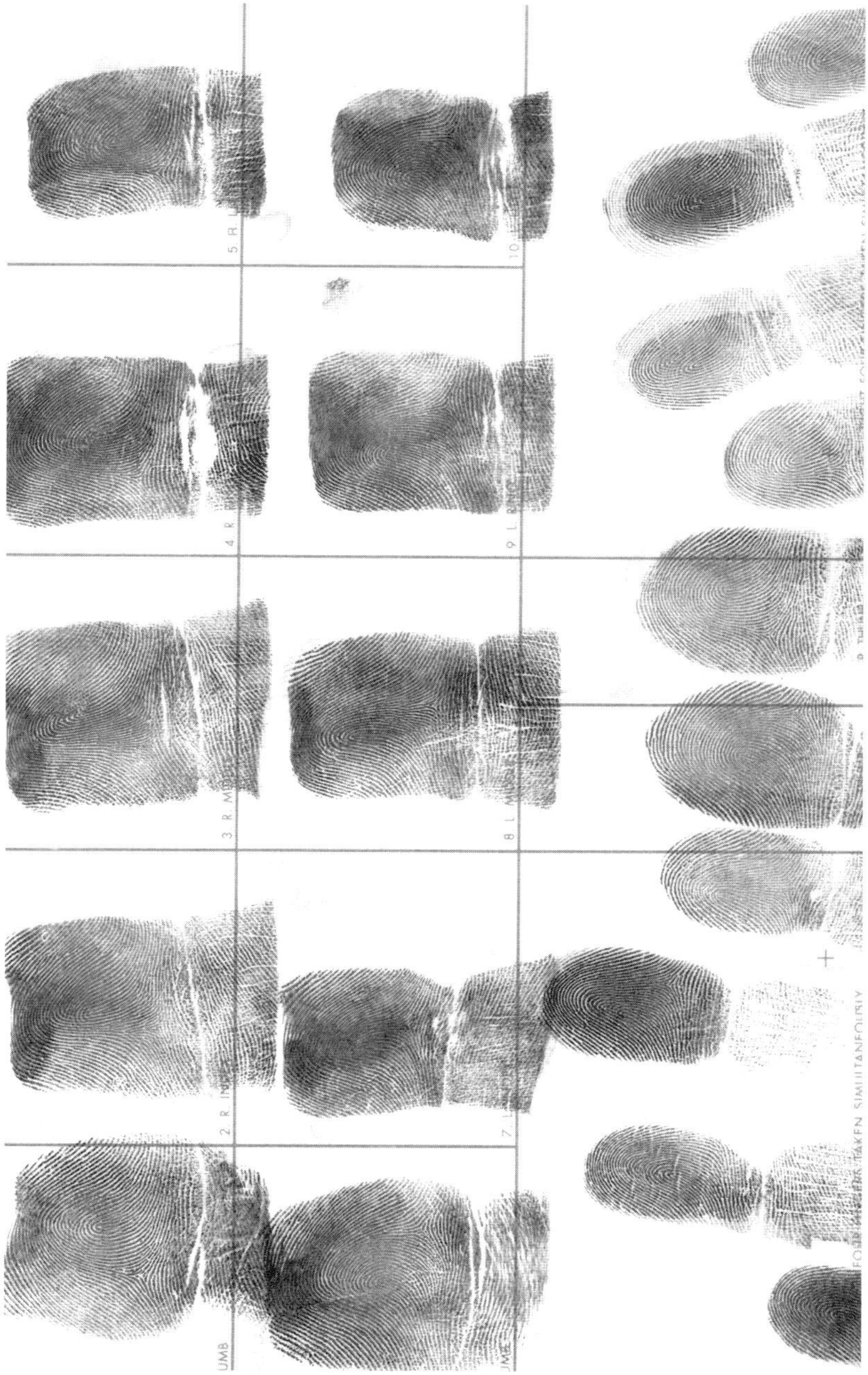

FRANCE

だいぶたってからぼくはベッドをぬけ出して、電話をしまってあるクローゼットまで行った。あの最悪の日からいままでそれを取り出したことはなかった。そんなことできるわけなかった。

うちに着いてからパパが電話してくるまでのあの四分半のことをぼくはしょっちゅう考える。スタンに顔をさわられるなんて、あのときまでないことだった。エレベーターに乗ったのはあれが最後だった。ぼくはアパートのドアを開けて、バッグをおろして、靴をぬいで、何もかも最高って感じで、だって、現実は何もかもほんとにおそろしいことになっているなんて知らなかったし、だって、そんなのどうしてわかる？　ぼくはバックミンスターをなでてあげて愛していることを伝えた。メッセージをチェックしに電話のところに行って、ひとつずつ聞いていった。

メッセージ１：午前八時五二分

メッセージ２：午前九時一二分

メッセージ３：午前九時三一分

メッセージ４：午前九時四六分

メッセージ５：午前一〇時〇四分

ママに電話しようかと思った。ウォーキートーキーをつかんでおばあちゃんを呼び出そうかと思った。ぼくは最初のメッセージに戻って全部聞きなおしてみた。腕時計を見た。一〇時二六分四一秒だった。走って逃げて、もうだれとも話をしないことにしようかと思った。ベッドの下にかくれようかと思った。ダウンタウンへ急いで自分でなんとかパパを助けられないかやってみようかと思った。するとそのとき電話が鳴った。ぼくは腕時計を見た。一

○時二六分四七秒だった。
ママにこんなメッセージを聞かせちゃいけないのはわかったし、というのはママを守ることがぼくのいちばん大事なレゾン・デートルのひとつだからで、じゃあどうしたかというと、ぼくはパパのへそくりをドレッサーの上から取って、アムステルダム通りのレディオ・シャックに行った。ひとつめのビルがたおれるのを見たのはそこのテレビだった。ぼくはまったく同じ電話を買って走って帰ると最初の電話から応答メッセージをコピーした。古いほうの電話を、ぼくのプライバシーのせいでおばあちゃんがいつまでも完成できないスカーフで包んで、それをスーパーのふくろに入れて、それを箱に入れて、それを別の箱に入れて、それを自分のクローゼットにあるいろんなもの、ジュエリー用の作業台とか外国のお金のアルバムとかの下に置いた。

カギ穴を見つけることこそ、究極のレゾン・デートル——ほかの全レゾンのおおもとのレゾン——だって決めた夜、ぼくはどうしてもパパの声を聞かなきゃならなかった。

物音をたてないようものすごく注意しながら電話を保護してあるもの全部から取り出した。声を聞いてママが起きないようにボリュームを下げたのだけど、うす暗い明かりでも部屋じゅうに広がるみたいに、パパは部屋じゅうに広がった。


メッセージ2。午前九時一二分。　また私だ。おまえがいるのか？　もしもし？　すまない。少しずつ。煙が出てきてる。おまえがいてくれたらと思ってたんだ。そこに。うちに。何があったかおまえがもう知っているかはわからない。ただ。私は。こっちは大丈夫だと知ってもらいたかった。万事。順調。だと。これを聞いたら、おばあちゃんに電話してほしい。私は大丈夫だと伝えてほしい。また何分かしたら電話する。きっと消防が来てくれる。それまで待機だ。電話する。

ぼくは電話を未完成のスカーフに包みなおして、それをふくろに入れなおして、それを箱に入れなおして、それを別の箱に入れなおして、それをまるごとクローゼットのがらくたの山の下に置いた。

ぼくはつくりものの星をいつまでも見つめた。

発明をした。

自分にあざをつくった。

発明をした。

ぼくはベッドから出て、窓まで行って、ウォーキートーキーを手に取った。「おばあちゃん？　おばあちゃん、聞こえる？　おばあちゃん？　おばあちゃん？」「オスカー？」「ぼくはだいじょうぶ。どうぞ」「もう遅いわ。どうしたの？　どうぞ」「起こしちゃった？　どうぞ」「いいえ。どうぞ」「何してたの？　どうぞ」「間借り人とお話ししていたのよ。どうぞ」「その人、まだ起きてるの？　どうぞ」ママから間借り人のことは質問しないように言われていたけど、たいていぼくはこらえきれなかった。「そうよ」とおばあちゃんは言った、「でもちょうど出かけたところ。ちょっと用事があってね。どうぞ」。「でもいま午前四時一二分だよ？　どうぞ」

間借り人はパパが死んでからずっとおばあちゃんのところに住んでいて、ぼくはだいたい毎日おばあちゃんのアパートに行っているのに、まだ会ったことがなかった。いつも用事に出ているか、昼寝しているか、シャワーを浴びているかだったけど、そういうときも水の音は聞こえなかった。ママはぼくに言った、「きっと、おばあちゃんっていうのは、とても寂しくなるものなのね」。ぼくはママに言い返した、「だれだってとてもさびしくなるものだよ」。「でもおばあちゃんにはママもいなければ、ダニエルやジェイクのようなお友だちもいないし、バックミンスターだっていないのよ」「そうだけど」「想像上のお友だちが必要なのかもしれないわ」「けどぼくは本当にいるよ」とぼくは言った。「そうね、おばあちゃんはあなたと一緒にいるのが大好きだし。でも、あなたには学校があって、一緒に遊ぶお友だちもいて、『ハムレット』のおけいこがあって、ホビーショップが——」「ホビーショップって呼ばないで」「とにかく、ずっとそばにはいられないってこと。それにおばあちゃんは同じ年ごろのお友だちが欲しいのかもしれない」「おばあちゃんの想像上の友だちがお年寄りだって、どうして知ってるの？」「知ってるわけじゃないわ」

ママは言った、「お友だちを欲しがるのはいけないことじゃない」。「それって、ほんとはロンのことを話してるんでしょ？」「いいえ。おばあちゃんのことよ」「でもほんとはロンのことなんだ」「いいえ、オスカー。そうじゃない。それにその口調は感心しないわ」「口調なんか使ってない」「得意の詰問調を使ったわ」「『きつもんちょう』ってどういう意味かも知らないのに、なんで得意なの？」「お友だちをつくって悪かったとわたしに思わせようとしたのよ」「してない」ママは指輪をはめてある手をかみの毛にやって言った、「ねえ、ママはほんとにおばあちゃんのことを話しているのよ、オスカー、でもそうね、ママだってお友だちが必要だわ。それのどこがいけないの？」ぼくは肩をすくめた。「パパだって、ママにお友だちがいてほしいと思うんじゃない？」「口調なんか使ってない」

おばあちゃんは通りの向こうの建物に住んでいる。こっちは五階で向こうは三階なのに、高さのちがいはよくわからない。ときどきおばあちゃんは窓にぼくへの伝言を書いてくれて、それがこっちから双眼鏡で見えるし、一度、パパとぼくとで午後いっぱいかけて、うちからおばあちゃんのアパートまで飛ばせる紙飛行機をつくろうとしたこともあった。スタンが通りに立って、失敗作を全部拾ってくれた。あと、パパが死んですぐのころおばあちゃんが書いた伝言に、「行かないで」というのがあったのをおぼえてる。

おばあちゃんは窓の外へ頭をかたむけて口をウォーキートーキーにありえないほど近づけたので、声がはっきり聞こえなくなった。「いろいろ大丈夫？　どうぞ？」「おばあちゃん？　どうぞ」「なあに？　どうぞ」「マッチって、なんであんなに短いの？　どうぞ」「どういうこと？　どうぞ」「あのさ、いつも燃えつきちゃいそうでしょ。みんな、きまって最後はあわてて、指をやけどしたりして。どうぞ」「わたしはあんまり賢くないけれど」とおばあちゃんはいつもみたいに自分をけなしてから意見を言った、「マッチが短いからポケットに入るとは思うのよ。どうぞ」。「そうだね」ぼくは手の上であごの、窓のわくの上でひじのバランスをとりながら言った。「ぼくもそう思う。じゃあ、ポケットがもっと大きかったらどう？　どうぞ」「そうね、よくわからないけれど、ポケットがもっと深かったら底まで届きにくいんじゃないかしら。どうぞ」「そうだね」とぼくは言い、つかれてきたので手を交代した、「じゃあ、ケータイポケットはどう？　どうぞ」。「ケータイポケット？　どうぞ」「そう。ちょっと靴下に似てるんだけど、外側にベルクロがついていて、なんにでもくっつけられるんだ。ふくろとちがうのは着ているものの一部になるからだけど、ポケットともちがって服の外側にあるし、はがすこともできるから、いろいろ便利で、ものを服から服に簡単に移せるし、ポケットをはがして手を奥までつっこめるから大きめのものも持ち運びできるんだよ。どうぞ」おばあちゃんは寝まきの心臓の上の部分に手を置いて言った、「一〇〇ドルの値打ちがありそうね。どうぞ」。「ケータイポケットは、みんなの指が短いマッチのせいでやけどするのを防ぐんだ」とぼくは言った、「でもそれだけじゃなくて、みんなのくちびるが短くなったチャップスティックのせいでかわいたままになるのも防ぐよ。あと、チョコバーはなんであんなに短いのかな？　というか、チョコバーを一本食べおわって、おかわりしたくなかったことってある？　どうぞ」。「わたしはチョコレートを食べられないのよ」とおばあちゃんは言った、「でもおまえの言っていることはわかるわ。どうぞ」。「もっと長いくしだって持てるから、分け目を一直線にできるし、それにもっと大きいメンシルが――」「メンシル？」「男用のペンシルだよ」「はい、はい」「それにもっと大きいメンシルがあれば、ぼくみたいに指が太くたってにぎりやすいし、みんなを救助してくれる鳥たちを訓練して、ケータイポケットのなかにシッイタケをさせてもいいかも――」「わからないわ」「鳥のえさシャツに貼ったときの話だよ」

「オスカー？　どうぞ」「ぼくはだいじょうぶ。どうぞ」「おまえ、どうしたの？　どうぞ」「どういうこと、どうしたのって？　どうぞ」「どうしたの？　どうぞ」「パパが恋しいんだよ。どうぞ」「おばあちゃんも恋しいわ。どうぞ」「うんと恋しいんだ。どうぞ」「おばあちゃんもよ。どうぞ」「ずっとだよ。どうぞ」「ずっとよ。どうぞ」。ぼくのほうが**もっと**、おばあちゃんやほかのだれよりもっとパパが恋しいのに、ぼくがそのことを説明できなかったのは、電話で何があったかおばあちゃんに話せなかったからだ。その秘密はぼくの真ん中にあいた穴で、楽しいことは全部そこに落っこちた。「おじいちゃんは動物を見かけると、急いでいるときでも必ず立ち止まってなでてあげたってこと、もう話したかしら？　どうぞ？」「グーゴルプレックス回も話してくれたよ。どうぞ」「あら。じゃあ、おじいちゃんの手が彫刻のせいで、がさがさで赤くなっていたから、おばあちゃんがときどき、本当は彫刻のほうがあなたの手を彫ってるんじゃないのって、冗談を言った話は？　どうぞ」「それもだよ。でも話したければ話していいよ。どうぞ」おばあちゃんはもう一度その話をしてくれた。

ぼくたちのあいだの通りを救急車が走ってきたので、ぼくはだれが運ばれていて、その人に何があったのか想像してみた。スケートボードでむずかしい技に挑戦して足首を折ったんだろうか？　それとも全身の九〇パーセントが第三度のやけどにおおわれて死にかけてる？　ぼくの知り合いってことはあるんだろうか？　あの救急車を見て、なかにいるのがぼくだと思った人はいるのだろうか？

自分が知っている人全員を知っている装置はどうだろう？　たとえば救急車が通りを走ってくるとき、屋根の上で光る大きなサインが

心配しないで！　心配しないで！

になるのは、病気の人の装置が近くで知り合いの装置を探知しなかった場合だ。病気の人の装置が知り合いの装置を探知した場合、救急車が光らせるのは救急車に乗っている人の名前と

たいしたことない！　たいしたことない！

か、重症だったときの、

重症です！　重症です！

それで、自分の知っている人を愛してる順にランクづけできるとしたら、救急車のなかの人の装置が、いちばん愛してる人かいちばん愛してくれている人の装置を探知して、救急車のなかの人が本当にひどいけがをしていて、

死ぬかもしれないってとき、救急車が光らせるのは

さようなら！　愛している！　さようなら！　愛している！

ここで考えてみたいのは、たくさんの人のリストでいちばんになる人のことで、その人が死にかけて、病院まで街を運ばれていくとしたら、救急車はずっと光りつづけるんだ、

さようなら！　愛している！　さようなら！　愛している！

「おばあちゃん？　どうぞ？」「なあに、ぼうや？　どうぞ？」「おじいちゃんがそんなにえらい人だったなら、どうして出ていったの？　どうぞ」おばあちゃんは少し後ろに下がってアパートのなかに姿を消した。「出ていきたかったわけじゃないの。出ていかないといけなかったのよ。どうぞ」「でも、なんで出ていかないといけなかったの？　どうぞ」「わからないわ。どうぞ」「それって、頭にこない？　どうぞ」「出ていったこと？　どうぞ」「なぜだかわからないこと。どうぞ」「こないわ。どうぞ」「悲しい？　どうぞ」「そうね。どうぞ」「ちょっと待って」とぼくは野外キットのところに走って戻って、おじいちゃんのカメラをつかんだ。それを窓まで持ってきて、おばあちゃんの窓の写真をとった。フラッシュがぼくたちのあいだの通りを照らした。

9　リンディ

8　アリシア

おばあちゃんが言った、「わたしがおまえを愛してるくらい、何かを愛したりしないでおくれ。どうぞ」

7　ファーリー

6　ザ・ミンチ／トゥースペースト（同点）

5　スタン

おばあちゃんが指に口をつけて投げキスするのが聞こえた。

4　バックミンスター

3　ママ

ぼくも投げキスを返した。

2　おばあちゃん

「通信終わり」とぼくたちのどちらかが言った。

——パパ

ぼくたちにはもっとずっと大きいポケットが必要だ、と思いながら、ぼくはベッドに横になって、ふつうの人なら眠りに落ちる七分間をかぞえた。必要なのはでっかいポケット、ぼくたちの家族と、ぼくたちの友だちと、ぼくたちのリストにのってない人も、会ったことはなくてもやっぱり守ってあげたい人も入る大きいポケットだ。必要なのはいろんな行政区もいろんな街も入るポケット、宇宙だって入れられるポケットだ。

八分三二秒……

でもそんなにでっかいポケットなんかあるわけないとわかっていた。最後はみんながみんなを失うんだ。それを切りぬけられる発明なんかないから、ぼくはその夜、まるでカメになって宇宙にあるものを全部のせている気分になった。

二一分一一秒……

あのカギはというと、ぼくはそれとアパートのカギを並べてひもを通して、ペンダントみたいに首にかけていた。ぼくはというと、何時間も何時間も起きていた。バックミンスターがとなりで丸くなっていて、ぼくは少しのあいだでも考えごとをしなくてすむように動詞の活用をくりかえした。

Je suis
Tu es
Il/elle est
Nous sommes
Vous êtes
Ils/elles sont
Je suis
Tu es
Il/elle est
Nous

一度、真夜中に目が覚めたら、バックミンスターの足がぼくのまぶたの上にあった。きっとあいつはぼくが見たこわい夢をさわっていたんだろう。

わたしの気持ち

二〇〇三年九月十二日

愛するオスカー、

この手紙は空港から書いています。

話しておきたいことがたくさんあります。　わたしは初めから始めたい、あなたにはその権利があるから。　あなたには何もかも話したい、細かな点もひとつ残らず。でも初めはどこなの？　それに、何もかもとは何なの？　わたしはもうおばあさんだけれど、昔は女の子でした。　本当よ。　あなたが男の子であるようにわたしは女の子だった。　わたしがやっていた家のお手伝いのひとつは郵便を取ってくることでした。　ある日、わが家の住所宛ての手紙が届きました。　宛名は書いてなかった。　わたし宛てだとしてもぜんぜんおかしくない、とわたしは思いました。　開けてみました。たくさんの言葉が検閲で削除されていました。

一九二一年一月十四日

この手紙を受け取られる方へ

私の名前はＸＸＸＸＸＸ・ＸＸＸＸＸＸＸＸＸ、トルコのＸＸＸＸＸ強制労働収容所、ＸＸ棟のＸＸＸＸＸＸ

Xです。生きていられるだけでXX・X・XXXXXXX幸運なのは承知しています。　あなたがどなたかはわかりませんが、私はあなたに宛てて手紙を書くことにしました。　両親はXXXXXXX・XXX。　兄弟姉妹はXXXXX・XXXX、主なXXXXXX・XX・XXXXXXXX！

ここに来てから毎日XXX・XX・XXXXX・XXXXXXX書いています。　パンを切手に交換しているのですが、返事はまだ一通も届きません。　われわれが書く手紙は郵送されていないのだと考えるほうが、ときには慰めになります。

XXX・XX・XXXXXX、せめてXXX・XXXXXXXXX？

XXXXX・XXのあいだずっとXX・XXXXX・X・XX。

XXX・XXX・XX・XXXXX、そしてXXXXX・XX・XXXXX・XX・XXX、一度もXXX・XX・XXXXXXなしで、XXX・XXXXXXXX・XXX・XXXXX悪夢では？

XXX・XXX、XX・XXXXX・XX・XXXXXX・XX！　XXXXX・XX・XXX・XXX・XX・XXX・XX・XXXXX私宛てに二、三言葉を書いていただけたら、どんなにありがたいか知る由もないでしょう。

XXXXXX・XXXの数名は郵便を受け取っているので、XX・XX・XXXXXXXXであるのはわかります。　どうかあなたの写真も名前に添えて送ってください。　なんでも同封してください。

大きな期待をこめて、

XXXXXXXX・XXXXXXXX

わたしはその手紙を持ってまっすぐ自分の部屋に行きました。　それをマットレスの下に入れました。　このことは父にも母にも話さなかった。　わたしは何週間も夜通し考えました。　この男の人はなぜトルコの強制労働収容所に送られたのだろう？　手紙が書かれてから十五年後に届いたのはなぜだろう？　十五年間、どこにあったのだろう？　だれも返事を書かなかったのはなぜだろう？　ほかの人たちは郵便を受け取っていた、とこの人は言っていました。手紙をうちに送ってきたのはなぜだろう？　どうしてうちの通りの名前を知っているのだろう？　どうしてドレスデンのことを知っているのだろう？　ドイツ語はどこで習ったのだろう？　この人はどうなったのだろう？

わたしは手紙からこの男の人のことをできるだけ知ろうとしました。言葉づかいはとても簡単でした。パンが意味するのはパンだけ。郵便は郵便。大きな期待は大きな期待で大きな期待です。残ったのは筆跡でした。

そこでわたしは父に、あなたのひいおじいさんに、わたしが知るかぎり最高の、いちばん心の優しい人に、わたしに手紙を書いてくれと頼みました。わたしは父にどんなことを書いてもかまわないと伝えました。ただ書いてほしい、とわたしは言ったのです。とにかく書いてほしいと。

いとしき子よ、

おまえに手紙を書くよう頼まれたので、こうしておまえに手紙を書いている。なぜこの手紙を書いているのかも、この手紙で何を書けばよいのかもわからないが、それでも書いているのは、おまえを心から愛し、おまえが何かに役立てようとして私にこの手紙を書かせているのだと信じているからだ。いつかおまえも、自分では理解できないことを愛する人のためにするという経験をしてほしい。

父

その手紙は父がわたしに残してくれたただひとつのものです。写真一枚さえありません。

つぎにわたしは刑務所に行きました。　叔父がそこで看守をしていたのです。　それでわたしは殺人犯の筆跡のサンプルをもらうことができました。　叔父がその殺人犯に早期釈放の嘆願書を書くよう求めたのです。　わたしたちはその男の人にひどいいたずらをしたのです。

刑務審査会御中

私はクルト・シュリューターと申します。　囚人２４９２２号です。　数年前にこちらに収監されました。それが何年なのかはわかりません。　ここにはカレンダーがないからです。　私は壁にチョークで線を書きつづけています。でも雨が降ると、眠っているあいだに雨が窓から吹きこみます。　そして起きてみると線は消えています。　だから何年たったのかはわかりません。　私は兄を殺しました。　兄の頭をシャベルで殴りました。　そのあと同じシャベルを使って庭に兄を埋めました。　土は赤かった。　兄の死体がある芝地に雑草が生えました。　夜になると、ときどき膝をついて雑草を抜き、人に知られないようにしました。私はとんでもないことをしでかしました。　死後の世界はあると信じています。　取り返しがつかないことは承知しています。　日々記したチョークの線のように私の日々を洗い流すことができたらよいのですが。私は善人になるよう努力してきました。　ほかの囚人の仕事を手伝っています。　いまでは我慢強くなりました。

皆様には関係のないことかもしれませんが、兄は私の妻と不倫をしていました。　私は妻は殺していません。

妻のことを許し、彼女のもとに戻りたいと思っています。

もし釈放していただけたら、私は善人になり、静かに、ひっそりと暮らします。

どうか私の嘆願をご検討ください。

クルト・シュリューター、囚人２４９２２号

叔父はあとになってこの囚人は刑務所に入って四十年以上たつと教えてくれました。牢屋に入れられたときは若者だったのです。わたしに手紙を書いてくれたときには、年を取って弱っていました。奥さんは再婚していました。子どもも孫もいました。叔父は何も言わなかったけれど、この囚人と友人なのだとわかりました。叔父も奥さんを失い、刑務所にいたのです。叔父は言わなかったけれど、声にはこの囚人への思いやりが聞き取れました。彼らはおたがいを見守り合っていたのです。それから何年かして、あの囚人はどうなったのかと尋ねたとき、叔父はまだ入っていると教えてくれました。彼は審査会への手紙を書きつづけたのです。受け取り人がいないことも知らずに、自分を責めて奥さんを許しつづけました。叔父はどの手紙も預かり、必ず届けると囚人に約束しました。でもそうするかわりに手紙を全部保管していたのです。おかげでたんすの引き出しがどれもいっぱいになりました。こんなことをしていたらだれだって死にたくなるんじゃないかと思ったのをおぼえています。予感は的中しました。叔父は、あなたのひいおじいさんの弟は、自殺したのです。もちろん、その囚人とはなんの関係もないことかもしれません。

こうした三つのサンプルでわたしは比較することができました。少なくとも、強制労働者の筆跡が殺人犯よりも父のに似ていることは見て取れました。でももっと手紙が必要なのもわかっていました。手に入るだけの手紙が必要でした。

それでわたしはピアノの先生のところに行きました。わたしはずっと彼にキスしたいと思っていたのだけれど、笑われるのがこわかった。わたしは手紙を書いてくれるよう頼みました。それから母の妹にも頼みました。彼女は踊りが大好きなのに、踊ることは大嫌いでした。

学校の友だちのマリーにも手紙を書いてと頼みました。　彼女はひょうきんで、元気いっぱいでした。　だれもいない家を何も着ないで走りまわるのが、もうそんな歳でもないのに好きでした。　何も恥ずかしがらなかったのです。　わたしは何をするのも恥ずかしかったから、とても感心したし、それにつらくもありました。　彼女はベッドの上で飛び跳ねるのが大好きでした。　何年もベッドで飛び跳ねていたから、ある日、わたしが見ているときに縫い目がはち切れました。　羽が小さな部屋じゅうに広がりました。　わたしたちが笑うせいで羽はずっと宙を舞っていました。　わたしは鳥のことを考えました。　だれかが、どこかで笑っていなくても、鳥は飛べるのかしら？

わたしは祖母の、あなたのひいひいおばあさんのところに行って、手紙を書いてくれるよう頼みました。　彼女はわたしの母のお母さんでした。　あなたのお父さんのお母さんのお母さんのお母さんです。　わたしは彼女のことをよく知りませんでした。　知りたいと思ったこともありませんでした。　昔のことに用はないって、子どもっぽく考えていたのです。　昔のほうがわたしに用があるだなんて考えもしませんでした。

どんな手紙かね？　祖母は尋ねました。

わたしはなんでも書きたいことを書くように告げました。

わたしからの手紙が欲しいのかい？　彼女は尋ねました。

わたしはそうよと答えました。

おやまあ、ありがたや、と彼女は言いました。

祖母のくれた手紙は六十七枚もありました。　それは彼女の生涯の物語でした。　祖母はわたしの願いを自分の願いにしたのです。　よく聞いてちょうだい。

わたしはたくさんのことを知りました。　彼女は若いころに歌をうたっていました。　少女のころにアメリカに来たことがありました。　わたしはそんなこと知らなかった。　彼女は何度も恋をしたものだから、そのうちこれは恋じゃなくて、もっとふつうのことなんじゃないかと思うようになったそうです。　泳ぎを習ったことがなくて、そのせいで昔から川や湖に憧れていたこともわたしは知りました。　祖母はお父さんに、わたしのひいおじいさん、あなたのひいひいひいおじいさんに、鳩を買ってほしいとせがみました。　彼女のお父さんはかわりに絹のスカーフを買ってあげました。　それで彼女はスカーフを鳩だと思いこみました。　飛ぶ力があるのに飛ばないのは、だれにも正体を見せたくないからだと自分に言い聞かせることまでしました。　そんなにも彼女は自分のお父さんを愛していたのです。

その手紙はもうなくなってしまったけれど、最後の一節はいまもわたしのなかにあります。

彼女は書いていました、もう一度少女になって、人生をやり直せたらいいのに。　わたしは必要以上に苦しんでばかりいた。　これまでに感じた楽しみだって、必ずしも楽しいものではなかった。　もっと違った生き方ができたはず。　ちょうどあなたぐらいの年ごろのとき、祖父がルビーの腕輪を買ってくれたの。　わたしには大きすぎて、腕をずりあがったりずり落ちたりしてね。　ほとんど首飾りだった。　あとで祖父が話してくれたけれど、宝飾屋さんにそういうふうにつくるよう頼んだらしいわ。　その大きさは祖父の愛を象徴するものだったの。　ルビーが多いほど、愛は大きい。　でも、つけ心地はよくなかった。　まるでつけていられなかったわ。　それで要するに何が言いたいかというと、こういうことよ。　いま、あなたに腕輪をあげるとしたら、わたしはあなたの手首を二回測る。

愛をこめて、

祖母
わたしは知り合いみんなから手紙をもらいました。　それを寝室の床に広げて、共通点を見つけて整理してみました。　百通の手紙を。　どうにか関連づけができないかと、しょっちゅう並びかえていました。　わたしは理解したかったのです。

それから七年後、まさに会いたいと思っていたときに幼なじみが現れました。　わたしはアメリカに来てまだ二か月でした。　わたしはある機関に支えてもらっていたけれど、もうすぐひとり立ちしなくてはなりませんでした。　一日じゅう新聞や雑誌を読みました。　慣用句をおぼえたかったのです。　本当のアメリカ人になりたかった。　井戸端会議をする。　ガス抜きをする。　当たらずといえども遠からず。　虫の知らせ。きっとこっけいに思われたでしょうね。　わたしはただ自然になりたかったの。　それはもうあきらめたけれど。

何もかも失ってから彼とは会っていなかった。　彼のことは考えもしませんでした。　彼とわたしの姉、アンナは友だちでした。　ある午後、家の裏の納屋の裏の原っぱでふたりがキスしているところに出くわしました。　わたしはとてもどきどきした。　自分がキスしているような気持ちになった。　わたしはまだだれともキスをしたことがなかった。　もしあれが自分だったら、あんなにどきどきしなかったでしょう。　わたしたちの家は小さかった。　アンナとわたしは一緒のベッドで寝ていました。　その夜、わたしは自分が見たものを姉に伝えました。　彼女は、それについてはひとことも話さないと約束してくれと言いました。　わたしは姉に約束しました。

彼女は言いました、どうしてあなたを信じられる？

わたしは姉に伝えたかった、だって話したらわたしが見たものはわたしのものではなくなってしまうもの。　わたしは言いました、だって妹だもの。

ありがとう。

キスするのを見てもいい？

キスするのを見てもいいかって？

どこでキスするか教えてくれたら、隠れて見られるでしょ。

彼女は鳥の群れがいっせいに移住してしまいそうな笑い声をあげました。　それが彼女のイエスの言い方でした。

あるときは家の裏の納屋の裏の原っぱだった。

あるときは校庭のレンガ塀の裏だった。　いつも何かの裏だった。

姉は彼に話したのだろうかとわたしは思いました。　姉はわたしに見られているのを感じるのだろうか、それでスリルが増すのだろうか。

なぜわたしは見せてほしいと頼んだのだろう？　なぜ姉は承知してくれたのだろう？

強制労働者のことをもっと知ろうとしていたとき、わたしはあの人のところにも行きました。　わたしはみんなのところに行ったのです。

アンナのかわいい妹へ、
これがきみに頼まれた手紙です。　ぼくの身長は約二メートル。　目は茶色。　昔から手が大きいと言われる。　ぼくは彫刻家になりたい、そしてきみのお姉さんと結婚したい。　ぼくの夢はそれだけだ。　もっと書いてもいいけれど、大事なことはそれくらいだから。

きみの友だち、
トーマス

七年後、あるパン屋に入っていくと、そこに彼はいました。　足もとに犬がいて、横に鳥が入った籠がありました。　その七年は七年じゃなかった。　七百年じゃなかった。　その長さは年数では測れない、わたしたちが旅した距離を海は説明できないのと同じ、死んだ人を頭数で考えることはできないのと同じ。　わたしは彼から逃げたかったし、彼のすぐそばまで行きたかった。　わたしは彼のすぐそばまで行きました。

トーマスなの？　わたしは尋ねました。

彼はいいやと首を振りました。

あなたよ、わたしは言いました。　わかるの。

彼はいいやと首を振りました。

ドレスデンの。

彼が右手を開くと、そこにはＮＯという入れ墨がありました。

おぼえているわ。　あなたが姉さんにキスするのを見ていたの。

彼は小さな本を取り出して書きました、私はしゃべれない。　すまない。

それでわたしは泣きだしました。　彼は涙をぬぐってくれました。　でも自分の身元は認めませんでした。

けっして認めなかったのです。

その午後はふたりですごしました。　そのあいだずっとわたしは彼に手を触れたいと思っていました。　長いあいだ会っていなかったこの人に心を深く動かされました。　七年前の彼は巨人だったのに、いまは小さく見える。　わたしは機関からもらったお金をあげたかった。　こっちの身の上は話さなくてもよかったけれど、向こうの話を聴かなくてはなりませんでした。　わたしは彼を守りたかったし、たとえ自分のことは守れなくても、彼を守れる自信があったのです。

わたしは尋ねました、彫刻家になったの？　むかし夢見ていたとおり。

彼は右手を見せて、沈黙が流れました。

おたがい言いたいことはいろいろあるのに、それを言う方法がなかったのです。

彼は書きました、大丈夫かい？

わたしは彼に言いました、目がしょぼしょぼするの。

彼は書きました、でもきみは大丈夫かい？

わたしは彼に言いました、それはとても複雑な質問だわ。

彼は書きました、それはとても単純な返答だ。

わたしは尋ねました、あなたは大丈夫？

彼は書きました、朝目を覚ましてありがたい気持ちになることがある。

わたしたちは何時間も話したけれど、同じことを何度も何度もくりかえすばかりでした。

わたしたちのカップがからっぽになりました。

その日はからっぽになりました。

わたしはひとりでいたときよりもっとひとりぼっちだった。　わたしたちは別々の方角に向かおうとしていました。　ほかにどうしたらいいかわからなかった。

遅くなってきたわ、とわたしは言いました。

彼が左手を見せると、そこにはＹＥＳと入れ墨されていました。

わたしは言いました、帰ったほうがよさそうね。

彼は本のページを戻して指差しました、大丈夫かい？

わたしはええとうなずきました。

わたしは歩きはじめました。　ハドソン川まで歩いて、そのまま歩きつづけよう。　できるだけ大きな石を持って肺を水でいっぱいにするつもりでした。

でもそのとき後ろで彼が手を叩くのが聞こえたのです。

振り返ると、こっちにおいでと合図していました。

わたしは彼から逃げたかったし、彼のところに行きたかった。

わたしは彼のところに行きました。

彼はモデルになってくれないかとききました。　その質問をドイツ語で書き、そこで初めてわたしはその午後ずっと彼が英語を書き、わたしが英語をしゃべっていたのに気がつきました。　いいわ、とわたしはドイツ語で言いました。　いいわ。　わたしたちはつぎの日の予定を決めました。

彼のアパートはまるで動物園でした。　そこらじゅう動物だらけでした。　犬と猫。　一ダースの鳥籠。　魚の水槽。　ヘビやトカゲや昆虫が入ったガラス箱。　ネズミは籠に入れてあるから、猫には捕まらない。　まるでノアの方舟。　でも片隅だけはきれいでぴかぴかにしてありました。

場所をとってあると彼は言いました。

なんのために？

彫刻のために。

それはなんの、だれの彫刻なのか知りたかったけれど、わたしはきかずにおきました。

彼は手を引いて案内してくれました。わたしたちは彼がつくりたいものについて三十分ほど話し合いました。わたしは必要なことはなんでもすると彼に伝えました。

わたしたちはコーヒーを飲みました。

アメリカで彫刻をつくったことはないと彼は書きました。

どうして？

できなかった。

どうして？

わたしたちはけっして過去の話はしませんでした。

彼は送気管を開けたけれど、わたしにはなぜだかわかりませんでした。

鳥たちがもうひとつの部屋でさえずりました。

わたしは着ているものを脱ぎました。

カウチの上に乗りました。

彼がじっと見つめました。わたしは男の人の前で裸になったのは初めてでした。そのことを彼は知っているのだろうか。

彼がやってきてわたしの体を人形のように動かしました。両手を頭の後ろにやりました。右脚を少し曲げました。　彼の手がひどく荒れているのはむかし彫刻をつくっていたせいだろうと思いました。　彼はわたしのあごを下げました。　手のひらを上に向けました。　彼に注目されてわたしにぽっかりあいた穴がいっぱいになりました。わたしはつぎの日もまた行きました。　そしてそのつぎの日も。　仕事を探すのはやめました。　大事なのは彼に見てもらうことだけだった。　いよいよとなったら、崩れ落ちる用意はできていました。

毎回同じでした。

彼が何をつくりたいか話す。

わたしは必要なことはなんでもすると伝える。

ふたりでコーヒーを飲む。

けっして過去の話はしない。

彼が送気管を開く。

鳥たちがもうひとつの部屋でさえずる。

わたしが服を脱ぐ。

彼がわたしにポーズをつける。

彼がわたしを彫る。

わたしはときどき寝室の床に並べたあの百通の手紙のことを考える。　あの手紙を集めなかったら、わたしたちの家はあんなに赤々とは燃えなかったのだろうか?

一回終わるごとにわたしは彫刻を見ました。　彼は動物たちにえさをやりに行きました。　ひとりにしてと頼んだことはないのに、彼は彫刻とわたしだけにしてくれました。　彼はわかっていました。

ほんの二、三回が終わったあとで彼が彫っているのはアンナだということがはっきりしました。彼は七年前に知っていた少女をもう一度つくろうとしていた。彼は彫りながらわたしに目を向けていたけれど、見ていたのは彼女でした。

ポーズ決めはだんだん長くなっていきました。彼はもっとわたしにさわるようになりました。もっとわたしをあれこれ動かすようになりました。まるまる十分かけてわたしのひざを曲げたり伸ばしたりしました。わたしの手を閉じたり開いたりしました。

恥ずかしがらないでくれ、彼はドイツ語で小さな本に書きました。

ぜんぜん、わたしはドイツ語で言いました。ぜんぜん。

彼はわたしの片方の腕を曲げました。もう片方の腕をまっすぐにしました。つぎの週、わたしの髪にさわっていたのは五分だったかもしれないし、五十分だったのかもしれません。

彼は書きました、どこかで折り合いをつけたいと思っている。

わたしは彼がその夜をどう乗りきるのか知りたかった。

彼はわたしの胸にさわり、そっと離しました。

これでよくなると思う、彼は書きました。

わたしは何がよくなるのか知りたかった。どうよくなるの?

彼はわたしのあちこちをさわりました。こんなことをあなたに話せるのも、それを恥じてはいないから、そこから学んだからです。それにきっとあなたはわかってくれる。わたしが信じているのはあなただけなのよ、オスカー。

ポーズ決めこそが彫刻だったのです。　彼はわたしを彫っていました。　わたしをつくることで、わたしと恋に落ちようとしていたのです。

彼はわたしの脚を広げました。　手のひらがわたしの太ももの内側にそっと押しあてられました。　太ももが押しかえしました。　手のひらが押し広げました。

鳥たちがもうひとつの部屋でさえずっていました。

わたしたちはどこかで折り合いをつけようとしていました。

つぎの週に彼はわたしの脚の裏側を抱え、つぎの週はわたしの後ろにまわりました。　わたしが愛を交わしたのはそのときが初めてでした。　彼はそれを知っていたのだろうか。　わたしは泣きたい気持ちだった。　わたしは思いました、なぜ人は愛を交わすの？

姉の未完成の彫刻を見ると、未完成の少女がわたしを見返しました。

なぜ人は愛を交わすの？

わたしたちは最初に出会ったパン屋まで一緒に歩いていきました。

一緒で別々。

わたしたちはテーブルにつきました。　同じ側に、窓を向いて。

わたしを愛してくれるかどうか知る必要はありませんでした。

わたしを必要としてくれるかどうか知る必要がありました。

わたしは彼の小さな本をめくってつぎの空いているページに書きました、お願い、結婚して。

彼は自分の両手を見ました。

ＹＥＳでＮＯ。
なぜ人は愛を交わすの？
彼はペンを取ってつぎの、そして最後のページに書きました、子どもはなし。
それがわたしたちの第一のルールでした。
わかったわ、わたしは彼に英語で告げました。
わたしたちはもう二度とドイツ語を使いませんでした。
つぎの日、あなたのおじいさんとわたしは結婚したのです。

たったひとつの動物

パパがまだ生きているころ『ホーキング、宇宙を語る』の第一章を読んだぼくは、生命がどちらかというと取るに足らなくて、宇宙と比べたり時間と比べたりすると、そもそもぼくが存在するかどうかさえどうでもいいってことを知って、ありえないほど靴が重くなった。その夜、パパに寝かしつけてもらいながらその本の話をしていたとき、ぼくはパパにその問題の解決策を思いつくかきいてみた。「どっちの問題だい?」「ぼくらがどちらかというと取るに足らないって問題」パパは言った、「そうだな、もしおまえが飛行機からサハラ砂漠の真ん中に降ろされて、ピンセットでひと粒の砂をつまんで一ミリ動かしたらどうなる?」ぼくは言った、「たぶん脱水症で死ぬね」。パパは、「私が言いたいのはちょうどそのとき、ひと粒の砂を動かしたときのことだ。それは何を意味する?」ぼくは、「さあ、何?」パパは、「考えてごらん」。ぼくは考えてみた。「ぼくがひとつぶの砂を動かしたんだよね」「それはどういうことだろう?」「それはぼくがひとつぶの砂を動かしたってこと?」「おまえがサハラを変えたってことだ」「それで?」「それで? それで、サハラは広大な砂漠だ。しかも数百万年も存在している。それをおまえは変えたんだぞ!」「ほんとだ!」ぼくははっとして言った、「サハラを変えたんだ!」「ということは?」とパパが言った。「何? 教えて」「いいか、べつに『モナリザ』を描くとかガンを治す話をしてるんじゃない。そのひと粒の砂を一ミリ動かすという話だ」「だよね?・」「かりにおまえがそうしなかった場合、人類の歴史はあるひとつの道をたどっていただろう……」「うん?・」「でもおまえはそうした、**だから**……?・」ぼくはベッドに立って、つくりものの星を指さしてさけんだ。「ぼくは人類の歴史の流れを変えたんだ!・」「そのとおり」「ぼくは宇宙を変えた!・」「やったな」「ぼくは神だ!・」「おまえは無神論者だぞ」「ぼくは存在しない!・」ぼくはまたベッドに、パパの腕のなかにたおれこんで、いっしょに大笑いした。

ニューヨークにいるラストネームがブラックの人全員に会うと決めたとき、ぼくはそんなような気分だった。どちらかというと取るに足らないとしたって、何かではあるし、ぼくが何かしなきゃならないのは、泳がないと死んでしまうというサメと同じだ。

それはそうと。

地域別のほうが効率がいいやり方だったかもしれないけど、ぼくはアーロンからザイナまで、名前のアルファベット順に調べることに決めた。もうひとつ決めたのは、家ではこの任務をなるべく秘密にして、家の外ではなるべく正直に話すということで、というのはそれが必要なことだったからだ。だからママに「行き先はどこ、帰りはいつ?・」ときかれたら、ぼくは「外、あとで」とだけ答える。でもブラックのひとりが何か知りたがったら、なんだって話していい。ほかのルールは、ぼくはもう性差別主義者にはならないし、人種差別主義者にも、年齢差別主義者にも、ホモ恐怖症にもならないし、あまり弱虫にならないし、障害者や頭がのろい人を差別しないということ、それと、ウソをつかないということだったけど、どうしてもしかたがないときは別で、そういうときはたくさんあった。ぼくは必要になりそうなものを集めて特別な野外キットもつくった。強力懐中電灯とか、チャップスティック、フィグ・ニュートンのクッキー何枚か、大事な証拠やごみを入れるビニールぶくろ、ケータイ、『ハムレット』

の台本（これは場所を移動するあいだにト書きを暗記するためで、というのは暗記するせりふがないから）、ニューヨークの地形図、放射能汚染爆弾に備えてヨウ素の錠剤、白い手ぶくろは当然として、ジューシー・ジュース二箱と、虫メガネ、『ラルース・ポケット・ディクショナリー』とか、ほかにも便利なものをいろいろ。出発する準備ができた。

　出かけるとき、スタンが言った、「いい日和だな！」ぼくは言った、「そうだね」。スタンがきいた、「きょうの予定（メニュー）は？」ぼくはカギを見せてあげた。スタンが言った、「塩鮭（ロックス）かい？」ぼくは言った、「それって愉快だけど、ぼくは親がいるものは食べないんだ」。スタンは首を振った、「つい言いたくなって。で、きょうのメニューは？」「クィーンズとグリーンウィッチ・ヴィレッジ」「もしかしてグレ、ニッチ・ヴィレッジ？」それはこの探検でのひとつめのがっかりで、というのはぼくは発音どおりに表記されてるんだと思っていて、だとしたらグッとくる手がかりになっていたからだ。「それはそれ」

　ぼくは公共の交通機関がこわいから、三時間四一分かけてアーロン・ブラックのところまで歩いていったのだけど、本当は歩いて橋を渡るのもこわい。パパはよく恐怖に順番をつけなきゃならないときもあると言っていて、これがそういうときだった。ぼくはアムステルダム・アヴェニューと、コロンバス・アヴェニューと、セントラルパークと、五番街と、マディソン・アヴェニューと、パーク・アヴェニューと、レキシントン・アヴェニューと、三番街と、二番街を歩いて渡った。五九丁目の橋のちょうど半分まで来たとき、一ミリ後ろはマンハッタンで一ミリ前はクィーンズなんだと考えた。とすると、ニューヨークのいろんな部分、ミッドタウン・トンネルのちょうど中間とか、ブルックリン・ブリッジのちょうど中間とか、マンハッタンとスタテンアイランドのちょうど中間に来たときのスタテンアイランド・フェリーのちょうど真ん中とか、どの行政区でもないところの名前はどうなるんだろ

う？

ぼくは一歩前に進んで、初めてクィーンズに入った。

ロングアイランド・シティ、ウッドサイド、エルムハースト、ジャクソン・ハイツを歩いて通りぬけた。そのあいだずっとタンバリンを振っていたのは、そうすればいろんな地区を通っていてもぼくはやっぱりぼくだと思い出せるからだった。やっと建物に着いたとき、ぼくはドアマンがどこにいるのかわからなかった。コーヒーでも飲みにいっているのかも、と初めは思ったけど、二、三分待ってもやってこなかった。ドアの奥をのぞいてみたら、ドアマン用のデスクがなかった。ぼくは思った、**ヘンだ。**

カギを穴に差してみたけど、先っぽしか入らなかった。アパートの家ごとのボタンがついた装置が見えたから、A・ブラックの家、というのは９Eだったので、そのボタンをおしてみた。だれも出なかった。もう一度おした。何もなし。ブザーを一五秒おさえたままにした。やっぱり何もなし。ぼくは床に座りこんで、このコロナ地区にあるアパートのロビーで泣いたら弱虫すぎるかなと考えた。

「わかった、わかった」とスピーカーから声がした。「落ち着けって」ぼくは飛びあがった。「こんにちは」とぼくは言った、「ぼくはオスカー・シェルといいます」。「なんの用だ？」声がおこっているみたいだったけど、ぼくは何も悪いことはしてなかった。「トーマス・シェルと知り合いでしたか？」「いいや」「たしかですか？」「ああ」「カギのことは知っていますか？」「なんの用だ？」「何も悪いことはしてません」「なんの用だ？」「カギを見つけたんです」とぼくは言った、「入っていた封筒にあなたの名前が書いてあって」。「アーロン・ブラックと？」「いえ、ブラックとだけ」「よくある名前だ」「知ってます」「それに色でもある」「当然」「じゃあな」と声は言った。「でもぼくはこのカギについて調べていて」「じゃあな」「でも――」「じゃあな」がっかりその二。

ぼくはまた座りこんで、コロナにあるアパートのロビーで泣きだした。ボタンを全部おしてののしり言葉をこの頭にくる建物に住むみんなにわめきたかった。自分にあざをつくりたかった。ぼくは立ちあがって9Eをまたおした。今度はすぐに声が聞こえた。「なん、の、用、だ?」ぼくは言った、「トーマス・シェルはぼくのパパだった」。「それで?」「だった、だよ。だじゃない。死んだから」むこうは何も言わなかったけど、通話ボタンをおしているにちがいなくて、アパートのなかのビーッという音も、ぼくが地上で感じてるのと同じ風で窓ががたがた鳴るのも聞こえた。アーロンがきいた、「おまえ、何歳だ?」七つ、と答えたのは、よけい気の毒に思ってもらって、力になってもらいたかったから。ウソその三四。「パパは死んじゃった」とぼくは言った。「死んだ?」「もう動かない」アーロンは何も言わなかった。またビーッという音が聞こえた。ぼくたちはその場に立って、向き合っていたけど、九階はなれていた。そのうちアーロンが言った、「若死にしたんだな」。「うん」「いくつだった?」「四〇歳」「そりゃ若すぎる」「ほんとだよね」「どうして死んだか訊いてもいいか?」その話はしたくなかったけど、この調査のことで自分にした約束を思い出して、ぼくは何もかも話した。またビーッと音が鳴って、指がつかれないんだろうかとぼくは考えた。アーロンが言った、「上がってきてくれたら、そのカギを見てみよう」。「上がれないよ」「どうして?」「そっちは九階で、ぼくはそんなに高いところに行けないから」「どうして?」「安全じゃない」「いや、ここは完全に安全だ」「何かが起きるまではね」「平気だって」「それがルールなんだ」「下りていきたいのはやまやまだが」とアーロンは言った、「できないんだ」。「どうして?」「重い病気でね」「でもぼくのパパは死んだんだ」「こっちはあれこれ機械につながってる。だからインターコムに出るまで時間がかかった」もしもやりなおせるなら、ぼくはちがうやり方をしたと思う。でもやりなおすことなんてできない。アーロンの声が聞こえた、「もしもし? もしもし? 待ってくれ」。ぼくは名刺をアパートの入り口のドアの下にすべりこませて、全速力でそこをはなれた。

アビー・ブラックはベッドフォード通りにあるタウンハウスの1号に住んでいた。そこまでは歩いて二時間二三分かかって、タンバリンをふっていた手がくたくたになった。ドアの上に小さい看板がついていて、詩人のエドナ・セント・ヴィンセント・ミレイがむかしここに住んでいたということと、ニューヨークでいちばんせまい家だということが書いてあった。エドナ・セント・ヴィンセント・ミレイって、男なんだろうか女なんだろうか、とぼくは思った。カギを試したら、半分入ったところで止まった。ノックしてみた。だれも出てこなかったけど、なかで人が話しているのは聞こえたので、1号というのは一階のことだと見当をつけて、もう一度ノックした。必要なら、うっとうしがられたってかまわなかった。

女の人がドアを開けて言った、「何かしら?」その人はありえないほど美しくて、顔はママみたいに笑ってないときでも笑ってるように見えて、おっぱいが巨大だった。ぼくはとくにイヤリングがときどき首にさわるところが好きになった。それでふと思ったのは、何か発明品を持ってきていれば、この女の人にもぼくを好きになる理由ができたのにってこと。小さくて簡単なものでもよかった、燐光ブローチとかでも。

「ハイ」「こんにちは」「あなたがアビー・ブラック?」「ええ」「ぼくはオスカー・シェル」「こんにちは」「ハイ」ぼくはアビーに請け合った、「きっといつも言われてると思うけど、『ありえないほど美しい』を辞書で引いたら、あなたの写真がありますよ」。アビーは吹き出して言った、「そんなふうに言われたことないわ」。「きっと言われてるよ」彼女はまた吹き出した。「言われないの」「じゃあ、まちがった人とつき合ってるんだ」「それは言うとおりかもしれない」「だって、あなたはありえないほど美しいから」

アビーがまたちょっとドアを開けた。ぼくはきいた、「トーマス・シェルを知っていましたか?」「えっ?」「ト

75
1/2

ーマス・シェルを知っていましたか?」アビーは考えた。どうして考えなきゃならないんだろうとぼくは思った。「いいえ」「たしかですか?」「ええ」確かだという答えがどこか不確かだったので、ひょっとして何かかくし事をしているんじゃないかとぼくは思った。でもそのかくし事ってなんだろう? ぼくは封筒をわたして言った、「これはあなたにとって何か意味がありますか?」アビーはしばらく封筒を見ていた。「ないと思う。いけない?」「何か意味があるのだとしたら」とぼくは答えた。「ないわ」とアビーはぼくに言った。ぼくはアビーを信じなかった。「入ってもいいですか?」とぼくはきいた。「いまはあまり都合がよくないの」「どうして?」「取り込み中で」「取り込み中って、どんな?」「あなたに関係あるかしら?」「それは修辞疑問文?」「仕事をしているんですか?」「ええ」「なんの仕事?」「わたしは疫学者なの」「病気を研究するんですね」「そう」「グッときます」「ねえ、あなたが何を求めているのかわからないけれど、その封筒に関係のあることだったら、わたしはなんの力にも――」「のどがものすごくからからで」と言ってぼくはのどをさわった、これはのどの渇きを示す世界共通のサインだ。「そこの角にデリがあるわ」「じつは糖尿病で、砂糖がアサップ必要なんです」。ウソその三五。「それってA・S・A・Pのこと?」「それはそれ」

ウソをつくのはいい気分じゃなかったし、何かが起きるまえにそれが何かわかるなんて信じてなかったけど、なぜだかアビーのアパートのなかに入らなきゃいけないのはわかった。ウソをついたかわりに、ぼくはおこづかいが上がったら、上がったぶんを本物の糖尿病の人たちに寄付しようとちかった。アビーは深呼吸をして、ありえないほどいらいらしている様子だったけど、かといって帰ってくれとは言わなかった。家のなかから何かを呼びかける男の人の声がした。「オレンジジュースは?」とアビーがきいた。「コーヒーはありますか?」「ついてきて」と言ってアビーはアパートの奥に歩いていった。「乳成分なしのクリームも?」

アビーについていきながらまわりを見まわすと、何もかも清潔で完ぺきだった。壁にはいかした写真がかかっていたけど、そのうちの一枚にアフリカ系アメリカ人の女の人のVJが見えたので、ぼくはきまりが悪くなった。

「ソファのクッションはどこにあるの?」「クッションはないのよ」「あれは何?」「あの絵のこと?」「あなたのアパートはいいにおいがするね」別の部屋の男の人がまた、今度はものすごくうるさく、必死そうに呼びかけたけど、聞こえないのか気にならないのか、アビーはぜんぜん耳を貸さなかった。

ぼくはアビーのキッチンのいろんなものにさわった、というのは、そうするとなぜだか気分が落ち着くからだった。電子レンジのてっぺんに指を走らせると、指がグレイになった。「きたない（セ・サル）」と、ぼくはそれを見せて大笑いした。アビーはものすごく深刻になった。「恥ずかしいわ」とアビーは言った。「ぼくの実験室を見たらいいよ」とぼくは言った。「どうしてこんなことになったのかしら」とアビーは言った。ぼくは言った、「ものはよごれるから」。

「でもわたしはきれい好きなの。毎週、掃除の女の人が来るのよ。隅々まできれいにしてって、一〇〇万回伝えているわ。レンジのことだってちゃんと言っているのに」こんなに小さなことでどうしてそんなに取り乱すのか、ぼくはきいてみた。「小さなことだとは思わない」とアビーが言って、ぼくはひとつぶの砂を一ミリ動かすことを思いうかべた。ぼくは野外キットからウェットティッシュを取り出して電子レンジをきれいにした。

「疫学者をやってるなら」とぼくは言った、「家庭のほこりの七〇パーセントが人間の表皮物質でできてるのは知ってた?」「いいえ」とアビーは言った、「知らなかったわ」。「ぼくはアマチュア疫学者なんだ」「そういう人ってあまりいないわ」「そう。で、まえにかなりグッとくる実験をしたことがあって、フェリースにうちのアパートの一年ぶんのほこりをゴミぶくろにためておくようにたのんだんだよね。それで重さをはかってみた。一一二ポンドだった。計算すると、一一二ポンドの七〇パーセントは七八・四ポンド。ぼくの体重は七六ポンドで、びしょぬれのときは七八ポンド。それで何かが証明されるわけじゃないけど、ヘンだよね。これ、どこに置けばいい?」「ここに」と言ってアビーはウエットティッシュを受け取った。ぼくはアビーにたずねた。「なぜ悲しんでいるの?」「えっ?」「あなたは悲しんでる。なぜ?」

コーヒーメーカーがごぼごぼいった。アビーは棚を開けてマグをひとつ取り出した。「お砂糖は入れる?」パパはいつも砂糖を入れていたので、うん、とぼくは答えた。アビーは腰をおろすと、すぐにまた立って冷蔵庫からブドウの入ったボウルを出した。クッキーも取り出してお皿にのせた。「イチゴは好き?」とアビーがきいた。「うん」とぼくはアビーに言った、「でもおなかはすいてないよ」。アビーはイチゴを出してくれた。ぼくは冷蔵庫にメニューも小型のマグネット式カレンダーも子どもの写真も貼ってないのがヘンだと思った。キッチン全体を見回しても、電話の横の壁にゾウの写真が一枚あるだけだった。「あれ、大好きだな」とぼくは言った、アビーに好かれたかったからだけじゃない。「大好きって何が?」とアビーがきいた。ぼくは写真を指さした。「ありがとう」とアビーは言った。「わたしも好きよ」「ぼくは大好きって言ったんだ」「そうね。わたしも**大好き**」「ゾウについてどのくらい知ってる?」「あんまり」「あんまりって少しは? それともぜんぜん?」「ほとんど知らないわ」「たとえば、科学者たちがむかしゾウにはエスプがあると思ってたのは知ってた?」「それってE・S・Pのこと?」「それはそうと、ゾウはとても遠い場所から集会の予定を決められるし、仲間や敵がどこに行くか知っていて、地質とかの手がかりがなくたって水を見つけることができるんだ。どうやってそういうことをしているのか、だれもわからなかった。さて、本当は何が起きているのでしょう?」「さあ」「ゾウはどうやってそれをするのか?」「それ?」「ESPがないとしたら、どうやって集会を決める?」「わたしに訊いているの?」「そう」「わからないわ」「知りたい?」「ええ」「すごく?」「ええ」「ゾウはとても、とても、とても低い鳴き声を出

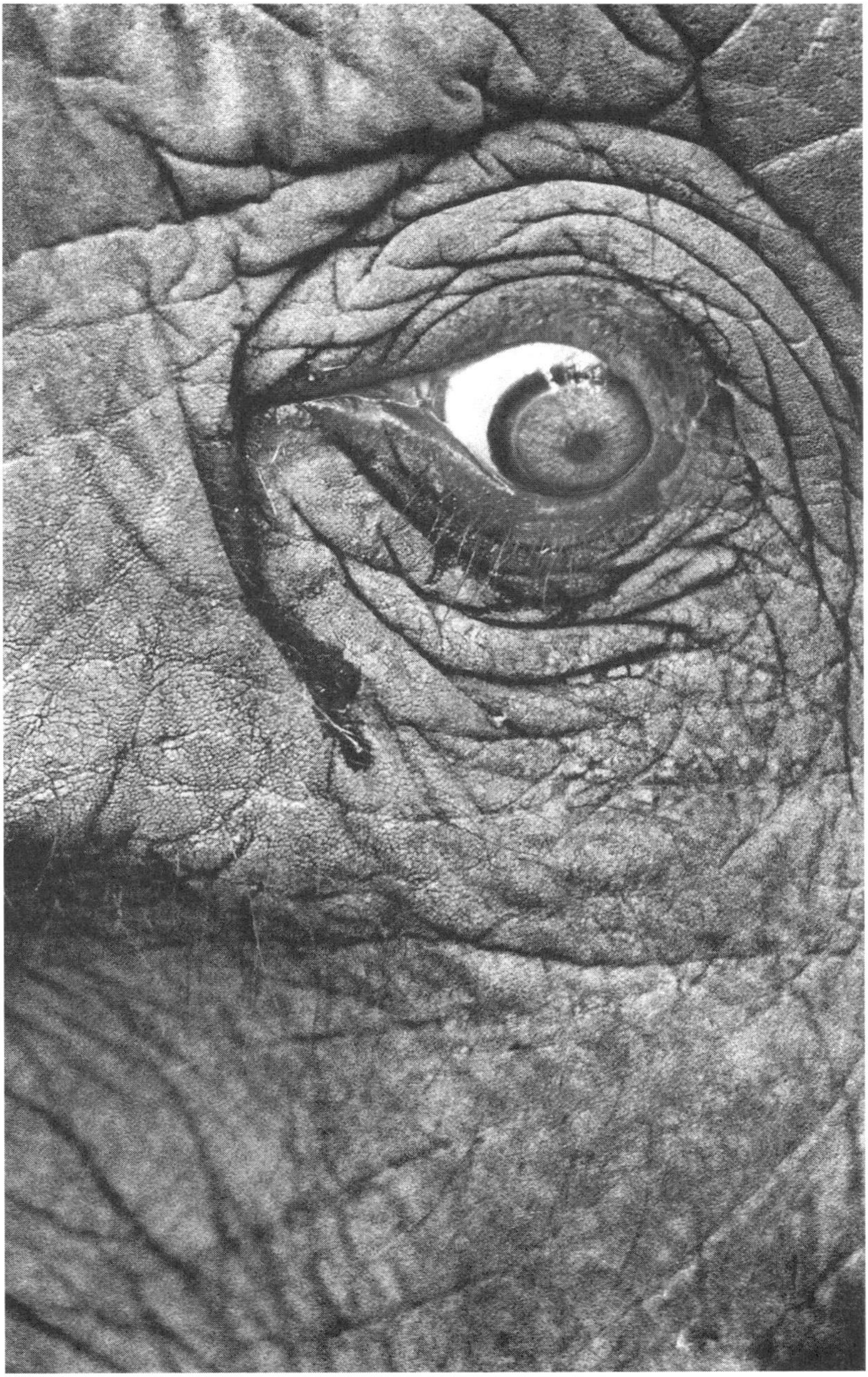

してるんだ、人間に聞こえる限界よりずっと低い声を。それで話し合ってるんだよ。それって、やばくない？」

「そうね」ぼくはイチゴを食べた。

「この二年間、コンゴかどこかですごした女の人がいるんだけどね。その人は鳴き声を録音してでっかいライブラリーにまとめているんだ。それで今年、それの再生をはじめたんだよ」「再生？」「ゾウに向けて」「どうして？」ぼくはアビーにどうしてときかれるのが大好きだった。「たぶん知ってるだろうけど、ゾウはほかのほ乳類よりずっと、ずっと記憶力がいいんだ」「そうね。それは知っていたと思う」「それで、この女の人はゾウの記憶力が本当はどのくらいいいのかたしかめたくなった。その人が何年もまえに録音した敵の鳴き声――ゾウたちが一度しか聞いていない鳴き声――を流すと、ゾウたちはパニくって走りだしたりしたんだって。ゾウたちは鳴き声を何百もおぼえていた。何千も。限界なんかないのかもしれないよ。それって、グッとこない？」「そうね」「だって、本当にグッとくることがあって、その人は死んだゾウの鳴き声をその家族に向けて再生したんだから」「そうしたら？」「家族はおぼえていたんだ」「そのゾウたちは何をしたの？」「スピーカーに近づいたんだよ」

「ゾウたちは何を感じていたのかしら」「どういうこと？」「死んだ家族の鳴き声を聞いたとき、ゾウたちがジープに近づいたのは愛があったから？　それとも恐れ？　それとも怒り？」「おぼえてないな」「ゾウたちは襲いかかったの？」「おぼえてない」「彼らは泣いたの？」「涙を流すのは人間だけだよ。知ってた？」「あの写真のゾウは泣いているように見えるわ」写真にものすごく近づいてみると、たしかにそうだった。「たぶんフォトショップで加工したんだよ」とぼくは言った。「でも念のため、この写真の写真をとってもいい？」アビーはうなずいて言った、「ゾウは人間以外で死者を埋葬するただひとつの動物だって、どこかで読まなかったかしら？」「ううん」とぼくはおじいちゃんのカメラのフォーカスを合わせながら言った、「読んでないでしょ。ゾウも骨は集めるけどね。死んだ人を埋めるのは人間だけだよ」。「ゾウは霊魂を信じられないのね」それを聞いてぼくは吹き出した。「ねえ、ほとんどの科学者はそんなこと言わないよ」「あなたならどう言うの?」「ぼくはただのアマチュア科学者だよ」「それで、あなたならどう言うの?」ぼくは写真をとった。「ぼくならゾウたちは混乱してるって言うね」

するとアビーは涙を流しだした。

ぼくは思った、**泣くのはこっちのはずなのに。**

「泣かないで」とぼくは言った。「どうして?」とアビーがきいた。「だって」とぼくはアビーに言った。「だって何?」とアビーはきいた。なぜ泣いているかわからないから、ぼくは理由を思いつかなかった。アビーはゾウのことで泣いてるんだろうか? それともほかにぼくが言ったことで? それとも別の部屋にいる必死な人のことで? それともぼくが知らないことで? ぼくはアビーに告げた、「ぼくは傷つきやすいから」。アビーは言った、「ごめんなさい」。ぼくはアビーに、「さっきのゾウの録音をしている科学者に手紙を書いたんだ。助手にしてくれませんかって。録音用に生テープをいつもちゃんと用意しておくとか、水を安全に飲めるようにわかしておくとか、道具を運ぶだけでもいいですって伝えたよ。助手の人から返事が来て、先生にはもう助手がいるのは当然ですが、将来共同で取り組めるプロジェクトがあるかもしれませんって書いてあった」「すごいわ。楽しみね」「うん」

だれかがキッチンのドアまでやってきて、ぼくは別の部屋から呼びかけていた男の人だろうと思った。男の人はものすごくすばやく頭をつっこんで、ぼくにはわけのわからないことを言ってから、向こうへ行った。アビーは気づかないふりをしたけど、ぼくはしなかった。「あれはだれ?」「夫よ」「何か用があるんでしょ?」「いいの」「でもあなたの夫だし、何か用があるんだと思う」アビーはまた涙を流した。ぼくはアビーのそばに行くと、パパがむかしやってくれたみたいに肩に手をかけた。何を感じているのときいたのも、パパがよくそうきいてくれたからだ。

「あなたは、こんなのちょっとふつうじゃないって思っているんでしょう」とアビーは言った。「ちょっとふつうじゃないって思うことはたくさんあるよ」とぼくは言った。アビーはたずねた、「あなた、いくつ?」ぼくは一二歳と答えた――ウソその五九――というのは、もうアビーに愛してもらえるくらいの年ごろになりたかったからだ。「一二歳がよその家を訪ねて何しているの?」「錠前を探しているんだ。あなたは何歳?」「四八」「ホゼ。もっと若く見える」。アビーは泣きながら笑って言った、「ありがとう」。「四八歳が知らない人をキッチンに招いて何しているの?」「わからないわ」「ぼくはうっとうしいんだよね」とぼくは言った。「うっとうしくないわ」とアビーは言ったけど、人からそう言われて信じるのはものすごくむずかしい。

ぼくはたずねた、「トーマス・シェルを知らなかったのはたしかですか?」「トーマス・シェルは知らなかったわ」とアビーに言われても、なぜだかぼくはまだ信じなかった。「ひょっとしてだれかほかにファーストネームがトーマスの人を知ってたとか? それかラストネームがシェルの人を?」「いいえ」ぼくはまだアビーが話してくれてないことがあると考えていた。もう一度小さな封筒を見せた。「でもこれはあなたのラストネームだよね?」アビーが字を見て、何かに気づいたのがぼくにはわかった。というか、わかった気がした。だけどアビーは言った、「ごめんなさい。役に立てそうにないわ」。「じゃあカギのことは?」「なんのカギ?」そういえば、ぼくはまだアビーにカギを見せてもいなかった。あれだけ――ほこりのこととか、ゾウのこととか――話したのに、ここに来たもともとの理由にたどり着いてなかった。

ぼくはシャツのなかからカギを引っぱり出してアビーの手のひらに置いた。ひもは首にかけたままだったから、アビーがかがんでカギを見ると、顔と顔がありえないほど近くなった。ぼくたちはそのまましばらく固まっていた。まるで時間が止まったみたいだった。ぼくは落ちていく体のことを考えた。

「ごめんなさい」とアビーが言った。「ごめんなさいって何が？」「ごめんなさい、そのカギのことを何も知らなくて」がっかりその三。「こっちこそごめんなさい」

ぼくたちの顔はありえないほど近い。

ぼくはアビーに言った、「念のため知らせておくけど、今年の秋の〝秋のおしばい〟は『ハムレット』なんだ。ぼくはヨリックだよ。ちゃんとした噴水もある。初日に来るんなら、いまから一二週間先だからね。きっとかなりいいよ」。アビーが「考えてみるわ」と言うと、言葉の息が顔にかかるのがわかった。ぼくはアビーにきいた、「ちょっとキスをしない？」

「えっ？」とアビーは言ったけど、かといって頭を引っこめたりしなかった。「ぼくはあなたが好きだし、あなたに好かれてるって言えそうな気がするんだ」アビーは言った、「いい考えとは思えないわ」。がっかりその四。ぼくはなぜなのかきいてみた。アビーは言った、「なぜって、わたしは四八で、あなたは一二歳よ」。「それで？」「わたしは結婚しているし」「それで？」「あなたのことを知ってるわけでもない」「でも知ってるって気がしない？」アビーは何も言わなかった。ぼくはアビーに告げた、「人間は顔を赤くしたり、笑ったり、宗教を信じたり、戦争したり、くちびるにキスをするたったひとつの動物だよ。だから、見ようによっては、くちびるにキスすればするほど、人間らしくなるんだよ」。「それに、戦争をすればするほど？」今度はぼくがだまる番だった。アビーが言った、「あなたはとってもすてきな男の子よ」。ぼくは言った、「若者だよ」。「でも、わたしにはいい考えとは思えないの」「いい考えじゃなきゃいけない？」「と思う」「写真をとるだけならいい？」「それならいいわ」とアビーは言った。

でもおじいちゃんのカメラのフォーカスを合わせようとすると、アビーはなぜだか顔の前に手をかざした。無理にわけを説明してもらいたくはなかったから、ぼくはちがうとり方をしようと考えた、どっちみち、そっちのほうがありのままの写真になるし。「これ、ぼくの名刺」ぼくはキャップをレンズにはめなおしながらアビーに告げた、「カギのことで何か思い出したときのためにね。話がしたいってだけでもいいよ」

✌ オスカー・シェル ✌

発明家、ジュエリーデザイナー、ジュエリー作家、アマチュア昆虫学者、親仏家、ヴィーガン、オリガミスト、平和主義者、パーカッション奏者、アマチュア天文学者、コンピュータコンサルタント、アマチュア考古学者、以下のコレクター：めずらしいコイン、自然死したチョウ、ミニチュアサボテン、ビートルズグッズ、半貴石、その他

E-MAIL: OSKAR_SCHELL@HOTMAIL.COM
HOME PHONE: 内緒 ／ CELL PHONE: 内緒
FAX MACHINE: ファクス機はまだ持っていません

家に帰るとおばあちゃんのアパートに行った、というのはだいたい毎日午後にやっていたことで、それはママが土曜日とたまに日曜日にも会社で働いていて、ぼくがひとりでいると取り乱すからだった。おばあちゃんの建物のそばまで来たとき、上を向いても、いつものように窓ぎわに座ってぼくを待っている姿が見えなかった。ファーリーにおばあちゃんはいるかきいたら、そう思うと言うから、ぼくは七二段の階段を上がっていった。

ぼくはドアベルを鳴らした。おばあちゃんが出てこないのでドアを開けて、というのはおばあちゃんはいつもカギをかけていないからだけど、カギを開けておくのは、いい人そうに見えても結局、思ったほどいい人じゃなかったってことがあるから、安全じゃないと思う。なかに入ると、おばあちゃんはドアまでやってくるところだった。なんだか泣いていたみたいだったけど、そんなことあるはずないとぼくは知っていて、というのはまえにおばあちゃんはおじいちゃんが出ていったときに涙をからっぽにしたと話してくれたからだった。泣くときは毎回新しい涙がつくられるんだよ、とぼくはおばあちゃんに教えてあげた。おばあちゃんは言った、「それはそれ」。おばあちゃんはだれも見ていないときに泣いているんじゃないか、とぼくはときどき思った。

「オスカー!」とおばあちゃんはいつものハグでぼくをだきあげた。「ぼくはだいじょうぶ」とぼくは言った。「オスカー!」とおばあちゃんがまた言って、またハグで持ちあげた。「ぼくはだいじょうぶ」とぼくはまた言ってから、どこにいたのかきいてみた。「客間で間借り人とお話ししていたのよ」

ぼくが赤んぼうだったころ、昼間はおばあちゃんが世話をしてくれた。パパの話だと、キッチンの流しでおふろに入れてくれたり、手と足のつめを、つめ切りを使うのはこわいからって歯でかみ切ってくれたりしたそうだ。大きくなってバスタブのおふろに入ったり、自分には陰茎とか陰嚢とかいろいろついているのを知ったりする年ごろになると、ぼくはおばあちゃんにバスルームでいっしょに座っているのはやめてくれとたのんだ。「どうして?」

「プライバシーだよ」「プライバシーって何から守るの？　わたしから？」ぼくはおばあちゃんの気持ちを傷つけたくなかった、だって、おばあちゃんの気持ちを傷つけないのも、ぼくのレゾン・デートルだから。「とにかくプライバシーだよ」とぼくは言った。おばあちゃんは両手をおなかにあてて言った、「このわたしから守るだって？」おばあちゃんは外で待つことを了解してくれたけど、それだってぼくが毛糸の玉を持ったままじゃないとだめで、その毛糸はバスルームのドアの下を通っておばあちゃんが編んでいるスカーフにつながっていた。おばあちゃんは毛糸を何秒かおきに引っぱるものだから、こっちも引っぱりかえして――おばあちゃんが編んだぶんをほどいて――ぼくはだいじょうぶだと伝えないといけなかった。

おばあちゃんに世話をしてもらっていた四歳のとき、モンスターになりきったおばあちゃんにアパートじゅう追いかけまわされて、ぼくはコーヒーテーブルのはしで上くちびるを切って病院に行くはめになった。おばあちゃんは神様を信じているのに、タクシーは信じてないから、ぼくはシャツに血をたらしながらバスに乗った。パパの話だと、それでおばあちゃんはありえないほど靴が重くなって、ぼくのくちびるはたった二針ですんだのに、何度も通りを渡ってきて「わたしのせいだよ。もうあの子をわたしに近づけちゃいけないよ」と言っていたそうだ。つぎに会ったとき、おばあちゃんはぼくにこう言った。「あのね、おばあちゃんはモンスターのまねをしていたら、モンスターになっちゃったの」

パパが死んでからの一週間、ママがマンハッタンじゅうにポスターを貼りにいっているあいだは、おばあちゃんがぼくたちのアパートにいてくれた。ぼくたちは何千回も指ずもうをしたけど、毎回ぼくが勝ったし、負けようとした回もぼくが勝った。見てもいいと言われたドキュメンタリー番組をふたりで見て、菜食（ヴィーガン）カップケーキをつくって、よく公園に散歩に行ったりもした。ある日、ぼくはおばあちゃんのそばをはなれてかくれた。だれかが探してくれている、何度も名前を呼んでくれているときの感じがぼくは好きだった。「オスカー！　オスカー！」ひょっとしたら好きなんかじゃなかったかもしれないけど、そのときのぼくには必要なことだった。

ぼくが十分にはなれながらあとをつけていくと、おばあちゃんはありえないほどパニくりはじめた。「オスカー！」とさけびながら、おばあちゃんがそこらじゅう手当たりしだいにさわりまくっても、ぼくがどこにいるか教えなかったのは、きっと最後に大笑いすれば全部だいじょうぶだと思っていたからだ。おばあちゃんが歩いて帰るのを見て、きっとうちの建物に着いたら入り口の階段に座ってママの帰りを待つんだろうってわかっていた。ぼくが消えてしまった、しっかり見張ってなかったせいで、ぼくはもうずっと戻ってこなくて、シェル家の人間はもういなくなるんだ、とおばあちゃんはママに話さなきゃならない。ぼくは走って先まわりしようと、八二丁目通りを下って八三丁目通りを上り、おばあちゃんが建物まで来たところでドアの後ろから飛び出した。「でもピザは注文してないよ！」と言いながら、ぼくはあんまり大笑いしすぎて首がぱっくり開くんじゃないかと思った。

おばあちゃんは何か言いかけてから、やっぱり言うのをやめた。スタンがおばあちゃんの腕を取って言った、「座ったら、おばあちゃん」。おばあちゃんは「さわらないで」と、いままで聞いたことのない声でスタンに言った。それからまわれ右して通りの向こうの自分のアパートに行った。その夜、双眼鏡でおばあちゃんの家の窓をのぞくと、こんなメモがあった。「行かないで」

その日からずっと、散歩にいくといつもおばあちゃんは〝マルコ・ポーロ〟みたいなゲームをはじめる。そのゲームでおばあちゃんに名前を呼ばれたら、ぼくはだいじょうぶって返事をしなきゃならない。

「オスカー」

「ぼくはだいじょうぶ」

「オスカー」

「ぼくはだいじょうぶ」

ゲームをしてるときとただ名前を呼ばれてるときがはっきり区別できないから、ぼくはいつもだいじょうぶっておばあちゃんに知らせている。

パパが死んで二、三か月したころ、ママといっしょにニュージャージーにある貸し倉庫に行った。パパはそこに、もう使わなくなったけど、またいつか、仕事をやめたときとかに使いそうなものをしまっていたんだと思う。借りた車で向こうに着くまで、そんなに遠くないのに二時間以上かかったのは、ママがしょっちゅう車をとめてトイレで顔を洗ってばかりいたせいだった。貸し倉庫はあまり整とんされてなかったし、ものすごく暗かったので、パパの小部屋を見つけるのにしばらくかかった。ぼくたちはパパの剃刀をめぐってけんかになったのだけど、というのはママは「捨てる」山に入れるべきだと言って、ぼくは「とっておく」山に入れるべきだと言ったからだ。ママは言った、「なんのためにとっておくの?」ぼくは、「なんのためだっていいじゃん」。ママは、「そもそもパパが三ドルのかみそりをとっておいたわけがわからないわ」。ぼくは、「どんなわけだっていいじゃん」。ママは「なんでもとっておけるわけじゃないのよ」。ぼくは、「じゃあママが死んだら、ママのものを全部捨ててママのこと忘れてもいいの?」その言葉が口から出てきたとき、ぼくは口のなかに引っこんでくれと念じた。ごめんなさいとママが言って、ヘンだとぼくは思った。

ぼくたちが見つけたもののなかに、ぼくが赤ちゃんだったころの古い双方向式の無線機があった。ママとパパはぼくが泣いたら聞こえるように一台をベビーベッドに入れて、ベッドまで来るかわりにパパが無線機に話しかけて寝かしつけてくれたりした。パパはどうしてこれを残しておいたんだろう、とぼくはママにきいてみた。ママは言った、「たぶんあなたに子どもができたときのためね」。「**なんぞ?・**」「パパはそういう人だったわ」それで気づいてみたら、パパがとっておいたたくさんのもの――レゴの箱という箱、『ものの仕組み』の本のセット、写真が入ってないアルバム――は、たぶんぼくに子どもができたときのためだった。なぜだかわからないけど、なんだかぼくは頭にきた。

それはそうと、ぼくは双方向式無線機に新しい電池を入れて、おばあちゃんと話すのに使ったら楽しいだろうなと考えた。おばあちゃんに、ボタンの操作がわからなくてもだいじょうぶな赤ちゃん用の一台をわたすと、これはすごくうまくいった。ぼくは目を覚ますと、おばあちゃんにおはようって言う。そして寝るまえもたいていおしゃべりをする。ぼくを待っていた。ぼくがそこにいるって、どうしてわかったのかわからない。ひょっとして一日じゅうずっと待っていたのかも。

「おばあちゃん? 聞こえる?・」「オスカー?・」「ぼくはだいじょうぶ。どうぞ」「よく眠れたかい、ぼうや? どうぞ」「えっ? 聞こえなかったよ。どうぞ」「よく眠れたかいってきいたのよ。どうぞ」「ぐっすりだよ」とぼくは通りの向こうのおばあちゃんを見ながら手のひらであごを支えて言う、「いやな夢はなし。どうぞ」。「一〇〇ドルものね。どうぞ」ぼくたちはそんなに話すことがない。おばあちゃんはおじいちゃんの同じ話を何度もくりかえす、たくさん彫刻をつくったせいで手があれていたとか、動物と話すことができたとか。「午後に遊びにくるかい? どうぞ?・」「うん。たぶん。どうぞ」「来れるようにしてちょうだい。どうぞ」「やってみる。通信終わり」

夜になると、ときどきぼくは無線機をベッドに持ちこんでまくらのわきのバックミンスターがいない側に置いて、おばあちゃんのベッドルームの様子が聞こえるようにしたりした。真夜中におばあちゃんに起こされることもあった。おばあちゃんがこわい夢を見るとぼくは靴が重くなって、というのは、どんな夢なのかわからなくて、助けた

くても何もできないからだった。おばあちゃんが大声をあげたら、ぼくが目を覚ますのは当然だから、ぼくの眠りはおばあちゃんの眠りしだいだし、「いやな夢はなし」と言ったのは、おばあちゃんのことを話していたのだった。

おばあちゃんはぼくに白いセーターと白いミトンと白いぼうしを編んでくれた。ぼくの大好物は乾燥アイスクリームだと知っていて、それは完全菜食主義のごく少ない例外のひとつで、というのは宇宙飛行士がデザートに食べるからなのだけど、おばあちゃんはそれをヘイデン・プラネタリウムに行って買ってきてくれた。きれいな岩を拾ってきてくれることもあって、ほんとは重いものを持ったらいけないし、たいていただのマンハッタン片岩だったけど、それはそれとして。あの最悪の日の二日あと、初めてファイン先生のところへ向かっているとちゅうで、ぼくはおばあちゃんがでっかい岩をかかえてブロードウェイを渡っているのを見た。赤ちゃんくらい大きくて、重さが一トンあったのはまちがいない。でもおばあちゃんはその岩をぼくにくれなかったし、その話をしたこともなかった。

「オスカー」

「ぼくはだいじょうぶ」

ある日の午後、ぼくが切手のコレクションをはじめようかと思ってると話したら、おばあちゃんはつぎの日の午後に三冊のアルバムと——「おまえを痛いくらい愛しているから、すばらしいコレクションにすばらしいスタートを切ってもらいたいから」——偉大なアメリカの発明家たちの切手シートを持ってきてくれた。

「トーマス・エジソンがあるよ」とおばあちゃんは切手のひとつを指さして言った、「それにベン・フランクリン、ヘンリー・フォード、イーライ・ホイットニー、アレグザンダー・グレアム・ベル、ジョージ・ワシントン・カーヴァー、ニコラ・テスラとかいう人に、ライト兄弟、J・ロバート・オッペンハイマー——」。「それだれ?」「爆弾を発明した人」「どの爆弾？」「原子爆弾」「その人は偉大な発明家じゃない！」おばあちゃんは言った、「偉大よ、よくはないけど」

「おばあちゃん？」「なあに、ぼうや？」「その、版番号ブロックはどこなの？」「なんのこと？」「シートのわきの番号がついてるとこ」「番号？」「そう」「それなら捨てたわ」「それなら**なんだって？**」「捨てたわよ。いけなかった？」ぼくはこらえようとしたけど、キレかかっているのがわかった。「あのね、版番号ブロックがなかったら値打ちはないんだよ！」「えっ？」「**版番号ブロック！**　この切手。ぜんぜん。**価値がない！**」おばあちゃんはしばらくぼくを見ていた。「そう」とおばあちゃんは言った、「聞いたことある気もするわね。じゃあ、あしたまた切手屋さんに行ってもう一枚買ってくるから。これは郵便に使えばいいわ」。「もう一枚買う必要なんかないよ」とぼくはおばあちゃんに言いながら、ついさっき口にしたことを引っこめたい、もう一度やりなおして、今度はもっとやさしく、もっといい孫に、せめて無口な孫になりたいと思った。「必要はあるのよ、オスカー」「ぼくはだいじょうぶ」

ぼくたちはほんとに長い時間をいっしょにすごした。おばあちゃんより長くすごした相手は、パパが死んでからは、バックミンスターを数に入れなかったらいないと思う。でも、もっとよく知ってる人ならおおぜいいた。たとえば、ぼくはおばあちゃんの子どものころのことも、おじいちゃんとどう出会ったかも、結婚はどうだったかも、おじいちゃんが出ていったわけも、ぜんぜん知らなかった。もしおばあちゃんの伝記を書かなきゃいけないとしたら、ぼくに言えるのは結婚相手が動物と話せたってことと、おばあちゃんが愛してくれるのと同じくらいぼくが何かを愛しちゃいけないってことくらいだ。では、ここで問題です。おたがいをもっと知るのでないとしたら、ぼくたちはそんなに長い時間をどうやってすごしたのでしょう？

「きょうは何か変わったことをしたかい?」カギ穴を探しはじめた日の午後におばあちゃんがきいた。棺おけを埋めたときからそれを掘り出したときまでにあったいろんなことを思うたび、ぼくはいつもこのときどうしたらおばあちゃんに本当のことを言えただろうって思う。まわれ右するには手遅れだったわけじゃないし、まだ後戻りできないところに行くまえだった。わかってもらえなくたって、おばあちゃんに言うことはできたんじゃないか。「うん」とぼくは言った。「手工芸フェア用のこするとにおいがするイヤリングの仕上げをしたよ。それと、スタンがアパートの入り口で死んでるのを見つけたトラフアゲハを標本にした。あと、たくさん手紙を書いたよ、予定より遅れてたから」「だれに手紙を書いているの?」とおばあちゃんがきいたときも、まだ手遅れじゃなかった。「コフィー・アナン、ジークフリートとロイ、ジャック・シラク、E・O・ウィルソン、ウィアード・アル・ヤンコヴィック、ビル・ゲイツ、ウラジーミル・プーチンとか、いろいろ」おばあちゃんがたずねた、「知り合いの人に手紙を書いたらいいんじゃない?」ぼくは「知り合いの人なんていないよ」と口にしかかったのだけど、そのとき何かが聞こえた。というか、聞こえた気がした。このアパートのなかで音がしたんだ、人が歩いているみたいな。「あれは何?」とぼくはきいた。「わたしの耳は一〇〇ドルしないのよ」とおばあちゃん。「でもアパートにだれかいるんだよ。もしかして間借り人?」「いいえ」とおばあちゃんは言った、「さっき博物館に出かけたから」。「何博物館?」「何博物館かは知らないの。今夜は帰りが遅くなるって言ってたわ」「でもだれかいるような音がしたんだ」「そんなはずないわ」とおばあちゃんは言った。ぼくは、「九九パーセント自信があるよ」。おばあちゃんは、「気のせいじゃないかしら」。ぼくはもう後戻りできないところにいた。

お手紙、ありがとう。こちらには大量の郵便物が届くため、個別に返信を書くことができません。
しかしながら、私がすべての手紙を読んで保管し、
いつの日かそれ相応の返事を書けるよう願っていることを
お知りおきください。その日が来るまで、

敬具

スティーヴン・ホーキング

その夜、ぼくはだいぶ夜ふかししてジュエリーをデザインした。まずデザインしたのはネイチャーハイクアンクレットで、これは歩くときに明るい黄色の染料のあとを残すので、迷子になっても帰り道がわかるというもの。結婚指輪もひと組デザインして、これはそれぞれの指輪がそれをはめている人の脈をとって、心臓が鳴るたびに相手の指輪に信号を送って赤く光らせるしくみになっている。あと、かなりグッとくるブレスレットもデザインして、これはゴムバンドで好きな詩集をとじておいて、一年たったらはずして手首につけるというものだった。

なぜだかわからないけど、作業をしているあいだぼくはママとニュージャージーの貸し倉庫に行った日のことが気になってしかたなかった。ぼくはうわさに聞くサケみたいにそこに戻ってばかりだった。あのときママは顔を洗うために一〇回は車をとめたにちがいない。そこはとても静かでとても暗くて、ぼくたちのほかにだれもいなかった。あのコーラ販売機にはどんな飲み物が入ってたっけ？　あの看板のフォントは何だった？　ぼくは頭のなかでいくつもの箱を点検していった。いかした古い映写機を引っぱり出した。パパが最後にさつ影したのは何だろう？　ぼくは写ってるんだろうか？　それから歯医者でもらう歯ブラシの山や、パパが野球を見にいってキャッチした三

つのボールがあって、そこには日付が書いてあった。あれは何日だった？　ぼくの頭がある箱を開けると、なかには古い地図帳（ふたつのドイツとひとつのユーゴスラヴィアがのっているもの）と出張先のおみやげが入っていたのだけど、たとえばロシアの人形は、そのなかに人形があって、そのなかにも人形があって、そのなかにも人形があって……。このうちのどれをパパはぼくに子どもができたときのためにとっておいたんだろう？

午前二時三六分だった。ぼくはママの部屋に行った。ママが眠っていたのは当然だ。じっと見ていたら、ママが息をするとシーツも息をしていて、これはぼくがまだ小さくて生物学的プロセスの真理を理解できなかったころにパパが言っていた、人が息をはくと木が息を吸うというのに似ていた。ママが夢を見ているのはわかったけど、どんな夢を見ているかは知りたくなくて、というのもこわい夢なら間に合ってるし、もし楽しい夢を見ているんだとしたら、楽しい夢を見るママに腹が立ちそうだったから。ぼくはありえないほどそっとママにさわってみた。ママは飛び起きて言った、「どうしたの?·」ぼくは言った、「だいじょうぶだよ」。ママはぼくの両方の肩をつかんで言った、「どうしたの?·」ママにつかまれて腕が痛かったけど、ぼくはなんのそぶりも見せなかった。「ニュージャージーの貸し倉庫に行ったときのこと、おぼえてる?·」ママはぼくから手をはなしてまた横になった。「えっ?·」「パパのものがあるところ。おぼえてる?·」「真夜中なのよ、オスカー」「あそこ、なんていうんだっけ?·」「**オスカー**」「あの場所の名前、何だったってだけだよ?·」ママがベッドのわきのテーブルのメガネに手をのばして、ぼくは自分のコレクションを全部あげてもいいから、つくったジュエリーも全部、未来の誕生日やクリスマスのプレゼントも全部あげるから、ママがこう言うのを聞きたかった。「ブラック倉庫」それか「ブラックウエル倉庫」。それか「ブラックマン」。「ミッドナイト倉庫」でもいい。「ダーク倉庫」でも。「レインボー」でも。

ママは、だれかに痛めつけられてるみたいなヘンな顔をして言った、「ストア - ア - ロットよ」

がっかりの数はかぞえきれなくなっていた。

私がおまえのところにいないわけ

六三年五月二十一日

おまえのお母さんと私は昔の話をしない、それがひとつのルールだ。彼女がバスルームを使うとき私はそこから出ていき、私が書いているとき彼女は肩越しにのぞかない、そのふたつもルールだ。私は彼女のために扉を開けても、彼女が通り抜けるときに背中をさわらない、彼女は料理しているところを私に見せない、私のズボンは折りたたんでもシャツはアイロン台のそばに置いておく、私は彼女が部屋にいるときは蠟燭を灯さず、むしろ吹き消す。悲しい音楽を聴かないこともルールだ、このルールは早い時期に決めた、歌というのは聴き手の悲しみを映し出すので、私たちはほとんど音楽を聴かない。私は毎朝シーツを替えて書いたものを洗い落とす、私たちは二度と同じベッドで眠らない、病気の子どもたちについてのテレビ番組を見ない、きょうはどんな一日だったか彼女が訊くことはない、食事のときはいつもテーブルの同じ側に座って窓と向き合う。あまりにルールが多く、どれがルールでどれがそうでないか思い出せないこともある、私たちがすることのどれかが自己目的化したら、私はきょう彼女のもとを去っていこう、それこそがいままでずっと自分たちを律してきたルールなのか、それとも私はそのルールを破ろうとしているのか？　私はいつも週の終わりにバスでここに来て、飛行機に乗る人たちが捨てる雑誌や新聞を手に入れた、おまえのお母さんは読んで読んで読みまくる、手当たりしだいに英語を求める、それはルールだろうか？私はよく金曜の午後遅くにやってきた、雑誌を一、二冊とたまに新聞を一部持ち帰るのが習慣だったが、彼女はもっと多くを、もっとスラングを、もっと比喩を、ハチの膝〔とびきりのもの〕を、ネコのパジャマ〔最高のもの〕を、毛色の違う馬〔別の話〕を、犬疲れ〔くたくた〕を求めた、ここで生まれたかのように、ほかの土地の出身ではないかのように話したがった、それで私はナップサックを持参するようになり、そこに目いっぱい詰めこんだ、ナップサックは重くなって、肩が英語で焼けるようにひりひりした、彼女はもっと英語を求めるので、私はスーツケースを持参した、ジッパーが閉まらなくなるほど満杯にした、スーツケースは英語でたわんだ、腕も、手も、指の関節も英語でひりひりした、人からは本当にどこかへ出かけると思われたに違いない、翌朝は背中が英語で痛んだ、気づくと私はぶらぶらと必要以上に長い時間をすごし、飛行機が人々を連れてきたり連れていくのを眺めていた、そのうち週に二回やってきて数時間居座るようになった、帰る時間になっても離れたくなく、ここにいないときはここにいたいと思い、いまや毎朝店を開けるまえと、毎晩夕食後にやってくるのは、何なのだろう、私は誰か知り合いが飛行機から降りてくるのを見たいのか、来るはずのない親戚を待っているのか、アンナが来ると思っているのか？ いや、そうではない、ここにあるのは私の喜びではなく、重荷からの解放だ。私は再会した人々を見るのが好きだ、それはばかげたことかもしれないが、どう言えばいいのか、私は人々がたがいに駆け寄るのを見るのが好きだ、キスをするところや泣くところが好きだ、じれったさが、早口でも語り尽くせない話が、全部は聞き取れない耳が、変化をいっぺんに見て取れない目が好きだ、抱き合うところ、身を寄せ合うところ、寂しかった思いが終わるのが好きだ、私は一杯のコーヒーとともに隅に座って手帳本に書きこむ、とっくにおぼえているフライトのスケジュールを確認する、観察する、記入する、失いたくなかったのに失った忘れてはならない人生を忘れようと努める、たとえ自分の喜びではないとしても、ここにいると心が喜びで満たされ、一日の終わりに私はスーツケースを古いニュースで満たす。ひょっとするとそれは私がおまえのお母さんに出会ったときに自分に言い聞かせていた話かもしれない、ドレスデンではおたがいのことをろくに知らなかったにもかかわらず、私はたがいに駆け寄ることができるのではないかと思っていた、美しい再会を果たせるのではないかと思っていた。うまくはいかなかった。私たちはしかるべきところに迷いこんだ、両腕を広げるとしても、それはおたがいに向けてではなく、隔たりをしるすためだ、私たちのあいだにあるすべてがともに生活を営むためのルールになり、すべては計測に、ミリとミリの、ルールとルールの結婚となった、彼女が起きてシャワーを浴びるときは私が動物たちにえさをやる——それがルールだ——から、彼女はきまりが悪くならずにすむ、夜に私が服を脱ぐときは彼女が用事を見つけて忙しくする——ルールだ——から、彼女は戸締まりを確かめる、火の元を念のため確認する、棚のなかの陶磁器のコレクションを手入れする、出会ってから一度も使っていない髪のカーラーをまたチェックする、そして彼女が服を脱ぐときほど、この人生で私が忙しくしていたことはない。結婚してほんの二、三か月後、私たちはアパートの一部を「なしの場所」として仕切りはじめ、そのなかでは完全なプライバシーが保証されることにした、おたがいその区分けされたゾーンには目を向けず、そこはアパートに存在しない領域で、そのなかに入ったら一時的に存在を消せるということを了解しあった、ひとつめは寝室のなか、ベッドの足もとあたりのカーペットに赤いテープを貼って仕切ったもので、これはやっと立てるくらいの大きさの、消えるにはもってこいの場所だった、私たちはそこにあると知っていながらけっして目を向けなかった、それがうまくいくと今度は居間にも「なしの場所」をつくることにした、それが必要だと思えたのは、ときどき居間にいるあいだに消える必要が出てくるからだったし、ときにはただ消えたくなることもある、私たちはこのゾーンを少し大きくして私たちのどちらかがそのなかで横になれるようにした、ルールとして、その長方形のスペースを見ない、それは存在しないし、そのなかに入った者もしばらく、ほんの少しのあいだ存在しないことにした、私たちはさらにルールを求め、二周年を迎えた日に客間全体を「なしの場所」に区分けした、当時はこれが名案に思えた、ベッドの足もとの小さな一画や居間の長方形だけではプライバシーが足りなくなることがある、ドアの客間側の面は「なし」だった、廊下側の面は「あり」だった、そのふたつをつなぐノブは「あり」でも「なし」でもなかった。廊下の壁は「なし」だった、だから絵も、とくに絵は消えなくてはならないのだが、廊下そのものは「あり」だった、風呂桶は「なし」だった、風呂の湯は「あり」だった、身体の毛はもちろん「なし」だったが、排水口のまわりに集まった体毛は「あり」だった、私たちは人生を楽にしよう、いろいろなルールで生活から苦労をなくそうとしていた。だが「なし」と「あり」のあいだで摩擦が生じはじめた、朝には「なし」の花瓶が「あり」の影を、失った人の思い出のように投げかけた、それについて何が言えるというのか、夜には客間の「なし」の明かりが「なし」のドアの下から洩れて「あり」の廊下を汚した、何も言うことはない。「あり」から「あり」へ歩くときに、うっかり「なし」を通過せずにいるのは難しくなり、「あり」――鍵、ペン、懐中時計――をうっかり「なしの場所」に置いたら、もう取り戻せない、それもまた私たちのほとんどのルールと同じく、暗黙のルールだった。やがて一、二年前のある時点で、私たちのアパートは「なし」が「あり」より多くなった、そのこと自体は必ずしも問題ではなかった、むしろいいことだったかもしれない、それで私たちが救われていたとしてもおかしくなかっただろう。だが私たちはますますひどくなった。ある日の午後、第二寝室のソファに座り、考えに考えていたとき、私は「あり」の孤島にいるのだと気づいた。「どうやってここに来たんだろう?」と、「なし」に囲まれた私は思った。「それに、どうしたら戻れるんだ?」おまえのお母さんと私の暮らしが長くなればなるほど、おたがいの思い込みを当たり前ととらえるようになり、話すことが少なくなればなるほど、勘違いが増えた、ある空間を「なし」に指定したつもりなのに、彼女はしばしば「あり」ということで了解しあったと信じこんでいた、暗黙の了解が誤解を、苦しみを招いた、私は彼女の目の前で服を脱ぐようになった、それはほんの二、三か月前のことで、このとき彼女は「トーマス！　なんてことしているの！」と言い、私が身ぶりで「ここは『なし』だと思っていた」と答えて手帳で身を隠すと、こう言った。「『あり』よ！」私たちはアパートの設計図を廊下のクローゼットから取り出して玄関扉の内側にテープでとめ、オレンジとグリーンのマーカーで「あり」と「なし」を色分けした。「ここは『あり』」と私たちは決めた。「ここは『なし』」「『あり』」「『あり』」「『なし』」「『あり』」「『なし』」「『なし』」「『なし』」すべては永遠に固定された、あるのは平和と幸福だけとなるはずだった、だかついに昨夜、私たちがともにすごした最後の夜に、とうとう避けられない問題が浮かびあがった、私は彼女に、「『あり』」と伝えようと、彼女の顔を両手で覆い、それを結婚式のヴェールのように持ちあげた。「私たちはそのはずだ」だが私は知っていたのだ、心の奥の何より護られた部分では、真実を。

すみません、いま何時かわかりますか？

その美しい娘は何時かわからなかった、彼女は急いでいた、「幸運を」と彼女は言った、私はにっこりした、彼女はいそいそとその場からスカートをひらめかせて走り去った、ときどき私はいまの自分が生きていないあらゆる人生の重みで骨が軋むのが聞こえる。この人生では空港で座り、まだ生まれぬ息子に釈明しようとしている、この最後の手帳のページを埋めている、ある晩出しっぱなしにした黒パン一斤のことを考えている、翌朝にはそのパンを食べながら通り抜けたネズミの輪郭が見えた、パンをスライスするとその一瞬一瞬のネズミが見えた、私はアンナのことを考えている、二度と彼女のことを考えずにすむならすべてを捧げよう、私はなくしたいものにしがみつくばかりだ、私たちが出会った日のことを考えている、彼女はお父さんとともに私の父に会いにきた、父親たちは友人どうしだった、戦前は芸術や文学の話をしていたのに、戦争が始まってからふたりは戦争のことしか話さなかった、彼女がやってくるのはまだ遠くにいるうちから見えた、私は十五歳、彼女は十七歳だった、父親たちが家のなかで話しているあいだ、私たちは一緒に芝生の上に座っていた、あれこそ若い盛りだったのではないか？　これといったことは話さなかったが、いちばん大事なことを話している感じがあった、私たちは芝生をつかんでは引き抜き、読書は好きかと私が訊くと、彼女は言った、「いいえ、でも大、大、大好きな本はあるわ」、彼女はそんなふうに三回くりかえして言った、「踊るのは好き？」と彼女は尋ねた、「泳ぐのは好き？」と私は訊いた、見つめ合っていると、すべてがぱっと燃えあがりそうな気がした、「動物は好き？」「悪い天気は好き？」「友だちは好き？」私が自分の彫刻の話をすると、彼女は言った、「きっと偉大な芸術家になるわ」。「どうしてそう言い切れる？」「どうしても」自分はもう偉大な芸術家だと、私は自信がなかったからこそそう告げた、彼女は「さっきのは有名なということよ」と言った、それは自分にとって大事なことじゃないと私は告げた、何が大事なのかと彼女は尋ねた、彫刻そのものが目的なんだと私は告げた、彼女は笑いだして、「あなたは自分のことがわかっていない」と言った、「もちろん、わかってる」と私は言った。「もちろん」と彼女は言った。「わかってるさ！」と私は言った。「自分のことがわからないのはべつに悪いことじゃないわ」と彼女は言った。彼女は私の殻の奥にある私の芯を見透かしていた。「音楽は好き?」父親たちが家から出てきて戸口に立ち、一方が「さあどうしようか?」と訊いた。私はふたりでいる時間が終わりに近づいたことを知った。スポーツは好きかと訊いた。彼女はチェスは好きかと尋ねた。落ち葉は好きかと私は訊いた。彼女は父親と一緒に帰っていった。私の芯は彼女についていったが、私は私の殻とともに取り残された。もう一度彼女に会わなくてはならない。私はその欲求を自分に説明できなかったが、だからこそそれは美しい欲求だった。自分のことがわからないのはべつに悪いことじゃない。次の日、歩いて三十分ほどの彼女の家に向かう私は、ふたつの地区のあいだの道で誰かに見られるのではないか、説明しようにも自分で説明できないことが多すぎる、と不安な気持ちだった。つば広の帽子をかぶってずっとうつむいていた。通りすぎる人たちの足音を聞いても、その主が男なのか、女なのか、子どもなのかわからなかった。まるで地面に置いた梯子の横木を歩いている気分だった。彼女に自分を知られるのはあまりに恥ずかしいというか照れくさい。これをどう説明したらいいのだろう、自分は梯子を上っていたのか下りていたのか？　私は古い本の墓をつくるために掘り起こされた土の山の陰に隠れた。文学は彼女の父親が実践するただひとつの宗教だった。本が床に落ちると彼はその本に口づけした。読み終わったら大事にしてくれそうな人にあげようとし、ふさわしい相手が見つからない場合は埋葬した。私は一日じゅう彼女を探したのに、その姿は、庭にも、窓の奥にも見えなかった。見つかるまでここにいると誓ったものの、夜が忍び寄ってくると帰らなくてはならないと悟った。私は帰る自分を憎んだ。どうしてここに居残るような人間になれないんだ？　私はうつむいたまま歩いて帰った。彼女のことをほとんど知らないのに彼女のことを考えないではいられなかった。会いにいったところで何の得があるかわからなかったが、彼女のそばにいなくてはならないのはわかった、次の日、うつむいたまま彼女のもとに戻る途中でふと、むこうは私のことなど考えていないかもしれないと思った。本の埋葬はすんでいたので、今回は木立の陰に隠れた、木の根が本を包み、ページから栄養を吸い取るのを想像した、木の幹に文字の年輪があるのを想像した、何時間も待った、おまえのお母さんが二階の窓のひとつに見えた、ほんの小さな女の子だった、彼女はこちらを見返したが、アンナの姿は見えなかった。葉っぱが一枚落ちた、紙のように黄色かった、私は帰らなくてはならなかったし、帰ったら、また次の日に彼女のもとに戻ってこなくてはならなかった。私は授業を休んだ、歩調がひどく速くなっていた、顔を隠しているせいで首がこわばった、腕がすれちがう人の腕——たくましく、頑丈な腕——とこすれ、どんな人の腕なのか私は想像した、農夫、石工、大工、れんが職人。彼女の家に着くと裏窓のひとつの下に隠れた、遠くで列車ががたごとと通りすぎた、来る人、往く人、兵隊、子どもたち、窓が鼓膜のように揺れた、私は一日じゅう待っていた、彼女は旅行にでも行ったのか、使いに出ているのか、私から姿を隠しているのか？　家に帰ると彼女の父親がまたやってきたと父から聞かされた、なぜそんなに苦しそうなのかと私は父に訊いた、父は言った、「状況は悪くなる一方だ」。その朝、私は彼女の父親と道ですれちがったに違いないと気づいた。「状況って？」私の腕がこすれた、あのたくましい腕は彼のものだったのだろうか？「何もかも。世界だよ」顔を見られただろうか、それとも帽子とうつむいた頭が守ってくれたのか？「いつから？」むこうもうつむいていたのかもしれない。「初めからだ」彼女のことを考えまいとすればするほど、ますます彼女のことを考えてしまい、ますます説明できなくなった、私はもう一度彼女の家を目指した、ふたつの地区のあいだの道をうつむいて歩いていった、彼女は今度もいなかった、名前を呼びたかったが、声を聞かれたくはなかった、私の願いのよりどころはあの短い一度のやり取りだけ、ともにすごした三十分におさめられた、一億の主張と、不可能な告白と、沈黙だけだった。訊きたいことは山ほどあった、「腹

ばいになって氷の下にあるものを探すのは好き?」「芝居は好き?」「最初に物音がしてからその正体が見えるのは好き?」私は次の日もまた出かけた、歩くうちにへとへとになった、一歩進むごとに、彼女は私のことを悪く思っているのだ、それどころか私のことなどまったく考えもしないのだと確信が強まっていった、頭を垂れ、つば広の帽子を押し下げて歩いた、世界から顔を隠せば世界が見えなくなる、まさにそのせいで、青春の盛りに、ヨーロッパの真ん中で、ふたつの村のあいだで、すべてを失う瀬戸際に、私は何かにぶつかって地面に倒れこんだ。何度か息をついてわれに返った、最初は木に突っこんだのだと思ったが、やがてその木が人になり、その人も地面から起きあがると、そこで相手が彼女だとわかり、彼女も私だとわかった、「こんにちは」と私はほこりを払い落としながら言った、「こんにちは」と彼女が言った。「おかしいわね」「ああ」「どういうわけかしら?」「きみはどこに行くんだい?」と私は尋ねた。「ちょっと散歩に」と彼女は言って、「あなたは?」「ちょっと散歩に」私たちはたがいに手を貸して立ちあがった、彼女は髪についた葉を払い落としてくれた、私は彼女の髪にさわりたかった、「本当はそうじゃない」と私は言いながら、次にどんな言葉が口から出てくるかわからなかったが、それが自分の言葉であってほしかったし、一生の願いだから、私の芯を表し、わかってもらえる言葉であってほしかった。「きみに会いにいくところだった」と私は告げた、「この六日間、毎日きみの家に行った。なぜだか、きみに会わなきゃいけなかった」。彼女は黙っていた、私はばかな真似をしてしまった、自分がわからないのはべつに悪いことじゃなく、彼女は笑いだした、そんなに激しく笑う人を見たことがなかった、その笑いは涙を誘い、その涙がさらに涙を誘ったところで、私もまた何より深く完全な恥ずかしさから笑いだした、「きみの家に行くところだった」と私は恥の上塗りとばかりにくりかえした、「また会いたかったから」、彼女は笑いに笑った、「そういうわけね」と、しゃべれるようになると言った。「何が?」「そういうわけで、この六日間、あなたはずっと家にいなかったのね」私たちは笑うのをやめた、私は世界を自分のなかに取り込み、整理し直してから、質問のかたちにして外に送り返した。

「ぼくのことが好き?」

いま何時かわかりますか？

その男は九時三十八分と告げた、見かけが私にそっくりだった、むこうもそれに気づいたらしい、私たちはおたがいのなかに自分の姿を見て笑みを交わした、いったい私には何人の替え玉がいるのだろう？　私たちはみな同じ間違いをするのか、それともひとりは正しく理解したり、ほんの少しでもましな勘違いをしたりしたのか、私は替え玉なのか？　私はただ時刻を自分に言い聞かせ、いまはおまえのお母さんのことを考えている、彼女がいかに若くいかに老いているか、現金を封筒に入れて持ち歩くこと、どんな天気でも日焼け止めを塗らされること、くしゃみをしたときに自分で「お大事に」と言うこと、お大事に。彼女はいま家で人生の物語を書いている、私が去っていこうとしているのにタイプを打ち、これからやってくる章のことは知らずにいる。それは私の提案で、当時は実に名案だと思った、もし自分を苦しめるのではなく自分を表現することができれば、重荷をおろす手立てがあれば、と私は思った、彼女はただ生きるために生き、触発されるものも、欲しいものも、自分の自由にできるものもなく、店で手伝いをして、帰宅したら大きな椅子に座って雑誌を見つめ、いや、雑誌を見つめるのではなく、その奥にあるものを見通しながら、肩にちりを積もらせていたのだ。私は古いタイプライターをクローゼットから引っぱり出して客間に置き、必要なものをそろえた、デスク代わりのカードテーブル、椅子、紙、グラスをいくつか、水差し、ホットプレート、花、クラッカー、ちゃんとした仕事場ではなかったが、これで間に合うはずだった、彼女は「でも『なしの場所』だわ」と言った、私は「きみの人生の物語を書くのにこれ以上の場所はあるかい？」と書いた。彼女は「目がしょぼしょぼする」と言った、視力は十分だよと私は告げた、彼女は「ほとんど見えない」と言って指で目を覆ったが、気づかいにとまどっているだけだと私にはわかっていた、彼女は「書き方を知らないわ」と言った、知らなきゃならないことなんかない、思いつくままでいいんだと私は告げた、彼女は指をタイプライターの上に、まるで目の見えない人が人の顔を初めてさわるように置いて、「こういうのは使ったことがないの」と言った、私は「ただキーを押せばいい」と告げた、努力すると彼女は言った、子どものころからタイプライターの使い方を知っていたとはいえ、私は努力などできたためしがなかった。何か月ものあいだずっと同じだった、彼女は午前四時に起きて客間に行く、動物たちが彼女についていく、私はここに来る、朝食の時間まで彼女に会うことはなく、仕事のあともそれぞれにすごし、寝る時間まで顔を合わせない、私は全人生を人生の物語に注ぐ彼女が心配だっただろうか、いや、私としてもうれしかった、私は彼女が感じている感情を、世界を新たに構築する高ぶりを記憶した、ドアの背後から創作の様子を、文字が紙に押しつけられ、ページがタイプライターから抜き取られるのを耳にした、今度こそすべてがまえよりも順調に、このうえなくよくなり、すべてに意味があふれていた、そして迎えたこの春のある朝、何年も孤独に作業してきたあとのことだった。彼女は言った、「あなたに見せたいものがあるの」。私は彼女について客間に行った、彼女がカードテーブルのほうを指さすと、そこにはタイプライターを挟むように同じくらいの高さの紙の束がふたつあった、私たちはふたりでそちらに向かった、彼女はテーブルの上にあるもの全部にさわってから左の束をよこして言った、「わたしの人生」。「なんだって?」と訊きたくて私は肩をすくめた、彼女はページを軽く叩き、「わたしの人生」ともう一度言った、私はページをめくった、千枚はあったに違いない、そして束を置いた、「これはなんだい?」と訊きたくて、彼女の両の手のひらを私の両手の甲にのせ、手を裏返して彼女の手を払いのけた、「わたしの人生」と彼女は誇らしげに言った、「やっと現在までできたところなの。ちょうどいままで。自分に追いつかれたのよ。最後に書いたのは『これから書いたものを彼に見せようと思う。気に入ってくれたらいいのだけれど』」。私はページの束を手に取ってあちこちめくり、彼女が生まれたところ、初恋、両親を最後に見た場面を見つけようとした、アンナの姿も求めた、私は探しに探した、そのうち紙で人差し指を切ってしまい、こぼれた血が小さな花をつけたページは、彼女が誰かにキスをする場面でなくてはならないのに、私が目にしたのはただ――

私は泣きたくても泣かなかった、泣くべきだったのだろう、その部屋で彼女とともに溺れ死に、苦しみを終わらせるべきだったのだろう、そして二千枚の白紙のなかにうつぶせに浮かんでいるのを、あるいは水気が抜けた私の涙の塩の下に埋まっているのを発見されればよかったのだ、そこでふと、あまりに遅すぎたとはいえ、私は何年もまえにタイプライターのリボンを引き抜いたことを思い出した、それはタイプライターと自分への復讐行為だった、私はリボンを引っぱって一本の長い糸にし、現実の人生から私を守るかのようにリボンが抱えこんでいた負の刻印――アンナのために考案した将来の家、返事のないまま書きつづけた手紙――を解きほぐしたのだった。しかも――とても口には出せないが、書いてしまえ！――私はおまえのお母さんにはその空白が見えないことに気づいたのだ、彼女には何も見えていなかった。彼女が困っているのは知っていた、歩くときは私の腕をつかんだし、「目がしょぼしょぼするの」と言うのも聞いていたが、それは私に触れる方便、これもまた比喩なのだと思っていた、彼女はなぜ助けを求めないのか、それどころか、見えもしない雑誌や新聞をなぜ頼むのか、それが彼女の助けの求め方なのか？　だから彼女は手すりにしがみつくのか、だから私が見ていると料理をせず、私が見ていると着替えることもせず、ドアを開けないのか？　いつも目の前に読むものを置いているのは、そうすればほかのものを見なくてすむからなのか？　これまで私は何年も彼女に向けて言葉を書いてきたが、実は何も伝わってなかったのか？　「素晴らしい」と告げようとして、私はふたりで決めたやり方で彼女の肩をさすった、「素晴らしいよ」。「つづけて」と彼女が言った、「あなたの意見を聞かせて」。私は彼女の手を取って私の顔の横にあてた、そして頭を肩のほうに傾けると、この会話の流れから、彼女は次のような意味だと受け取った。「ここでこんなふうにして読むことなんかできない。寝室に持っていって、ゆっくり、じっくり読んで、きみの人生の物語にふさわしい扱いをするよ」だが、私が知る会話の流れでは、その仕草の意味は、「私はきみを裏切った」

いま何時かわかりますか？

アンナと私が初めて愛を交わしたのは彼女の父親の納屋の裏だった、その納屋の元の持ち主は農夫だったのだが、ドレスデンがまわりの村をのみこむようになると、農地は九つの区画に分割され、アンナの家族がいちばん大きな区画を手に入れたのだった。ある秋の午後に納屋の壁が倒壊すると――「葉っぱ一枚分重すぎた」と彼女の父親は冗談めかし――翌日に新しい壁を書棚でつくって、本そのもので内と外を隔てるようにした（新しい張り出し屋根が本を雨から守っていたが、冬のあいだはページが凍りつき、春になるとそれは大きく息をついた）。アンナの父親はその空間とじゅうたん、ふたつの小さなカウチでちょっとしたサロンをつくった、晩に一杯のウィスキーとパイプを持ってそこに行っては、本を取り出して壁越しに街の中心を見るのが大好きだった。知識人で、有力者ではなかったものの、長生きしていたら名を成したかもしれない、もしかしたら彼のなかに名著がばねのように巻かれていて、その本で内と外を隔てることができたかもしれない。アンナと初めて愛を交わした日、私は庭で彼女の父親と会った、彼と一緒に立っていたのは身なりのだらしない男で、縮れ毛はぼさぼさ、眼鏡は曲がり、白いシャツは活字で汚れた指の跡がついていた。「トーマス、こちらは私の友人、シモン・ゴルトベルクだ」私はこんにちはと言った、彼がどんな人物なのかも、なぜ私が紹介されるのかもわからなかった、私はアンナを見つけたかった、ゴルトベルク氏が仕事は何かと尋ねた、その声は堂々としてがらがらで、石畳の通りを思わせた、私は「何もやっていません」と答えた、彼は笑いだした、「遠慮することはない」とアンナの父親が言った。「彫刻家になりたいのです」ゴルトベルク氏は眼鏡をはずし、シャツをズボンから引っぱり出して、シャツのすそでレンズを拭いた。「彫刻家になりたいと？」私は「彫刻家になる努力をしています」と言った。彼は眼鏡をかけ直し、針金のつるを耳の後ろに巻いて、「きみの場合、努力していることが、すでになっていることだ」。「あなたのお仕事は？」と訊く私の声は思ったより挑戦的だった。彼は「もう何もやっていない」と言った。今度は彼も笑わなかったが、アンナの父親が「遠慮することはない」と告げ、私に向かって「シモンはわれわれの持代の偉人のひとりだ」と言った。「努力しているよ」とゴルトベルク氏は私に対し、私たちふたりしか存在しないかのように言った。「努力って、なんのです?」と訊く私の声は思ったより興味津々に響いた。彼はまた眼鏡をはずして、「そうあろうと努力している」。アンナの父親とゴルトベルク氏が、本で内と外を隔てられた間に合わせのサロンのなかで話しているあいだ、アンナと私は散歩に出かけ、灰色がかった緑色の粘土に広がるアシの茂みを突っ切り、馬小屋の成れの果てのそばを通って、場所とこつを知っていれば水辺が見えるところまで行った。靴下が半分泥にまみれ、落ちた果実を蹴飛ばしたせいで汁をかぶったが、敷地のてっぺんからは忙しない鉄道駅が見渡すことができ、戦争の騒乱がどんどん迫り、兵士たちが私たちの町を東に抜け、逃亡者たちが西に向かって、あるいはそこにとどまり、何百もの列車が発着するなか、結局、私たちが行き着いたのは歩きはじめた地点、サロンである納屋の外だった。「座りましょう」と彼女が言った。ふたりで地面に腰をおろして背中を棚に預けた。屋内の話し声が聞こえ、本のあいだから染み出るパイプの煙のにおいがした。アンナがキスをしてきた。「ふたりが出てきたらどうする?」私は小声で言った。彼女は私の耳をさわり、話し声がしているあいだは安全だと伝えてくれた。彼女は私の身体じゅうに手をはわせ、私は何をされているのかわからないまま、彼女のあらゆるところをさわった。僕は何をしているのか、説明できないものを僕らは理解できるのだろうか? アンナの父親が「必要なだけいてくれてかまわない。いつまでもいればいい」と言った。彼女がシャツを頭から脱いだ。私は彼女の乳房を手で包んだ。ぎこちないと同時に自然な動きだった。シャツを頭から脱がされて、目がふさがった瞬間、ゴルトベルク氏が笑って「いつまでも」と言った。小さな部屋を歩きまわるのが聞こえた。私は手を彼女のスカートのなかに、股間に伸ばした。何もかもがいまにも燃えあがりそうな気がした。なんの経験もないのに私はどうすればいいか知っていた。まさに夢で見たとおり、まるですべての情報が私のなかでばねのごとく巻かれているようだった、いま起きていることはまえにも起きたことがあり、これからも起きるだろう、「私はもう世界がわからない」とアンナの父親が言った、アンナは寝返りをうってあお向けになった、声とパイプの煙が洩れ出る本の壁の裏で、「愛し合いたい」とアンナはささやいた、私は何をすればいいかちゃんと知っていた、夜が訪れる、列車が発つ、私はスカートをたくしあげた、ゴルトベルク氏が「私はいま以上にわかったためしはないぞ」と言い、本の向こう側で息をするのが聞こえた、ここで棚から一冊抜き取られたら、何もかも見られてしまっただろう。だが本は私たちを守ってくれた。私は彼女のなかに入ったと思うとほんの一瞬で燃えあがった、彼女は声を洩らした、ゴルトベルク氏が足を踏み鳴らして傷ついた獣のような泣き声をあげた、がっかりしたかと私は彼女に訊いた、彼女はいいえと首を振った、私は彼女の上に崩れ落ち、頬を彼女の胸にうずめると、おまえのお母さんの顔が二階の窓に見えた、「じゃあ、どうして泣いているんだい?」と、精根尽きる大変な体験をした私は訊いた、「戦争!」とゴルトベルク氏が、怒りと敗北感にふるえる声で言った。「われわれは無駄な殺し合いをつづけるのだ！　この人類による人類に対する戦争は、戦う者がひとりもいなくなるまで終わらない！」彼女は言った。「痛いの」

いま何時かわかりますか？

毎朝食事をするまえに、そして私がここに来るまえに、おまえのお母さんと一緒に客間に行く、動物たちがついてくる、私は白紙のページをめくって笑いの仕草と涙の仕草をする、何を笑ったり泣いたりしているのかと訊かれれば指でページを叩き、「なぜ?」と訊かれれば彼女の手を彼女の胸に、それから私の胸にあてたり、彼女の人差し指で鏡をさわったり、すばやくホットプレートをさわったりする、ときどき彼女は知っているのだろうかと思う、私の「最高度のなし」のときには、彼女は私を試しているのか、一日じゅうでたらめをタイプするか何もタイプせずにいて、ただ私の反応を見ようとしているのかと思う、彼女は私に愛されているか知りたいのだ、人が人に求めるのはそれだけ、愛そのものではなく、愛がそこにあると知ること、廊下のクローゼットの避難用セットの懐中電灯のなかにある新しい電池のようにそこにあると知ることだ、「これは誰にも見せないように」と、私が最初に見せられたあの朝、彼女にそう伝えたのは、彼女を守ろうとしていたのかもしれないし、自分を守ろうとしていたのかもしれない、「完成するまで私たちの秘密にしておこう。一緒に取り組もう。誰も書いたことがないほど素晴らしい本にしよう」「そんなこと、できるかしら?」と彼女は尋ねた、外では木から葉が落ちた、内では私たちはその手の真実を気にかけるのをやめていた、「ああ」と私は彼女の腕に触れて伝えた、「一生懸命努力すればね」。彼女は両手を前に伸ばし、私の顔を見つけて言った、「このことについて書くわ」。その日からずっと私は彼女がもっと書くように、もっと深く掘り下げるようにと励まし、求めてきた、「彼の顔を描いてくれ」と空白のページに手を走らせて伝えた、つぎの朝には「彼の目を描いてくれ」と、それからそのページを窓に掲げて光で満たし、「彼の虹彩を描いて」と、それから「彼の瞳孔を」と。「誰の?」と彼女が訊くことはない。「なぜ?」と訊くこともない。あのページにあるのはこの私の目なのだろうか? 私は左の束が二倍になり、四倍になるのを目にしてきた、話の脱線が急展開になり、段落になり、章になるのを耳にしてきた、そして彼女が教えてくれたから知っているのだが、かつてふたつめの文だったものがいまは最後からふたつめになっている。つい二日まえ、彼女は人生の物語が人生よりも速く進んでいると言った、「どういう意味だ?」と私は手ぶりで訊いた、「ほとんど何も起きないの」と彼女は答えた、「それにわたしは物おぼえがすごくいいのよ」。「店のことを書いたっていいだろう?」「ケースのなかの全部のダイヤモンドを描いたわ」「ほかの人のことを書いたっていい」「わたしの人生の物語はわたしが会った人全員の物語よ」「自分の気持ちについて書いたっていい」彼女は尋ねた、「わたしの人生とわたしの気持ちは同じものじゃないの?」

すみません、切符はどこで買えますか？

おまえに話したいことはたくさんある、問題は時間がなくなりかけていることではない、余白がなくなりかけている、この手帳本はもう埋まりかけている、ページが足りなくなりそうだ、今朝最後にもう一度アパートを見てまわると、そこらじゅうに書き物がしてあり、壁と鏡は埋め尽くされていた、私は敷物をまくりあげて床にも書けるようにした、窓の表面や、もらったまま開けなかったワインのボトルのまわりにも書いた、私が寒くても半袖しか着ないのは、私の腕も本だからだ。それでも言いたいことはまだまだたくさんある。すまない。おまえに伝えようとしてきたのはそのことだ、何もかもすまない。アンナと私たちの理想を救えるかもしれなかったのに、せめてともに死ぬことはできただろうに、アンナにさよならを言ったこと。大事でないものを手放せなくて、大事なものにしがみつけなくてすまない。おまえのお母さんとおまえにひどい仕打ちをしてすまない。おまえの顔を見ることも、おまえに食べさせてやることも、寝るまえに話を聞かせることもできなくてすまない。自分なりに釈明しようとしてきたが、おまえのお母さんの人生の物語を思うと、私は何ひとつ説明してこなかったとわかる、彼女と私はどこも違っていない、私もまた「なし」を書いてきたということだ。「献辞よ」と彼女は今朝、つい二、三時間前、私が最後にもう一度客間に行ったときに言った、「読んでちょうだい」。私は指で彼女のまぶたに触れ、どんな意味も伝わるように目を大きく見開かせた、これからさよならも言わずに彼女のもとを去り、ミリとルールの結婚に背を向けようとしていた、「これはやりすぎだと思う?」と彼女が尋ね、私は見えない献辞に引き戻された、私は右手で彼女に触れたが、この人生の物語が誰に捧げられるのかわからない、「ばかげてはいないでしょう?」私は右手で彼女に触れたが、もう彼女を失いかけていた、思い直すことはなかったが、思うところはあった、「虚しくないかしら?」私は右手で彼女に触れたが、ひょっとすると彼女は物語を彼女自身に捧げたのかもしれない、「あなたにしたら、これで十分かしら?」と彼女が今度はそこにないものを指で差して尋ねた、私は左手で彼女に触れたが、ひょっとして彼女は物語を私に捧げたのかもしれない。私はそろそろ出かけると彼女に伝えた。私は、誰にとっても何も意味しない身ぶりを長々とつづけ、これといって欲しいものはあるかと彼女に尋ねた。「あなたはいつもちゃんとわかってる」と彼女は言った。「ネイチャー系の雑誌でも?」(私は手を翼のように羽ばたかせた)。「すてきだわ」「図版が載っているものとか?」(私は彼女の手を筆代わりにして、目の前に架空の絵を描いた)「そうね」彼女はいつものようにドアまで見送ってくれた、「きみが寝るまでに帰れないかもしれない」と、私は開いた手を彼女の肩にかけ、彼女の頰をそっと手のひらで支えてそう伝えた。彼女は「でもあなたがいないと眠れないわ」と言った。私は彼女の両手で私の頭を押さえて、眠れるさとうなずいた、私たちは「あり」の道を通ってドアに向かった。「もしあなたがいなくて眠れなかったらどうする?」私は彼女の両手で私の頭を押さえてうなずいた、「でもし?」私はうなずいた、「どうするか答えて」と彼女は言った、私は肩をすくめた、「気をつけるって約束して」と彼女は言ってコートのフードを私の頭にかぶせた、「いつもより特別気をつけるって約束して。通りを渡るまえに左右を見るのは知っているけれど、あなたには左右を二回見てほしいの、お願いだから」。私はうなずいた。彼女が尋ねた、「日焼け止めは塗ったの?」私は手ぶりで彼女に伝えた、「外は寒い。きみは風邪を引いている」。彼女は「でも塗ったの?」と尋ねた。私は自分でも驚いたことに右手で彼女に触れた。うその生活をすることはできても、そんな小さなうそをつく気にはなれなかった。彼女は「待ってて」と、アパートの奥に走ると、日焼け止めの瓶を持って戻ってきた。少しの量を手に出し、両手をすり合わせ、私の首の後ろと、手の甲と、指のあいだと、鼻の上とおでこと頰と顎と、むき出しになったところ全部に塗り広げた、結局、私が粘土で彼女が彫刻家なのかと私は思った、生きなければならないのは無念だが、ひとつの人生しか生きられないのは悲劇だ、というのも、もしふたつの人生があったら、私はそのうちのひとつを彼女とともにすごしただろう。彼女とともにアパートにとどまり、ドアから見取り図を破り取って、ベッドでは彼女を抱きかかえ、「ロールパンをふたつ欲しい」と言い、「さあ、新しいうわさを広めよう」と歌い、「ハハハ！」と笑い、「助けてくれ！」と叫んだだろう。そんな人生をこの世ですごしただろう。私たちは一緒にエレベーターで下り、入り口まで歩いた、彼女は立ち止まり、私は進みつづけた。彼女が立て直してくれたものを台なしにしようとしているのはわかっていたが、私の人生はひとつしかなかった。後ろから彼女の声が聞こえた。私はさすがに、いや、私としたことが、そこで振り返り、「泣かないで」と伝えようと、彼女の指を私の顔にあて、想像上の涙を頬から押しあげて目のなかに戻した、「わかってる」と彼女は本物の涙を頬からぬぐった、私は足踏みをしてこう伝えた、「空港には行かない」。「空港に行くのよ」と彼女は言った、私は彼女の胸に触れ、それから彼女の手を外の世界に向け、それから彼女の手で彼女の胸を示した、「わかってる」と彼女は言った、「もちろんわかってる」。私は彼女の両手を握り、見えない壁の裏か想像上の絵の裏にいるふりをして、ふたりの手のひらでその表面を探った、そして多くを伝えすぎる危険を冒して彼女の一方の手を私の目にかざし、もう一方の手を彼女の目にかざした、「あなたはわたしにはもったいない」と彼女が言った、私は彼女の両手を私の頭にあててイエスとうなずいた、彼女は笑い声をあげた、彼女が笑うのは愛おしい、本当は彼女を愛していないとしても、彼女は「愛しているわ」と言った、私は自分の気持ちを伝えた、どうやって伝えたかというと、彼女の両手を握って脇に広げさせ、二本の人差し指を向かい合わせて、ゆっくり、とてもゆっくりと距離を狭めていき、ふたつが近づくにつれて、ますますゆっくり動かし、いまにも触れ合いそうになると、あと辞書一ページぶん動けば触れ合うところ、「愛」という単語の両側を押す間際で指を止めた、私はそこで止めたままにした。彼女が何を思ったかはわからない、彼女が何を理解したかも、何を理解するわけにいかなかったのかもわからない、私はくるりと背中を向けて彼女から歩き去った、振り返ることはなかった、これからもないだろう。おまえにこんな

話をしているのは、私はこれからもおまえの父親にはならないが、おまえはこれからもずっと私の子どもだからだ。せめて、私が去るのは身勝手だからではないと知ってほしい、どうしたらそれを説明できるだろう？　私は生きられない、努力したが無理だ。これが単純そうに聞こえるとしたら、山が単純であるのと同じように単純なのだろう。おまえのお母さんも苦しんだが、彼女は生きることを選び、そして生きたのだ、彼女の息子と彼女の夫になってほしい。おまえにわかってもらおうとは、まして許してもらおうとは思わない、この手紙をおまえのお母さんから渡されたとしても、おまえは読みもしないかもしれない。もう行く時間だ。おまえには幸せになってもらいたい、自分の幸せを望むより強くそう望んでいる、これは単純そうに聞こえるだろうか？　私は出ていく。このページは手帳本からはぎ取り、飛行機に乗るまえに郵便ポストに向かい、封筒の宛て名を「まだ生まれぬわが子」としたら、あとはもうひと言も書かない、私は立ち去る、もうここにはいなくなる。愛をこめて、父ドレスデンまでの切符を買いたい。

ここで何をしている?

帰りなさい。寝ていなくてはだめだ。

家まで送ろう。

どうかしている。風邪を引くぞ。

風邪を足すぞ。

重い靴
ますます重い靴

一二回あとの週末は『ハムレット』の初公演だった、といってもそれは短縮された現代版で、というのは本物の『ハムレット』はあんまり長くてこんがらがっているし、クラスの子のほとんどは注意欠陥障害だからだった。たとえば、有名な「生きるべきか死ぬべきか」ではじまるせりふも、ぼくはおばあちゃんが買ってくれた『シェイクスピア選集』セットで知っているけど、縮められてこれだけになっていた。「生きるべきか死ぬべきか、それが問題」

みんなに役がないといけないのに、本物の役は数が足りなかったし、オーディションの日は靴が重くて登校できなかったので、ぼくはヨリックの役になった。最初はおかげできまりが悪かった。ぼくはリグリー先生にオーケストラとかでタンバリンをやるだけでもいいよと提案してみた。先生は言った、「オーケストラはないのよ」。ぼくは言った、「そこをなんとか」。先生はぼくに告げた、「きっと楽しいわよ。あなたは黒ずくめになって、メーキャップ係に手と首も黒く塗ってもらって、衣装係がつくる張り子か何かのどくろを頭にかぶるの。みんなは、あなたには身体がないって、錯覚するはずよ」。ぼくは一分間それについて考えてから、もっといい案を先生に伝えた、「だったら、透明人間スーツを発明するよ、背中につけたカメラで後ろにあるものを全部ビデオにとって、前につけたプラズマ画面に映し出すんだけど、その画面で顔以外は全部かくすんだ。そしたらぼくはいないように見える」。

先生が言った、「すてきね」。ぼくは言った、「でもヨリックって、そもそも役なの?」先生はぼくの耳もとでささやいた、「どちらかというと、あなたに人気をさらわれるんじゃないか心配なくらい」。ぼくはヨリックになれてわくわくした。

初日はかなりよかった。フォグマシンがあったから、墓場はまるで映画のなかの墓場みたいだった。「ああ、あわれなヨリック!」とジミー・スナイダーがぼくの顔をつかんで言った、「よく知っている男だ、ホレイショー」。衣装の予算が足りなかったから、プラズマ画面はつけてなかったけど、ぼくはどくろの奥からこっそりまわりを見ることができた。知っている人が大勢見えて、自分は特別なんだって気分になった。ママとロンとおばあちゃんが来ていたのは、当然だ。トゥースペーストがハミルトン夫妻といっしょにいるのもよかったし、ミンチ夫妻も、ザ・ミンチがギルデンスターン役をやるから見にきていた。それまでの一二回の週末に出会ったブラックたちもたくさんいた。エイブがいた。エイダとアグネスがいた(本人たちは知らなかったけど、アルファベットどおりにとなりあって座っていた)。アルバートとアリスとアレンとアーノルドとバーバラとバリーが見えた。見にきた人の半分はきっとブラックたちだったと思う。でもヘンだったのは、みんなが自分たちの共通点を知らないでいることで、それはなんだか、画びょうとか曲がったスプーンとか、四角いアルミホイルとかの、セントラルパークで掘り出したいろんなものがおたがいにどう関係しているかわからないのに似ていた。

ぼくはありえないほどアガったけど、ずっと自信はあったし、ものすごく絶妙だった。なぜわかるかというと、スタンディングオベーションがあったからで、おかげでぼくは一〇〇ドルの気分になった。

二日目もかなりよかった。ママは来ていたけど、ロンは遅くまで仕事をしないといけなかった。でもそれでだいじょうぶ、というのは、どっちみちロンにはいてもらいたくなかったから。おばあちゃんが来ていたのは当然だ。

ブラックたちの姿はひとりも見えなかったけど、ふつうの人は親でもなければ一回しか見ないのは知っていたから、いやな気分にはならなかった。ぼくは極上の演技を見せようとしたし、それはできたと思う。「ああ、あわれなヨリック。よく知っている男だ、ホレイショー。ほんとうに楽しくてすばらしい男だった。いつもおぶってもらったものだが、いまは考えるのもおそろしい！」

つぎの夜に来たのはおばあちゃんだけだった。ママは受け持ちの事件の裁判が近いから遅い時間にミーティングがあったし、ロンがどこにいるのかぼくはきいてなくて、というのは気まずかったし、どっちみちロンにはいてもらいたくなかったから。ぼくはできるだけじっとして、ジミー・スナイダーの手をあごの下にしながら思った。**だいたいひとりも見ていないのに、ものすごく絶妙な演技をしてなんの意味があるんだろう？**

つぎの夜、おばあちゃんは上演のまえに楽屋にあいさつにこなかったし、あとでじゃあねと言いにもこなかったけど、ちゃんと来ているのはわかった。目の穴からのぞくと、体育館の後ろのほう、バスケットボールのリングの下に立っているのが見えた。お化粧が照明をグッとくる感じに吸収していて、おばあちゃんの見た目はほとんど紫外線だった。「ああ、あわれなヨリック」ぼくは精いっぱいじっとしながら、ずっと考えていた。**史上最高の演劇より大事だなんて、どんな裁判だろう？**

つぎの公演もおばあちゃんだけだった。おばあちゃんは泣くタイミングが全部ずれていて、大笑いするタイミングも全部ずれていた。見ている人にオフィーリアがおぼれ死んだことが知らされる場面でおばあちゃんは拍手したけど、これは悪いニュースのはずだし、最後、ハムレットがレアティーズとの対決で先手をとったときにブーイングしたけど、こっちはどう考えたっていいことだ。

「ここにはぼくが何度もキスをしたくちびるがあった。おまえのじょうだんはいま、おまえのたわむれは、おまえの歌はどこにある?」

最後の夜のまえ、楽屋でジミー・スナイダーがほかの出演者や裏方におばあちゃんのものまねをしてみせた。おばあちゃんがどんなにうるさいか、ぼくはわかってなかったみたいだ。ぼくはおばあちゃんに気がつく自分に腹が立っていたけど、それはまちがいで、悪いのはおばあちゃんだった。みんなも気がついていたんだ。ジミーのものまねはおばあちゃんにそっくりだった――おもしろいことがあると顔の前にハエがいるみたいに左手ではらうところ。何かにありえないほど集中している感じで首をかしげるところとか、くしゃみをして自分に「お大事に」と言うところ。それと泣きながら「悲しいわ」と言うところも、みんなに聞こえていたのだった。

ジミーがみんなを大笑いさせているあいだ、ぼくはじっと座っていた。リグリー先生まで大笑いして、場面を切りかえるあいだにピアノをひいてくれた先生のご主人も大笑いした。ぼくはあれは自分のおばあちゃんだと話さなかったし、ジミーにやめろとも言わなかった。外から見れば、ぼくも大笑いしていた。心のうちでは、おばあちゃんがケータイポケットにおしこまれるか、透明人間スーツをもっているかすればいいのにと思っていた。ぼくとふたりでどこか遠くへ、六番めの行政区にでも行けたらよかった。

その夜もおばあちゃんは来ていて、前の三列しかうまっていないのに後ろの列にいた。ぼくはどくろの下からおばあちゃんを観察した。片方の手を紫外線の心臓におしあてて、「悲しいわ。ほんとに悲しいわ」と言うのが聞こえた。ぼくは未完成のスカーフや、おばあちゃんがブロードウェイを渡って運んだ岩のこと、いろいろある人生をおくってきたのにまだ想像上の友だちが必要なこと、一〇〇〇回の指ずもうのことを考えた。

マージ・カーソン。 ねえ、ハムレット。ポローニアスはどこ?

ジミー・スナイダー。 食事中で。
マージ・カーソン。 食事中！　どこで？
ジミー・スナイダー。 食べるほうじゃなくて、食べられるほうだけど。
マージ・カーソン。 ええっ！
ジミー・スナイダー。 王様だって最後は物ごいの腹のなかを通ることがあるのさ。

ぼくはその夜、ステージの上で、どくろの奥で、宇宙にあるすべてのものにありえないほど近いと感じたし、ものすごくひとりぼっちという気もした。生まれて初めて、人生というのは苦労してまで生きる値打ちがあるんだろうかと考えた。それだけの値打ちがあるものにしているのは、**正確にいって**何なんだろう？　ずっと死んだままになって、何も感じないで、夢も見ないでいるのは、何がそんなにこわいんだろう？　感じたり夢を見たりするのは、何がそんなにすばらしいんだろう？

ジミーがぼくの顔の下に手をつけた。「ここにはぼくが何度もキスをしたくちびるがあった。おまえのじょうだんはいま、おまえのたわむれは、おまえの歌はどこにある？」

もしかすると、あの一二週間にあったこと全部のせいだったかもしれない。それとも、その夜、ぼくがすごく近くてひとりぼっちと感じたせいなんだろうか。とにかくぼくはもう死んだままではいられなくなった。

ぼく。 ああ、あわれなハムレット［ぼくは**ジミー・スナイダー**の顔を片手にのせる］。よく知っている男だ、ホレイショー。

ジミー・スナイダー。　でもヨリック……おまえはただの……どくろだ。

ぼく。　だから何？　関係ないよ。引っこんでろ。

ジミー・スナイダー。　［ひそひそ声］そんなの台本にないぞ。［助けを求めて**リグリー先生**を見ると、いちばん前の列で台本をぱらぱらめくっている。先生は右手で空中にくるくる円を描く。「即興で」を意味する世界共通の合図だ］

ぼく。　よく知っている男だ、ホレイショー。とことんまぬけなボンクラ、二階の男子トイレでいちばんのマスかき屋――証拠ならあるよ。それに、あいつは失読症（ディスレクシア）だ。

ジミー・スナイダー。　［言うことを思いつかない］

ぼく。　おまえのいやみはいま、おまえの悪ふざけは、おまえの歌はどこにある？

ジミー・スナイダー。　なに言ってんだよ？

ぼく。　［スコアボードに向かって手をあげて］おれのコッカースパニエルをナメタガレイ、きたない割れ目の生シッイタケ！

ジミー・スナイダー。　はあ？

ぼく。　おまえは弱いものいじめという罪を犯してきた。ぼくとトゥースペーストとザ・ミンチみたいなオタクをほとんど生きていけないようにしたし、頭がのろい人のものまねをしたし、ほとんど電話がかかってこない人にいたずら電話したし、ペットやお年寄り――言っとくけど、おまえよりかしこくて物知りな人たちだ――をこわがらせたし、プッシーをもってるからってぼくをからかったし……それに、ぼくはおまえがゴミを散らかすのだって見たことあるんだ。

ジミー・スナイダー。　のろまにいたずら電話したことはないぞ。

ぼく。　おまえはもらいっ子だ。

ジミー・スナイダー。［観客を見まわして両親を探す］

ぼく。　それに、だれにも愛されてない。

ジミー・スナイダー。［目に涙があふれる］

ぼく。　それに、筋萎縮性側索硬化症だ。

ジミー・スナイダー。　はあ?

ぼく。　死んだ人たちを代表して……［ぼくはどくろを頭から引きはがす。はりぼてなのに、すごくかたい。それをジミー・スナイダーの頭にぶつけて、もう一回ぶつける。ジミーが気を失って地面にたおれて、ぼくは自分がこんなに強いだなんて信じられない。もう一回、思いきりジミーの頭にぶつけると、鼻と耳から血が出てくる。それでもぼくはぜんぜん同情しない。血を流させたいと思うのは、こいつはそうされてもしかたないからだ。それに、それ以外だと理屈に合わない。**パパ**は理屈に合わない。**ママ**は理屈に合わない。**観客**は理屈に合わない。折りたたみいすとフォグマシンのけむりは理屈に合わない。シェイクスピアは理屈に合わない。体育館の屋根の向こう側にあるはずの星は理屈に合わない。いまここで理屈に合うのは、ぼくが**ジミー・スナイダー**の顔をなぐることだけだ。そいつの血。ぼくがぶつとそいつの歯がごそっと口の奥に入って、たぶんのどを下っていく。そこらじゅう、何もかも血だらけだ。ぼくが頭がい骨をぶつけつづけるこいつの頭がい骨は、**ロン**の頭がい骨で（**ママ**に人生を前に進めさせるから）、**ママ**の頭がい骨で（人生を前に進めてるから）、**パパ**の頭がい骨で（死んだから）、**おばあちゃん**の頭がい骨で（ぼくにすごく恥ずかしい思いをさせるから）、**ファイン先生**の頭がい骨で（パパが死んで何かよかったことはないかきくから）、ぼくが知ってる人みんなの頭がい骨だ。**観客**がいっせいに拍手する、ぼくがすごく理屈に合っているからだ。みんながスタンディングオベーションをしてくれて、ぼくは何度も何度もジミーをぶつ。みんなの声が聞こえる」

観客。 ありがとう！ ありがとう、オスカー！ とってもきみを愛してる！ きみを守るよ！

そうなったら、よかったのに。

ぼくはジミーの手をあごの下にしたまま、どくろの奥から観客を見渡した。「ああ、あわれなヨリック」エイブ・ブラックが見えて、むこうもこっちを見た。ぼくらが何か同じものを見ているのはわかったけど、それが何かわからなかったし、大事なことかどうかもわからなかった。

ぼくがエイブ・ブラックを訪ねてコニーアイランドに行ったのは一二回まえの週の終わりだった。ぼくは相当な理想主義者だけど、そんなに遠くまで歩けないのはわかっていたので、タクシーに乗った。それで、まだマンハッタンを出ないうちに、お財布のなかの七・六八ドルでは足りなくなることに気がついた。ここでなにも言わなかったことが、ウソのうちに入るかどうかはわからない。ただ、コニーアイランドに行かなきゃならないのはわかっていたし、ほかにどうしようもなかった。運転手が建物の前でタクシーを止めたとき、メーターは七六・五〇ドルになっていた。ぼくは言った、「マハルトラさん、あなたは楽観論者、それとも悲観論者？」運転手は言った、「えっ？」ぼくは言った、「というのは、あいにく七ドルと六八セントしか持ってなくて」。「七ドル？」「と六八セント」「まさか、そんなことが」「残念だけど、あるんです。でも住所を教えてくれたら、かならず残りを送りますから」運転手はうなだれて頭をハンドルにのせた。だいじょうぶですか、とぼくはきいた。運転手は言った、「その七ドルと六八セントは取っておきな」。ぼくは、「かならずお金を送ります。かならず」。運転手が名刺をよこすと、それはほんとは歯医者のカードだったのだけど、裏面に住所が書いてあった。それから彼は何かを、フランス語じゃない外国語で言った。「ぼくのことおこってます?」

ローラーコースターを前にしたら、当然、ぼくはありえないほどパニくるけど、エイブに言いくるめられていっしょに乗ることにした。「サイクロンに乗らずに死んだら無念だぞ」とエイブはぼくに告げた。「死んだら無念だよ」とぼくはエイブに告げた。「そうだな」とエイブは言った、「けどサイクロンについては自分で選ぶことができる」。ぼくたちはいちばん前の車両に座って、下り坂になるとエイブは両手を空中にあげた。ぼくはずっと、落ちていくときもちょうどこんな感じなんだろうかと考えていた。

頭のなかでぼくは、車両をレールからはなれないようにしてぼくを車両から飛び出させないようにする全部の力を計算しようとした。重力があるのは当然だ。それと遠心力。それと推進力。それと車輪とレールのあいだのまさつ力。それと風の抵抗とかもあるだろう。パパはむかしパンケーキを待っているあいだに、クレヨンで紙のテーブルクロスに書いて物理学を教えてくれた。パパなら何でも説明できたんだと思う。

海はヘンなにおいがしたし、遊歩橋で売っているファネルケーキとか綿あめとかホットドッグなんかの食べ物もそうだった。ほとんど完ぺきな日だったけど、エイブがカギのこともパパのこともぜんぜん知らないのが玉にきずだった。車でマンハッタンに行くから、よかったら乗っていくかとエイブは言った。ぼくはエイブに告げた、「知らない人とは車に乗らないことにしてるし、だいたいぼくがマンハッタンに行くってどうしてわかったの?」エイブは言った、「おれたちは知らないどうしじゃないし、どうしてわかったかなんてわからない」。「車って、SU

V?」「いいや」「よかった。じゃあ、ガソリンと電気のハイブリッド車?」「いいや」「だめじゃん」

車に乗っているあいだ、ぼくはエイブにニューヨークにいるラストネームがブラックの人全員に会うつもりでいることをくわしく話した。エイブは言った、「わかるよ、おれもむかし飼ってた犬に逃げられたことがあるから。彼女は世界一の犬だった。おれはこれ以上無理ってくらい可愛がってたし、よく世話をしてたんだ。あいつだって逃げたかったわけじゃない。ただ頭がこんがらがって、あっちについてったり、こっちについてったりしたのさ」。

「でもパパは逃げたんじゃない」とぼくは言った。「テロリストの攻撃で殺されたんだ」エイブが言った、「おれが考えてたのはあんたのことだけどな」。エイブはエイダ・ブラックのアパートのドアまで、ぼくはひとりでできると話したのに、いっしょに上がってくれた。「あんたが無事着いたってわかったほうが気分がいい」だなんて、ママみたいな言い方だった。

エイダ・ブラックはピカソの絵を二枚もっていた。エイダはカギのことを何も知らなかったから、ぼくにとってその絵は、有名なのは知っていたけど、なんの意味もなかった。よかったらカウチにおかけになってとエイダに言われたけど、ぼくは革は正しくないと思うと言ってそのまま立っていた。エイダのアパートはそれまで入ったなかでいちばんすごいアパートだった。床はまるで大理石のチェスボードで、天井はまるでケーキだった。どれもこれも博物館にあるものみたいだったので、ぼくはおじいちゃんのカメラで写真にとった。「失礼な質問かもしれないけど、あなたは世界一のお金持ち?」エイダはランプシェードをさわって言った、「わたしは世界で四六七番目のお金持ちよ」

ホームレスの人と百万長者が同じ街に住んでいるのってどんな気分、とぼくはきいてみた。エイダは言った、「チャリティにたくさん寄付をしているわ、そういうことを言わせたいのなら」。ぼくは何も言わせたくない、どんな気分か知りたいだけだと返した。「気分は上々よ」とエイダは言って、何か飲み物はいかがかしらときいた。ぼくがコーヒーをたのむと、エイダは別の部屋のだれかにコーヒーをたのみ、そのあとぼくは、みんなが決まった額のお金をもつまで、その額以上のお金はもたないほうがいいと思うかどうかきいてみた。それはパパがむかし話してくれた考え方だった。エイダは言った、「アッパーウェストサイドだって、ただで住めるわけじゃないでしょ」。どうしてぼくがアッパーウェストサイドに住んでるとわかったのかきいてみた。「あなただって必要のないものをもっているんじゃない？」「そんなことない」「コインを集めてる？」「どうしてコインを集めてるってわかったの？」「若い人はよくコインを集めるわ」ぼくはエイダに話した、「コインは必要なんだ」。「ホームレスの人にとって食べ物が必要なのと同じくらい必要なものかしら？」話しているうちに、ぼくはだんだんきまりが悪くなってきた。エイダが言った、「あなたがもっているのは必要なもののほうが多いのかしら、それとも必要ないもののほうが多い？」ぼくは言った、「それは必要というのはどういう意味かによるよ」

エイダが言った、「信じられないでしょうけれど、わたしも昔は理想主義者だったわ」。ぼくはエイダに「りそうしゅぎ」というのはどういう意味かたずねた。「自分で正しいと思う生き方をすることよ」「もうそうしてないの？」「もう疑問をいだくのはやめたのよ」アフリカ系アメリカ人の女の人が銀のトレイでコーヒーを運んできてくれた。ぼくはその女の人に告げた、「その制服、ありえないほどきれいだね」。女の人はエイダを見た。「ほんとだよ」とぼくは言った。「きみが着ると、明るいブルーがとってもきれいだ」女の人はまだエイダを見ていて、するとエイダが言った。「ありがとう、ゲイル」女の人がキッチンに戻るとき、ぼくは声をかけた、「ゲイルって、きれいな名前だね」

またふたりきりになると、エイダがぼくに言った。「オスカー、ゲイルにひどく気まずい思いをさせたようね」

「どういうこと?」「彼女は困っていたわ」「ぼくは感じよくしようとしただけだよ」「がんばりすぎたんじゃないかしら」「いい人でいるのにがんばりすぎなんてあるの?」「あなたは見下すような態度だった」「何、それ?」「彼女を子どもあつかいしていたわ」「してないよ」「メイドであることはべつに恥じゃないわ。彼女はしっかり仕事をして、わたしは悪くないお給料を払う」ぼくは言った、「感じよくしようとしただけなんだ」。そして思ったのは、**ぼくの名前がオスカーだって、彼女に教えたっけ?**

ぼくたちはそのまましばらく座っていた。エイダは窓の外をながめて、セントラルパークで何かが起きるのを待っているみたいだった。ぼくはきいてみた、「アパートのなかをかぎまわってもいいですか?」彼女は笑い出して言った、「やっと本題に入るわけね」。ちょっと見てまわると、部屋があんまりたくさんあって、このアパートの内側は外側より大きいんじゃないかという気がした。でも、手がかりはひとつも見つからなかった。エイダのところに戻ると、フィンガーサンドイッチはいかがときかれて、ぎょっとしたけど、ぼくは礼儀正しくこう言うだけにした、「ホゼ」。「なんですって?」「ホゼ」「ごめんなさい。どういう意味かわからないわ」「ホゼだよ。『そんなあほな(ノー・ウェイ・ホゼ)』とかの」エイダが言った、「自分がどんな人間かはわかっているわ」。ぼくはこくっとうなずいたけど、エイダが何の話をしているかも、それが何と関係があるかもわからなかった。「自分のことを好きでないとしても、自分がどんな人間かはわかってる。うちの子たちは自分のことが好きだけど、自分がどんな人間かわかっていない。どっちがよくないか、教えてちょうだい」「どれとどれから選ぶんでしたっけ?」エイダは大笑いして言った、「あなたのこと、気に入ったわ」

ぼくはカギを見せたけど、エイダはぜんぜん見おぼえがなくて、カギについて何も話してくれなかった。

ぼくはだいじょうぶと言ったのに、エイダはドアマンにぼくをタクシーに乗せることを約束させた。タクシー代をはらえないよ、とぼくは言った。エイダは言った、「わたしは払えるわ」。ぼくは名刺をわたした。エイダは「幸運を」と言って、ぼくのほっぺたを両手ではさみ、頭のてっぺんにキスをした。

その土曜日は、落ち込む日だった。

オスカー・シェル様

全米糖尿病財団へのご献金、ありがとうございます。一ドル――貴殿の場合は五〇セント――たりと無駄にはいたしません。

当財団に関する追加の資料を同封いたしました。われわれの声明書、過去の業績と成果をまとめたパンフレット、短期および長期的な将来の目標についての情報などです。

この緊急を要する運動へのご献金に改めてお礼を申し上げます。あなたは命の恩人です。

感謝をこめて

パトリシア・ロクスベリ

ニューヨーク支部長

信じてもらえないかもしれないけど、つぎのブラックが住んでいたのはぼくたちのビルで、ちょうどうちの一階上だった。これがぼくの人生に起きたことじゃなかったら、ぼくだって信じなかったと思う。ぼくはロビーに行って、スタンに6Aに住んでいる人について知っていることをきいてみた。彼は言った、「人が出入りするのは見たことがないな。ただ届け物がたくさんあって、ゴミもたくさんある」。「**クール**」スタンは体をかがめると、ひそひそ声で言った、「あそこは出るんだよ」。ぼくもひそひそ声で返した、「超常現象は信じないんだ」。スタンは言った、「こっちが信じるかどうかなんて幽霊の知ったことじゃない」。ぼくは無神論者だけど、スタンがまちがっているのはわかっていた。

ぼくはまた階段をのぼって、今度はうちの階を通りすぎて六階まで上がった。ドアの前に一二か国語で「ようこそ」と書いてあるマットがあった。ユーレイだったら、こんなものを家の前に置いたりしない。カギ穴にカギを差してみたけど、開かなかったからブザーを鳴らした。うちのブザーとぴったり同じ場所にあった。なかで物音がして、もしかしたらぶきみな音楽も聞こえたかもしれないけど、ぼくは勇気があるのでそのまま立っていた。

ありえないほど長い時間がたってからドアが開いた。「何か用かね!」とおじいさんがきいたのだけど、ものすごくうるさい声で、どちらかというと悲鳴に近かった。「はい、こんにちは」とぼくは言った。「ぼくは5Aに住んでいます。いくつか質問させてもらえませんか?」「やあ、青年!」と言うおじいさんは、なんだかヘンな見た目で、というのは赤いベレー帽をかぶっているのがフランス人みたいで、アイパッチが海ぞくみたいだったからだ。おじいさんは言った、「私はミスター・ブラックだ!」ぼくは言った、「知ってます」。ミスター・ブラックはくるっと後ろを向いてアパートのなかに歩いていった。ついてこいということだと思って、ぼくはそのとおりにした。

ミスター・ブラックの家でもうひとつヘンだったのは、ぼくたちの家とまるっきり同じに見えたことだ。床は同じで、窓の下わくも同じだし、だんろのタイルまで同じ緑色だった。でも彼の家はありえないほどちがってもいて、ちがったものでいっぱいだった。ものはうんとあった。そこらじゅうにあった。それと、ダイニングルームの真ん中にでっかい柱があった。冷蔵庫二台ぶんの大きさがあるから、うちみたいにテーブルなんかをその部屋に置くのは無理だった。「あれはなんのためです?」とぼくはきいたけど、ミスター・ブラックには聞こえなかった。だんろの上には人形とかいろんなものがたくさんあって、床いっぱいに小さいラグがいくつもしいてあった。「あれはアイスランドで手に入れた!」とミスター・ブラックは窓わくの貝がらを指さして言った。壁にかかっていた刀を指さして、「あれは日本で手に入れた!」ぼくはサムライの刀なのかきいてみた。ミスター・ブラックは言った、「模造品じゃ!」ぼくは言った。「**クール**」

ミスター・ブラックについていくと、キッチンテーブルがうちのキッチンテーブルと同じ場所にあって、ミスター・ブラックは腰をおろして手でひざをたたいた。「さてと!」と言う声があんまりうるさいから、ぼくは耳をふさぎたかった。「わしは相当なびっくり人生を送ってきたんだぞ!」そんなこと言うなんてヘンだ、とぼくは思った、だってミスター・ブラックの人生について質問なんかしてない。だいたい、ここに来たわけも話してなかった。「生まれたのは一九〇〇年一月一日だ! わしは二〇世紀の毎日を生き抜いたのだ!」「ほんと?」「おふくろが出生証明書を書き替えたおかげで第一次世界大戦で戦うことができた! それは彼女がついたたったひとつのうそだ! わしはフィッツジェラルドの妹と婚約していた!」「フィッツジェラルドって、だれ?」「フランシス・スコット・キー・フィッツジェラルドだよ、ぼうや! 大作家だ! 大作家だぞ!」「ウッ」「彼女が二階の化粧室に行っているあいだ、よくポーチに座って彼女のおやじさんと話したものだ! おやじさんとの会話は大いにはずんだよ! 彼は偉大な人物だった、ウィンストン・チャーチルが偉大な人物だったように!」ここでウィンストン・チャーチルってだれか知らないと言うより、帰ってからググったほうがいいだろうな、とぼくは思った。「ある日、彼女が降りてきて、さあ出かけようってときのことだ！　おれは彼女に言ったよ、一分待ってくれ、いまおやじさんとの会話が最高に盛りあがってるからって、最高に盛りあがった話の腰を折ったらいけないだろ！」「さあ」「その夜遅く、彼女を同じポーチに降ろそうとしたとき、こう言われた、『ときどき思うの、あなたはわたしよりおとうさまのほうが好きじゃないのかしら』ってさ！　おれはおふくろからバカ正直なところを受けついでいてな、それがまたここで出てきた！　だから言ったよ、『誓ってそうだ』って！　まあ、彼女に『誓って』と言ったのはそれが最後だったと言えばわかるだろ！」「さあ」「しくじったのさ！　ぼうや、しくじったんだよ！」彼はものすごくうるさい声で大笑いして、ひざをたたいた。「それは愉快だね」とぼくが言ったのは、それだけ大笑いするのだから、そうにちがいなかったからだった。「愉快か！」とミスター・ブラックは言った。「たしかに！　彼女から二度と連絡は来なかったよ！　いやはや！　人生には大勢の人間がやってきては去っていく！　何十万人もがな！　ドアを開けて、そいつらが入ってこれるようにしておけ！　ただ、それは去る者を追うなってことでもある！」

ミスター・ブラックはやかんをコンロにかけた。

「かしこいんだね」とぼくは言った。「賢くなる時間はたっぷりあったからな！　これを見ろ！」とミスター・ブラックはさけんで、アイパッチをめくりあげた。「ナチの榴散弾にやられたんだ！　おれは従軍記者で、最後はイギリスの戦車隊にくっついてライン川をのぼった！　ある午後、四四年の終わりごろに待ち伏せ攻撃を受けてな！　おれは目から血が出て、書いてたページに広がったが、あの畜生どもにおれを止めることはできやしなかった！　おれはその一文を書き終えたのさ！」「どんな文だったの？」「はっ、誰がおぼえてるか！　要はあのクラウト野郎どもにおれのペンを止めさせやしなかったってことだ！　ペンは剣よりも強しってな！　それとＭＧ34機関銃よりも！」「そのアイパッチを戻してもらえませんか？」「あれを見ろ！」とミスター・ブラックはキッチンの床を指さしたけど、ぼくはミスター・ブラックの目が頭からはなれなかった。「あの敷物の下にオーク材がある！　まさ目のオークだ！　知ってるのも道理、自分で敷いたのさ！」「ホゼ」とぼくは言ったけど、それは感じよくしようとして言っただけじゃなかった。ぼくは頭のなかで、もっとミスター・ブラックに近づくためにできることのリストをつくっていた。「女房とおれとでこのキッチンを改装したのさ！　この手で！」ミスター・ブラックはぼくに両手を見せた。ロンが買ってあげると言ってきたレーニア・サイエンティフィックのカタログにのっているがい骨の手に似ていたけど、こっちは皮ふが、しみだらけの皮ふがあったし、ぼくはロンからプレゼントをもらいたくなかった。

「奥さんはいまどこに？」やかんがピューと音をたてはじめた。

「おっと」とミスター・ブラックは言った、「二四年前に死んだよ！　ずっと昔に！　おれの人生では、ついきのうだな！」「ウッ」「いいってことよ！」「おくさんのことききいたのに、いやじゃないの？　いやだったら言ってよ」「とんでもない！」とミスター・ブラックは言った。「あいつのことを考えるのは二番目にいいことだ！」ミスター・ブラックはふたつのカップにお茶をそそいだ。「コーヒーはありません？」とぼくはきいた。「コーヒー！」「成長をさまたげてくれるし、ぼくは死ぬのがこわいから」ミスター・ブラックはテーブルをたたいて言った、「だったらぼうや、うちにあるホンジュラス産のコーヒーにはもうおまえさんの名前が書いてあるぞ！」「ぼくの名前を知らないくせに」

ふたりでしばらく座っているあいだに、ミスター・ブラックは自分のびっくり人生についてもっと話してくれた。ミスター・ブラックが知っているはん囲では、そのはん囲はかなり広そうだったけど、ふたつの世界大戦で戦ってまだ生きている人はほかにいないらしい。ミスター・ブラックはオーストラリアと、ケニアと、パキスタンと、パナマに行ったことがあった。ぼくはきいた、「だいたいの線で言うとしたら、いままでだいたい何か国に行ったの？」「だいたいの線なんていらん！　ずばり二一だ！」「国って、そんなにたくさんあるの？」ミスター・ブラックはぼくに言った、「聞いたことがあるより聞いたことのない土地のほうが多いのさ！」それって、すごくいい。ミスター・ブラックは二〇世紀の戦争のほとんど全部、スペイン内戦とか、東ティモールの大量虐殺とか、アフリカで起きたひどいこととかもレポートしていた。ぼくはどれも聞いたことがなかったから、帰ったらググれるようにおぼえておこうと思った。頭のなかのリストはありえないほど長くなっていった。フランシス・スコット・キー・フィッツジェラルド、化粧室、チャーチル、マスタング・コンヴァーティブル、ウォルター・クロンカイト、ネッキング、ピッグズ湾、ＬＰ、ダットサン、ケント・ステート、ラード、アーヤトッラー・ホメイニ、ポラロイド、アパルトヘイト、ドライブイン、ファヴェーラ、トロツキー、ベルリンの壁、ティトー、『風と共に去りぬ』、フランク・ロイド・ライト、フラフープ、テクニカラー、スペイン内戦、グレース・ケリー、東ティモール、計算尺、名前をおぼえようとしたけどもう忘れたアフリカのいろんな場所。だんだん知らないことを胸の内にためこむのがむずかしくなってきた。

ミスター・ブラックのアパートは戦争だらけの人生で集めたものであふれていたので、ぼくはおじいちゃんのカメラで写真をとった。外国語で書いてある本と、小さい像と、きれいな絵の巻き物と、世界じゅうのコカ・コーラの缶があって、だんろの上にはたくさんの石が、ありふれたものばかりだったけど置かれていた。ひとつグッときたのは、どの石も小さい紙切れが横についていて、その石がどこのもので、いつのものか書いてあったことだ。「ノルマンディ、6／19／44」とか、「華川(ファチョン)ダム、4／09／51」とか、「ダラス、11／22／63」とか。それにはグッときたけど、ひとつヘンなこともあって、だんろの上にはたくさんの弾も置いてあるのに、その横には小さい紙切れがなかった。ぼくはどれがどれなのか区別はつくのかきいてみた。「銃弾は銃弾で銃弾だ！」とミスター・ブラッ

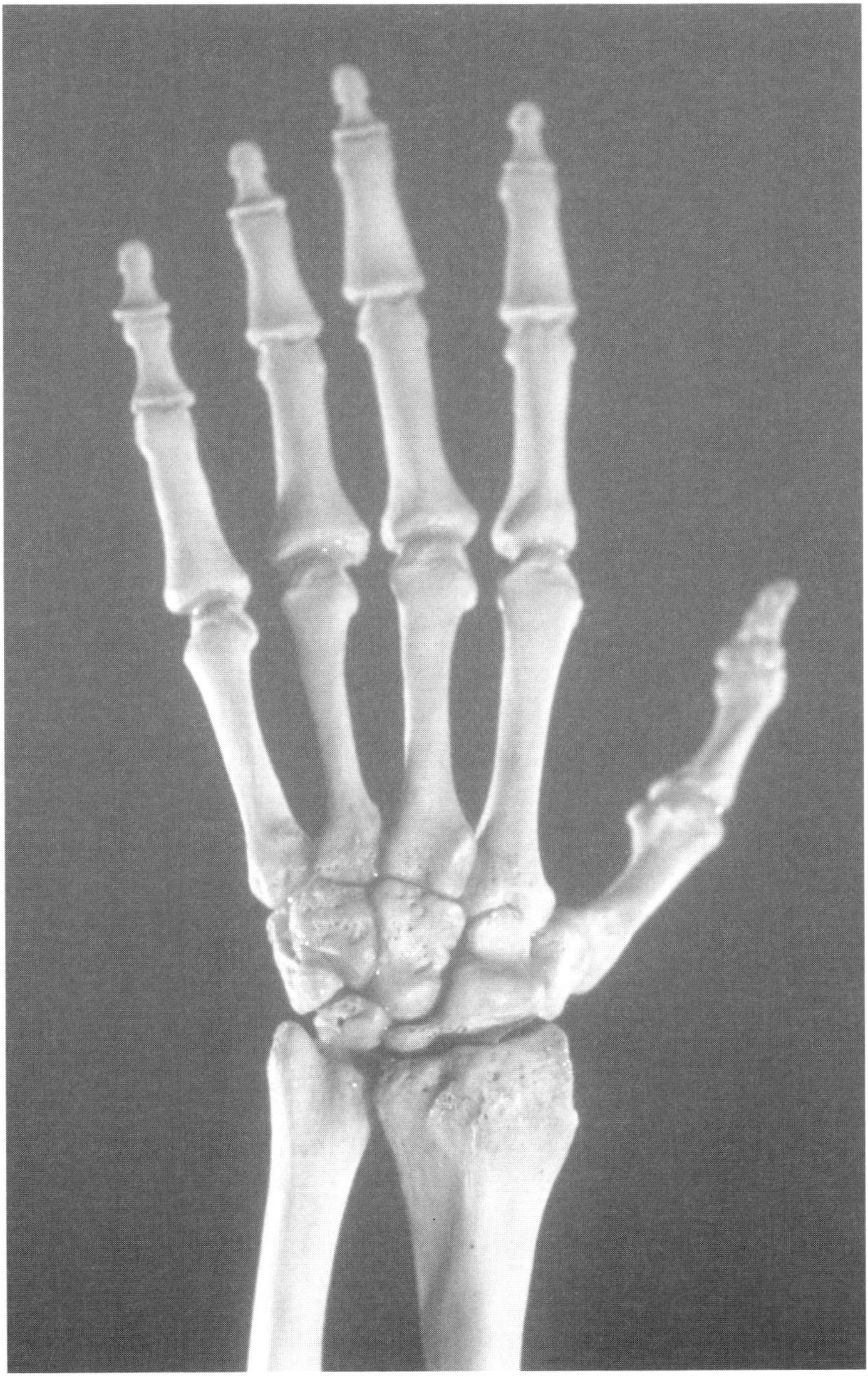

クは言った。「でも石は石じゃない?」とぼくはたずねた。ミスター・ブラックは言った、「違うに決まっとる!」ぼくはわかったつもりになったけど、自信はなかったので、テーブルの上の花びんのバラを指さした。「バラはバラ?」「いいや! バラはバラでなくバラでない!」と、そのときなぜか「彼女の仕草にはどこか(サムシング・イン・ザ・ウェイ・シー・ムーヴズ)」と歌詞が頭にうかんだので、ぼくはきいてみた、「ラブソングはラブソング?」ミスター・ブラックは言った、「そうとも!」ぼくはちょっと考えた。「愛は愛?」ミスター・ブラックは言った、「いいや!」壁のひとつは、アルメニアとかチリとかエチオピアとか、ミスター・ブラックが行ったことのあるいろんな国の仮面で埋まっていた。「世界は恐ろしくなんかない」とミスター・ブラックはカンボジアの仮面をつけてぼくに告げた。「だが、たくさんの恐ろしい人間であふれてる!」

コーヒーのおかわりを飲んだあと、そろそろ本題に入る時間だとわかったので、ぼくは首からカギをはずしてミスター・ブラックにわたした。「これで何を開けられるか知っていますか?」「知らんな!」とミスター・ブラックはさけんだ。「ひょっとしてぼくのパパを知ってたんじゃないですか?」「おまえさんのパパはどんな男だ!」「名前はトーマス・シェル。死ぬまでは5Aに住んでいました」「さあな」とミスター・ブラックは言った、「名前を聞いてもピンとこないわ!」ぼくは一〇〇パーセントたしかかきいてみた。ミスター・ブラックは「ここまで長生きしてきたからわかるが、おれには一〇〇パーセントのものなんかない!」と言って立ちあがり、歩いてダイニングルームの柱を通りすぎて、階段の下におしこんであるコート用のクローゼットまで行った。この家がうちとそっくりなわけじゃないという啓示を受けたのはそのときで、ここには二階があった。ミスター・ブラックがクローゼットを開けると、なかに図書館のカード目録が入っていた。「**クール**」

ミスター・ブラックは言った、「これはおれの伝記インデックスだ!」「あなたの何って?」「こいつに手をつけたのはまだ書きはじめたばかりのころだった！　いつか参照する必要が出てきそうな人全員のカードをつくろうってな！　おれが書き物で取りあげた人全員のカードがある。それと執筆に際して話をした人のカード！　それと読んだ本に出てきた人のカード！　それと、その本の脚注に載ってた人のカード！　朝、新聞を読むときは、経歴が重要そうな人全員のカードをつくるのだ！　いまだにそれをつづけてるぞ！」「インターネットを使えばいいんじゃない？」「コンピュータはもっとらん」それを聞いてぼくは頭がくらくらしてきた。

「カードは何枚あるの？」「かぞえたことはない！　いまの時点で数万枚はあるはずだ！　数十万かもしれん！」「カードには何を書くの？」「書くのはその人の名前とひと言の伝記だ！」「たったひと言？」「誰もがつまるところ、ひと言にまとめられるのだ！」「それで役に立つの？」「大いに役に立つ！　今朝、おれはラテンアメリカの通貨の記事を読んだ！　そこにマヌエル・エスコバルという人物の仕事の話が出てきた！　それでエスコバルを探してみた！　案の定、ここにあったよ！　マヌエル・エスコバル：統一主義者！」「でも、夫とか、パパとか、ビートルズファンとか、ジョガーとか、もっとほかのものでもあるかもしれないよ」「そうとも！　マヌエル・エスコバルについて本を一冊書けるだろう！　で、それでもまだはみ出るものがある！　十冊だって書けるだろう！　いつまでたっても書き終わることはあるまい！」

ミスター・ブラックはキャビネットの引き出しを開けて、その引き出しからカードを一枚また一枚と引っぱり出していった。

「ヘンリー・キッシンジャー：戦争！

オーネット・コールマン：音楽！

チェ・ゲバラ：戦争！

ジェフ・ベゾス：金！
フィリップ・ガストン：芸術！
マハトマ・ガンディー：戦争！
「でも平和主義者だったよ」とぼくは言った。
「そうだ！　戦争！
アーサー・アッシュ：テニス！
トム・クルーズ：金！
エリ・ヴィーゼル：戦争！
アーノルド・シュワルツェネッガー：戦争！
マーサ・スチュワート：金！
レム・コールハース：建築！
アリエル・シャロン：戦争！
ミック・ジャガー：金！
ヤセル・アラファト：戦争！
スーザン・ソンタグ：思想！
ウルフギャング・パック：金！
教皇ヨハネ・パウロ二世：戦争！」
ぼくはスティーヴン・ホーキングのカードはあるかきいてみた。

「もちろん！」とミスター・ブラックは引き出しを開けて、カードを一枚引っぱり出した。

スティーヴン・ホーキング：
天体物理学

「自分のカードはあるの？」

ミスター・ブラックは引き出しを開けた。

A・R・ブラック：
~~戦争~~
夫

「じゃあ、ぼくのパパのカードはある？」「トーマス・シェル、そうだな！」「そう」ミスター・ブラックはSの引き出しに行ってそれを半分開けた。カードに走らせる指が一〇三歳よりもっと若い人の指みたいだった。「すまん！　ないわ！」「もう一回チェックしてもらえません？」また指がカードを走っていった。ミスター・ブラックは首をふった。「すまん！」「あの、カードがまちがった場所にファイルされているとしたら？」「だとしたら問題だな！」「それってありえる？」「そういうこともたまにある！　マリリン・モンローは一〇年以上も目録に見つからなかった！　ずっとノーマ・ジーン・ベイカーの名前でチェックしていて、われながら賢いと思ってたんだが、生まれたときはノーマ・ジーン・モーテンスンだったのをすっかり忘れとった！」「ノーマ・ジーン・モーテンスンってだれ？」「マリリン・モンロー！」「マリリン・モンローって？」「セックス！」「モハメド・アタのカードはある？」「アタ！　ピンときたぞ！　どれどれ！」ミスター・ブラックはAの引き出しを開けた。ぼくは告げた、「モハメドは地球上でいちばん多い名前だよ」。ミスター・ブラックはカードを引きぬいて言った、「ビンゴ！」

モハメド・アタ：
戦争

ぼくは床に座りこんだ。どうしたんだ、とミスター・ブラックがきいた。「だって、どうしてこの人のはあるのに、パパのがないの?」「どういうことだ!」「公平じゃないよ」「何が公平じゃない?」「パパはいい人だった。モハメド・アタは悪い人だった」「だから!」「だからパパはそこにあるのがあたりまえなんだ」「なんで、ここにあるのがいいだなんて思うんだ!」「その人の伝記は重要ってことだから」「で、どうしてそれがいいんだ!」「ぼくは重要になりたい」「重要人物の一〇人に九人は金か戦争に関係があるぞ！」

それでもやっぱり、ぼくの靴はますますぐっと重たくなった。ウィンストン・チャーチルがだれなのかはともかく、パパは彼みたいな偉人のひとりじゃなかった。パパは家族の宝石店を経営した人ってだけだ。ただのふつうのパパ。でもぼくはそのとき、パパが偉人だったらよかったのにと強く思った。有名だったら、映画スターみたいに有名だったらよかったし、それがパパにはふさわしかった。ミスター・ブラックがパパについて書いて、命がけでパパのことを世界に伝えて、このアパートじゅうにパパを思い出させるものがあったらよかったのに。

ぼくは考えはじめた。パパをひと言でまとめるとしたら、その言葉はなんになるだろう？　宝石屋？　無神論者？　原稿チェック係って、ひと言なんだろうか？

「探し物があるんだろ！」とミスター・ブラックがたずねた。「このカギはパパのものだった」とぼくはまたシャツの内側からカギを引っぱり出して言った、「これで何が開くか知りたいんです」。ミスター・ブラックは肩をすくめてさけんだ、「こっちだって知りたいわ！」それからしばらく、ぼくらはだまりこんでいた。

ぼくは泣きそうになったけど、ミスター・ブラックの前で泣くのはいやなので、トイレはどこにあるかきいた。ミスター・ブラックは階段の上を指さした。のぼっていくとき、ぼくは手すりをしっかりつかんで頭のなかで発明をしはじめた。超高層ビル用エアバッグ、ずっと止まらずにすむ太陽発電リムジン、まさつなしの永久ヨーヨー。トイレはお年寄りっぽいにおいがして、壁にあるはずのタイルが何枚か床に落ちていた。女の人の写真が一枚、洗面台の上の鏡のすみにおしこんであった。女の人はぼくらが座っていたキッチンテーブルに座っていて、だから当然家のなかにいたのに、すごく大きなぼうしをかぶっていた。それでこの女の人は特別なんだとぼくはわかった。片方の手はティーカップをさわっていた。笑い顔がありえないほどきれいだった。写真をとられたとき、手のひらに汗の玉はできていたんだろうか。ミスター・ブラックが写真をとったんだろうか。

下の階に戻るまえに、ぼくはちょっと二階をかぎまわった。ミスター・ブラックがおくってきた人生の大きさと、その人生をまわりに置いておきたいという思いの大きさにぼくは感動していた。カギに見おぼえがないと言われたけど、ぼくは全部のドアで試してみた。ミスター・ブラックを信用しなかったってことじゃなくて、ちゃんと信用していた。捜査の最後にこう言えるようにしたかったってだけだ。もうこれ以上はがんばりようがないって。ドアのひとつはクローゼットに通じていたけど、そこにはあまり興味深いものはなくて、コートがどっさりあるだけだった。別のドアの奥は箱でいっぱいの部屋だった。そのうちのふたつの箱のふたをはずすと、どっちも新聞でいっぱいだった。新聞が黄色くなっている箱もいくつかあったし、ほとんど葉っぱみたいになっている箱もあった。

別の部屋をのぞいたら、そこはきっとベッドルームだったんだろう。いままで見たなかでいちばんすごいベッドがあって、そのベッドは木のいろんな部分でできていた。脚は切り株、はしっこは丸太で、枝の天井があった。それと、グッとくる金属のものがいろいろ貼りついていた、コイン、画びょう、**ローズヴェルト**と書いてある選挙運動バッジとか。

「そいつは昔、セントラルパークの木だった!」ミスター・ブラックの声が後ろで聞こえ、ぼくはひどくびっくりして手がふるえだした。「ここそかぎまわっておこってる?」ときいたけど、ミスター・ブラックは聞こえなかったらしくて、しゃべりつづけた。「貯水池のほとりの。彼女がその根っこにつまずいたことがあってな! あれはおれが口説いていたときのことだ! 彼女は転んで手を切った! 小さい傷だったが、忘れたことはない! もうずっと昔のことだ!」「でも、あなたの人生ではついきのうのことなんだよね?」「きのうだ! きょうだ! 五分まえだ! いまだ!」ミスター・ブラックは床に目を向けた。「女房からはいつも記者はやめてくれとお願いされたよ！　家にいてほしかったのさ！」ミスター・ブラックは頭をふって言った、「だがおれにだって必要なものがあった！」ミスター・ブラックは床を見て、それからまたぼくを見た。ぼくはたずねた、「それで、どうしたの？」「結婚してるあいだ、おれはほとんど彼女をなおざりにしてた！　家に帰るのは戦争と戦争の合間だけで、何か月もつづけて彼女をひとりにしてな！　いつも戦争があった！」「過去三五〇〇年間で文明世界全体が平和だった時期は二三〇年しかないって、知ってた？」ミスター・ブラックは言った、「どの二三〇年か教えてくれたら信じてやる！」「どれかは知らないけど、本当だってことは知ってるよ」「それと、おまえさんの言う文明世界というのはどこなんだ！」

ぼくはどうして従軍記者をやめることにしたのかきいてみた。「おれがしたいのはひとりの人間とひとつのところにいることだと悟ったのさ！」「それでずっと家にいることにしたの？」「戦争よりも彼女を選んだのさ！　で、帰ってきて真っ先にしたのが、いや家に行くまえにしたのが、公園に行ってあの木を切りたおすことだった！　あれは真夜中だった！　誰かに止められるかと思ったが、そんなやつはいなかった！　おれは木の切れはしを家に持ち帰った！　その木でベッドをつくったのさ！　一緒にすごした最後の年月にふたりで使ったベッドだ！　自分のことをもっと早くわかってたらな！」ぼくはたずねた、「あなたの最後の戦争は何だったの？」ミスター・ブラックは言った、「あの木を切りたおしたのがおれの最後の戦争だ！」ぼくはだれが勝ったのかときき、これはいい質問だと思った、というのはこの質問のおかげでミスター・ブラックは自分が勝ったと自慢できるからだ。ミスター・ブラックは言った、「斧が勝った！　いつものことさ！」

ミスター・ブラックはベッドまで行って一本のくぎの頭を指さした。「これを見ろ！」ぼくは科学的方法を使う観察力が鋭い敏感な人になろうとしているけど、ベッド全体がすっかりくぎにおおわれていることには気がつかなかった。「彼女が死んでから毎朝ベッドに釘を一本打ちこんでるのさ！　目が覚めて最初にやることだ！　八六二九本ある！」ぼくはその理由をきいて、これもいい質問だと思った、というのはおかげでミスター・ブラックは彼女をどんなに愛していたかをぼくに話すことになるからだ。ミスター・ブラックは言った、「わからん！」ぼくは言った、「でもわからないなら、どうしてそんなことするの？」「役に立つからな！　おかげでやっていける！　ばかげてるのはわかっとるさ！」「ばかげてないと思うよ」「釘は軽くないぞ！　一本なら別だ！　ひと握りでも！　だが積もり積もるわけだ！」ぼくは告げた、「平均的な人間の身体は一インチのくぎをつくれるだけの鉄をふくんでいます」。ミスター・ブラックは言った、「ベッドは重くなった！　床が苦しそうに踏んばってるのが聞こえるくらいだ！　ときどき全部ががらがらっと下の家に落ちやしないか、怖くなって夜中に目が覚める！」「ぼくのせいで眠れないんだね」「だから下の階にあの柱を立てた！　インディアナ大学の図書館の話を知ってるか！」「いいえ」と言いながら、ぼくはまだ柱のことを考えていた。「毎年一インチちょっと沈んでるのさ、建てたときは、本の重さを計算に入れてなかったから！　おれはその記事を書いた！　そのときは結びつかなかったんだが、いま思うのはドビュッシーの『沈める寺』、これまでに書かれた最高に美しい曲のひとつだ！　もうずっと何年も聴いてない！　ちょっとおもしろいことをやってみないか！」「いいよ」とぼくが言ったのは、ミスター・ブラックのことをよく知らないのに、まえから知っていたみたいな気がしたからだった。「手を開いて！」と言われて、ぼくはそのとおりにした。ミスター・ブラックはポケットの奥からクリップを取り出した。それをぼくの手におしつけて言った、「このまま拳をつくってみろ！」ぼくはそのとおりにした。「さあ、その手を差し出せ！」ぼくは手を差し出した。「さあ、開け！」クリップがベッドに飛んでいった。

そこで初めてぼくはカギがベッドのほうに突き出しているのを見て取った。カギはわりと重かったから、効き目は小さかった。ひもがありえないほどそっと首の後ろを引っぱって、カギは胸からちょっぴりういているだけだった。ぼくはセントラルパークに埋まっているいろんな金属のことを考えた。あれもやっぱり、ほんの少しだけだとしても、ベッドに引き寄せられているんだろうか？　ミスター・ブラックがういているカギを手で包んで言った、「おれは二四年間、このアパートを離れたことがない！」「どういう意味？」「悲しいことだが、ぼうや、いま言ったとおりの意味だ！　おれは二四年間、このアパートを離れたことがない！　おれの足は地面にさわったことがないんだよ！」「どうして？」「そうする理由がない！」「必要なものはどうするの？」「おれみたいな人間に必要で、しかも手に入るものって何だ！」「食べ物。本。いろいろ」「食べ物は電話で注文すれば届けてくれる！　電話で本屋に本を、ビデオ屋に映画を頼む！　ペン、文房具、掃除用具、薬！　着るものだって電話で注文するぞ！　見ろ！」と言ってミスター・ブラックが見せてくれた筋肉は、盛りあがるかわりにたれ下がっていた。「おれは九日間、フライ級チャンピオンだった！」ぼくはきいた、「いつの九日間？」ミスター・ブラックは言った、「信じてないな！」ぼくは、「信じてるに決まってるよ」。「世界はでかいところだ！」とミスター・ブラックは言って、「だがアパートのなかもそうだ！　ここもそうだ！」と自分の頭を指さした。「でもむかしはほうぼうを旅したんだよね。それでいろいろ経験した。世界が恋しくない？」「恋しいとも！　とってもな！」

ぼくは靴がすごく重かったので、下の階に柱があるのがうれしかった。ぼくが生まれてからずっと、こんなにさびしい人がそばに住んでいただなんて？　もし知ってたら、ぼくは相手をしに上の階に来ていただろう。それかジュエリーをつくってあげただろう。それか愉快なジョークを話しただろう。それか内輪のタンバリンコンサートを開いてあげただろう。

これがきっかけで、ぼくはほかにもさびしい人がそばにいないか気になりはじめた。ぼくは「エリナー・リグビー」を思いうかべた。あの歌詞のとおりだ、みんなどこから来たんだろう？（ホエア・ドゥ・ゼイ・オール・カム・フロム）　そして、みんなどこの人なんだろう？（ホエア・ドゥ・ゼイ・オール・ビロング）シャワーから出る水に、心拍数とか、体温とか、脳波とかの組み合わせに反応する薬品を入れて、気分しだいで肌の色が変わるようにするのはどうだろう？　ものすごくわくわくしたら肌がグリーンになって、おこったら当然赤になって、シッイタケの気分なら茶色くなって、ブルーのときはブルーになる。

そうすれば、みんながみんなの気持ちをわかるし、おたがいもっと気をつけることができて、というのは、肌がむらさきの人におまえが遅刻しておこってるだなんて言いたくならないし、ピンクの人には背中をたたいて「おめでとう！」って言いたくなるから。

これがいい発明だというもうひとつの理由は、何かを強く感じているのはわかっても、それが何かわからないことがよくあるからだ。**ぼくはいらいらしてるんだろうか？　ほんとはパニくってるだけなんだろうか？**　そんなふうにこんがらがると気分が変わって、それが自分の気分になって、こんがらがったグレイの人になる。でもこの特別な水があれば、オレンジの手を見てこう思える、**ぼくはハッピーだ！　ほんとはずっとハッピーだったんだ！**
よかった！

ミスター・ブラックが言った、「昔ロシアのある村へ、都市を追われた芸術家たちのコミュニティへ取材に行ったことがあってな！　いたるところに絵がかかってるって話だった！　壁が見えないくらい絵でいっぱいだと聞いた！　天井、皿、窓、ランプの笠にも絵が描いてあるとな！　それは反逆行為なのか！　表現行為なのか！　絵はよく描けているのか、それともそういう問題じゃないのか！　おれはこの目で確かめる必要があったし、そのことを世界に伝える必要があった！　そういう報道に命をかけていたのさ！　スターリンがそのコミュニティのことを聞きつけてごろつきを送りこんだのは、おれが到着するほんの二、三日前で、連中は彼らの腕を残らずへし折りやがった！　殺すよりたちが悪い！　恐ろしい光景だったよ、オスカー、添え木をあてた腕が、ゾンビみたいにまっすぐ突き出されて！　彼らは自分では食事もできない、手を口に近づけられないからな！　それでどうしたかわかるな！」「飢え死にした？」「おたがいに食べさせたのさ！　それが天国と地獄の違いだ！　地獄では飢え死にする！　天国ではおたがいに食べさせる！」「死後の世界は信じてないんだ」「おれもそうだが、この話は信じてるぞ！」

そのときふと、ぼくはあることを思いついた。とてつもないこと。すばらしいことだ。「ぼくの手伝いをしたくない？」「なんだって！」「カギのことで」「おまえさんの手伝いとな！」「いっしょにあちこち行くんだよ」「手伝ってほしいのか！」「そう」「ふむ、情けをかけてもらうにはおよばんぞ！」「ホゼ」とぼくは言った。「あなたはどう見てもすごく頭がよくて物知りだし、ぼくの知らないことをうんと知ってるし、それに仲間がいるのはそれだけでいいことなんだから、イエスと言ってよ」ミスター・ブラックは目をつぶってだまりこんだ。いま話していることについて考えているのか、別のことを考えているのかわからなかったし、ひょっとして眠ってしまったのかもしれないけど、おばあちゃんみたいに、お年寄りがときどきどうしようもなく寝てしまうのは、ぼくも知っている。「すぐに決めなくてもいいよ」と、ぼくは無理強いしたと思われたくないからそう言った。ぼくはミスター・ブラックに一億六二〇〇万個のカギ穴のことを話し、調査には長い時間がかかりそうで、まる一年半はかかるかもしれないから、しばらく考えたいならそれでかまわないし、いつでも下の階に答えを言いにくればいいよと言った。ミスター・ブラックはずっと考えていた。ぼくはきいた。「決めた？」「好きなだけ時間をかけてね」とぼくは言った。ミスター・ブラックはずっと考えていた。

ミスター・ブラックは何も言わなかった。

「何を考えてるの、ミスター・ブラック?」

返事はなし。

「ミスター・ブラック?」

ぼくが肩をたたくと、ミスター・ブラックはぱっと顔をあげた。

「もしもし?」

ミスター・ブラックはにやにやして、まるでいけないことをしてママに見つかったときのぼくみたいだった。

「おまえさんのくちびるを読んでたのさ!」「えっ?」そこでミスター・ブラックが指さした補聴器に、ぼくはなんにでも気がつこうと精いっぱいがんばっていたのに気がついていなかった。「ずっとまえにスイッチを切った!」「なんのために?」「スイッチを切った?」「ずっと、ずっとまえに!」「わざと?」「電池を節約しようと思ってな!」ミスター・ブラックはまた、イエスかノーかはっきりしない様子で肩をすくめた。「だけど、いろいろ聞きたいと思わないの?」ミスター・ブラックは肩をすくめた。と、そこでぼくはまたあることを思いついた。美しいこと。真実のことだ。「スイッチを入れてほしい?」

ミスター・ブラックはぼくとぼくの奥にあるものをいっぺんに見て、ぼくはステンドグラスの窓の気分だった。ぼくはもう一度、ちゃんとわかってもらえるようにくちびるをゆっくり気をつけながら動かしてきいてみた。「ス。イ。ッ。チ。を。入。れ。て。ほ。し。い?」ミスター・ブラックはずっとぼくを見ていた。ぼくはもう一度きいた。ミスター・ブラックは言った、「イエスの言い方を知らんのだ!」ぼくは言った、「知らなくたっていいよ」

ミスター・ブラックの後ろにまわると、右と左の補聴器の裏に小さなダイヤルが見えた。

「ゆっくりやってくれよ!」とミスター・ブラックはほとんどお願いするみたいに言った。「ずいぶん久しぶりだからな！」

　ぼくはくちびるが見えるようにミスター・ブラックの正面に戻ると、できるだけそっとやるからと約束した。それからまた後ろにまわって、ダイヤルをものすごくゆっくり、一度に二、三ミリずつひねっていった。何も起こらなかった。ぼくはもう二、三ミリ、ダイヤルをひねった。そしてまたほんの二、三ミリ。ミスター・ブラックの正面にまわってみた。ミスター・ブラックは肩をすくめて、ぼくも同じことをした。ぼくはまた後ろにまわって、あとちょっとだけひねると、とうとうダイヤルが止まった。ぼくは正面に戻った。ミスター・ブラックは肩をすくめた。ひょっとして補聴器はもうこわれているとか、電池が古くて切れているとか、スイッチを切ったあとで耳がぜんぜん聞こえなくなったとかかもしれない。ぼくたちは顔を見合わせた。

　と、いきなり、鳥の群れが窓のそばを飛んでいった、ものすごく速くてありえないほど近い。だいたい二〇羽。もっといたかもしれない。でも全部で一羽みたいにも見えて、というのは、どういうわけか鳥たちはみんな何をすればいいかはっきりわかっていたからだ。ミスター・ブラックは自分の耳をつかんで、ヘンな音をたくさんたてた。ミスター・ブラックは泣きだした――うれしさからじゃないのはわかったけど、悲しさからってわけでもなかった。

「だいじょうぶ？」ぼくは小さな声できいた。

　ぼくの声を聞くとミスター・ブラックはますます泣いて、こっくりうなずいた。

　ぼくはもう少し音をたててほしいかきいてみた。

　ミスター・ブラックがこっくりうなずくと、涙がますますほっぺたに振り落とされた。

　ぼくはベッドに行ってがたがたゆらし、すると画びょうと紙クリップがどっさり落ちた。

ミスター・ブラックはぼろぼろ涙を流した。

「スイッチを切ってほしい?」とぼくはきいたけど、ミスター・ブラックはもうこっちに注意を向けていなかった。部屋を歩きまわって、音がするものならなんにでも、水道管とかの、すごく静かなものにまで耳をそばだてていた。

ミスター・ブラックが世界を耳にするのをずっと見つめていたかったけど、もう遅くなってきたし、『ハムレット』のけいこが四時三〇分からあるし、しかもそれはものすごく大事なけいこで、というのも照明をつけてする最初のけいこだった。ぼくはミスター・ブラックに今度の土曜日の七時ちょうどにむかえにくるから、それからはじめようと伝えた。ぼくは言った、「まだAではじまる名前も終わっていないんだ」。ミスター・ブラックは「オーケー」と言うと、自分の声を耳にしたせいで最高に激しく泣きじゃくった。

メッセージ3:午前九時三一分　もしもし? もしもし? もしもし?

その夜、ママはベッドで毛布をかけてくれているとき、ぼくが何か考えているとわかったらしくて、話をしたいのかときいた。ぼくは話したかったけど、ママに対してじゃなかったから、こう言った、「悪く思わないでほしいけど、いいんだ」。「本当に?」「トレ・ファティゲ」とぼくは言って、手をふった。「何か読んでほしい?」「だいじょうぶ」「『ニューヨーク・タイムズ』の間違い探しでもする?」「ううん、ありがとう」「いいの」とママは言った、「いいのよ」。ママがぼくにキスをして明かりを消したあと、出ていこうとしたときに「ママ?」と呼びかけると、ママは「なあに?」と言って、ぼくは言った、「ぼくが死んでも、埋めないって約束してくれる?」

ママは戻ってきてぼくのほっぺたに手をあてて、「あなたは死んだりしない」。ぼくはママに言った、「死ぬよ」。

ママは、「すぐには死なないわ。これから長い、長い人生があるの」。ぼくはママに、「知ってるでしょ、ぼくはものすごく勇気があるけど、地面の下のせまいところでずっとすごすなんてできない。無理だよ。ぼくのこと、愛してる？」「もちろん愛してるわ」「だったらあの霊びょうとかいうのに入れてよ」「霊廟？」「読んだことあるんだ」「この話をしなくちゃいけない？」「うん」「いま？」「うん」「どうして？」「だって、ぼくがあした死んだらどうする？」「あした死んだりしないわ」「パパはつぎの日に死ぬなんて思ってなかった」「あなたはそんなことにならない」「パパだってそんなことにならないはずだった」「オスカー」「ごめん、でも埋められるわけにはいかないんだ」「パパやママと一緒にいたくないの？」「パパはあそこにいやしない！」「なんですって？」「パパの体はめちゃめちゃになったんだ」「そんなふうに言わないで」「そんなふうって？　ほんとのことでしょ。どうしてみんな、パパがあそこにいるふりをしてるのかわからないんだよ」「落ち着いて、オスカー」「からっぽの箱があるだけだよ」「ただのからっぽの箱じゃないわ」「なんでぼくがからっぽの箱のとなりにずっといたりするの？」

ママは「あそこにはパパの魂があるわ」と言ったので、ぼくは**本当**に頭にきた。ぼくはママに言い返した、「パパに魂なんかなかった！　あったのは細胞だよ！」「あそこにはパパの思い出があるのよ」とママは、会話をちょっと巻き戻したみたいに言った。「パパの思い出はここにあるよ」とぼくは自分の頭を指さした。「パパには魂があったのよ」「パパの思い出はここにあるよ」とぼくは自分の頭を指さした。「パパにあったのは細胞で、それはいま屋上とか、川のなかとか、ニューヨークにいる何百万人って人の肺のなかにあって、しゃべるたびに出たり入ったりしてるんだ！」「そんなこと言ったらいけないわ」「でも**本当**のことだよ！　**本当**のことを言ってなぜいけないの？」「聞き分けがないのね」「パパが死んだからって、理屈に合わなくていいってことにはならないんだよ、ママ」「なるわ」「ならない」「いい加減にしなさい、オスカー」「うっせえ！」「なんですって！」「ごめん。というか、うざいよ」「タイムアウトが必要だわ！」「必要なのは霊びょうだよ!」「オスカー!」「ぼくにウソをつかないで!」「誰がうそをついてるの?」「どこにいたんだよ!」「どこって、いつのこと?」「例の日!」「どの日?」「あの日だよ!」「どういう意味?」「どこにいたんだよ?」「仕事場よ」「なんで家にいなかったの?」「仕事にいかないといけないでしょ」「なんでほかのママみたいに学校にむかえにきてくれなかったの?」「オスカー、ママはできるだけ早く帰ってきたわ。ママはあなたより帰るのに時間がかかるの。迎えにいくまで学校で待ってもらうより、アパートで一緒になったほうがいいと思ったから」「でもぼくが帰ったときママは家にいなきゃいけなかったんだ」「そうしたかったけど、できなかった」「それでもできないといけなかったんだ」「できないものはできないわ」「できないといけなかった」ママは言った、「なるべく早く帰ったのよ」。そしてママは泣きだした。

斧が勝っていた。

ぼくはほっぺたをママにくっつけた。「べつにしゃれたものじゃなくていいんだ、ママ。地面の上にあるものなら」ママは深呼吸をして、ぼくの肩をだいて言った、「それならできるかもしれない」。ぼくはなにか愉快になる方法はないか考えてみた、というのは、ひょっとしてぼくが愉快なら、ママはおこるのをやめてぼくはまた安全になるんじゃないかと思ったから。「少しひじを動かせるなら」「えっ?」「ひじを動かせるゆとりがいるよね」ママはにっこりして言った、「わかったわ」。ここでぼくがまた鼻をすすったのは、それに効果があるとわかったからだった。「それとビデも」「もちろん。ビデをひとつ用意するわ」「それと電気フェンス」「電気フェンス?」「墓どろぼうにぼくの宝石をぬすまれないようにね」「宝石?」「そう」とぼくは言った、「宝石もいるよ」

ぼくたちはいっしょに大笑いした、それはなくてはならないことだったし、というのはママがまたぼくを愛してくれたからだった。ぼくはまくらの下からぼくの気分ノートを引っぱり出して、いちばん最近のページまでめくり、やけくそから並みへグレードを下げた。「まあ、すごいじゃない！」とママが肩からのぞいて言った。「ううん」とぼくは言った。「並みだよ。それと、のぞかないでね」。ママが胸をさすってくれたのは気持ちよかったけど、ぼくは体をちょっとひねって、まだカギをつけていることを、それも二本のカギがあることを探られないようにしなきゃならなかった。

「ママ？」「はい」「なんでもない」

「どうしたの、ぼうや？」「ただちょっと、もしマットレスにママの腕が入るスペースがあって、横向きになったときにぴったり収まったら、よくないかなって？」「それはすてきね」「それにママの背中にもたぶんよくて、というのは背筋がまっすぐになるし、それは大事なことだってぼくは知ってるから」「それは大事なことね」「あと、そうすれば、寝ごこちもよくなるよ。その腕、いつもじゃまになるって知ってる？」「知ってるわ」「寝ごこちをよくするのも大事なことだし」「とってもね」

~~並み~~
楽観的、ただし現実的

「パパが恋しいんだ」「ママもよ」「ママも？」「決まってるでしょ」「でも**ほんとに**？」「どうしてそんなこと訊くの？」「あんまり恋しそうじゃないなってだけ」「何言ってるの？」「何言ってるか、わかってるでしょ」「わからないわ」「笑ってるのが聞こえるから」「笑ってるのが聞こえる？」「リビングで。ロンがいるとき」「ときどき笑うからって、パパが恋しくないと思うの？」ぼくは寝返りをうって、ママからはなれた。

楽観的、ただし現実的

ものすごくうつ

ママが言った、「わたしだって、泣いてばかりなのよ」。「泣いてばかりには見えないよ」「たぶんそれは、泣いてばかりなのを見られたくないから」「どうして見られたくないの?」「おたがいにとってフェアだよ」「ママもあなたも先に進んだほうがいいのよ」「どれくらい泣くの?」「どれくらい?」「スプーン一杯?カップ?　バスタブ?　合計したら?」「そういうことじゃないの」「どういうこと?」

ママは言った、「ママは幸せになる方法を探しているの。笑うと幸せになれるわ」。ぼくは言った、「ぼくは幸せになる方法を探してないし、これからも探さない」。ママが言った、「あら、探したほうがいいわ」。「どうして?」「パパはあなたに幸せになってほしいはずよ」「パパはぼくにおぼえていてほしいはずだよ」「どうしてパパのことをおぼえていたら、幸せになれないの?」「なんでロンに恋してるんだよ?」「えっ?」「恋してるに決まってるから、知りたいんだよ、なんで?　ロンのどこがそんなにいいの?」「オスカー、物事は見かけより複雑かもしれないって思ったことはないの?」「しょっちゅう思ってる」「ロンは**お友だち**よ」「じゃあ、もう恋しないって約束して」「オスカー、ロンもつらい経験をしているのよ。わたしたちは助け合っている。**お友だち**なの」「もう恋しないって約束して」「どうしてそう約束してほしいの?」「もう恋しないって約束するか、ぼくがママを愛さなくなるかだよ」「それはフェアじゃないわ」「フェアじゃなくたっていいよ!　ぼくはママの息子なんだ!」ママはでっかく息をついてから言った、「パパにそっくりね」。そこでぼくが言ったのは、言うつもりがなくて、言いたくもなかったことだった。それが口から出てくると、ぼくはグラウンド・ゼロに行ったときに吸いこんだかもしれないパパの細胞と混ざりあったんじゃないかと恥ずかしく思う。「もし選べたなら、ぼくはママのお葬式を選んでたよ！」

ママは一瞬ぼくを見て、それから立ちあがって部屋から出ていった。ドアをたたきつけてくれたらよかったのに、ママはそうしなかった。いつもみたいに、そっと閉めた。歩いていく音が聞こえなかった。

~~ものすごくあゆ~~
ありえないほどひとりぼっち

「ママ？」

何もなし。

ぼくはベッドから出てドアまで行った。

「取り消すよ」

ママは何も言わなかったけど、息をしているのが聞こえた。ぼくはドアのノブに手をかけた、というのは、ママが反対側のドアノブをつかんでいるかもしれないから。

「取り消すって言ったんだよ」

「ああいうことは取り消せないわ」

「ああいうことはあやまるのもだめ？」

何もなし。

「あやまったら許してくれる？」

「わからない」

「どうしてわからないの？」

「オスカー、**わからないのよ**」

「おこってる？」

何もなし。

「ママ？」

「はい」

「まだおこってる？」

「いいえ」

「ほんとに？」

「あなたに怒ったわけじゃない」

「じゃあどうしたの？」

「傷ついたの」

~~ありえないほどひとりぼっち~~
たぶんぼくは床の上で眠っちゃったんだろう。目が覚めたら、ママはぼくのシャツをぬがしてパジャマを着るのを手伝ってくれていて、だからママがぼくのあざを全部見たのはまちがいなかった。きのうの夜あざを鏡でかぞえたら四一個あった。なかにはは大きくなっていたのもあったけど、大部分は小さい。あざをつけるのはママに見せるためじゃないけど、やっぱりママにはどうしてあざになってるのかきいてほしいし（たとえママは知ってるにしたって）、ぼくに悪いと思ってほしいし（いろんなことでぼくがどんなに大変かわかってないといけないから）、ひどい気分になってほしいし（ママのせいも少しはあるから）、死んでぼくをひとりにしたりしないと約束してほしい。でもママは何も言わなかった。あざを見たときママがどんな顔をしたかも見えなくて、だって、シャツが頭にかぶさってぼくの顔をポケットか、どくろみたいにおおっていたから。

わたしの気持ち

スピーカーからフライトのお知らせが流れています。　わたしたちは耳を傾けていません。　そのお知らせを気にしないのは、わたしたちはどこにも行かないから。

もうあなたが恋しくなっているのよ、オスカー。　一緒にいたときでさえ恋しかった。　昔からそれがわたしの問題なの。　わたしはもう手にしているものを恋しく思うし、わたしのまわりは見失ったものだらけ。

新しいページに書くたび、わたしはあなたのおじいさんを見ます。　顔が見えるとってもほっとする。　安全だと感じるの。　あの人の肩はすぼまっています。　背骨は曲がっています。　ドレスデンでは大男でした。　手がまだ荒れているのはうれしい。　彫刻はあの人の手を見捨てなかった。

いままで気がつかなかったけれど、あの人はまだ結婚指輪をつけています。　戻ってきたときにはめたのか、それともあの何年間かずっとつけていたのかしら。　ここに来るまえにわたしはアパートの戸締まりをしてきました。　明かりを消して蛇口が漏れていないか確かめました。　ずっと住んでいたところにさよならを言うのはつらい。　人にさよならを言うのと同じくらいつらいかもしれない。　わたしたちが入居したのは結婚したあとのことでした。　あの人のアパートより広い空間がありました。　それが必要だったのです。　動物たちのための空間が必要だったし、わたしたちのあいだに空間が必要だった。あなたのおじいさんはいちばん高い保険をかけました。　保険会社の男の人が写真を撮りにやってきました。　何かあったら、アパートをまた元どおり建て直せるように。　その人はフィルム一本ぶん撮影しました。　床の写真、暖炉の写真、浴槽の写真を撮りました。　わたしは自分がもっているものと自分という人間を取り違えることはありませんでした。　その男の人が帰ったとき、あなたのおじいさんは自分のカメラを引っぱり出してもっと写真を撮りはじめました。

何をしているの？　わたしは尋ねました。

転ばぬ先の杖、とあの人は書きました。　そのときはそのとおりだと思ったけれど、いまはもうわからない。

あの人はなんでも写真に撮りました。　クローゼットの棚の下側。　鏡の裏側。　壊れたものまで。　思い出したくもないものまで。　きっと写真を貼り合わせれば、あの人はアパートを建て直すことができたでしょう。

それからドアノブ。　あの人はアパートじゅうのドアノブを全部写真に撮りました。　ひとつ残らず。　まるで世界とその未来がひとつひとつのドアノブにかかっているかのように。　いつか実際にその写真を使う必要に迫られて、ドアノブについて考えることになるとでも言いたげに。

なぜかわからないけれど、それはわたしをひどく傷つけました。

わたしはあの人に言いました、すてきなドアノブでもないのに。

あの人は書きました、でもわれわれのドアノブだ。

わたしも彼のものでした。

あの人はわたしの写真を撮らなかったし、わたしたちは生命保険に入りませんでした。

あの人はドレッサーにひとそろいの写真をしまっていました。　もうひとそろいを手帳に貼って、家で何かあっても、いつも手もとに持っていられるようにしました。

わたしたちの結婚は不幸せなものではなかったのよ、オスカー。　あの人はわたしの笑わせ方を知っていました。　わたしもときどきあの人を笑わせました。　ルールをつくらないといけなかったけれど、つくらなくてすむ人がいるかしら。　折り合いをつけることはどこも悪くない。　たとえほとんどのことで折り合いをつけるとしてもです。

あの人は宝石店で仕事を見つけました、機械のことを知っていたから。　一生懸命働いたから副支配人になって、そして支配人になりました。　宝石に関心があったわけじゃないわ。　大嫌いだった。　あの人はよく宝石は彫刻と正反対だと言っていました。

でも生活のためだったし、あの人は大丈夫だと約束してくれました。

わたしたちは荒れた地区のとなりの地区に自分たちのお店をかまえました。　お店を開けていたのは午前十一時から夜の六時まで。でもやるべき仕事はいつでもありました。

わたしたちは生計を立てることに人生を費やしたのです。

ときどきあの人は仕事のあとで空港に行きました。　わたしは新聞や雑誌を持ってくるよう頼んだわ。　最初はアメリカの言いまわしを知りたいからでした。　でもそれはあきらめた。　それでもあの人に行くよう頼みました。　わたしの許可がいるとわかっていたから。　やさしいから送り出したのではありません。

わたしたちは一生懸命努力しました。　いつもおたがい助け合おうと努力しました。　でもわたしたちが無力だったからじゃない。　わたしはあの人のためにものを手に入れる必要があったし、同じようにあの人はわたしのためにものを手に入れる必要があった。　それはわたしたちに目的を与えてくれたのです。　ときどきわたしは欲しくもないものを、それを手に入れてもらうだけのためにあの人に頼みました。　わたしたちは日々、おたがいを助けるおたがいを助けようと努力していた。　わたしはあの人のスリッパを手に入れる。　あの人はわたしにお茶をいれる。　わたしが暖房を強くすれば、あの人はエアコンを強くできて、するとわたしは暖房を強くできる。　あの人は手の荒れを失わずにいてくれました。

ハロウィーンのことでした。　アパートで迎えた最初の。　ドアの呼び鈴が鳴りました。　あなたのおじいさんは空港にいた。　わたしがドアを開けると、白いシーツをかぶって目のところに穴をあけた子どもが立っていました。　いたずらかお菓子か（トリック・オア・トリート）！　と女の子が言いました。　わたしは後ずさりしました。

どなたかしら？

お化けだぞ！

どうしてそんなものをかぶっているの？

ハロウィーンだもん！

どういうことかわからないわ。

子どもが仮装してドアをノックしたら、キャンディをあげるんだよ。

キャンディはないわ。

ハ－ロ－ウィーンだよ！

わたしは女の子に待つように言いました。　寝室に行きました。　マットレスの下から封筒を取り出しました。　わたしたちの貯え。　わたしたちのお金。　わたしは百ドル札を二枚出して別の封筒に入れ、お化けに渡しました。

わたしはお金を払って女の子に帰ってもらったのです。

わたしはドアを閉めて、もう子どもたちが呼び鈴を鳴らさないように明かりを消しました。きっと動物たちもわかったのでしょう、わたしを囲んで体を押しつけてきました。　その夜、あなたのおじいさんが帰ってきても、わたしは何も言わなかった。　新聞と雑誌のお礼は言ったけれど。　わたしは客間に行って書くふりをしました。　スペースバーを何度も何度も何度も押しました。　わたしの人生の物語はスペースばかりだった。

日は一度にひとつずつすぎていきました。　ときには一度にひとつもすぎないこともありました。　わたしたちはおたがいを見て頭のなかに地図を描きました。　わたしが彼に目がしょぼしょぼすると言ったのは、かまってほしかったからです。　わたしたちはアパートのなかに安全な、そこに行けば存在しなくなる場所をつくりました。

わたしはあの人のためならなんでもするつもりでした。　それがわたしの病気だったのかもしれない。

わたしたちが愛を交わすのはなしの場所で、明かりは消していました。　わたしは泣きたい気持ちだった。　わたしたちはおたがいを見ることができなかった。　いつも後ろからでないといけなかった。　初めてのときのように。　そしてわたしはあの人が考えているのはわたしじゃないと知っていたのです。

あの人はわたしの両脇を思いきりつかんで、思いきり突いた。　わたしを突き抜けてどこか別のところに行こうとしているように。

なぜ人は愛を交わすのでしょう？

一年がすぎました。　また一年。　また一年。　また。

わたしたちはそれぞれの生活をおくっていました。

わたしはあのお化けを忘れられなかった。

わたしには子どもが必要だった。

子どもが必要ってどういうことでしょう?

ある朝、目を覚ますとわたしの真ん中にぽっかり穴があいているのがわかりました。　自分の命は折り合いをつけられると悟っていたけれど、わたしのあとにつづく命はそうじゃない。　わたしはそれを説明できなかった。　必要は説明より先に来たのです。

わたしがそうしたのは弱さからでもなければ、強さからでもなかった。　それは必要からだった。　わたしには子どもが必要だった。

わたしはそれをあの人から隠そうとしました。　話すのは手遅れになるまで待とうとしました。　それは究極の秘密でした。　命。　わたしはそれを自分の内に安全にしまっていた。　それを連れてまわった。　アパートがあの人の手帳の内にあるみたいに。　わたしはゆったりしたシャツを着ました。　座るときはひざの上にクッションを置きました。　裸になるのはなしの場所だけにしました。

でもずっと秘密にしていることはできなかった。

わたしたちは暗闇のなかでベッドに寝ていました。　わたしはどう言えばいいかわからなかった。　わかっていたけれど、言うことはできなかった。　わたしはベッドの脇のテーブルからあの人の手帳をひとつ手に取りました。

アパートはいままでにないくらい暗かった。

わたしはランプをつけました。

まわりが明るくなった。

アパートはますます暗くなった。

わたしは書きました、妊娠しているの。

それをあの人に渡しました。　あの人が読みました。

あの人はペンを取って書きました、どうしてそんなことになった？

わたしは書きました、わたしがそうしたの。

あの人は書きました、しかしルールがあった。

つぎのページはドアノブでした。

わたしはそのページをめくって書きました、ルールを破ったの。

あの人はベッドのなかで起きあがりました。　どれくらい時間がたったのかわかりません。

あの人は書きました、すべて大丈夫だよ。

わたしはあの人に大丈夫では足りないと告げました。

すべて~~大丈夫~~万全だよ。

わたしはあの人にうそで守るものはもう残っていないと告げました。

すべて~~大丈夫~~~~万全~~だよ。

わたしは泣きだしました。

あの人の前で泣くのはこれが初めてでした。　それは愛を交わすような感じがした。

わたしはあの人に、何年かまえに最初のなしの場所をつくったときから知る必要があったことを尋ねました。

わたしたちは何？　ありなの、なしなの？

あの人はわたしの顔を両手で覆い、その手を離して持ちあげました。

それが何を意味するのかわたしはわからなかった。

つぎの朝、目を覚ますとわたしはひどい風邪を引いていた。

赤ちゃんのせいで具合が悪いのか、あなたのおじいさんのせいなのかわからなかった。

空港に行くあの人にさよならを言ったとき、あの人のスーツケースを持つとずっしり重く感じました。

それであの人がわたしを置いて出ていくのだとわかった。

引き止めるべきなのだろうかとわたしは考えました。　その場に押し倒して無理やりにでも愛してもらうべきなのだろうか。　わたしはあの人の肩をつかんで面と向かって叫びたかった。

わたしは空港まであの人をつけていきました。

午前中ずっとあの人を見ていました。　どう話しかけたらいいかわからなかった。　あの人が手帳に書くのを見ました。　何時か人にきくのも見たけれど、どの人も壁の大きな黄色い時計を指すだけでした。

遠くからあの人を見るのはすごく不思議だった。　すごく小さくて。　アパートでは気にかけることができなかったけれど、世界ではあの人が大事だと思えた。　だれにとっても理不尽なひどいことすべてからわたしはあの人を守りたかったのです。

わたしはすぐそばまで行きました。　すぐ後ろまで。　あの人が書くのを見つめました、生きなければならないのは無念だが、ひとつの人生しか生きられないのは悲劇だ。　わたしは後ずさりしました。　そこまで近づいてはいけなかったのです。　そのときでさえ。　わたしは柱の後ろから見つめ、あの人はさらに書き、時間を尋ね、荒れた手をひざにこすりつけました。　ＹＥＳとＮＯ。

わたしはあの人がチケットを買う列に並ぶのを見つめました。

わたしは思いました、いつあの人を引き止めよう？

どう頼めばいいのか、話せばいいのか、お願いすればいいのか、わからなかった。

あの人が列の先頭になったとき、わたしはそばまで行きました。

わたしはあの人の肩に触れた。

見えるの、わたしは言いました。　なんてばかな言い草。　目がしょぼしょぼするけれど、見えるのよ。

ここで何してる？　彼は両手で書きました。

わたしは急に恥じらいを感じました。　昔は恥じらったりしなかった。　昔は恥じたものです。　恥じらいとは欲しいものから顔を背けること。　恥とは欲しくないものから顔を背けること。

出ていくのね、わたしは言いました。

帰りなさい、あの人は書きました。　寝ていなくてはだめだ。

そうね、わたしは言いました。　言わなくてはならないことをどう言えばいいのかわからなかった。

家まで送ろう。

いいえ。　帰りたくないわ。

あの人が書きました、どうかしている。　風邪を引くぞ。

もう引いているわ。

風邪を足すぞ。

あの人が冗談を言うなんて信じられなかった。　わたしが笑ったのも信じられなかった。

その笑い声はわたしの思いをわたしたちのキッチンテーブルへ、わたしたちが笑いに笑ったところへ運んでいきました。　そのテーブルはおたがいの近くにいられる場所だった。　ベッドのかわりだった。　アパートでは何もかもが混乱していた。　食事はダイニングのテーブルのかわりにリビングのコーヒーテーブルでする。　わたしたちは窓のそばにいたかった。　わたしたちは大時計の胴体をあの人の何も書かれていない手帳でいっぱいにしました、まるでその手帳が時間であるかのように。　ふたつめのバスルームの浴槽は使わないので、そこには使い終わった手帳を入れました。　わたしは何しろ眠ると夢遊病になります。　一度シャワーをひねってしまったことがありました。　水に浮かんだ手帳もあったし、そのまま動かないものもあった。　つぎの朝、目を覚ましたわたしは自分がしでかしたことを目の当たりにしました。　水があの人のすごした日々でグレイになっていた。

どうかしてなんかいないわ、わたしはあの人に告げました。

帰りなさい。

疲れたの、わたしはあの人に告げました。　すり切れてはいないけれど、すり減っている。　ある朝起きて、もうパンは焼けないと言う奥さんのように。

きみはパンを焼いたことはなかった、あの人が書き、わたしたちはまだ冗談を言っていました。

それなら、わたしが起きてパンを焼いてしまうくらいに、とわたしは言い、わたしたちはこの期におよんで冗談を言っていました。　わたしは思ったわ、わたしたちが冗談を言わなくなるときは来るのかしら？　それはどんなふうなのだろう？　どんな感じがするのだろう？　小さな女の子だったころ、わたしの人生はどこまでも高鳴っていく音楽だった。　あらゆるものがわたしの心を動かした。　知らない人についていく犬。　それにわたしはひどく感じ入った。　間違った月を示しているカレンダー。　わたしはそのことで泣けそうになった。　そして泣いたのです。　煙突からのびる煙がとぎれるところ。　倒れたボトルがテーブルのはじで止まっている様子。

わたしは人生をすごすうちにだんだん感じなくなってきました。

毎日感じなくなりました。

それが年を取るということなのでしょうか？　それとももっとよくないこと？

悲しみから自分を守ろうとすれば、必ず幸せからも自分を守ることになる。

あの人は手帳の表紙が自分の手であるかのように顔を隠しました。　あの人は泣きました。　だれのために泣いていたのでしょう？

アンナのため？

両親のため？

わたしのため？

自分のため？

わたしは手帳をあの人から奪いました。　それはページを伝い落ちる涙でぬれていて、まるで手帳が自分で泣いているかのようでした。　あの人は両手で顔を隠しました。

泣いているのを見せて、わたしはあの人に告げました。

きみを傷つけたくない、あの人はそう言いたくて首を左から右に振りました。

あなたが傷つけたくないと思うことが私を傷つけるわ、わたしはあの人に告げました。　泣いているのを見せて。

あの人は手をおろしました。　片方の頬にYESが逆向きに書いてありました。　片方の頬にNOが逆向きに書いてありました。　あの人はまだ下を向いていました。　涙はもう頬を伝い落ちるのではなく、あの人の目から地面に落ちていました。　泣いているのを見せて、わたしは言いました。　あの人に貸しがあるとは感じなかった。　借りがあるとも感じなかった。　わたしたちがあるのはお互いのおかげで、それはちょっと違うことなのです。

あの人は顔を上げてわたしを見ました。

あなたに腹を立てていないわ、わたしはあの人に告げました。

立てているはずだ。

ルールを破ったのはわたしよ。

しかし耐えられないルールをつくったのはこっちだ。

わたしの思いはあちこちさまようのです、オスカー。　それはドレスデンへ、母の首の汗で湿った母の真珠へ向かいます。　わたしの思いは父の外套の袖を上っていく。　父の腕はとても太くて強かった。　わたしが生きているかぎり守ってくれると信じていました。　それはそのとおりにしてくれた。　父を失ったあとも。

父の腕の思い出は父の腕がしてくれたようにわたしを包んでいるのです。　どの一日もそのまえの一日につながれています。　でも週には翼がある。　一秒は十年より速いと信じる人は、わたしの人生を生きたわけではありません。

どうしてわたしを捨てるの？

あの人は書きました、どう生きたらいいかわからない。

わたしだってわからないけれど、努力しているわ。

どう努力したらいいかわからない。

わたしはあの人に言いたいことがいくつもありました。　でもそのことはあの人を傷つけると知っていた。　だからわたしは言いたいことを胸に隠し、そのことでわたしが傷ついたのです。

わたしはあの人に手を触れました。　あの人にさわるのはいつだってわたしにとってとても大事なことでした。　わたしの生きがいでした。　なぜかは説明できなかった。　かすかな、なんでもない触れ合い。　あの人の肩にあたるわたしの指。　バスのなかで押し合ったときに触れ合うものの外側。　説明はできなかったけれど、わたしにはそれが必要だった。　ときどきわたしはかすかな触れ合いを全部縫い合わせることを想像しました。　愛を交わすには指が何十万回こすれ合わなくてはならないのでしょう？　なぜ人は愛を交わすのでしょう？

わたしの思いはわたしの子ども時代へ向かっていくのです、オスカー。　わたしが少女だったころへ。　わたしはここに座ってひと握りの小石のことや、腋の下の毛に初めて気がついたときのことを考えます。

わたしの思いは母の首のまわりにあります。　母の真珠に。

初めて香水のにおいが好きになったときや、寝室の暗がりのなか、ベッドの温もりに包まれてアンナと横になっていたこと。

ある夜、わたしは彼女に家の裏の小屋の裏で見たものを話しました。

彼女はわたしにそれについてはひと言もしゃべらないよう約束させました。　わたしは彼女に約束しました。

あなたたちがキスするところを見てもいい？

わたしたちがキスするところを見る？

どこでキスするか教えてくれたら、隠れて見るから。

アンナが笑いだした、それが彼女のイエスの伝え方でした。

わたしたちは真夜中に目を覚ましました。　どちらが先に起きたのかはわからない。　ふたり同時に起きたのかどうかも。

どんな感じなの？　わたしは彼女にききました。

どんな感じって何が？

キスよ。

アンナは笑いだしました。

湿った感じ、彼女は言いました。

わたしは笑いだしました。

湿っていて温かくて最初はすごく変な感じがする。

わたしは笑いました。

こんなふうに、と彼女は言って、わたしの顔の両側をつかんで自分のなかに引きこみました。

こんなに恋してると感じたことは人生でなかったし、こんなに恋してると感じたことはそのあともない。

わたしたちは無邪気だった。

あのベッドでキスをしたわたしたちふたりより無邪気なものがあるかしら?

壊されちゃいけないものがほかにあるかしら?

わたしはあの人に告げました、あなたが残ってくれるなら、もっと努力するわ。

大丈夫、とあの人は書きました。

お願いだから、わたしを置いていかないで。

大丈夫。

もうこの話はしなくていいのね。

大丈夫。

わたしはどういうわけか、靴のことを考えています。この人生で何足履いたのか。わたしの足は何回靴を履いたり脱いだりしたのか。靴をベッドの足もとに、爪先をベッドの反対側に向けて置くこと。

わたしの思いは煙突を下って燃えている。

足音が上から聞こえる。タマネギを炒めている。クリスタルがチリンと鳴る。

わたしたちはお金持ちじゃなかったけれど、べつに欲しいものはなかった。寝室の窓からわたしは世界を見つめました。世界から離れて、わたしは安全だった。

わたしは父がぼろぼろになるのを見ました。戦争が近づけば近づくほど、父はどんどん遠ざかっていった。

それはわたしたちを守るための、たったひとつ父が知っていた方法だったのでしょうか? 父は毎晩何時間も小屋ですごしました。そこで寝ることもありました。床の上で。

父は世界を救いたかったのです。　それが父という人でした。　でも父は家族を危険にさらすことはなかった。　それが父という人でした。　きっとわたしの人生と父が救えたかもしれないある人生を天秤にかけたのでしょう。　あるいは十の人生と。　あるいは百の人生と。　きっとわたしの人生は百の人生より重いと結論を下したのでしょう。

その冬、父の髪は白くなりました。　雪かと思うくらいでした。　父はわたしたちに万事大丈夫だと請け合いました。　わたしは子どもだったけれど、万事大丈夫にはならないと知っていました。　だからといって父がうそつきということではありません。　だからわたしの父だったのです。

あの強制労働者に返事を書くことにしたのは爆撃の朝のことでした。　なぜこんなに待ったのか、何があってそのとき書きたいと思ったのかはわからない。

彼からはわたしの写真を同封するように頼まれていました。　気に入った自分の写真は一枚もありませんでした。　いまになって、わたしの子ども時代の悲劇がわかります。　それは爆撃ではなかった。　それは自分の写真を一度も好きにならなかったことだった。　わたしは好きになれなかったのです。

あしたになったら写真屋を訪ねて一枚撮ってもらおうと決めました。

その夜、わたしは鏡の前でもっている服を全部着てみました。　不細工な映画スターのような気分がしました。　わたしは母にお化粧を教えてくれと頼みました。　母は理由を尋ねませんでした。

母は頬紅のつけ方を教えてくれました。　それから目もとの塗り方。　母がわたしの顔をこんなにさわったことはなかった。　そうする理由はなかったから。

わたしのおでこ。　わたしのあご。　わたしのこめかみ。　わたしの首。　なぜ母は泣いていたのだろう?

わたしは書きかけの手紙を机の上に置いておきました。

その便箋が家を燃えやすくしたのです。

不細工な写真なしで送っておけばよかった。

何もかも送っておけばよかった。

空港は行き交う人でいっぱいでした。　でもここにはあなたのおじいさんとわたししかいなかった。

わたしはあの人の手帳を取ってページを探りました。　わたしは指さしました、もどかしい、哀れだ、悲しい。

あの人は手帳を探って指さしました、そのナイフの渡し方。

わたしは指さしました、別の世界の別の人間だったら別のことをしただろう。

あの人は指さしました、ときにはただ消えたくなることもある。

わたしは指さしました、自分のことがわからないのは悪いことじゃない。

あの人は指さしました、悲しい。

わたしは指さしました、それとぜひ甘いものをいただければ。

あの人は指さしました、泣いて泣いて泣きじゃくった。

わたしは指さしました、泣かないで。

あの人は指さしました、打ちひしがれて混乱したまま。

わたしは指さしました、なんと悲しいことか。

あの人は指さしました、打ちひしがれて混乱したまま。

わたしは指さしました、あり。

あの人は指さしました、なし。

わたしは指さしました、あり。

だれも指ささなかった、愛している。

それを避ける道はありませんでした。　それを乗り越えることもできなければ、その果てが見つかるまで歩くことも
できなかった。

残念だけれど、わたしは生き方を学ぶのに一生かかるのよ、オスカー。　なぜなら、もう一度人生を生きることができたなら、別のやり方をすると思うから。

わたしは人生を変える。

ピアノの先生にキスをするし、それで笑われてもいい。

マリーと一緒にベッドで跳ねるし、それで笑いものになってもいい。

不細工な写真を送るわ、何千枚も。

これからどうする？　あの人が書きました。

あなたしだいよ、わたしは言いました。

あの人は書きました、家に帰りたい。

あなたにとって家って何？

家はいちばんたくさんルールがあるところだ。

わたしはあの人のことがわかりました。

だったらもっとルールをつくらなくちゃならないわね、わたしは言いました。

もっと家らしくするために。

イエス。

大丈夫。

わたしたちはまっすぐ宝石店に向かいました。　あの人はスーツケースを奥の部屋に置きました。　その日わたしたちが売ったのはエメラルドのイヤリング。　それとダイヤモンドの婚約指輪。　それと女の子にあげる金のブレスレット。　それとブラジルに向かう人への腕時計。

その夜わたしたちはベッドのなかで抱き合いました。　あの人はわたしの体じゅうにキスをした。　わたしはあの人を信じていた。　ばかだったわけじゃない。　わたしはあの人の妻だった。

つぎの朝あの人は空港に行きました。　わたしはスーツケースにさわる勇気がなかった。

あの人の帰りを待ちました。

何時間かがすぎました。　そして何分かも。

十一時になってもわたしは店を開けませんでした。

窓辺で待ちました。　まだあの人を信じていました。

昼食はとらなかった。

何秒かがすぎた。

午後が去った。　夕方がやってきた。

夕食はとらなかった。

何年かが一瞬と一瞬のあいだの隙間を通りすぎていきました。

あなたのお父さんがおなかを蹴りました。
何を伝えようとしていたのでしょう？
わたしは鳥籠を窓際に持ってきました。
窓を開けて、鳥籠を開けました。
魚を下水に流しました。
犬と猫を下の階に連れていって首輪をはずしました。
虫を通りに放しました。
爬虫類も。
ネズミも。
わたしは彼らに告げました、行きなさい。
みんな。
行くのよ。
すると彼らは行きました。
そして帰ってこなかったのです。

ハピネス、ハピネス

面接官。　その朝の出来事を話していただけますか?

トモヤス。　娘のマサコと一緒に家を出ました。娘は仕事に行くところでした。わたしは友人に会うつもりでした。空襲警報が鳴りだしました。わたしはマサコに家に帰ると伝えました。娘は「職場に行くわ」と言いました。わたしは家事をしながら警報が解除されるのを待ちました。

わたしは布団をたたみました。押入れの整理をしました。窓をぞうきんがけしました。ピカッと光りました。最初に思ったのは、カメラのフラッシュだろうということでした。いま思うとひどくばかげています。光はわたしの目を刺しました。頭が真っ白になりました。窓ガラスがまわりに飛び散っていました。シーッと、むかし母から静かにするよう言われたときのような音がしました。

正気に戻ったとき、わたしは立っていないことに気がつきました。別の部屋に投げ飛ばされていたのです。ぞうきんはまだ手のなかにありましたが、もう濡れていませんでした。わたしの頭は娘を見つけることでいっぱいでした。窓の外を見ると、近所の男の人がほとんど裸で立っているのが目に入りました。その男性の皮膚は全身からはがれかけていました。指先から垂れ下がっていたのです。わたしは何があったのか尋ねました。男性は答える力もありませんでした。きょろきょろ見回していましたが、きっと家族を探していたに違いありません。わたしは思いました、**行かなくちゃ。マサコを探しにいかなくちゃ。**靴を履いて防空頭巾を持ちました。向かったのは駅です。大勢の人が市街を離れて、わたしのほうにぞろぞろ歩いてきました。焼いたイカのようなにおいがしました。わたしはショック状態にあったのでしょう、その人たちが岸に打ちあげられたイカのように見えたのです。

若い女性がこっちにやってくるのが見えました。皮膚が溶けて身体を流れ落ちていました。まるで蠟のように。彼女はつぶやいていました。「お母さん。水。お母さん。水」マサコかもしれないとわたしは思いました。でも違いました。わたしはその女性に水をあげませんでした。あげなかったことを申し訳なく思います。ただわたしは娘のマサコを探していたのです。

広島駅までの道をずっと走りました。駅は人であふれていました。死んだ人もいました。多くの人は地面に横になっていました。みんながお母さんと呼びかけて、水を求めていました。わたしは常葉(ときわ)橋に向かいました。その橋を渡らなければ娘の職場には行けなかったのです。

面接官。　きのこ雲は見ましたか?

トモヤス。　いいえ、雲は見ませんでした。

面接官。　きのこ雲を見なかったのですか?

トモヤス。　きのこ雲は見ませんでした。わたしはマサコを探していたのです。

面接官。　でも雲は街全体に広がっていたのでしょう?

トモヤス。　わたしは娘を探していたのです。でもこの橋を渡ってはいけないと言われました。ひょっとしたら娘は家に戻ってくるかもしれない、そう思って、わたしは引き返しました。饒津神社まで来たとき、黒い雨が空から落ちてきました。いったい何だろうとわたしは思いました。

面接官。 その黒い雨のことを話してもらえますか?

トモヤス。 わたしは家で娘を待ちました。窓にはもうガラスはありませんでしたが、開けておきました。ひと晩じゅう起きて待ちました。でも娘は戻ってきませんでした。次の朝六時半ごろ、イシドさんがやってきました。娘さんがわたしの娘と同じ職場で働いていたのです。イシドさんは大声でマサコの家はどこかと呼びかけていました。わたしは表に飛び出しました。声をかけました、「ここです、こっちです!」イシドさんがやってきました。「急いで! 着替えを持って迎えにいきましょう。娘さんは太田川の土手にいます」

わたしは全力で走りました。自分には無理なくらいの速さでした。常葉橋まで来てみると、兵隊さんたちが地面に横たわっていました。広島駅のまわりではもっと大勢の人が横たわって死んでいるのを見ました。六日よりも七日の朝のほうが多かった。川の土手に着いたとき、わたしは誰が誰だか見分けがつきませんでした。わたしはマサコを探しつづけました。誰かが叫ぶのが聞こえました、「お母さん!」娘の声だとわかりました。見つかった娘は恐ろしい状態にありました。いまでも夢にその姿で現れます。娘は言いました、「ずいぶん時間がかかったのね」

わたしは娘に謝りました。わたしは言いました、「できるだけ速く来たのよ」

わたしたちはふたりきりになりました。わたしはどうしたらいいかわかりませんでした。看護婦ではないのです。娘の傷口にはウジが湧いて、ねばねばした黄色い液が出ていました。わたしは娘をきれいにしようとしました。でも皮膚がはがれかけていました。ウジはそこらじゅうから出てきました。拭き取ろうとすれば、皮膚と肉も拭き取ってしまいます。つまみ取るしかありませんでした。何をしているの、と娘は訊きました。わたしは言いました、「ああ、マサコ。なんでもないのよ」。娘はうなずきました。九時間後、娘は死にました。

面接官。 そのあいだずっと娘さんを抱きかかえていたのですね?

トモヤス。 ええ、娘を抱きかかえていました。娘は言いました、「死にたくない」。わたしは娘に言いました、「死んだりしないわ」。娘は言いました、「家に着くまで死なないって約束する」。でも娘は苦しんで、ずっと泣き叫んでいました、「お母さん」と。

面接官。 こういうことをお話しするのはつらいでしょうね。

トモヤス。 こちらの機関が証言を記録していると聞いて、ぜひうかがわなくてはいけないと思いました。娘はわたしの腕のなかで死にました、「死にたくない」と言いながら。それが死というものです。兵隊さんたちがどの軍服を着ていようと関係ありません。武器がどれだけ優れていようと関係ありません。わたしが目にしたものを皆さんに見てもらえたら、わたしたちはもう二度と戦争をしないはずだと思ったのです。

インタビューが終わったので、ぼくはラジカセのストップをおした。女子は泣いていて、男子はふざけてゲーゲー言っていた。

「さて」キーガン先生がおでこの汗をハンカチでふきながら立ちあがって言った、「オスカーはいろいろ考える材料を示してくれましたね」。ぼくは言った、「まだ終わってません」。先生が言った、「私には終わったように思えたよ」。ぼくは説明した、「放射熱は爆発によって直線的に移動するため、科学者たちはさまざまな地点からの爆心地の方向を、あいだにある物体の影を観察することで判断できました。影は爆弾の爆心高度と、火の玉が最大の黒こげ効果を発揮する瞬間の直径の指標になったのです。それって、グッとこないかなあ?」

ジミー・スナイダーが手をあげた。ぼくはジミーを指した。ジミーがきいた、「おまえ、なんでそんなにヘンなの?」ぼくはその質問は修辞的なものかとたずねた。キーガン先生がジミーにバンディ校長先生の部屋に行きなさいと告げた。生徒のなかには大笑いする子もいた。それはいやな感じで、ぼくのことを大笑いしているのだとわかったけど、ぼくは自信をなくさないようがんばった。

「この爆発でもうひとつ興味深いのは、燃焼度と色の関係で、というのは暗い色は当然、光を吸収するからです。たとえば、その朝、市の大きな公園でグランドマスターどうしの有名なチェスの試合が等身大のボードの上でおこなわれていました。あの爆弾は何もかも破壊しました。席に座っていた観客、試合の映画をとっていた人たち、その人たちの黒いカメラ、チェス用の時計、それとグランドマスターたちも。残ったのは白くて四角い島の上の白い駒だけでした」

ジミーが教室から出ていきながら言った、「おい、オスカー、バックミンスターってだれだよ?」ぼくはジミーに告げた、「リチャード・バックミンスター・フラーは科学者、哲学者、発明家で、何よりジオデシックドームを考案したことで知られており、ジオデシックドームのもっとも有名なバージョンがバッキーボールである。一九八三年に死去、かな」。ジミーが言った、「おれが言ってるのは、おまえのバックミンスターのことだ」

なぜジミーがきくのかぼくはわからなくて、というのはほんの二週間まえにぼくはバックミンスターをデモンストレーションのために学校に連れてきて、屋上から落として猫が小さいパラシュートになって最終速度に達することや、ほんとは八階より二〇階から落下したほうが生存率が高くて、というのも八階ぶんくらい落ちないと、猫は

どうなっているかに気づいてリラックスして体勢を整えることができないから、ということを見せたからだった。

ぼくは言った、「バックミンスターはぼくのプッシーだよ」

ジミーがぼくを指さして言った、「あはは！」ほかの子もいやな感じで大笑いした。何がそんなに愉快なのかぼくはわからなかった。キーガン先生がおこって、「ジミー！」と言った。ジミーは、「何？　おれ、なんかした？」

心の内ではキーガン先生も大笑いしているのがはっきりわかった。

「ぼくが言おうとしていたのは、一枚の紙が爆心地から約半キロ先で見つかって、その文字、というのは彼らの言う漢字とかが、きれいに焼けていたことです。どんなふうに見えるか、ぼくはものすごく知りたくなったから、最初は自分で文字を切りぬこうとしたのだけど、そこまで手先が器用じゃなかったので、ちょっと調査をしたら、スプリング通りにぬき加工専門の印刷屋さんが見つかって、二五〇ドルでできると言われました。それは税込みですかとぼくはききました。いいやと印刷屋さんは言ったけど、ぼくはやっぱりそれだけはらう値打ちはあると思ったので、ママのクレジットカードを持っていって、それで、とにかくここにあるのです」ぼくはその、Amazon.co.jpで買った日本語版『ホーキング、宇宙を語る』の最初のページだった紙を持ちあげた。そしてあのカメの話が書かれていた穴からクラスのみんなを見た。

それが水曜日のことだった。

木曜日の休み時間は図書室に行って、ヒギンズ司書がぼくのために特別に注文してくれる『アメリカン・ドラマー』の新しい号を読んですごした。つまらなかった。パワーズ先生がいっしょに何か実験をしてくれないかな、と思って科学実験室に行ってみた。パワーズ先生は、じつはほかの先生たちとランチを食べる予定があって、ぼくを実験室でひとりにするわけにはいかないと言った。それでぼくは美術室でジュエリーをつくった、そこならひとりでいてもかまわない。

金曜日、ジミー・スナイダーが運動場の向こうからぼくを呼び、仲間をたくさん引き連れて近づいてきた。ジミーが言った、「やい、オスカー、エマ・ワトソンに手でしてもらうのと口でしてもらうのとどっちがいい？」ぼくはジミーにエマ・ワトソンという人は知らないと答えた。マット・コールバーが言った、「ハーマイオニーだよ、のろま」。ぼくは言った、「ハーマイオニーって？　それにぼくの頭はのろまじゃない」。デイヴ・マロンが言った、「『ハリー・ポッター』に出てくるだろ、オカマちゃん」。スティーヴ・ウィッカーが言った、「いいおっぱいになったんだぜ」。ジェイク・ライリーが言った、「手コキかフェラか？」ぼくは言った、「彼女とは会ったこともないんだ」

ぼくは鳥やミツバチのことはいろいろ知っているけど、鳥とミツバチの営みのことはあまり知らない。ぼくは何を知るにしてもインターネットで自分で習うしかなくて、というのはぼくにはきく人がいないからだ。たとえば、だれかにフェラをしてあげるときは自分のペニスを相手の口のなかに入れるというのは知っている。ディックはペニスだというのも、コックもペニスだというのも知っている。モンスター・コックも当然だ。女の人がセックスするときＶＪがぬれるのも知っているけど、何でぬれるかは知らない。ＶＪがカントで、ワレメでもあるのは知っている。ディルドーが何かは知ってるつもりだけど、カムが何かははっきり知らない。アナルセックスが肛門につっこむことというのも知っているけど、知らなければよかったと思う。

ジミー・スナイダーがぼくの肩をつついて言った、「おまえのかあさんは売女って言えよ」。ぼくは言った、「お、お、おまえのかあさんは売女」。ジミーが言った、「おまえのかあさんが売女って言うんだよ」。ぼくは言った、「お、お、おまえのかあさんが売女」。「『ぼくの』『かあさんは』『売女』って言え」「おまえのかあさん、売女なんだ」マットとデイヴとスティーヴとジェイクが大笑いしていたけど、ジミーはかんかんにおこっていた。げんこつをふりあげて言った、「かくごしろ」。ぼくは先生がいないか見まわしたけど、ひとりも見当たらなかった。「ぼくのかあさんは売女」とぼくは言った。ぼくは校舎のなかに入って『ホーキング、宇宙を語る』をまた少し読んだ。そのあとシャープペンをこわした。うちに帰ると、スタンが言った、「ユーヴ・ガット・メール!」

オスカー様

貸した七六・五〇ドルを送ってくれてありがとう。正直いって、あの金にお目にかかれるとは思っていなかった。これからは人を信じるよ。

(タクシー運転手) マーティ・マハルトラ

追伸:チップはなし?

その夜、数をかぞえていたら七分がたち、一四分がたち、三〇分がたった。眠れるわけがないのはわかっていて、というのは、あしたになったらカギ穴を探せるのですごくわくわくしていたからだった。ぼくはビーバーみたいに発明しはじめた。一〇〇年たったら二〇〇三年版イエローページにのってる名前は全部死んだ人のものになることと、まえにザ・ミンチの家で見たテレビ番組に電話帳を素手で半分に引きさく人が出てきたことを考えた。一〇〇年たって二〇〇三年版イエローページを半分に引きさかれるのはいやだ、みんな死んでいるとしたって、やっぱりそれはちがう気がするから、と思った。それでぼくが発明したのはブラックボックス・イエローページで、これは飛行機のブラックボックスをつくる材料でつくる電話帳だ。それでもまだ眠れなかった。

ぼくは裏面にクレーム・ブリュレみたいな味がついた切手を発明した。

それでもまだ眠れなかった。

盲導犬に爆弾探知犬になる訓練をして、探知盲導爆弾犬にするのはどうだろう？　そうしたら、目の不自由な人は連れまわされることでお金をもらえるし、ぼくたちの社会を助ける一員になれるし、ぼくらはみんなもっと安全になる。ぼくはますます眠りから遠くへはなれていった。

目が覚めたら土曜日だった。

上の階へむかえにいくと、ミスター・ブラックはドアの前に立って、耳のそばで指をパチパチ鳴らしていた。「これは何だい？」ぼくがつくったプレゼントをわたすと、ミスター・ブラックがきいた。ぼくはパパがよくやっていたみたいに肩をすくめた。「これをどうすりゃいいんだ？」ぼくは言った、「開けるんだよ、当然」。でもぼくはうれしさをこらえきれなくて、ミスター・ブラックが箱から紙をはがすまえに言った、「ぼくがつくったネックレスで、コンパスのペンダントがついてるから、あのベッドとの位置関係がわかるんだよ！」ミスター・ブラックはまだ開けつづけながら言った、「そいつは親切に！」「うん」とぼくは言うと、ぼくのほうが速く開けられるのでミスター・ブラックから箱をもぎ取った。「遠くに行ったらベッドの磁場が小さくなるから、たぶんアパートの外だとうまく動かないけどね。でもどうぞ」ぼくはネックレスをわたして、ミスター・ブラックが首にかけた。コンパスによるとベッドは北だった。

「それで、どこへ行くんだ？」ミスター・ブラックがきいた。「ブロンクス」とぼくは言った。「IRTで？」「えっ？」「IRT列車さ」「IRT列車なんてないし、ぼくは公共の交通機関には乗らないんだ」「なんでまた？」「みえみえのターゲットだよ」「じゃあどうやって行くつもりだ?」「歩くんだよ」「ここから二〇マイルくらいあるぞ」と彼は言った。「それにおれが歩くのを見たことあるか?」「そうだね」「ＩＲＴに乗ろう」「ＩＲＴはないよ」「なんでもいいから、あるやつに乗るぞ」〔ＩＲＴとは二〇世紀前半にニューヨーク市の地下鉄の一部路線を運営していた会社。各路線は現在のディビジョンＡに相当する〕

外に出るときにぼくは言った、「スタン、こちらはミスター・ブラック。ミスター・ブラック、こちらはスタンだよ」。ミスター・ブラックが手を突き出して、スタンがにぎった。ぼくはスタンに告げた、「ミスター・ブラックは６Ａに住んでるんだ」。スタンが手を引っこめたけど、ミスター・ブラックは気を悪くしなかったと思う。

ブロンクスまでの道のりはほとんどずっと地下で、ぼくはありえないほどパニくったけど、貧しい地区に来ると地上に出てくれたから助かった。ブロンクスの建物は空き家が多い、ということがわかったのは、建物に窓がないし、高速で走っていてもなかが丸見えだったから。ぼくらは電車からおりると通りに向かった。住所を探すとき、ミスター・ブラックはぼくに手をにぎらせた。人種差別主義者なのか、とぼくはきいてみた。貧しい暮らしを見るとそわそわするのさ、人じゃなくて、とミスター・ブラックは言った。ぼくはほんのじょうだんで、ゲイなの、ときいてみた。ミスター・ブラックは言った、「だろうな」。「ほんと?」とぼくはきいたけど、手は引っこめなかった、だってホモ恐怖症じゃないから。

その建物のブザーはこわれていて、ドアはレンガの重しで開いたままになっていた。アグネス・ブラックの家は三階にあって、エレベーターはなかった。ミスター・ブラックは、ここで待ってる、一日に上り下りする階段は地下鉄の階段だけでたくさんだ、と言った。それでぼくはひとりで上がっていった。廊下の床はねばねばしていて、なぜだかのぞき穴はどれも黒くぬってあった。ひとつのドアの奥でだれかが歌っていて、ほかのたくさんのドアの奥からテレビの音が聞こえた。ぼくはアグネスのドアでカギを試してみたけど、うまくいかなかったのでノックした。

小さい女の人が車いすに乗って出てきた。彼女はメキシコ人だったと思う。それかブラジル人とか。「すみません、あなたの名前はアグネス・ブラックですか?」女の人は言った、「ノー・エスピーカ・イングレシュ」。「えっ?」「ノー・エスピーカ・イングレシュ」「すみませんが」とぼくは言った、「よくわかりません。いまのをもう一度、もう少しはっきり発音してもらえますか?」「ノー・エスピーカ・イングレシュ」と女の人は言った。ぼくは宙で指を一本立て、この世界共通の合図でちょっと待ってと伝えると、階段の吹きぬけから下のミスター・ブラックに呼びかけた、「英語は話せないみたい!」「そうか、何語が話せるんだ?」「何語が話せますか?」とぼくはきいてから、ばかな質問だと気がついて、別の方法を試してみた、「パルレ-ヴ・フランセ?」「エスパニョール」と女の人は言った。「エスパニョール」とぼくは下にさけんだ。「よっしゃ!」とミスター・ブラックがさけびかえした。「スペイン語ならちょっとかじったことがある!」それでぼくが女の人の車いすを階段に寄せて、ふたりがさけびあったのだけど、これはちょっとヘンで、というのは声が行ったり来たりしているのに、ふたりにはおたがいの顔が見えなかったからだ。ふたりは大笑いして、笑い声が階段をかけあがったりかけおりたりした。そのうちミスター・ブラックがさけんだ、「オスカー!」ぼくもさけんだ、「ぼくの名前だよ、あんまり使うとすりへっちゃうよ!」するとミスター・ブラックはさけんだ、「下りてこい!」

ロビーに戻ると、ミスター・ブラックがぼくらの探している人はワールドトレードセンターにあったウィンドウズ・オン・ザ・ワールドのウェイトレスだったと説明してくれた。「**なんぞ?**」「いま話してた女性はフェリースで、フェリースは彼女と会ったことはなかった。ここに越してきたときに彼女の話を聞いたそうだ」「ほんと?」「つくり話なんかするか」ぼくらは通りに出て歩きはじめた。通りすぎる車が音楽をものすごくうるさくかけていて、ぼくの心をぶるぶるふるわせた。上を見ると、たくさんの窓をつなぐひもがあって、そこに服がかかっていた。ぼくはミスター・ブラックに「物干し綱」というのはあれのことかときいた。ミスター・ブラックは言った、「あれのことだ」。ぼくは言った、「あれだと思ったんだ」。ぼくらはもう少し歩いた。子どもたちが通りで石をけりながら、楽しそうに大笑いしていた。ミスター・ブラックが石をひとつ拾ってポケットに入れた。そして通りの標識を見て、腕時計を見た。おじいさんがふたり、お店の前のいすに座っていた。葉巻を吸いながら世界をテレビみたいにながめていた。

「考えてみたらヘンだよね」とぼくは言った。「何が?」「アグネスがあそこで働いていたことだよ。パパのことを知ってたかもしれない。知らなかったとしたって、あの朝パパに飲み物を出したかも。パパはあそこに、あのレストランにいたんだ。ミーティングがあって。アグネスはパパのコーヒーをつぎ足したりしたかもしれない」「ありうるな」「ひょっとしたらいっしょに死んだのかも」ミスター・ブラックがどう返したらいいのかわからないでいるのがぼくにはわかった、というのもふたりはいっしょに死んだに決まってるからだ。本当に疑問なのはふたりが、どういっしょに死んだのか、たとえばレストランのはじとはじにいたのか、となりどうしだったのか、どっちでもなかったのか。ひょっとしたらいっしょに屋上に上がったのかもしれない。写真に写ったなかには、いっしょに手をにぎって飛んでいる人たちがいた。ふたりがそうしたっておかしくない。それかビルがたおれるまで話をしたとか。どんな話をしたんだろう? ふたりは当然まるっきり違う人間だった。ひょっとしたらパパはぼくのことを話したかもしれない。パパは何を話したんだろう。パパがだれかの手をにぎってると考えると、なんだかよくわからない気持ちになった。

「アグネスに子どもはいたのかな?」とぼくはきいた。「さあな」「あの人にきいてよ」「誰に訊くって?」「引き返して、いまあそこに住んでるあの女の人にきいてみようよ。きっとアグネスに子どもがいたかどうか知ってるよ」ミスター・ブラックはなぜその質問が大事なのかきかなかったし、女の人は知っていることを全部話してくれたとも言わなかった。ぼくらは三ブロック引き返して、ぼくが階段を上がって車いすをまたふきぬけに寄せると、ふたりはしばらく階段を上へ下へ話し合った。それからミスター・ブラックがさけんだ、「いなかったって！」でも、ぼくはミスター・ブラックがウソをついてるんじゃないかと思って、というのもスペイン語は話せないけど、女の人がノーだけじゃなくてもっといろいろしゃべってるのは聞こえたからだ。

地下鉄に戻るとき、ぼくははっと啓示を受けて、それで頭にきた。「ちょっと待って」とぼくは言った。「さっき何を大笑いしていたの?」「さっき?」「最初にあの女の人と話してたとき、大笑いしていたよ。ふたりで」「さあな」とミスター・ブラックは言った。「さあな?」「おぼえとらん」「思い出してよ」ミスター・ブラックは一分間考えた。「思い出せん」ウソその七七。

ぼくらは地下鉄の入り口のそばで女の人がショッピングカートのなかのでっかいつぼに入れて売っていたタマーレを買った。ふだんは個別包装されてなかったりママが用意したくれたものじゃない食べ物はいやなのだけど、ぼくらは道路のわきの石に座ってタマーレを食べた。ミスター・ブラックが言った、「まあまあ鼓舞されたな」。『こぶされた』って何?」「元気になった。生き返った」「ぼくも鼓舞されたよ」ミスター・ブラックはぼくに腕をまわして言った、「いいぞ」。「これって、完全菜食（ヴィーガン）だよね?」ぼくは地下鉄への階段を上りながらタンバリンを振り、電車が地下に入ると息を止めた。

アルバート・ブラックはモンタナからやってきた人だった。俳優になりたかったけど、カリフォルニアには行きたくなかったそうだ、家から近すぎるし、俳優になることで大事なのは別の人間になることだったから。

アリス・ブラックはありえないほどびくびくしていて、というのも住んでいる建物はもともと工業用で、人が住んではいけなかったからだ。アリスはドアを開けるまえに、ぼくらが住宅局から来たんじゃないってことを確認したがった。ぼくは言った、「のぞき穴から見てみたらどうでしょう」。アリスは穴をのぞいて、「まあ、あなたたちね」と言ったのが、ぼくにはヘンに思えたけど、なかに入れてくれた。アリスの手には炭がべったりついていて、そこらじゅうに絵があるのが見えたし、しかもそれは全部同じ男の人の絵だった。「あなたは四〇歳ですか?」「二一よ」「ぼくは九歳」「おれは一〇三歳だ」ぼくは絵を描いたのはあなたなのかとアリスにきいた。「ええ」「全部?」「ええ」絵の男の人がだれなのかはきかなくて、というのは答えを知ったら靴が重くなりそうでこわかったから。愛しくて会えない人じゃなかったら、あんなにたくさん描いたりしない。ぼくはアリスに言った、「あなたはものすごくきれいだ」。「ありがとう」「キスしてもいい?」ミスター・ブラックがひじでぼくのわき腹をつついて、アリスにきいた、「この鍵について知ってることはあるかい?」

オスカー・シェル様

ケイリー博士は現在コンゴで調査旅行中のため、代わって返信いたします。博士からは、ゾウの研究に対する強いご関心に感謝している旨をお伝えするよう指示がありました。すでに私という助手がおりますし――予算の制限についてはあなたも経験がおありでしょう――博士は現在、ほかの人を雇うことができません。しかし博士からぜひお伝えするようにと託かったのですが、あなたのご興味とご意志が変わらないのであれば、きたる秋に構想中のスーダンでのプロジェクトでご協力いただくことになるかもしれません（ただいま助成金を申請中です）。

つきましては、あなたの履歴書、過去の研究実績、学部および大学院の成績証明書、推薦状二通を添えて、こちらまでお送りください。

草々

ギャリー・フランクリン

アレン・ブラックはロウワーイーストサイドに住んでいたけど、セントラルパークサウスにあるビルでドアマンをやっていて、そこでぼくらはアレンを見つけた。アレンはドアマンでいるのが大きらいで、それはロシアではエンジニアだったのに、いまは脳みそが死にかけているからららしい。彼はポケットにしまっている小さいポータブルテレビを見せてくれた。「DVDを再生できるんだ」とアレンは言った、「それにeメールのアカウントをもっていれば、これでメールのチェックもできる」。ぼくはアレンに、よかったらeメールアカウントを設定してあげるよと言った。アレンは言った、「そうかい?」ぼくはその装置を受け取ると、使ったことはなかったけど、すぐに理解して、何から何まで設定してあげた。ぼくは「ユーザー名は何がいい?」と言って、「Allen」か「AllenBlack」かニックネームをすすめた。「あとは'Engineer'」。これはカッコいいよ」アレンは指で口ひげをさわりながら考え

た。子どもはいるの、とぼくはきいてみた。アレンは言った、「息子がひとり。もうじき私より背が高くなる。私より背が高くて頭もいい。立派な医者になるぞ。脳外科医に。それか最高裁判所の判事に」。「じゃあ、息子さんの名前にしてもいいよ、ややこしくなりそうだけど」アレンは言った、「ドアマン」。「えっ?」「'Doorman'にする」「なんでも好きなものにできるんだよ」「Doorman」ぼくはアカウントを「Doorman215」にして、というのはもう二一四人のドアマンがいたからだった。ぼくらが帰ろうとするとアレンが言った、「幸運を、オスカー」。ぼくは言った、「どうしてぼくの名前がオスカーだって知ってるの?」ミスター・ブラックが言った、「おまえさんが教えたのさ」。その午後、ぼくはうちに着くとアレンにeメールを送った。「カギのことを何も知らなかったのは残念すぎるけど、でもあなたに会えてよかったです」

オスカー様

あなたはおっしゃるとおり聡明な青年のようですが、一度もお会いしたことがなく、またあなたの科学研究歴について何も知らない以上、推薦状を書くことはできかねます。わたしの研究にお褒めの言葉をありがとう。科学的であれ何であれ、あなたの探検の成功を祈ります。

拝具

ジェーン・グドール

アーノルド・ブラックはいきなり本題に入った。「力になれないんだ。ごめん」ぼくは言った、「でもなんで力を貸してほしいのかまだ話してないよ」。アーノルドは涙ぐんで、「ごめんよ」と言ってドアを閉めた。ミスター・ブラックが言った、「次に行くぞ」。ぼくはうなずきながら、内心こう思った、**ヘンだ。**

お手紙、ありがとう。こちらには大量の郵便物が届くため、
個別に返信を書くことができません。
しかしながら、私がすべての手紙を読んで保管し、
いつの日かそれ相応の返事を書けるよう願っていることを
お知りおきください。その日が来るまで、

敬具

スティーヴン・ホーキング

その週はありえないほどつまらなくて、そうじゃないのはカギのことを思い出すときだけだった。このカギでは開かない錠前がニューヨークに一億六一九九万九九九九個あるのは知っていたけど、それでもこれならなんだって開けられそうな気がした。ときどきカギにさわってそこにあるのをたしかめたくなるのは、ポケットに入れてあるトウガラシスプレーと同じだった。それか、その反対だった。ぼくはひもを調節して、二本のカギ――ひとつはアパートの、ひとつはまだ知らない何かの――が心臓のところにあたるようにしていて、それがよかったのだけど、たまに冷たすぎることがあったから、胸のその部分にバンドエイドを貼って、その上にカギがあたるようにし

た。

月曜日はつまらなかった。

火曜日の午後はファイン先生のところに行かないといけなかった。なぜぼくに助けが必要なのかはわからなくて、というのも、ぼくにとってはパパが死んだら重い靴をはくのは**当たり前**で、重い靴をはかないとしたら、**そっちこそ**助けが必要だって気がしたから。それでもとにかく行ったのは、おこづかいの値上げがかかっていたからだった。「やあ、相棒」「というか、ぼくはあなたの相棒じゃないよ」「そうか。ふむ。きょうはいい天気だね？　よかったら、外に出てボールで遊ばないか」「いい天気かというなら、はい。ボールで遊びたいかというなら、いいえ」「ほんとに？」「スポーツはグッとこないから」「何がグッとくるんだね？」「どういう答えを求めているの？」「どうして私に求めているものがあると思うんだね？」「どうしてぼくのことを大まぬけだと思うの？」「大まぬけとは思っていない。どんなまぬけとも思ってない」「ありがと」「きみがここにいるのはなぜだと思う、オスカー？」「ここにいるのは、ファイン先生、ぼくが人生でどうしようもない時期をすごしていて、それでママが困っているからです」「お母さんが困るから？」「というか、人生がどうしようもなくて」「どうしようもない時期をすごすというのは、どういう意味だろう？」「ぼくはいつだって感情的なんだ」「いまは感情的かい？」「いまはものすごく感情的」「どんな感情をいだいている？」「全部」「たとえば……」「いま感じているのは悲しさ、うれしさ、怒り、愛、やましさ、楽しさ、恥、それとユーモアを少し、というのはぼくの頭の一部はトゥースペーストがまえにやった愉快なことをおぼえてるからだけど、その話は教えられない」「ずいぶんたくさん感じているようだね」「あいつはフランス語クラブのバザーでぼくたちが売ったパン・オ・ショコラにチョコ味の下剤を入れたんだ」「それは笑える」「ぼくはあらゆることを感じてるよ」「きみの多感情性、それは日常生活に影響を与えているのかな？」「一応言っておくけど、いま先生が使ったような言葉はないと思うよ。多感情性というのは。でも言いたいことはわかるから、イエス。けっきょく、たいていひとりのときに泣いてばかりだし。学校に行くのはものすごくきついし。それに友だちのアパートだと眠れなくて、ママからはなれるとパニくるから。人とうまくつきあえない」「何が起こっていると思う？」「ぼくは感じすぎる。それが起こっていることだよ」「人が感じすぎるということはあるのかな？　間違った感じ方をしているのではなくて？」「ぼくの内と外が一致しないんだ」「人の内面と外面は一致するものかい？」「さあ。ぼくはぼくでしかないから」「ひょっとすると、それが人の個性というものかもしれない。内と外の違いがね」「でもぼくはもっとひどいんだ」「誰もが自分はもっとひどいと考えるんじゃないのかな」「たぶん。でもほんとにぼくはもっとひどいんだよ」

先生はいすに座りなおしてペンを机に置いた。「個人的な質問をしてもいいかな？」「ここは自由の国だよ」「陰嚢にちょろっと毛が生えてきたかい？」「いんのう」「陰嚢というのはペニスの根元にある袋で、そこに睾丸が入っている」「タマだね」「そのとおり」「グッとくる」「では、ちょっと考えてみてくれ。私は後ろを向いてもいい」「考えなくていいよ。陰嚢に毛なんかはえてないから」先生は紙に何かを書いた。「ファイン先生？」「ハワードだ」「きまりが悪くなったら言えと言いましたよね」「ああ」「きまりが悪いです」「すまない。ごく個人的な質問だったのはわかっている。ただ、訊いてみたのは、身体が変化すると感情面で劇的な変化を経験することがあるからでね。思ったんだが、きみが経験していることは、ひとつには身体の変化に原因があるんじゃないだろうか」「そうじゃないよ。パパがだれも発明できなかったくらい最悪の死に方をしたからだよ」

先生がぼくを見て、ぼくは先生を見た。先に目をそらすもんかとぼくはちかった。でもいつもみたいに、ぼくが先だった。

「ちょっとゲームをしようか?」「頭の体操?」「そういうわけじゃない」「頭の体操は好きだよ」「私もだ。でもこれは頭の体操ではない」「バマー」「私がある単語を言ったら、最初に思いついたことを話してほしいんだ。単語でもいいし、人の名前、あるいは音でもいい。なんだってかまわない。ここでは正しい答えも間違った答えもない。ルールもなしだ。やってみるかい?」ぼくは言った、「シュート」。先生は言った、「家族」。ぼくは言った、「家族」。先生は言った、「失敬。説明がまずかったようだ。私が単語を言うから、きみは最初に思いついたことを話してくれ」。ぼくは言った、「『家族』と言われて、家族のことを考えたんだよ」。先生は言った、「では、同じ単語は使わないようにしよう。オーケー?」「オーケー。じゃなくて、うん」「家族」「ヘビーペッティング」「ヘビーペッティング?」「男が女の人のVJを指でさすることだよ。合ってる?」「ああ、そのとおりだ。オーケー。間違った答えはないからね。では、安全はどうかな?」「それはどうかな?」「オーケー」「うん」「おへそ」「おへそ?」「おへそ」「おへそしか思いつかない」「がんばれ。おへそ」「おへそだなんて、何も思いつかないよ」「深く掘り下げるんだ」「ぼくのおへそを?」「きみの頭をだ、オスカー」「えーっと」「おへそ。おへそ」「おなかの肛門?」「よし」「悪し」「いや、いまのは『よし。よくできた』」「うまく（ウェル）できた」「井戸（ウェル）」「水」「喜ぶ」「ラフ、ラフ」「それは吠え声かい?」「それはそれ」「オーケー。いいぞ」「うん」「きたない」「おへそ」「不快」「ものすごく」「黄色」「黄色い人のおへその色」「どうだろう、ここでは単語ひとつにしておかないか、いいかい?」「ルールがないゲームにしては、たくさんルールがあるね」「痛い」「リアルっぽい」「キュウリ」「フォーマイカ」「フォーマイカ?」「キュウリ?」「家」「持ちものがあるところ」「緊急事態」「パパ」「きみのお父さんは緊急事態の原因かな、それともその解決?」「両方」「幸福」「幸福。あっ、ごめんなさい」「幸福」「わからないよ」「がんばれ。幸福」「知らない」「幸福。掘り下げるんだ」ぼくは肩をすくめた。「幸福、幸福」「ファイン先生?」「ハワードだ」「ハワード」「なんだい?」「きまり悪いです」

残りの四五分は話をしてすごしたけど、ぼくは先生に言いたいことがなかった。そこにいたくなかった。カギ穴を探さないなら、どこにもいたくなかった。ママが入ってくる時間が近くなると、ファイン先生はこれからの一週間がこれまでの一週間よりよくなるようプランを立てようと言った。先生は言った、「できそうなことをいくつか話してくれないか、心にとめておくことを。それで来週、うまくいったかどうか話し合おう」。「学校に行く努力をします」「いいぞ。じつにいい。ほかには」「わからないけど、あまり感情的になってものをこわさないようにするとか」「ほかには?」「ママにもっとやさしくする」「それで?」「もうじゅうぶんじゃない?」「十分だよ。十分以上だ。で、きかせてもらうが、いま話してくれたことをどうやって達成するつもりかな?」「感じたことを胸の奥にしまっておきます」「どういうことだろう、感じたことをしまうというのは?」「どれだけ感じても、外に出さない。どうしても泣きたくなったら、心の内で泣きます。血を出さずにいられなかったら、あざをつくる。心がいかれはじめても、ぜったいみんなには言わない。なんの助けにもならないから。みんなの人生がひどくなるだけだから」「でも、感じたことを奥深くにしまっていたら、きみは本当のきみではなくなるだろう?」「だから?」「最後にもうひとつ質問していいかな?」「いまのがその質問?」「お父さんが死んで何かしらよかったことはあるだろうか?」「パパが死んで何かしらよかったことはあるだろうか?」「そうだ。お父さんが死んで何かしらよかったことはあるだろうか?」ぼくはいすをけりたおして、先生の書類を床にばらまいて、わめいた、「ない! あるわけないだろ、くそ野郎!」

ぼくはそうしたかった。でもかわりにただ肩をすくめた。

ぼくは外に出てママにママの番だと伝えた。どうだったとママがきいた。ぼくは言った、「だいじょうぶ」。ママは言った、「わたしのバッグにあなたの雑誌が入ってるわ。ジュースのパックも」。ぼくは言った、「ありがと」。ママはかがんでぼくにキスをした。

ママがなかに入ると、ぼくは大急ぎで野外キットから聴診器を取り出し、ひざ立ちになってその先っぽについているものをドアにあてたのだけど、これはなんていうんだろう。バルブ？　パパなら知っていたかもしれない。よく聞こえなくて、ときどき、だれもしゃべっていないのか、それとも話していることが聞こえないだけなのかわからなくなった。

性急に期待しすぎで
わかります
　　　　　あなたに？
何が　　　　　　わたしを？
　　　　していますか？
わたしはどうでもいいんです。
あなたが感じるまで　　　　するのはオスカーには無理なこと

でもあの子が感じるまで　　　大丈夫だと感じる　　　です。
　　　わからない。　　　　　　　　　問題だ。
　　　　あなたを？
わたしには
　　　　　わからない？

　　　　　　　　　　何時間も説明します。
　　　　　始めてみようとしましたか？
まず　　　簡単に　　　幸福　　　では？
何がおかしいの？

　　　まえは　　誰か　　　　　質問されたら、イエスと言えたし、
それか　　　　けれど　　　　もう短い答えは信じられない。

もしかしたら　　　間違った答えかもしれない。あるいは　　単純な
ことがあると思い出す。

何が単純なの？
何本の指が　　　支えている？
そんなに単純じゃない

話したいのは　　　簡単じゃない。
　いままでに考えたことは

えっ？

　どう聞こえるか。　病院だって、そのやり方
いつも考えて　　安全な環境です。

家は安全な環境です。

いったい何様のつもり？

すみません。

あやまることはない。あなたは腹を立てている。

あなたじゃない　　腹を立てる

誰に腹を立てているのですか？

そばにいるのは子どもにいい　　同じプロセスをへることになる。

オスカーは　　ほかの子と違う。　　同じ年ごろの子とつきあう
ことも。

いいことでしょうか？
オスカーはオスカーで、誰も　　それは素晴らしい
こと。
心配なのは　　彼自身に。
こんな話をしてるなんて信じられない。
なんでも話すことで、　　話す理由はなかった
と気づく
彼本人にとって危険では？
気がかりです。　　兆候は児童

ぜったいありえません　　息子を入院させるなんて。

車での帰り道、ぼくらはだまりこくっていた。ぼくはラジオをつけて、「ヘイ・ジュード」がかかっている局を見つけた。その歌詞のとおり、ぼくも悪く考える（メイク・イット・バッド）のはいやだった。この悲しい歌を（テイク・ザ・サッド・ソング）、もっとましにしたい（アンド・メイク・イット・ベター）と思った。ただ、ぼくはそのやり方を知らなかった。

夕食のあと、ぼくは自分の部屋に行った。クローゼットから箱を出して、箱から箱を出して、ふくろと、未完成のスカーフと、電話を取り出した。

メッセージ4。午前九時四六分　パパだ。トーマス・シェル。トーマス・シェルだ。もしもし？　聞こえるか？　おまえがそこにいるのか？　出てくれ。頼む！　出てくれ。こっちはテーブルの下にいるんだ。もしもし？　すまない。濡れたナプキンが顔にかかってるんだ。もしもし？　いや。もうひとつのでやってくれ。もしもし？　すまない。みんな、おかしくなってきてる。ヘリコプターが旋回していて。これからみんなで屋上に上ると思う。何機か来るらしい。撤退というのか――わからない、そっちのでやってくれ――屋上から撤退するという話で、だったら話はわかる。ヘリコプターならそばまで近づける。話はわかる。頼むから、出てくれ。わからない。ああ、そっちだ。おまえがいるのか？　そっちのでやってくれ。


なぜパパはさよならを言わなかったんだろう？

ぼくは体にあざをつくった。

なぜパパは「愛してる」と言わなかった？

水曜日はつまらなかった。

木曜日はつまらなかった。

金曜日もつまらなかったけど、金曜日ということは、ほとんど土曜日で、ということはそれだけカギ穴に近づいていて、ということは幸福だった。

私がおまえのところにいないわけ

七八年十二月四日

わが子へ。私がこれを書いているのはおまえのお母さんの父親の納屋が建っていたところだ、その納屋はもうここになく、じゅうたんがなければ床もなく、窓もなければ壁もない、すべてが取って代わられている。ここはいま図書館だ、それを聞いたらおまえのおじいさんは喜んだろう、まるでおじいさんの埋めた本が種となって、一冊につき百冊が生まれたかのようだ。私は長いテーブルの端に座り、百科事典に囲まれている、たまに一巻取り出して他人の人生について読む、王様、女優、暗殺者、判事、人類学者、テニスチャンピオン、財界の巨頭、政治家、私から手紙が届かないからといって、私が一通も書いていないと思わないでほしい。あの夜私に何があったかを話せたら、あの夜を吹っ切ることができる、もしかしたらおまえのもとに帰ることができるのではないかと考えることもあるが、あの夜には始まりも終わりもなく、私が生まれるまえから始まっていて、いまもつづいている。私はドレスデンで書いていて、おまえのお母さんは「なし」の客間で書いている、もしくは私はそう思う、そう願う、ときどき手がひりひりしだして、私はふたりで同じ言葉を同じ瞬間に書いているのだと確信する。おまえのお母さんが人生の物語を書くのに使ったタイプライターはアンナから私がもらったものだ。アンナからもらったのは爆撃のほんの二、三週間まえだった、礼を言うと彼女はこう言った、「どうしてお礼を言うの？　これはわたしへの贈り物よ」。「きみへの贈り物？」「あなたは一度も手紙を書いてくれない」「でも一緒にいる」「だから？」「手紙は一緒にいられない人に書くんだよ」「あなたはわたしを彫ってくれない、でも手紙を書くことはできるはずよ」それは愛することにまつわる悲劇だ、人は失って寂しく思うもの以上に何かを愛せない。私は彼女に言った、「きみだって一度も手紙を書いてくれない」。彼女は言った、「あなたはタイプライターだってくれたことがない」。私は私たちの将来の家を発明しはじめた、夜通しタイプを打って次の日それを彼女に渡すつもりだった。私は何十もの家を想像した、魔術的なものもあれば（時間が静止した街にある止まった時計の時計塔）、世俗的なものもあり（バラ園があってクジャクがいる田舎のブルゴワの地所）、どれもが可能で完璧に感じられた、おまえのお母さんはそうした家を見たことがあるだろうか。「愛しいアンナ、世界一高い梯子のてっぺんに建てた家に住もう」「愛しいアンナ、トルコの丘陵の洞穴に住もう」「愛しいアンナ、壁がない家に住めば、どこへ行こうとそこがぼくたちの家になる」私がやろうとしたのはもっともっとよい家を発明することではなく、家は重要じゃない、どんな家にも、どんな街にも、どんな国にも住めるし、幸せになれる、言ってみれば、世界とは私たちが住む場所だ、と伝えることだった。すべてを失うまえの夜、私は最後の将来の家をタイプで打った。「愛しいアンナ、ぼくたちはアルプスを登るひとつづきの家々に住み、ひとつの家で二度は眠らないことにしよう。毎朝、食事が終わったら、そりに乗って次の家に下ろう。そしてその玄関を開けると、まえの家は取り壊され、新しい家に建て直される。いちばん下まで来たらリフトで頂上に移動し、始めからやり直しだ」次の日、私はそれを彼女のところに届けにいった、おまえのお母さんたち家に行く途中、物音が納屋から、いまこの手紙を書いている場所から聞こえた、きっとシモン・ゴルトベルクだろうと私は思った。アンナの父親が彼を匿っているのは知っていた、アンナと忍び足で野原に入っていった夜にふたりがそこで話しているのを聞いたことが何度かあった、彼らはいつもひそひそ声だった、物干し綱に炭よごれた彼のシャツがかかっているのを見たことがあった。私は来たことを知られたくなかったので、そっと本を一冊、壁から抜き取った。アンナの父親、おまえのおじいさんは椅子に座って顔を両手で覆っていた、彼は私の英雄だった。そのときのことを思い返すとき、私はけっして彼が両手で顔を覆っているのは見ない、そんな彼を見ることは許されない、私が見るのは自分の手に持った本、挿絵入り版のオウィディウスの「変身」だった。私は以前、アメリカでその版を探していた、それが見つかれば、あの小屋の壁に本を戻し、私の英雄が両手で顔を覆う姿を追い払い、私の人生と歴史をその瞬間で止められるとばかりに、その本についてニューヨークのあらゆる書店に問い合わせたが、見つけることはできなかった、光が壁の穴から部屋に差しこみ、おまえのおじいさんが頭を上げた、彼が棚に寄ってきて、「変身」の抜けた穴を通して目が合った、どうかしましたかと私は訊いた、彼は何も言わなかった、私に見えたのは彼の顔のごく一部、彼の顔でできた本の背だった、顔を見合わせているうちに、すべてが燃えあがりそうな気がした、これこそわが生涯の沈黙だった。私はアンナが自分の部屋にいるのを見つけた、「やあ」。「まあ」「いまきみのお父さんに会った」「納屋で?」「困っているみたいだね」「お父さんはもう関わるのはごめんなのよ」私は彼女に言った、「もうじき何もかも終わる」。「どうしてわかるの?」「みんな、そう言ってる」「みんな、間違ってばかりなのに」「じきに終わって、生活は元どおりになるさ」彼女は言った、「子どもみたいなこと言わないで」。「顔を背けないでくれ」彼女は私を見ようとしなかった。私は尋ねた、「何があったんだ?」それまで彼女が泣くのを見たことはなかった。私は言った、「泣かないで」。彼女が言った、「さわらないで」。わたしは訊いた、「どうしたんだい?」「おねがいだから、しゃべらないで!」私たちは黙って彼女のベッドに座っていた。沈黙が手のように私たちを押しつけた。私は言った、「なんにしろ──」。彼女が言った、「妊娠したの」。そこでどんな言葉を交わしたかは書けない。帰りがけに、彼女は言った、「もっとうちょうてんになって」。なっているとも、もちろんなっていると私は告げ、彼女にキスをした、彼女のおなかにキスをした、それが彼女に会った最後だった。その夜九時三十分、空襲警報が鳴った、誰もが防空壕に行ったが、急ぐ者はいなかった、私たちは警報に慣れこになっていた、どうせ誤報だと決めつけた、ドレスデンを爆撃する理由などあるだろうか？　私たちの通りの人たちは家の明かりを消してぞろぞろと防空壕に入っていった、私は階段の上で待った、アンナのことを考えていた。あたりはしんと静まり、暗くて自分の手も見えなかった。百機の飛行機が上空に飛んできた、どっしりと重い飛行機が、海を進む百頭のクジラのように夜を突き進み、群れをなす赤い照明弾を投下して、次の展開に備えて暗闇を照らし出した、私はひとり通りにいた、赤い照明弾が何千発もまわりに落ちてきた、なにか想像もつかないことが起ころうとしているのがわかった、私はアンナのことを思っていた、有頂天だった。私は一度に四段を駆けおりた、みんなが私の顔つきを見た、私が何か言うまえに――何が言えただろう？――すさまじい音が、急激に近づく爆発が、拍手喝采して駆け寄る観衆のように迫り、私たちにのしかかった、私たちは壕の隅に投げ飛ばされ、地下壕は炎と煙が充満した、さらに強烈な爆発、壁が床からもちあがって切り離されたつかの間、光の洪水がなだれこんだかと思うとドンッと着地した、オレンジと青の爆発、紫と白、あとで読んだところでは、最初の爆撃は三十分もつづかなかったそうだが、私には何日にも何週間にも、世界が終わろうとするようにも感じられた、爆撃は始まってときと同じくあっさりと止まった、「大丈夫か？」「大丈夫か？」「大丈夫か？」私たちは黄色と灰色の混じった煙であふれる地下壕から逃げ出た、見覚えのあるものはひとつもなかった、つい三十分前、私は家の前の階段の上にいたのに、もうその階段も家も通りもなくなり、どこを向いても火があるばかり、私たちの家で残っていたのは、頑固に玄関のドアを支えるファカードの一部だけだった、火のついた馬が一頭、疾走していった、燃える車に燃える避難人たちが乗っていた、悲鳴が飛び交っていた、アンナを探しにいかなくてはと私は両親に話した、母はここに残りなさいと告げた、私はあとで玄関で落ち合おうと言った、残ってくれと父が訴えた、ドアノブをつかむと手の皮膚がはがれた、手のひらの肉を見ると、赤く脈打っていた、なぜ私はもう片方の手でもつかんだのだろう？　父が私に怒鳴った、父が私に怒鳴るのは初めてだった、何を怒鳴ったのかは書けない、私はあとで玄関で落ち合おうと両親に告げた、父は私の顔を殴った、父が私を殴るのは初めてだった、両親を見たのはそれが最後だった。アンナの家に向かう途中で二回目の空襲が始まった、私はいちばん近い地下壕に飛びこんだ、そこが直撃された、ピンクの煙と金色の炎に包まれたため、私はとなりの地下壕に逃げこんだ、その地下壕にも引火した、私は地下壕から地下壕へと、まえの地下壕が破壊されるたびに逃げつづけた、木立から燃えるサルが悲鳴をあげ、翼に火のついた鳥が電話線からさえずり、必死の声が電話線を伝わっていった、またひとつ防空壕を見つけた、壁までぎゅうづめだった、茶色の煙が天井から手のように押さえつけてきた、どんどん息苦しくなり、私の肺がその部屋を口から吸いこもうとしていた、銀色の爆発があり、私たちはいっせいに地下壕から出ようとした、死んだ人と死にかけた人は踏みつけられ、私はひとりの老人の上を歩いた、子どもたちの上を歩いた、誰もが誰もを失い、爆弾は滝さながらだった、私は街を地下壕から地下壕へと走り抜け、恐ろしい光景を、いくつもの足と首を目の当たりにした、金髪と緑色の服に火のついた女性が物言わぬ赤ん坊を抱えて走っているのを見た、人間が溶けてどろどろした水たまりになり、場所によっては深さ三、四フィートになっているのを見た、残り火のようにパチパチと音をたて、笑い声をあげる死体や、燃えさかる炎を逃れようと湖や池に頭から飛びこんだ群集の遺体を見た、水中にある部分は無傷のままなのに、水面上に突き出した部分は黒こげで見る影もなかった、爆弾は落ちつづけた、紫、オレンジ、白、私は走りつづけ、私の両手からは血が出つづけていた、建物が次々に倒れる音にまじって、あの赤ん坊の無言の叫び声が聞こえた。動物園に差しかかった、檻が破られていた、そこらじゅう生き物だらけだった、もうろうとした

動物たちが痛みと混乱のなかで鳴いていた、飼育係のひとりが助けを求めていた、たくましい男だったが、両目がやけどで閉じたままだった、私は彼に腕をつかまれて、銃の撃ち方は知っているかと訊かれた、人を見つけなくてはならないと伝えたが、彼はライフルをよこして言った、「肉食獣を見つけてくれ」、射撃は苦手だと私は伝えた、どれが肉食獣で、どれがそうでないかわからないと伝えた、彼は言った、「全部撃て」、何頭の動物を殺したのか私にはわからない、象を一頭殺した、それは檻から二十ヤード先に投げ出されていた、私はライフルを後頭部に押しあてると、引き金を握りしめながら思った、この動物を殺す必要があるのだろうか？　倒れた木の切り株に腰かけ、毛をかきむしりながら破壊の跡を見渡していた一頭の類人猿を殺した、ライオンは二頭殺した、彼らは寄り添うように西を向いて立っていた、彼らは血縁だったのか、友だちか、つがいだったのか、ライオンは愛せるのだろうか？　巨大な死んだクマの上にのぼろうとしていた子グマを殺した、あれは親グマにのぼっていたのだろうか？　一頭のラクダを十二発の銃弾で殺した、肉食獣とは思えなかったが、私は全部を殺していた、全部殺さなければならなかった、一頭のサイが苦しみから逃れるつもりか、みずから苦しもうというのか、頭を何度も何度も岩にぶつけていた、私はサイを狙って発砲した、サイは頭をぶつけつづけた、もう一発撃った、サイはさらに激しくぶつけた、私はサイに歩み寄り、目と目のあいだに銃をあてて殺した、シマウマを一頭殺した、キリンを一頭殺し、アシカのプールの水を赤く染めると、一頭の類人猿が近づいてきた、さっき私が撃ったサルだった、殺したものと思っていたが、それはゆっくりとこちらへ、手で耳を覆いながら歩いてきた、私に何を求めているのだろう、私は叫んだ、「何が欲しいんだ？」　私はもう一度、心臓があるあたりを撃った、サルが私を見た、その目にはたしかに、何かを理解していることが見て取れた、だが許す心は見えなかった、私はハゲワシたちも狙ってみたが、射撃の腕が足りなかった、あとでハゲワシたちが人間の死体をついばんでいるのを見て、何もかも自分のせいだと考えた。二度目の爆撃は始まってときと同じく突然、いっせいにやみ、焼けた髪に、黒い腕と黒い指をした私は、もうろうとしてロシュヴィッツ橋のたもとまで歩いた、黒い手を黒い水に浸し、水に映った自分を見た、恐ろしい姿だった、血でごわごわになった髪、裂けて出血したくちびる、そして赤く脈打つ両の手のひらは、これを書いている三十五年後のいまでも、私の腕の先にあってしかるべきものには見えない。私はよろめいたのをおぼえている、あるひとつの考えが頭に浮かんだのをおぼえている。**考えつづけろ**。考えているかぎり、生きていられる。だが、いつしか私は考えることをやめていた、次におぼえているのは、ひどく寒いと感じたことだ、気づくと私は地面に横たわっていて、しっかりと痛みを感じ、それで自分は死んでいないとわかった、私は脚と腕を動かしはじめた、その動きが、街じゅうに配置されて、生存者を探していた兵士のひとりの目にとまったに違いない、あとで知ったのだが、橋のたもとからは二百二十体以上が運び出され、うち四人が息を吹き返したのだという、私はそのひとりだった。私たちはトラックに積まれてドレスデンから連れ出された、トラックの側面を覆ったはためく粗布からのぞき見ると、建物が燃え、木々も、アスファルトも燃えていた、身動きが取れなくなった人たちが見え、声が聞こえた、生きた松明（たいまつ）のように解けるまで燃えている通りに立ち、応えることなど不可能な助けを求めて叫ぶ彼らのにおいがした、大気そのものが燃えていた、トラックは何度も遠回りして混乱を避けなくてはならなかった、飛行機の部隊がもう一度襲いかかってきた、私たちはトラックから引きずりおろされ、車体の下に押しこまれた、飛行機が急降下した、さらなる機関銃、さらなる爆弾、黄、赤、緑、青、茶、私はまた意識を失った、目を覚ますと白い病院用ベッドのなかにいた、腕も脚も動かなかった、ついになくしてしまったのかと思ったが、自分で見る気力を呼び起こせなかった、何時間か、何日かがすぎた、とうとう下を見たとき、ベッドに縛りつけられているのだとわかった、ナースが私の横に立っていた、私は尋ねた、「なぜ僕にこんなことをするんだ?」彼女は私が自分を傷つけようとしていたと話してくれた、私は放してくれと頼んだ、彼女はできないと言った、私が自分を傷つけるとからと、私は放してくれと頼みこみ、自分を傷つけたりしないと言い、約束した、彼女はごめんなさいと言って私に手を触れた、医者たちが私に手術をした、私に注射をして体に包帯を巻いたのは彼らだったが、私の命が救われたのは彼女が手を触れてくれたからだった。解放されたあと、私は何日も何週間もかけて両親を、アンナを、おまえを探した。あらゆる建物の瓦礫のなかであらゆる人があらゆる人を探していたが、人探しはすべて無駄に終わった、私たちの古い家は見つかった、ドアはまだ頑固に立っていた、身の回りのものが少し残っていた、タイプライターは残っていた、私はそれを赤ん坊のように両腕に抱えた、避難するまえに私は自分が生きていることと、オーシャッツの難民収容所の住所をドアに書いた、手紙を待ったが、一通も届くことはなかった。数多くの遺体があり、その遺体の多くは損なわれていたため死亡者のリストがつくられることはなかった、残された何万人もの人が希望に苦しむことになった。ロシュヴィッツ橋のたもとで死にそうだと思ったとき、私の頭にはひとつの考えがあった。**考えつづけろ**。考えることで生きていられたのかもしれない。だが、いま私は生きていて、考えることは私を殺しかけている。私は考えに考えて考える。あの夜のことを考えるのをやめられない、群れをなす赤い照明弾、黒い水のような空、すべてを失うまえのほんの数時間私はすべてを手にしていたこと。おまえの伯母さんは私に妊娠していると言っていた、私は有頂天だった、話を信じずにいる分別があればよかったのだが百年の喜びも一瞬で消去されてしまう、私は彼女のおなかにキスをしたが、キスをする相手はまだそこにいなかった、私は彼女に言った、「僕たちの赤ちゃんを愛している」。すると彼女は笑いだした、そんなふうに笑うのを聞いたのは、おたがいの家に行く途中でばったり会った日以来だった、彼女は言った、「あなたが愛しているのは、ひとつの思いよ」。私は彼女に言った、「僕たちの思いを愛しているんだ」。それが肝心だった、私たちはともにひとつの思いをいだいていたのだ。彼女が尋ねた、「怖いの?」「怖いって何が?」彼女は言った、「生は死よりも恐ろしいわ」。私はポケットから将来の家を取り出して彼女に渡した、彼女にキスをした、彼女のおなかにキスをした、それが彼女を見た最後だった。小道の端まで来たとき、彼女の父親の声が聞こえた。彼は納屋から出てきた。「忘れるところだった!」と私に声をかけた。「きみ宛ての手紙がある。きのう届いたんだ。忘れるところだった」彼は家のなかに駆けこみ、封筒を手に戻ってきた。「忘れるところだった」と彼は言った、目が赤かった、指の関節は白かった、あとで知ったのだが、彼はあの空襲を生き延びたが、そのあと自殺したそうだ。お母さんは話してくれたか? 彼女は知っているのだろうか? 彼は手紙を渡してくれた。シモン・ゴルトベルクからだった。投函されたのはオランダのヴェステルボルク通過収容所からで、そこは私たちの地域のユダヤ人が送られた場所であり、そこから彼らは労働か死のいずれかに向かっていった。「トーマス・シェル殿、短い時間だったが、お会いできてよかった。理由を説明するまでもないが、きみには強い印象を受けた。おたがいの進む道がどれだけ長く曲がりくねっていようと、ふたたび交わることを願ってやまない。その日が来るまで、この困難な時代にきみの幸運を祈っている。敬具、シモン・ゴルトベルク」私は手紙を封筒に戻しさっきまで将来の家があったポケットに封筒を入れた、立ち去ろうとするとおまえのおじいさんの声が聞こえた、彼はまだ戸口にいた、「忘れるところだった」。ブロードウェイのパン屋でおまえのお母さんに見つかったとき、何もかも私は話したかった、ひょっとして、あのとき話せたら、私たちは別の生き方ができていたのかもしれないし、ひょっとして、私はいまここではなく、おまえと一緒にいられたのかもしれない。ひょっとして、「赤ん坊を失った」と言っていたら、「愛するものを失うのが怖いから、何も愛さない」と言ったなら、ひょっとして、それが不可能を可能にしたのかもしれない。ひょっとしたら、だが私にはできなかった、私は自分の内にあまりに多くをあまりに深くしまっていた。だからそこではなく、ここにいる。この図書館に座り、私の人生から何千マイルも離れ、どんなに努力し、どんなに願っても送ることはできないと承知しながらまた手紙を書いている。どうしてあの納屋の裏で愛を交わしたあの少年はこのテーブルについてこの手紙を書くこんな男になってしまったのだろう?

愛している、
父

第六行政区

「昔むかし、ニューヨーク市には六つめの行政区があった」「ぎょうせいくって何?」「それを話の腰を折るというんだよ」「わかってるけど、ぎょうせいくが何かわからないと意味が通らないよ」「地域みたいなものさ。もしくは地域の集まり」「じゃあ、むかしは六つめの行政区があったんだとすると、五つの行政区って何?」「マンハッタンは当然として、あとはブルックリン、クィーンズ、スタテンアイランド、ブロンクス」「ぼくはどれかほかの行政区に行ったことある?」「始めるぞ」「知りたいんだよ」「ブロンクス動物園に一度、二、三年まえに行った。おぼえてるだろ?」「ううん」「ブルックリンにも植物園のバラを見にいった」「クィーンズに行ったことは?」「ないと思う」「スタテンアイランドに行ったことは?」「ない」「六つめの行政区は**ほんとうに**あったの?」「それを話そうとしているんだ」「もう話の腰は折らないよ。約束する」

「よし、その区についておまえが歴史の本で読むことはないだろう。なぜなら何ひとつとして——セントラルパークにある状況証拠を別にすると——その区があったことを証明するものはないからだ。そのせいでこれはなかったものとして片づけられやすい。ただ、ほとんどの人は、第六行政区があったと信じる暇も理由もない以上、第六行政区の存在など信じないと言うが、彼らにしてもいまだに『信じる』という言葉を使わざるをえずにいる。

六つめの行政区は島でもあって、マンハッタンとは細い水域で隔てられていたが、そのいちばん狭い横断箇所はたまたま走り幅跳びの世界記録と同じだったので、地球上でひとりの人だけがマンハッタンから第六行政区に濡れずに行くことができた。年一度のその跳躍の際には、盛大なパーティが開かれた。ベーグルが島から島へと特製スパゲッティに通して並べられ、サモサのボウリングでバゲットのピンが倒され、ギリシャサラダが紙吹雪のように投げられた。ニューヨークの子どもたちはホタルをガラス瓶に捕まえ、それをふたつの行政区のあいだに浮かべた。ホタルはゆっくりと窒息して――」「ちっそくして？」「息ができなくなって」「ふたに穴を開ければよかったんじゃない？」「命ある最期の数分間にめまぐるしく光を点滅させる。タイミングがうまく合うと、ジャンパーが渡る瞬間に川がきらめいた」「**クール**」

「いよいよその時がやってくると、幅跳びのジャンパーはイーストリヴァーから助走を始める。マンハッタンの端から端まで走るあいだ、ニューヨーク市民は沿道から、アパートやオフィスの窓から、木の枝の上から声援を送った。二番街、三番街、レキシントン、パーク、マディソン、五番街、コロンバス、アムステルダム、ブロードウェイ、七番、八番、九番、十番……そして彼が跳びあがると、ニューヨーク市民はマンハッタンと第六行政区の両岸から応援した。ジャンパーを励まし、おたがいを励ました。ジャンパーが空中にいる数秒間、ニューヨーク市民は誰もが飛べると感じたのだった。

あるいは『浮遊できる』と言ったほうがいいかもしれない。その跳躍が人々をわくわくさせるのはジャンパーがひとつの行政区から別の行政区へ移ることではなく、ふたつのあいだに長くとどまっていることだったからだ」

「そうだね」

「ある年――もう何年もまえのこと――ジャンパーの足の親指の先っぽが川の水面をかすめて、さざ波を立てた。

人々は息をのみ、波は第六行政区からマンハッタンへと戻って、ホタルの瓶と瓶を風鈴のようにぶつけ合った。

『踏み切りがまずかったな！』マンハッタンの議員が川の向こうから叫んだ。

ジャンパーは恥じているというより、うろたえて首を振った。

『風を顔に受けたのだろう』と第六行政区の議員が水を向け、ジャンパーの足をふくタオルを差し出した。

ジャンパーは首を振った。

『お昼に食べすぎたんじゃないかな』ある見物人が別の人に言った。

『それとも全盛期をすぎたのか』子どもたちを連れて跳躍を眺めにきていたまた別の見物人が言った。

『きっと心がこもっていなかったのさ』と言う者もいた。『本気でやらなきゃ、あんなに遠くまでジャンプできっこない』

『いいや』ジャンパーはすべての憶測に対して言った。『どれも当たっていない。ジャンプはうまくできた』

そこで天からの啓示が――」「けいじ？」「悟りだ」「あっ、ふうん」「その啓示が足の親指が立てたさざ波のように見物人たちのあいだを伝わっていき、ニューヨーク市長が声に出して言ったときには、誰もがため息まじりにうなずいた。『第六行政区は動いている』」「**動いている！**」

「一ミリずつじりじりと、第六行政区はニューヨークから遠ざかっていた。ある年にはジャンパーの足全体が、数年後にはむこうずねが濡れ、さらに何年もあと――長い年月がたって何の心配事もなく祝うのがどんなふうだったか誰も思い出せなくなったころ――には両腕を伸ばしきって第六行政区にしがみつかなくてはならず、ついには指一本さわることもできなくなった。マンハッタンと第六行政区をつなぐ八つの橋はぴんと引っぱられ、やがてひとつまたひとつと、水中に崩れ落ちていった。トンネルも引き伸ばされて細くなり、まったく何も通行できなくなった。

電話回線も電線もぶちっと切れて、第六行政区に住む人たちはほとんど子どものおもちゃに似た旧式のテクノロジーに後戻りせざるをえなくなった。彼らは虫メガネを使って持ち帰りの料理を温め直し、大事な書類は紙飛行機にして建物から建物に飛ばし、ガラス瓶に入れたホタルは、跳躍の祭りではただの飾りとして使われていたのが、いまやどの家のどの部屋でも見られるようになり、人工の明かりに取って代わった。

ピサの斜塔を……あれはどこにあるんだった?」「**イタリア!**」「正解。あの斜塔を手がけたのと同じ技師たちが状況を見極めるために連れてこられた。

『島は行きたがっているのです』と技師たちは言った。

『ふむ、それはどういうことだろうか?』ニューヨーク市長が尋ねた。

すると彼らは答えた。『なんとも言いようがありません』

もちろん彼らは第六行政区を救おうとした。ただ、『救う』というのは適切な言葉じゃないかもしれない、区は行きたがっているように見えたからだ。ひょっとしたら『引き止める』が適切な言葉かもしれない。鎖が両方の島の岸につながれたが、すぐに輪が切れた。第六行政区の周囲にコンクリートの杭が打ちこまれたが、それも失敗に終わった。引き具も失敗し、磁石も失敗し、祈りさえも失敗した。

糸と缶でつくった電話を島から島へ張り渡していた若い友だちどうしは、凧を高くあげるかのように、どんどん糸をくり出さなくてはならなかった。

『ほとんど聞こえなくなってきたわ』マンハッタンの寝室にいる女の子が、友だちの窓を見つけようと父親の双眼鏡をのぞいて言った。

『いざとなったら叫ぶよ』友だちの男の子はこのまえの誕生日にもらった望遠鏡を彼女のアパートに向けながら、第六行政区の寝室から言った。

ふたりのあいだの糸はうそみたいに長くなり、あまりの長さに、ほかのひもをいくつもつないで延長しなくてはならなかった。男の子のヨーヨーのひも、女の子のおしゃべり人形についていたひも、男の子の父親の日記を閉じていたより糸、女の子のおばあさんの真珠を首に巻いて床に落ちないようにしていたワックスひも、ぼろの山からつくった男の子の大おじさんの子どものころのキルトを模様縫いしていた糸。ふたりのやり取りには、必ずヨーヨー、人形、日記、ネックレス、キルトが含まれていた。話したいことはどんどん増えて、糸はどんどん足りなくなっていった。

少年は少女に『愛している』と缶に向かって言うように頼んだ。くわしい説明はなしだった。するとと彼女は何も訊かず、『ばかみたい』とも『まだ愛だなんて言う歳じゃない』とも言わず、頼まれたから『愛している』って言うわとほのめかしたりもしなかった。代わりに彼女は言った、『愛している』。その言葉はヨーヨー、人形、日記、ネックレス、キルト、物干し綱、誕生日プレゼント、ハープ、ティーバッグ、テニスラケット、そして少年がいつか少女の身体からはぎ取るはずだったスカートのすそを伝わっていった」「**グロい！**」「少年は缶にふたをし、糸からはずすと、少女からもらった愛をクローゼットの棚に置いた。もちろん、少年はその缶を開けることができなかった、開ければ中身を失うからだ。そこにあると知っているだけで十分だった。

少年の一家のように、第六行政区を離れようとしない人たちがいた。なかには、『なぜこっちが出ていくんだ？動いているのはよその世界のほうだ。われわれの区はじっとしている。向こうがマンハッタンを出ればいい』と言う人もいた。そういう人が間違っているとどうして証明できるだろう？　そんなこと、誰がしたいと思うだろう?」「ぼくはしたくないな」「私もだ。ただ、ほとんどの第六行政区民には、明白な事実を認めずにいる理由などなかったし、根っこに頑固さや主義、勇気があったわけでもない。彼らは離れたくなかっただけだ。自分の生活が気に入っていて、変えたくなかった。だから彼らは一ミリまた一ミリと、遠くへ漂っていった。

そんなこんなで話はセントラルパークにたどり着く。セントラルパークは昔からいまの場所にあったわけではない」「お話のなかではってことだよね?」

「昔は第六行政区のちょうど真ん中にあった。それは区民の喜びの場、区の中心だった。でも第六行政区が遠ざかる一方で、救うことも引き止めることもできないのがはっきりすると、ニューヨーク市はレファレンダムで公園を救出することを決定した」「れふぁれんだむ?」「投票だよ」「それで?」「それで反対する者はいなかった。第六行政区民でいちばん頑固な人たちも何をすべきかわかっていた。

特大のフックが東の端の地面に打ちこまれ、公園はニューヨークの人たちによって、床の敷物のように第六行政区からマンハッタンへと引っぱられた。

移動中、子どもたちは公園に寝ころがることを許された。これは歩み寄りと考えられていたが、なぜ歩み寄りが必要だったのか、しかもなぜその歩み寄りの相手が子どもたちだったのか、知る者はいなかった。その夜、史上最大の花火が市の上空を照らし、ニューヨークフィルハーモニックが心をこめて演奏した。

ニューヨークの子どもたちは、まるでこのときのために公園が設計されたかのように、あお向けになって公園じゅうをぎっしりと埋め尽くした。舞い散る花火は地面すれすれで空中に消え、子どもたちは一ミリずつ、刻一刻と、マンハッタンへ、そして大人へと引っぱられていった。公園がいまある安息の地を見つけたころには、子どもたちはひとり残らず眠っていて、公園は彼らの夢のモザイクとなっていた。大声をあげる子もいれば、寝ぼけてにやにやする子もいたし、まったく動かない子もいた」

「パパ?」「うん?」「六つめの行政区なんかなかったのは知ってるよ。その、客観的にね」「おまえは楽観主義者かい、悲観主義者かい?」「おぼえてない。どっちだっけ?」「このふたつの言葉の意味は知ってるのかな?」「いや、あんまり」「楽観主義者は前向きで希望をもっている。悲観主義者は後ろ向きで世をすねている」「ぼくは楽観主義者だ」「そうか、よかった。というのは、動かぬ証拠はないからだ。納得したくない人を納得させられるものはない。でも、信じたい人のよりどころになる手がかりはたっぷりある」「たとえば何?」「たとえばセントラルパーク特有の化石。たとえば貯水池のちぐはぐなpH。たとえば動物園の一部の水槽の配置、これは公園を区から区へ引っぱった巨大なフックがあけた穴に対応している」「ホゼ」

「メリーゴーラウンドの入り口の真東、二四歩行ったところに一本の木があって、その幹にふたつの名前が彫ってある。電話帳にも国勢調査にも彼らの記録はない。病院や税金、投票関連のあらゆる書類にも見当たらない。彼らが存在したという証拠は、その木に刻まれた宣言以外にない。ここでひとつ、おまえがグッときそうな事実を教えよう。セントラルパークのなかの木に彫られた名前のうち、起源が不明なものは五パーセントもある」「それはグッとくるね」

「第六行政区の文書はすべて第六行政区と一緒に漂流していったから、そういう名前が第六行政区の住民のもので、それが彫られた当時、セントラルパークがあったのはマンハッタンではなく、第六行政区だったと証明するのはぜったい無理だろう。なかには、それはうその名前だと信じたり、さらに疑い深くなって、そんな愛のしるしも、うそのしるしだと信じたりする人もいる。もっと別のことを信じている人もいる」「パパが信じているのは?」

「そうだな、誰だって、それこそ悲観論者中の悲観論者だって、セントラルパークに二、三分もいたら、自分は現在だけでなく、ほかの時間をも生きていると感じないではいられない、違うかい?」「だよね」「もしかしたら、私たちはすでに失ったものを恋しく思っているだけかもしれないし、欲しいものがやってくることを望んでいるだけかもしれない。それとも、これは公園を移動したあの夜の夢のなごりなのか。もしかしたら、私たちはあの子どもたちが失ったものを恋しく思い、彼らが望んだものを望んでいるのかもしれない」

「それで第六行政区は?」「というと?」「どうなったの?」「ふむ、真ん中の、セントラルパークがあった場所に巨大な穴がある。島は地球をめぐっているから、ちょうど額縁みたいに、下の様子が見える」「いまはどこにあるの?」「南極だ」「ほんとに?」

「歩道は氷に覆われ、公立図書館のステンドグラスは雪の重みに耐えている。凍った地元の公園には凍った噴水があって、凍った子どもたちがブランコの振りきれたてっぺんで凍っていて——空中で凍ったロープに支えられている。貸し馬は——」「何、それ?」「公園で馬車を引く馬だよ」「非人道的だね」「その馬は早足の途中で凍っている。蚤の市の商人は値切りの交渉の途中で凍っている。中年の女性たちは人生のなかばで凍っている。凍った判事の小づちは有罪と無罪のあいだで凍っている。地面には赤ん坊たちの凍った最初の息と、死んでいく人たちの最期の息の結晶がある。そして閉じたまま凍りついたクローゼットのなか、凍った棚には、声をおさめた缶がひとつ」

「パパ?」「なんだい?」「話の腰を折るわけじゃないけど、終わった?」「おしまいだ」「いまの話、ほんとにすごかったよ」「そう思ってもらえてうれしいよ」「**すっごいよ**」

「パパ?」「なんだい?」「ちょっと思ったんだ。ぼくがセントラルパークで掘り出したもののなかに、実際に第六行政区から来たものってあるのかな?」

パパは肩をすくめた、それがぼくは大好きだった。

「パパ?」「なんだい、相棒?」「なんでもない」

わたしの気持ち

あのことが起きたときわたしは客間にいました。　テレビを見ながらあなたに白いスカーフを編んでいた。　ニュースが映っていた。　時間はわたしが乗りたかった列車から振られる手のようにすぎていった。　あなたは学校に行ったばかりで、わたしはもうあなたのことを待っていた。　わたしがあなたのことを思うほど、あなたが何かを思わないといいのだけれど。

行方不明の娘さんのお父さんがインタビューを受けていたのをおぼえている。

その男の人のまゆ毛をおぼえている。　悲しいくらいきれいにひげを剃った顔をおぼえている。

あなたはいまでもお嬢さんが生きて見つかると信じているのですか？

信じています。

ときどきわたしはテレビを見ていた。

ときどきあなたのスカーフを編む手を見ていた。

ときどき窓からあなたの窓を。

この事件で新たな手がかりはあるのでしょうか？

わたしの知るかぎりでは、ありません。

でもあなたは信じつづける。

ええ。

あきらめるには何が必要ですか？

どうしてこの人を苦しめなきゃならないの？

彼はおでこをさわって言いました、遺体が必要でしょう。

質問をしていた女の人が耳に手を触れました。

彼女は言いました、失礼。　少々お待ちを。

彼女は言いました、ニューヨークで何かあったようです。

行方不明の娘さんのお父さんは胸に手をあててカメラの向こうを見ました。　奥さんを？　彼の知らないだれかを？　見たかった何かを？

おかしいと思われるかもしれないけれど、燃えているビルが映されたときわたしは何も感じませんでした。　驚くことさえなかった。　わたしはあなたのために編みつづけ、行方不明の娘さんのお父さんのことを考えつづけていた。　彼は信じつづけていたのです。

煙がビルの穴から出つづけていた。

黒い煙。

子どものころのいちばんひどかった嵐をおぼえています。　父の棚から本が引っぱり出されるのが窓から見えました。　本は飛んでいました。　人間のだれより年取った木がわたしたちの家から吹き飛ばされました。　でもその逆になっていたとしてもおかしくなかったのです。

二機目の飛行機がぶつかったとき、ニュースを伝えていた女の人は金切り声になりました。

火の玉がビルから転がり出てのぼっていった。

百万枚の紙が空いっぱいに広がった。　紙はそこにとどまって、まるでビルの指輪のようでした。　まるで土星の輪。　父の机に染みついたコーヒーの輪。　トーマスからいらないと言われた指輪。　わたしはトーマスにそれが必要なのはおまえだけじゃないのよと言いました。

つぎの朝、父に言われてわたしたちは吹き飛ばされた木の幹に名前を彫りました。　わたしたちはお礼をしていたのです。

あなたのお母さんから電話がありました。

ニュースを見てます？

ええ。

トーマスから連絡はありました？

ないわ。

こっちにもなくて。　心配だわ。

どうして心配なの？

だから。　連絡がないんです。

でもあの子は店にいるんでしょ。

あのビルでミーティングがあって、なのに連絡がないんです。

わたしは頭の向きを変えると吐き気がしました。

わたしは電話を落とし、トイレに駆けこんで、吐きました。

ラグを台なしにしたくなかった。　わたしはそういう人間なの。

あなたのお母さんに電話をかけ直しました。

お母さんはあなたは家にいると言いました。　いまあなたと話したところだって。

わたしは向こうに行ってあなたの世話をすると言いました。

あの子にニュースを見せないで。

大丈夫。

何かきかれても、大丈夫ってだけ答えて。

わたしは言いました、大丈夫よ。

あなたのお母さんは言いました、地下鉄は混乱していて。　歩いて帰ります。　一時間で着くはず。

お母さんは言いました、愛してる。

お母さんはお父さんと結婚して十二年でした。　わたしとは十五年来の知り合いだった。　愛してると言ってくれたのは初めてだった。

そのときわたしはお母さんは知っていると知ったのです。

わたしは走って通りを渡りました。

ドアマンがあなたは十分まえに上がっていったと言いました。

大丈夫ですかとドアマンにきかれた。

わたしはうなずきました。

その腕はどうしたんです？

わたしは自分の腕を見ました。　血が出てシャツに染みていた。　転んだのに気がつかなかったのかしら？

自分でひっかいたのか？　そのときわたしは知っていると知ったのです。

ベルを鳴らしても返事がないから、わたしは自分の鍵を使いました。

わたしはあなたを呼んだ。

オスカー！

あなたは黙っていたけど、いるのは知っていました。　あなたの気配が感じられたのよ。

オスカー！

わたしはコートのクローゼットをのぞきました。　ソファーの後ろを見ました。　コーヒーテーブルの上にスクラブルのボードがのっていた。　単語がおたがいに入り組んでいた。　わたしはあなたの部屋に行きました。　からっぽだった。　あなたのクローゼットをのぞきました。　そこにもいなかった。　あなたの両親の部屋に行きました。　どこかにいるのは知っていました。　あなたのお父さんのクローゼットをのぞきました。　椅子にかかったタキシードをさわってみました。　そのポケットに両手を入れてみました。　あなたのお父さんは父親と同じ手をしていた。　あなたのおじいさんの手よ。　あなたもあんな手になるのでしょうか？　ポケットを見てそんなことを思いました。

わたしはあなたの部屋に戻ってベッドに横になりました。

明かりがついていたから天井の星は見えなかった。

わたしは自分が育った家の壁のことを考えました。　わたしの指紋のことを。

あの壁が崩れたとき、わたしの指紋も崩れたのです。

わたしの下であなたの息が聞こえました。

オスカー？

わたしは床におりました。　四つんばいになって。

その下にふたり入るスペースはある？

ないよ。

ほんとに？

まちがいない。

試しても平気かしら？

たぶん。

わたしはやっとのことでベッドの下に体を押しこみました。

わたしたちはあお向けになっていました。　向きを変えておたがいの顔を見るスペースはなかった。　わたしたちのところに明かりはぜんぜん届かなかった。

学校はどうだった？

だいじょうぶだった。

時間どおりに行ったの？

早すぎたよ。

じゃあ外で待った？
うん。
何をしていたの？
読書したよ。
何？
何って何が？
何を読んだの？
ホーキング、宇宙を語る。
その本はためになるの？
そんな質問、する必要ないよ。
じゃあ帰り道は？
だいじょうぶだった。
いいお天気ね。
うん。
こんなにいいお天気は記憶にないわ。
ほんとだね。
うちにいるのが惜しいわ。
そうだね。

でもここにいる。

わたしはあの子のほうを向きたかったのに、できなかった。　わたしは手を動かしてあの子の手をさわった。

学校から帰るように言われたのね？

ほとんどただちにね。

何があったか知っているの？

うん。

ママかパパから連絡はあった？

ママからは。

なんて言ってた？

心配いらないし、すぐ帰るって。

パパもすぐ帰ってくるわ。　お店を閉めてからね。

うん。

あなたは両手のひらをベッドに押しつけました、持ちあげようとするみたいに。　わたしは何か言いたかったけれど、何を言えばいいのかわからなかった。　ただ、あなたに伝えなくてはならないことがあるのは知っていた。

わたしに切手を見せたくない？

ううん、いいんだ。

指ずもうをしてもいいわ。

あとでね。

おなかはすいてる？

ううん。

ここでママとパパの帰りを待つのがいいの？

そうだね。

ここで一緒に待ってほしい？

だいじょうぶだよ。

それはたしか？

まちがいない。

いいのね、オスカー？

だいじょうぶ。

ときどき空間が崩れ落ちてくるような気がしました。　だれかがベッドの上にいました。　マリーがジャンプしている。　あなたのお父さんが寝ている。　アンナがわたしにキスをする。　わたしは埋まっている心地でした。　アンナがわたしの顔を両手で包む。　父がわたしの両方の頬っぺたをつまむ。　何もかもがわたしの上にある。

あなたのおかあさんは、帰ってくると、あなたをきつく抱きしめました。　わたしはあなたを彼女から守りたかった。

彼女はお父さんから電話があったかききました。

ないよ。

電話にメッセージは？

ないよ。

お父さんはミーティングであのビルにいたのかあなたはききました。

彼女はいいえと言いました。

あなたは彼女の目を見ようとして、そのときわたしはあなたは知っていると知ったのです。

彼女は警察に電話をかけました。　話し中でした。　もう一度かけました。　話し中でした。　彼女は電話をかけつづけました。　話し中でなくなると、直接話をさせてくれと頼みました。

話す相手はいなかった。

あなたはバスルームに行きました。　落ち着いてとわたしは彼女に言いました。　少なくともあなたの前では。

彼女は新聞社に電話をかけました。　向こうは何も知りませんでした。

彼女は消防署に電話をかけました。

だれも何も知りませんでした。

午後、わたしはずっとあなたにスカーフを編んでいました。　それはどんどん長くなりました。

あなたのおかあさんが窓を閉めたけれど、まだ煙のにおいがしました。

彼女はわたしに貼り紙をつくったほうがいいかと尋ねました。

いい考えかもしれないとわたしは言いました。

そこで彼女が泣きだしたのは、わたしを頼りにしていたからです。

スカーフはどんどん長くなっていった。

彼女は休暇先で撮った写真を使いました。　ほんの二週間まえの。　あなたとお父さんが写っていました。

それを見てわたしは、あなたの顔が写った写真を使ったらいけないと彼女に言いました。　彼女は使うのは写真全体じゃないわと言いました。　あなたのお父さんの顔だけだと。

わたしは彼女に告げました、それでも、いい考えじゃないわ。

彼女は言いました、もっと大事なことを気にしてください。

とにかく別の写真にして。

これでいいのよ、ママ。

それまでママと呼ばれたことはなかった。

選ぶのなら写真はたくさんあるわ。

ほっといてください。

ほっとけないわ。

わたしたちはおたがいに怒っていたわけじゃないのよ。

あなたがどこまで理解したかわからないけれど、たぶんすべてを理解したのでしょう。

その午後、彼女は貼り紙をダウンタウンに持っていきました。　キャスターつきのスーツケースに詰めていました。　わたしはあなたのおじいさんのことを思いました。　いまどこにいるのだろうと。　あの人にも苦しんでほしいのかどうかはわからなかった。

彼女はホッチキスを持っていきました。　ホッチキスの針の箱も。　テープも。　いまわたしはそういうもののことを考えます。　紙、ホッチキス、ホッチキスの針、テープ。　すると気持ちが悪くなる。　そんなものに。　ある人を愛した四十年がホッチキスとテープになるなんて。

わたしたちはふたりきりだった。　あなたとわたし。

一緒にリビングでゲームをしましたね。　あなたはジュエリーをつくった。　スカーフはどんどん長くなって
いった。　わたしたちは公園に散歩にいった。　わたしたちの上にあるものの話はしなかった。　天井みた
いにのしかかっているものの話は。　あなたがわたしのひざを枕にして眠ると、わたしはテレビをつけました。

ボリュームを下げて音を消しました。

同じ映像が何度もくりかえされる。

ビルに突っこむ飛行機。

落ちていく体。

ビルに突っこむ飛行機。

高い窓からシャツを振る人たち。

ビルに突っこむ飛行機。

落ちていく体。

灰色のほこりにまみれた人たち。

落ちていく体。

崩れ落ちるビル。

ビルに突っこむ飛行機。

ビルに突っこむ飛行機。

崩れ落ちるビル。

高い窓からシャツを振る人たち。

落ちていく体。

ビルに突っこむ飛行機。

ときどきあなたのまぶたがぴくぴく動く気配がしました。　起きていたの？　それとも夢を見ていたの？

あなたのおかあさんはその夜遅く帰ってきました。　スーツケースはからっぽだった。

彼女があなたを抱きしめると、あなたは言いました、痛いよ。

彼女はあなたのおとうさんの知り合い全員と、何か知っていそうな人全員に電話をしました。　彼女はみんなに言いました、起こしてしまってすみません。　わたしは彼女の耳もとでどなりたかった、あやまらないで！

彼女はずっと目をこすっていました、涙は出ていなかったけれど。

けが人は何千人にもなると予想されていました。　意識を失った人たち。　記憶をなくした人たち。　遺体は何千体にもなると予想されていました。　それはスケート場に置かれるという話でした。
二、三か月まえにスケートに行ったとき、スケートする人を見ると頭が痛くなるからって、わたしが背中を向けたのをおぼえていますか？　わたしは氷の下に死体の列が見えたのです。
帰ってもいいのよとあなたのおかあさんがわたしに言いました。

帰りたくないとわたしは言いました。

彼女は言いました、何か食べなきゃ。　少しは眠って。

食べるのも眠るのも無理よ。

彼女は言いました、わたしは眠らないといけないの。

愛しているとわたしは彼女に言いました。

そこで彼女が泣きだしたのは、ずっとわたしを頼りにしていたからです。

わたしは通りを渡って引き返しました。

ビルに突っこむ飛行機。

落ちていく体。

ビルに突っこむ飛行機。

崩れ落ちるビル。

ビルに突っこむ飛行機。

ビルに突っこむ飛行機。

ビルに突っこむ飛行機。

あなたの前でしっかりしている必要がなくなると、わたしはひどく弱ってしまいました。　わたしはへなへなと床に、わたしの居場所に倒れこみました。　両手のげんこつで床を殴りました。　手を折ってしまいたかったけれど、あんまり痛くなってやめてしまった。　わたしは身勝手すぎて、ひとり息子のために手を折ることだってできなかった。

落ちていく体。

ホッチキスとテープ。

わたしはからっぽだと感じなかった。　からっぽだと感じたかったのに。

高い窓からシャツを振る人たち。

わたしはひっくり返った水差しみたいにからっぽになりたかった。　でも石みたいに詰まっていたのです。

ビルに突っこむ飛行機。

トイレに行かないといけなかった。　起きあがりたくなかった。　自分の排泄物のなかで横になりたかったし、それがわたしにふさわしいことだった。　わたしは自分の汚物にまみれるブタになりたかった。　でも起きあがってトイレに行った。　それがわたしという人間なのです。

落ちていく体。

崩れ落ちるビル。

わたしたちの家から吹き飛ばされた木の年輪。

がれきの下にいるのがわたしだったらどんなによかったか。　一分でもいい。　一秒でも。　彼のかわりになるのは、そう願うと同じくらい単純だった。　そしてもっと複雑だった。

明かりはテレビだけでした。

ビルに突っこむ飛行機。

ビルに突っこむ飛行機。

もっと違う気分になるのかと思っていました。　なのにそのときだってわたしはわたしだった。

オスカー、見知らぬ人たちの前で舞台に立ったあなたを思い出しています。　わたしはみんなに言いたかった、あの子はわたしの孫よ。　立ちあがって叫びたかった、あの美しい人はわたしの孫よ！　わたしの！

あなたを見ているとき、わたしはとても誇らしくとても悲しかった。

ああ。　彼のくちびる。　あなたの歌。

あなたを見たとき、わたしの人生は意味をなしたのです。　いろいろあった嫌なことだって意味をなした。　あなたができるために必要なことだったのよ。

ああ。　あなたの歌。

わたしの両親の人生も意味をなしました。

わたしのおじいさんとおばあさんの人生も。

アンナの人生だって。

でもわたしは本当のことを知っていて、だからとても悲しかった。

いまよりまえにあったどの瞬間も、いまこの瞬間しだいなのです。

世界の歴史上の何もかもが一瞬のうちに間違っていたことになったりする。

あなたのおかあさんは、たとえ遺体がなくてもお葬式をしたがった。

そんなとき人はなんて言えるでしょう?

わたしたちはみんなでリムジンに乗っていきました。　わたしはあなたをさわるのをやめられなかった。　どれだけさわってても足りなかった。　もっと手が必要だった。　あなたは運転手と冗談を言っていたけれど、心の内で苦しんでいるのがわかりました。　運転手を笑わせるのは、それだけ苦しんでいるからなのだと。　お墓に着いてからっぽの棺桶が沈められると、あなたは動物みたいな声を出した。　わたしはあんなものは聞いたことがなかった。　あなたは傷ついた動物だった。　あの声はいまでも耳に残っています。　それはわたしが四十年かけて探してきたもの、わたしの人生と人生の物語もそうであってほしかった。　あなたはおかあさんに脇に連れていかれて抱きしめられました。あなたのおとうさんのお墓にシャベルで土がかけられた。

わたしの息子のからっぽの棺桶に。そこには何も入っていないのに。

わたしの声はすべてわたしの内にしまいこまれた。

リムジンがわたしたちを家まで送ってくれました。

みんな黙っていた。

わたしの家の建物に着くと、あなたは玄関まで送ってくれた。

手紙が届いていますとドアマンが言いました。

あしたかあさってに見るわとわたしは伝えました。

その人はたったいまこれを置いていったんですとドアマンは言いました。

わたしは言いました、あしたね。

ドアマンが言いました、その男性は必死な様子でした。

わたしはあなたに読んでちょうだいと頼みました。わたしは言いました、目がしょぼしょぼするの。

あなたが封を開けました。

すまない、とあなたが言いました。

どうしてすまないの？

じゃなくて、そう書いてあるんだよ。

わたしは手紙を受け取って見ました。

四十年まえにあなたのおじいさんが出ていったとき、わたしはあの人が書いたものを全部消しました。

から言葉を洗い落としました。壁はペンキを塗りました。シャワーカーテンをきれいにしました。床だって張りかえた。あの人の言葉をすっかり片づけるにはあの人を知っていた期間と同じだけかかったのです。　砂時計をひっくり返すみたいに。

あの人は探しているものを探さなくてはならないし、それがもう存在しないか存在したことすらないということに気づかなくてはならない、とわたしは思っていました。　手紙を書いてくれると思っていました。　お金を送ってくれたり。　赤ちゃんの写真を、わたしの写真はともかく、欲しがったりするんじゃないかと。

四十年間、何も書いてよこさなかった。

からっぽの封筒があるだけで。

それが、息子のお葬式の日に、ひと言。

すまない。

あの人が帰ってきた。

ひとりきりで生きている

いっしょに探しはじめて六か月半たったころ、ミスター・ブラックからもう終わりだと言われて、ぼくはまたひとりになったのだけど、まだ何もやりとげてなくて、ぼくの靴はそれまで生きてきていちばん重くなった。ママに何も話せないのは当然だし、いくらトゥースペーストとザ・ミンチが親友だからって、やっぱりふたりにも話せなかった。おじいちゃんは動物と話せたけど、ぼくには無理だから、バックミンスターも力になってくれない。ファイン先生は尊敬できないし、スタンには話の最初にたどり着くのに説明しなきゃならないことを説明するだけで時間がかかりすぎるし、あと、ぼくは死んだ人たちと話せるなんて信じていなかった。

ファーリーはまだ勤務時間がはじまったばかりだったから、おばあちゃんが家にいるか知らなかった。どうかしたのかとファーリーにきかれたので、ぼくは言った、「おばあちゃんが必要なんだ」。「ブザーで呼んだほうがいいかい?」「だいじょうぶ」ぼくは七二段をかけあがりながらこう思った、**それにどっちみち、あの人はありえないほど年寄りで足手まといになったし役に立つことは何も知らなかった。**ぼくは息を切らせながらベルを鳴らした。**もう終わりだと言ってくれてよかったんだ。そもそもなんでいっしょに行こうって誘ったんだろう。**おばあちゃんの返事がないので、ぼくはもう一回ベルを鳴らした。**なんでドアの近くで待ってないの? おばあちゃんにとって**

大事なのはぼくだけなのに。

ぼくは勝手になかに入った。

「おばあちゃん？　おーい？　おばあちゃん？」

お店かどこかに行ったのかもしれないと思って、ぼくはソファーに座って待った。おばあちゃんが消化をよくするために公園に散歩に行ったりすることがあるのも、ヘンだとは思うけど、ぼくは知っている。ひょっとしたら乾燥アイスクリームを買ってくれているのかもしれないし、郵便局に何か出しにいったのかも。でもだれに手紙を送るんだろう？

やりたくないのはやまやまだったけど、ぼくはいろんな場面を発明しはじめた。

おばあちゃんはブロードウェイを渡っているときタクシーにはねられて、タクシーは猛スピードで去っていくのだけど、みんな歩道から見てるのにだれも助けないのは、心肺蘇生法をまちがえるのがこわいからだ。

おばあちゃんは図書館のはしごから落ちて頭がい骨が割れた。だれも見ない本のコーナーだったから出血多量で死にかけている。

おばあちゃんはＹＭＣＡのプールの底で気絶した。おばあちゃんの一三フィート上で子どもたちが泳いでいる。

ぼくはもっとほかのことを考えようとした。楽観的な発明を発明しようとした。でも悲観的な発明はものすごくうるさかった。

おばあちゃんは心臓発作をおこした。

だれかに線路につき飛ばされた。

レイプされて殺された。

ぼくはアパートのなかでおばあちゃんを探しはじめた。

「おばあちゃん?」

聞きたいのは「大丈夫だよ」だったけど、何も聞こえなかった。

ぼくはダイニングとキッチンをのぞいた。念のため、食料庫の戸を開けたけど、あるのは食べ物だけだった。コート用クローゼットもトイレものぞいた。ふたつめのベッドルームの、パパがぼくくらいの歳だったころに夢を見ながら寝ていた部屋のドアを開けた。

おばあちゃんが留守のあいだにおばあちゃんのアパートにいるのは初めてで、ありえないほどヘンな気がしたし、まるでおばあちゃんが着ていないおばあちゃんの服を見るみたいな感じ、というか、それはおばあちゃんのベッドルームに行ってクローゼットをのぞいたときにやってみたことだった。ぼくはドレッサーの引き出しも開けたのだけど、そんなところにおばあちゃんがいるわけないのはわかっていた。じゃあ、どうしてそんなことしたんだろう?

そこには封筒がつまっていた。何百個も。まとめていくつものたばにしてあった。ひとつ下の引き出しを開けると、そこにも封筒がつまっていた。その下の引き出しも。全部そうだった。

消印を見たら、封筒は時系列に、というのは日付の順に整理されていて、ドイツのドレスデンという、おばあちゃんの出身地から送られてきていた。毎日一通ずつ、一九六三年五月三十一日からあの最悪の日まであった。あて名は「まだ生まれぬわが子へ」だったり。「わが子へ」だったり。

なんぞ?

たぶんいけないことだ、ぼくのものじゃないから、と思ったけど、ぼくはひとつ封を開けてみた。

それは一九七二年二月六日に送られていた。「わが子へ」封筒はからっぽだった。

もうひとつ、別の山のものを開けてみた。一九八六年十一月二十二日。「わが子へ」。またからっぽ。

一九六三年六月十四日。「まだ生まれぬわが子へ」からっぽ。

一九七九年四月二日。からっぽ。

ぼくが生まれた日付を見つけた。からっぽ。

ぼくはどうしても知りたかった、おばあちゃんは全部の手紙をどこにやったんだろう？

ほかの部屋から物音が聞こえた。ぼくは急いで引き出しを閉めて、おばあちゃんにこそこそかぎまわっていたのがばれないようにしてから、つま先歩きで玄関に向かった、というのは音をたてたのは強盗じゃないかと心配だったから。また音がして、今度はゲストルームから聞こえたのがわかった。

ぼくは思った、**間借り人だ！**

ぼくは思った、**ほんとにいるんだ！**

このときくらいおばあちゃんが大好きになったことはなかった。

ぼくはまわれ右をすると、つま先歩きでゲストルームのドアまで行って耳をあてた。何も聞こえなかった。でもひざをついてかがんだら、部屋の明かりがついているのがわかった。ぼくは立ちあがった。

「おばあちゃん？」ぼくはひそひそ声で言った。「そこにいるの？」

何もなし。

「おばあちゃん？」

ものすごく小さい音が聞こえた。またひざをついてかがむと今度は明かりが消えているのがわかった。

「だれかいるの？　ぼくは八歳で、どうしてもおばあちゃんに会いたくて、探しているんだ」

足音がドアのほうにやってきたけど、ものすごくゆっくりでカーペットの上だったから、かすかに聞こえただけだった。足音が止まった。息をする音が聞こえたけど、おばあちゃんのじゃないとわかるくらい、深くてゆったりしていた。何かがドアにさわった。手？　二本の手？

「もしもし？」

ドアノブがまわった。

「強盗の人だったら、ぼくを殺さないでね」

ドアが開いた。

そこには男の人がだまって立っていて、どう見ても強盗じゃなかった。ありえないほど年を取っていて、顔はママとは逆で、しかめていないときでもしかめているみたいに見えた。白い半そでのシャツを着ていたから、ひじが毛むくじゃらなのが見えたし、二本の前歯のあいだにすき間があるのが、パパみたいだった。

「あなたは間借り人？」

その人は一瞬じっと考えてから、ドアをしめた。

「もしもし？」

部屋のなかでごそごそものを動かしているのが聞こえたと思うと、男の人が戻ってきてまたドアを開けた。小さな本を持っていた。最初のページを開くと、何も書いてなかった。「しゃべれない」とその人は書いた。「すまない」

「どなたですか？」その人はつぎのページに行って書いた、「私の名はトーマス」。「パパも同じ名前だった。よくある名前だからね。パパは死んだんだ」つぎのページに男の人は書いた、「すまない」。ぼくは言った、「あなたが殺したわけじゃないよ」。つぎのページにはなぜだかドアノブの写真があったので、男の人はそのつぎのページに行って書いた、「それでもすまない」。ぼくは言った、「ありがとう」。男の人は二ページ戻って「すまない」を指さした。

ぼくらはそのまま立っていた。男の人は部屋のなかにいた。ぼくは廊下にいた。ドアは開いているのに、ぼくらのあいだには見えないドアがあるみたいで、というのは、ぼくは何を話しかけたらいいかわからなかったし、向こうはぼくに何を書いたらいいかわからなかったから。ぼくは「オスカーだよ」と言って、名刺をわたした。「おばあちゃんがどこにいるか知ってます?」男の人は書いた、「出かけた」。「どこへ?」男の人が肩をすくめると、パパそっくりのやり方だった。「いつ戻るか知ってます?」男の人は肩をすくめた。「おばあちゃんが必要なんだ」

男の人が立っているカーペットと、ぼくのほうのカーペットは種類がちがっていた。そのふたつがぶつかってできた線を見て、ぼくはどの行政区でもない場所のことを思い出した。

「こっちに入りたかったら」と男の人は書いた、「一緒に帰りを待ってもいい」。ぼくは、あなたは知らない人なのかとたずねた。どういう意味かと男の人がきいた。ぼくは言った、「知らない人についていったらいけないんだ」。男の人は何も書かなくて、自分が知らない人なのかどうかわからないみたいだった。「七〇歳より上ですか?」男の人が左手を見せると、そこにはYESとタトゥーがしてあった。「犯罪歴はありますか?」男の人が右手を見せると、そこにはNOとあった。「ほかに何語を話せるの?」男の人は書いた、「ドイツ語。ギリシャ語。ラテン語」。「パルレ - ヴ・フランセ?」男の人が左手を開いたり閉じたりしたのは、少し（アン・プ）という意味だったんだと思う。

ぼくはなかに入った。

壁に書きものがしてあって、そこらじゅうに、「生き甲斐のある人生が欲しくてたまらなかった」とか「たった一度でも、一秒でも」とか書かれていた。ぼくはその人のために、おばあちゃんに見つからないといいけど、と思った。男の人はなぜだか、本を置いて別の一冊を手に取った。

「ここにはどのくらい住んでいるの?」とぼくはたずねた。男の人は書いた、「おばあさんは私がどのくらいここに住んでいると言っていた?」「ええと」とぼく、「パパが死んでから、だから二年くらいかな」。男の人は左手を開いた。「そのまえはどこにいたの?」「おばあさんは私がそのまえはどこにいたと言っていた?」「何も言ってなかった」「私はここにはいなかった」これはヘンな答えだと思ったけど、ぼくはヘンな答えが慣れっこになってきていた。

男の人は書いた、「何か食べものが欲しいかい?」ぼくはいいえと答えた。じっと見つめられているのがいやで、ありえないほどきまり悪くなったけど、ぼくに言えることはなかった。「何か飲みものが欲しいかい?」「あなたの話をしてくれない?」とぼくはたずねた。「私の話?」「そう、あなたの話は何?」男の人は書いた、「私の話がどんなものかわからない」。「なんで自分の話がわからないの?」男の人は肩をすくめた、パパそっくりのやり方で。「生まれたのはどこ?」また肩をすくめた。「なんで自分が生まれた場所を知らないの!」また肩をすくめた。「育ったのはどこ?」また肩をすくめた。「オーケー。きょうだいはいる?」また肩をすくめた。「仕事は?　引退したのなら、仕事はなんだった?」また肩をすくめた。ぼくは男の人が答えを知らないわけがない質問を考えようとした。「あなたは人間ですか?」男の人はページを戻して、「すまない」を指さした。

このときくらいおばあちゃんが必要だったことはなかった。

ぼくは間借り人にきいた、「ぼくの話をしてもいい?」

間借り人は左手を開いた。

そこでぼくはその手にぼくの話をにぎらせた。

ぼくは間借り人をおばあちゃんだと思って、いちばん初めからはじめた。

ぼくはいすにかかったタキシードと、花びんをこわしたらカギが見つかったことと、カギ屋と、封筒と、画材屋について話した。アーロン・ブラックの声と、アビー・ブラックとのキスのありえないほど近くまでいったことについて話した。アビーはいやだと言わなかった、いい考えじゃないってだけで。ぼくはコニーアイランドのエイブ・ブラックと、ピカソの絵を二枚もってるエイダ・ブラックと、ミスター・ブラックの窓のそばを飛んだ鳥たちについて話した。その鳥たちの羽ばたきはミスター・ブラックがこの二〇年以上のあいだで初めて聞いた音だった。それからバーニー・ブラックがいて、バーニーは家からグラマシーパークがながめられるけど、カギがかかってて中に入れないから、レンガの壁を見るよりなお悪いと言っていた。チェルシー・ブラックは薬指に指輪の日焼けのあとがあって、というのは新婚旅行から帰ってすぐ離婚したからで、ドン・ブラックも動物愛護運動家で、ユージーン・ブラックもコインを集めていた。フォー・ブラックが住んでいたのはカナルストリートで、そこはむかし本物の運河だった。フォーは英語がうまく話せなくて、というのは台湾からやってきたあと一度もチャイナタウンを出たことがないからで、というのはそうする理由がないからだった。フォーと話をしているあいだ、ぼくはずっと窓の外に水があるのを想像して、まるで水そうのなかにいる気分だった。フォーはお茶を出してくれたけど、ぼくは気が進まなくて、でもそれはそれとして礼儀として飲んだ。ぼくはフォーに、ほんとにニューヨークを愛しているのか、それともそういうシャツを着ているだけなのかきいてみた。フォーは落ち着かない様子で笑った。どうやら言ったことをわかっていないみたいで、ぼくはなぜだか英語をしゃべるのが後ろめたくなった。ぼくはフォーのシャツを指さした。「あなたは？　ほんとに？　愛していますか？　ニューヨークを？」フォーが言った、「ニューヨーク？」ぼくは言った、「あなたの。シャツ」。フォーは自分のシャツを見た。ぼくはNを指さして「ニュー」と言って、Yをさして「ヨーク」と言った。フォーは困っているか、恥ずかしがっているか、おどろいている顔をしたけど、もしかしたらおこっていたかもしれない。フォーがどんな気持ちなのかわからないのは、フォーの気持ちを表す言葉をぼくは話せないからだった。「ニューヨークだったは知るない。中国語で、nyは『あなた』を意味ね。『アイ・ラブ・ユー』思った」そのときだった、「I♥NY」のポスターが壁に貼ってあって、「I♥NY」の旗がドアにかかっていて、「I♥NY」の皿ふきタオルと、「I♥NY」のランチボックスがキッチンテーブルの上にあると気がついたのは。ぼくはフォーにたずねた、「じゃあ、どうしてそんなにみんなを愛しているの？」

スタテンアイランドのジョージア・ブラックはリビングをご主人の人生の博物館に変えていた。そこにあったのは、ご主人の子どものころの写真と、最初にはいた靴と、古い通信簿で、それはぼくみたいにいい成績じゃなかったけど、それはそれとして。「お客さんがいらしたのは一年以上ぶりよ」とジョージアは言って、ベルベットの箱に入ったきれいな金色の勲章をぼくたちに見せてくれた。「主人は海軍将校で、わたしは海軍の妻でいるのが大好きでした。二、三年ごとに異国の土地に移らなくてはならなくてね。あまり落ち着かなかったけれど、わくわくしましたよ。フィリピンにも二年いました」「**クール**」とぼくが言うと、ミスター・ブラックがなんだかへんな言葉の歌をうたいだしたけど、それはたぶんフィリピニッシュだったと思う。ジョージアは結婚式のアルバムから、一枚ずつ見せてくれて、こう言った、「わたくし、このころはほっそりして美人じゃなくて？」ぼくはジョージアに、「そうですね」と告げた。ミスター・ブラックが言った、「いまでもだ」。ジョージアは言った、「あなたたち、とってもやさしいのね?」ぼくは言った、「ええ」

「これは主人がホールインワンを決めたときの三番ウッドです。あの人はそれはもう誇りにしていました。何週間もその話ばかり聞かされたわ。あれはハワイのマウイ島に行ったときの航空券。自慢じゃないけれど、結婚三〇周年記念だったのよ。三〇周年。わたしたちは誓いを新たにするつもりでした。まるでロマンス小説のように。あの人の持ち込み用バッグはお花でいっぱいだったわ、ほんとよ。飛行機に乗ってからわたしを驚かせたかったみたいだけれど、あの人のバッグがX線検査を受けるときにスクリーンを見ていたら、真っ黒の花束が映るじゃない。まるでお花の影絵みたいだった。わたしはなんて幸運な娘なんでしょう」ジョージアは布でぼくらの指紋をふき取った。


ぼくたちはジョージアの家に着くのに四時間かかっていた。そのうち二時間は、ミスター・ブラックがぼくをスタテンアイランド・フェリーに乗るよう説得するのにかけた時間だった。このフェリーはどう見てもターゲットになりやすいし、つい最近フェリー事故があって、スクラップブックの『ぼくの身に起きたこと』には腕や脚を失くした人たちの写真を収めてあった。それに、ぼくは水辺が好きじゃない。というか、船はとくに。ミスター・ブラックはぼくに、もしフェリーに乗らなかったら、今夜ベッドのなかでどんな気分になるかきいた。「靴が重くなるね、たぶん」「で、乗ったらどんな気分になる?」「一〇〇ドルの気分だ」「だったら?」「だったらフェリーに乗ってるあいだはどうなの?　沈没したら?　だれかにつき落とされたら?　肩撃ち式ミサイルが命中したら?　今夜に今夜はやってこないよ」ミスター・ブラックは言った。「どのみち、その場合はどんな気分にもならんよ」ぼくはそのことについて考えた。

「これはあの人の指揮官からの評価よ」と言ってジョージアがケースをたたいた。「立派でしょう。これはあの人

NEW YORK
FERRY DEATHS
CNN
STATEN ISLAND FERRY HITS PIER
FALL OF SADDAM HUSSEIN IS 'GOOD RIDDANCE,' PRES BUSH

がお母さまのお葬式で締めたネクタイ。お母さまの冥福を祈ります。彼女はとてもいい人でした。あんなにいい方はなかなかいません。それから、ここにあるのはあの人が子どものころに住んでいた家の写真。わたしたちがまだ出会っていないころの家ですよ、もちろん」ジョージアがひとつひとつケースをたたいては自分の指紋をふき取るのが、ちょっとメビウスの帯みたいだった。「これはあの人が大学から授与されたモノグラム。これはあの人がタバコを吸っていたころのシガレットケース。こちらは名誉負傷勲章です」

ぼくの靴が重くなりはじめたのも当然で、だって、ジョージアのものはどこにある？　ジョージアの靴やジョージアの卒業証書はどこ？　ジョージアの花の影絵はどこ？　ぼくはカギのことはきかないことに決めて、というのはジョージアの博物館を見にきたと思ってもらいたかったからで、ミスター・ブラックも同じ考えだったと思う。ぼくは、名前のリストの最後まで行っても何も見つからなかったら、それで、もうどうしようもなくなったら、戻ってきてジョージアに質問すればいいと心に決めた。「これはあの人のベビーシューズです」

でもぼくはこうも考えはじめた。ジョージアはお客さんがいらしたのは一年以上ぶりって言っていた。パパが死んだのは一年ちょっとまえだ。ぼくたちのまえのお客さんって、パパなんじゃや？

「こんにちは、みなさん」ドアから男の人が言った。手に持ったふたつのマグから湯気がのぼっていて、かみの毛がぬれていた。「あら、起きたのね！」とジョージアが言って、「ジョージア」と書いてあるマグを受け取った。そして男の人に大げさなキスをするから、ぼくは、**いったいなんぞ？**　って感じだった。「彼よ」とジョージアが言った。「彼って？」とミスター・ブラックがきいた。「主人です」とジョージアが言うと、なんだかその男の人もご主人の人生の展示品みたいだった。四人で立ったまま、にこにこ顔を見合わせていると、男の人が言った、「さあ、私の博物館をご覧になりたいだろう」。ぼくは言った、「いま見たところです。ほんとにすばらしかった」。男の人は言った、「いいや、オスカー、それは彼女の博物館だ。私のは別の部屋にある」

お手紙、ありがとう。こちらには大量の郵便物が届くため、
個別に返信を書くことができません。
しかしながら、私がすべての手紙を読んで保管し、
いつの日かそれ相応の返事を書けるよう願っていることを
お知りおきください。その日が来るまで、

敬具

スティーヴン・ホーキング

その一週間はあっというまにすぎていった。アイリス・ブラック。ジェレミー・ブラック。カイル・ブラック。ローリ・ブラック……マーク・ブラックはドアを開けてぼくらを見たとき泣いていて、というのは、ある人が帰ってくるのをずっと待っているので、ドアがノックされるたび、期待したらだめだとわかっていながら、その人じゃないかと願わないではいられないからだった。

ナンシー・ブラックのルームメイトがナンシーは一九丁目のコーヒー屋で働いていると教えてくれたので、ふたりでそこに行くと、ぼくはナンシーに、コーヒーはエスプレッソよりカフェインが多いんだよ、そうじゃないと思っている人が大勢いるけど、お湯と豆が接している時間はコーヒーのほうが長いからねと説明した。それは知らなかったとナンシーは言った。「この子が言うなら、それは本当なんだ」とミスター・ブラックが言って、ぼくの頭

をなでた。ぼくはナンシーに言った、「それと、九年間さけびつづけたら、一杯のコーヒーを温められるだけの音響エネルギーを生み出せるって知ってた?」ナンシーは言った、「知らなかったわ」。ぼくは言った、「だから**コーヒー屋**をコニー**アイランド**の**ローラーコースター**のとなりに出すといいんだよ! わかった?」それで大笑いしたのは、ぼくだけだった。ナンシーが何か注文する気はあるのかきいた。ぼくはナンシーに告げた、「アイスコーヒーをちょうだい」。ナンシーがきいた、「サイズは?」ぼくは言った、「ヴェンティ、それで、こおらせたコーヒーを使って氷がとけても水っぽくならないようにしてもらえます?」ナンシーはコーヒーでつくった氷は店にないと告げた。ぼくは言った、「**そのとおり**」。ミスター・ブラックが「単刀直入にいくぞ」と言って、言ったとおりにした。ぼくはトイレに行って自分にあざをつくった。

　レイ・ブラックは刑務所にいたので、ぼくらはレイと話ができなかった。ぼくはインターネットで調べて、レイが刑務所にいるのはふたりの子どもをレイプして殺したせいだとつき止めた。死んだ子どもたちの写真もあったので、いやな気分になるだけだとわかっていたけど、ぼくはしっかり見た。その写真をプリントアウトして『ぼくの身に起きたこと』のなかのジャン-ピエール・エニュレの写真のすぐつぎに入れたのだけど、このフランス人宇宙飛行士がミール宇宙ステーションから戻ったあと自分の宇宙船から運び出してもらうはめになったのは、重力はぼくらを落下させるだけじゃなくて、筋力を強くするものだからだ。ぼくは刑務所のレイに手紙を書いたけど、返事は来なかった。心の内では、レイがあのカギと関係ないことを願っていながら、あれはレイの牢屋のカギなんだって話を発明しないではいられなかったけど。

　ルース・ブラックの住所はエンパイアステートビルの八六階で、ぼくはこれをありえないほどヘンだと思ったし、ミスター・ブラックもそうで、というのは、おたがいそこに本当に人が住んでいるなんて知らなかったから。パニくってるとぼくが告げると、ミスター・ブラックはパニくってもだいじょうぶだと言った。できそうにないと告げると、できそうになくてもだいじょうぶだと言った。ぼくにとっていちばんこわいことなんだとぼくは告げた。なぜかはわかるとミスター・ブラックは言った。反対してほしかったのに、ミスター・ブラックはそうしてくれないので、こっちも言い返しようがなかった。ロビーで待つよと告げると、ミスター・ブラックは言った、「かまわんよ」。「わかったよ」とぼくは言った、「行くから」

エレベーターでのぼっていくと、ビルの案内が聞こえてくる。これはかなりグッときたので、ふつうならノートを取るところだったけど、ぼくは気持ちを集中させて勇気をしぼり出さないといけなかった。ミスター・ブラックの手をにぎりながら、ぼくは発明するのをやめられないでいた。エレベーターのケーブルが切れる、エレベーターが落ちる、いちばん下にトランポリンがある、上にはね返される、天井がシリアルの箱みたいに開く、ぼくらはスティーヴン・ホーキングも知らない宇宙の片すみに飛んでいく……

エレベーターのドアが開いて、展望台に出た。だれを探したらいいのかわからなかったので、ぼくらはしばらくきょろきょろしていた。ながめはありえないほどきれいだと知っていたけど、脳みそが悪さをはじめて、ぼくは飛行機がこのビルの、ぼくらがいるすぐ下に飛んでくるのをずっと想像していた。やりたくないのに、やめられなかった。ぼくは最後の瞬間に、パイロットの、というのはテロリストの顔を見るところを想像した。飛行機の機首がビルから一ミリ先にあって、目と目が合うのを想像した。

おまえなんか大きらい、ぼくの目がそいつに告げる。

おまえなんか大きらい、そいつの目がぼくに告げる。

そして大爆発が起こって、ビルがゆれて、たおれそうな感じになる、というのをぼくはインターネットの記事を読んで知っているけど、読まなければよかったと思う。そのあとけむりがのぼってきて、ぼくのまわりでみんなが悲鳴をあげる。ぼくが読んだ記事で、八五階ぶんの階段を、つまりきっと二〇〇〇段くらいをおりた人が言っていたけど、みんな「助けて！」とか「死にたくない！」とさけんでいて、ある会社社長は「おかあさん！」とさけんでいたそうだ。

そのうちすごく熱くなってきて、ぼくの皮ふに水ぶくれができはじめる。熱さから逃げれば気分はよくなるけど、そうはいっても、歩道に落ちたら死ぬのは当然だ。ぼくならどっちを選ぶだろう？　飛びおりるのか、焼けるのか？　飛びおりようかな、痛さを感じなくてすむから。でも逆に、焼けることにしたら、なんとか脱出するチャンスは残るし、だめだったとしても、痛さを感じるほうが感じないよりましじゃない？

ぼくはケータイがあるのを思い出した。

まだ何秒かある。

だれにかけたらいい？

何を言ったらいい？

ぼくはみんながおたがいにかけるいろんな言葉や、だれだって生まれたからには、一〇〇〇分の一秒か、何日か、何か月か、七六・五年かすれば死ぬということについて考えた。生まれたものはかならず死ぬ、ということはぼくたちの命は超高層ビルに似ているってことだ。けむりがのぼる速さはまちまちだけど、ビルはどれも燃えていて、ぼくらはみんな逃れられない。

エンパイアステートビルの展望台からは最高に美しいものを見ることができる。通りにいる人がアリみたいに見えるってどこかで読んだけど、それは本当じゃない。人は小さい人に見える。そして車は小さい車に見える。そし

てビルだって小さく見える。まるでニューヨークがニューヨークのミニチュアレプリカになったみたいだけど、これがいいのは、ニューヨークのなかにいて感じるのとはちがう、本当の姿がわかるからだ。ここにいるとものすごくさびしいし、何もかもから遠くにいる感じがする。それに、ここには死ぬ方法がたくさんあって、こわい。でも、たくさんの人にかこまれているから、安全な気もする。ぼくは片手で壁をさわったまま気をつけて歩きながら、ひとつひとつの景色を見てまわった。ぼくは試してみたカギ穴全部と、まだ試していない一億六一九九万九八三一個のカギ穴を見た。

ぼくは四つんばいになって、いくつもある双眼鏡の一台のところまで行った。それをしっかりつかんで体を起こし、ベルトの小銭入れから二五セント硬貨を取り出した。鉄のふたが開くと、遠くにあるものがありえないほど近く見えた、ウールワース・ビルとか、ユニオンスクエアとか、ワールドトレードセンターが残したでっかい穴とか。ぼくは一〇ブロックくらいはなれていそうなオフィスビルの窓をのぞいてみた。フォーカスを合わせるのに二、三秒かかったけど、男の人が机について、何か書いているのが見えた。何を書いてるんだろう？　パパにはぜんぜん似てないのに、ぼくはその人を見てパパを思い出した。顔をもっとおしつけると、鼻が冷たい鉄にくっついてつぶれた。男の人はパパと同じ左ききだった。パパみたいな前歯のすき間はあるんだろうか？　ぼくはその人が何を考えているか知りたかった。だれがいなくてさびしいのか？　何をすまないと思うのか？　くちびるが鉄にさわった、キスみたいに。

ミスター・ブラックを見つけると、セントラルパークをながめているところだった。下りる準備はできたよ、とぼくはミスター・ブラックに伝えた。「だがルースのことはどうするんだ？」「ほかの日にまた来ればいいよ」「だがもうここにいるんだぞ」「気が進まなくて」「ほんの二、三――」「帰りたい」ぼくが泣きだしそうだとわかったんだろう。「オーケー」とミスター・ブラックは言った。「帰ろう」

ぼくらはエレベーターの列の最後にならんだ。

ぼくはみんなを見て、どこから来たんだろう、だれがいなくてさびしいんだろう、何をすまないと思うんだろうと思った。

太った子どもを連れた太った女の人がいて、カメラを二台持った日本人の男の人と、大勢のサインが書いてあるギプスをした松葉づえの女の子がいた。そのギプスを調べたらパパが書いたものが見つかるんじゃないかって、ぼくはヘンな気分になった。パパは「すぐによくなる」と書いたかもしれない。それか名前だけ。二、三フィートはなれたところにおばあさんが立っていて、こっちを見つめかえしていたので、ぼくはきまりが悪くなった。何をはさんでいるのか見えなかったけどクリップボードを持っていて、むかしの人みたいな格好をしていた。ぼくは先に目をそらすもんかとちかったけど、やっぱりぼくが先だった。ミスター・ブラックのそでを引っぱって、あのおばあさんを見てと言った。「おやおや」とミスター・ブラックが小声で言った。「なに？」「きっと彼女だ」なぜだか、ミスター・ブラックの言うとおりだとわかった。おたがい別のものを探していただなんて、これっぽっちも思わなかったけど。

「あの人に声をかけたほうがいい？」「たぶんな」「どうやって？」「わからん」「あいさつしにいく」「ただ挨拶したってだめだ」「時間を教える」「だが時間を訊かれてない」「時間をきく」「やってみろ」「そっちこそやってよ」ぼくらはどうやって声をかけるかを相談するのにいそがしくて、その女の人がやってきたのに気がつかなかった。

「そろそろお帰りかとお見受けしますが」と女の人は言った、「この特別なビルの特別なツアーはいかがかしら？」

「あなたのお名前は？」とぼくはきいた。女の人は言った、「ルース」。ミスター・ブラックが言った、「ぜひお願いしたい」

ルースはにっこりして大きく息を吸うと、歩きだして、そのまま話をはじめた。「エンパイアステートビルディングの建設は一九三〇年三月、旧ウォルドーフ‐アストリアホテルの跡地、三四丁目の五番街三五〇にて始まりました。落成したのは一年と四五日後――日曜祝日を含め、七〇〇万工数が費やされました。このビルはすべてが迅速に建設が進められるよう設計されており――できるだけプレハブ部品を多用しています――その結果、作業は週につきおよそ四階半のペースで進みました。全体の骨組みは半年とたたないうちに完成しています」それはぼくがカギ穴を探してきた時間より短い。

ルースは息をついた。

「設計したのはシュリーヴ、ラム、ハーモン建築事務所で、当初の計画は八六階建てでしたが、飛行船の係留用に一五〇フィートの柱が加えられました。今日、その柱はテレビおよびラジオの放送に使われています。建設費用は、土地代を含めると四〇九四万八九〇〇ドル。建物のみの費用は二四七一万八〇〇〇ドルと、予算の五〇〇〇万ドルの半分未満になったのは、大恐慌のあいだは人件費と材料費が下がっていたためです」ぼくはきいた、「だいきょうこうって何？」ミスター・ブラックが言った、「あとで教えてやる」

「高さは一二五〇フィートで、このエンパイアステートビルディングは一九七二年にワールドトレードセンター第一タワーが完成するまで世界一高いビルでした。オープン当初、ビル内のスペースの借り手がなかなか見つからなかったので、ニューヨーク市民はからの(エンプティ)ステートビルと呼ぶようになりました」ここでぼくは大笑いした。「そんなビルを破産から救ってくれたのがこの展望台です」ミスター・ブラックは、展望台をほこりに思っているみたいに壁をなでた。

「エンパイアステートビルディングは、六万トンの鋼鉄で支えられています。およそ六五〇〇個の窓、一〇〇〇万個のレンガがあり、その重さは三六万五〇〇〇トン近辺になります」「この近辺は重いんだね」とぼくは言った。「五〇万平方フィート以上の大理石とインディアナ石灰岩がこの摩天楼を包んでいます。内部には、フランス、イタリア、ドイツ、ベルギー産の大理石があります。つまり、ニューヨークのいちばん有名なビルはニューヨーク以外のほぼすべての土地から運ばれた材料でできておりまして、これは街自体が移民によって大きくなったのと同じといえるでしょう」「まさに」とミスター・ブラックがうなずきながら言った。

「エンパイアステートビルディングはこれまでに何十もの映画の舞台や、外国高官の接待の場となり、一九四五年には第二次世界大戦の爆撃機が七九階に激突したこともありました」ぼくは楽しくて安全なことに気持ちを集中させた、ママの服の背中のジッパーとか、パパは口笛を吹きすぎるときまって水を飲みたがったこととか。「エレベーターが一台、いちばん下まで落ちました。乗客は非常ブレーキのおかげで無事でしたので、ご安心ください」ミスター・ブラックがぼくの手をにぎってくれた。「エレベーターといえば、このビルには貨物用の六基を含めて、七〇基があります。速度は一分あたり六〇〇から一四〇〇フィート。お好みで、地上から頂上まで一八六〇段の階段をのぼることも可能です」ぼくは階段をおりてもいいのかたずねた。

「きょうのように晴れた日には八〇マイル先まで――コネティカットまで見渡すことができます。一九三一年に展望台が公開されて以来、約一億一〇〇〇万人のお客さまが眼下に広がる息をのむような街の眺めを楽しんできました。毎年、三五〇万人以上が『めぐり逢い』でケーリー・グラントがデボラ・カーを待ちわび、『めぐり逢えたら』でトム・ハンクスとメグ・ライアンが運命的な出会いをした八六階に運ばれてくるのです。なお、この展望台は身体障害者対応になっています」

ルースは立ち止まって片手を胸にあてた。

「全体として、ニューヨーク市の感性と精神がエンパイアステートビルディングと一体化しているのです。この場所で恋に落ちた人から、お子さんやお孫さんを連れてまたやってきた人まで、誰もがこのビルは地上有数の絶景を提供する壮大な建造物であるばかりか、アメリカの独創性のふたつとない象徴であると知っているのです」

ルースがおじぎをした。ぼくらは拍手をした。

「おにいさん方、あと一分あるかしら?」「何分だってあるさ」とミスター・ブラックが言った。「というのも、公式のツアーは以上ですが、わたしがこのビルを愛しく思う点がふたつほどありまして、気にかけていただけそうな方にだけお話ししているのです」ぼくはルースに告げた、「ぼくらはありえないほど気にかけるよ」

「飛行船の係留マストは、現在テレビ塔の土台になっていますが、これは当初から建物の構造に含まれていたものです。一度、私有の小型飛行船を係留する試みに成功しました。ところが、一九三一年九月に再度挑戦したとき、海軍の飛行船は転覆しかけ、歴史的行事に出席した名士たちを吹き飛ばしそうになり、バラスト水で数ブロック先の歩行者たちはびしょ濡れになりました。係留マストという発想はとてもロマンチックでしたが、最終的には断念することになったのです」ルースがまた歩きだしたから、ぼくらはついていったけど、もしついていかなくてもルースは話をつづけたんだろうか。ルースがこんなことをやっているのはぼくらのためなのか、自分のためなのか、それともぜんぜん別の理由からなのか、ぼくにはなんともいえなかった。

「春と秋の渡り鳥の季節、霧深い夜に鳥たちを混乱させないように塔を照らす明かりが消されるのですが、その結果、鳥たちはビルに飛びこむことになります」「毎年、一万羽が窓にぶつかって死ぬんだよ」と、ぼくはルースに、ツインタワーの窓について調べていたときにたまたま知ったことを伝えた。「けっこうな数の鳥だな」とミスター・ブラックが言った。「窓もけっこうな数よ」とルースが言った。ぼくはふたりに告げた、「そう、それでぼくは、ビルにありえないほど近くなった鳥を探知して、別の高層ビルからものすごくうるさい鳴き声を出して鳥を引きつける装置を発明したんだ。鳥はビルからビルにはねるんだよ」。「ピンボールみたいだな」とミスター・ブラックが言った。「ピンボールって何?」とぼくはたずねた。「でも鳥たちはけっしてマンハッタンを離れない」とルースが言った。「それはいいね」とぼくはルースに告げた、「そしたら鳥のえさシャツがたよりになるし」。「今後の案内ツアーで一万羽という話をしても差しつかえないかしら?」その鳥たちはぼくのものじゃないよ、とぼくはルースに伝えた。

「天然避雷針であるエンパイアステートビルディングは一年に最大五〇〇回、雷に打たれます。雷雨の際、屋外の遊歩道は閉鎖されますが、屋内の展望台は営業しています。ビルの頂上には桁はずれの静電気が蓄積されるので、条件さえ整えば、展望台のフェンス越しに手を突き出すと、セントエルモの火が指先から放たれることでしょう」

「セントエルモの火なんて、すっげー!」「ここでキスをした恋人たちはくちびるが電気の火花でビリビリするかもしれません」ミスター・ブラックが言った、「いまの話がいちばん気に入ったぞ」。ルースが言った、「わたしもよ」。ぼくは言った、「ぼくはセントエルモの火だな」。「エンパイアステートビルディングは北緯四〇度四四分五三・九七七秒、西経七三度五九分一〇・八一二秒に位置しています。ありがとう。ありがとう」

「楽しかったよ」とミスター・ブラックが言った。「ありがとう」とルースは言った。ぼくは彼女にいろんなことをどうやって知ったのかたずねた。ルースは言った、「わたしがこのビルについて知っているのは、このビルを愛しているからよ」。それでぼくは靴が重くなって、というのもおかげでまだ見つかっていないカギ穴のことを思い出したし、それが見つからないうちはパパのことをちゃんと愛してないことになるからだった。「このビルの何がそんなにいいんだい?」とミスター・ブラックがたずねた。ルースは言った、「それに答えられるなら、本当の愛とは言えないでしょう?」「あんたはとてつもない女性だ」と言ってから、ミスター・ブラックはルースに家族の出身地をたずねた。「わたしはアイルランドで生まれました。少女のころに家族とやってきました」「あんたの両親は?」「アイルランド人でした」「じいさんとばあさんは?」「アイルランド人」「こいつは大ニュースだ」とミスター・ブラックが言った。「どうして?」とルースがきいたのは、ぼくもしようと思った質問だった。「なぜならわしの家族はアイルランドとなんの関係もないからだ。メイフラワー号でやってきたのさ」「**クール**」ルースが言った、「よくわからないわ」。ミスター・ブラックが言った、「わしらは親戚じゃないってことさ」。「どうして親戚だなんて?」「ラストネームが同じだからな」内心ぼくはこう思った、**でも細かいことをいうと、ルースはラストネームがブラックだなんて一度も言ってない。それに実際にブラックだとしたって、ミスター・ブラックがどうやってラストネームを知ったのか、ルースはどうしてきかないんだろう?** ミスター・ブラックはベレー帽をぬいで片ひざをつくのに、かなり時間がかかった。「ぶしつけを承知で言うが、そのうち、午後にご一緒させてもらえんだろうか。断られたらがっかりだが、気を悪くしたりはせんよ」ルースは顔をそむけた。「すまん」とミスター・ブラックは言った、「口にするべきじゃなかった」。ルースが言った、「わたしはずっとここにいるのです」

ミスター・ブラックが言った、「**なんぞ?**」「ずっとここにいるのです」「いつも?」「ええ」「いつから?」「それは、もうずっと。何年もまえから」ミスター・ブラックは言った、「ホゼ!」ぼくはルースにどうやっているのかたずねた。「どうやってって、どういう意味かしら?」「どこで寝るの?」「気持ちのよい夜は、ここで寝ます。でも寒いときは、この高さではたいていの夜がそうだけれど、倉庫にベッドを用意します」「何を食べるの?」「ここには軽食堂が二軒あります。それに、違うものを食べたいときは、食べ物を運んできてくれる若者たちがいます。ご存じのとおり、ニューヨークは多種多様な食体験を提供しますから」

ルースがここにいることは知られているのか、ぼくはきいてみた。「知られるって、だれに?」「さあ、このビルをもっている人とか」「わたしがここに越してきてから、このビルの所有者は何度も替わっています」「働いている人たちは?」「働く人たちもやってきては去っていく。新しい人たちはわたしがいるのを見て、わたしはここにいるものだと思いこみます」「出ていくように言われたことはないの?」「一度も」

「下に行ったらどうだろう?」ミスター・ブラックがたずねた。ルースは言った、「ここにいるほうが落ち着くのです」。「どうしてここにいるほうが落ち着くんだい?」「説明しにくいわ」「きっかけは何だったんだね?」「わたしの夫は戸別訪問をするセールスマンでした」「それで?」「これは昔の話です。夫はいつもあれこれと売り歩いていました。人生を変えてくれそうな新しいことが大好きでした。そして、素晴らしくて、突拍子もないアイデアを思いついてばかりいました。ちょっとあなたみたいで」とルースに言われて、ぼくは靴が重くなった、だって、どうしてぼくを見てぼくのことを思い出さないの?「ある日、夫は軍の放出物資店でスポットライトを見つけました。戦争直後で、ほとんどなんだって見つかった時代です。夫はそのライトを自動車用のバッテリーにつないで、一式を台車に固定しました。そして私にエンパイアステートビルの展望台にのぼるように言って、ニューヨークを歩きながらときどきライトでわたしを照らし、自分がどこにいるかわかるようにしたのです」

「うまくいったの?」「いいえ、日中はだめでした。そうとう暗くならないと光が見えなかったのですが、いったん見えたら、それはもう驚きでしたよ。まるでニューヨークじゅうの明かりが夫のライトだけ残して消えたようでした。そのぐらいはっきり見えたのです」。ぼくはルースにそれは大げさじゃないかときいてみた。ルースは言った、「これでも控えめに言っているのよ」。ミスター・ブラックが言った、「あるいはありのままに話しているのかもし

れん」

「最初の夜のことをおぼえています。わたしがここにのぼってみると、みんながまわりを眺めて、目にしたものを指さしていました。名所がたくさんありますからね。でも何かに向こうから指してもらっているのはわたしだけでした」「だれか」とぼくは言った。「ええ、何かというのは誰かでした。わたしは女王さまの気分でした。おかしいでしょ？　ばかばかしいでしょ？」ぼくはいいえと首をふった。ルースは言った、「まさに女王さま気分でした。ライトが消えると、夫の一日が終わったとわかるので、下りていって家で夫と会うのです。夫を亡くしたとき、わたしはまたここにのぼってきました。ばかげています」。「ううん」とぼくは言った。「そんなことない」「夫を探しにきたのではありません。わたしは小娘ではないのです。でも日中に夫の明かりを探していたときと同じ気持ちになれました。そこにあるのはわかっていて、見えないだけなのだと」ミスター・ブラックが一歩、ルースのほうに進んだ。

「家に帰るのは耐えられませんでした」とルースは言った。どうしてなのか、ぼくはきいてみた、知りたくないことを教わるんじゃないかと心配だったけど。ルースは言った、「そこに夫はいないと知っていたから」。ミスター・ブラックがルースにありがとうと伝えたけど、ルースの話はまだ終わっていなかった。「その夜は隅のほうで、あそこの隅で丸くなって、眠りました。もしかしたら警備員に見つけてもらいたかったのでしょうか。そうかもしれません。夜中に目が覚めると、わたしはひとりぼっちでした。寒かった。怖かった。わたしは手すりのほうに歩きました。ちょうどあのあたりに。こんなにひとりきりだと感じたことはありませんでした。ビルがますます高くなったかのようでした。それか街がますます暗くなったかです。でもこんなに生きていると感じたこともありませんでした。こんなに生きていて、こんなにひとりきりだと感じたことはなかったのです」

「あんたを下には連れていかないよ」とミスター・ブラックが言った。「ここで一緒に午後をすごせばいい」「わたしはやっかい者よ」とルースが言った。「わしもさ」とミスター・ブラックが言った。「一緒にいて楽しい人間ではありません。知っていることは全部しゃべってしまいましたし」「こっちはつきあいにくい男だ」とミスター・ブラックが言ったけど、それは本当じゃなかった。「この子に訊いてみな」とぼくを指さして言った。「ほんとだよ」とぼくは言った、「むかつくくらい」。「あんたは午後いっぱい、このビルについてわしに話してくれればいい。そうなったら最高だ。わしはそんなふうにすごしたい」「口紅だってもってないわ」「わしもさ」ルースは笑い声をあげたけど、すぐ口に手をあてたのが、悲しみを忘れた自分におこっているみたいだった。

歩いて一八六〇段をロビーまでおりきったときにはもう午後二時三二分になっていて、ぼくはへとへとだったし、見たところミスター・ブラックもへとへとだったので、ぼくらはまっすぐ帰った。ミスター・ブラックの家のドアに着いたとき——ほんの二、三分まえのことだ——ぼくはもうつぎの週末の予定をたてていて、というのもファー・ロッカウェイと、ボーラム・ヒルと、ロングアイランドシティと、時間があったらダンボにも行かなきゃいけなかったからだけど、ミスター・ブラックは話の腰を折って言った、「聞いてくれるか、オスカー?」「気安く呼ばないで、すりへっちゃうよ」「わしは終わりだな」「終わりって何が?」「わかってもらいたい」ミスター・ブラックが手を突き出してあく手を求めた。「終わりって何が?」「おまえさんといるのは大好きだ。一緒にいる一秒一秒が愛おしい。おまえさんはわしを世界に戻してくれた。こんなに素晴らしいことは誰にもしてもらったことがない。だがもうわしは終わりだと思う。わかってもらいたい」ミスター・ブラックの手は開いたまま、ぼくの手を求めていた。

ぼくはミスター・ブラックに言った、「わかんないよ」

ミスター・ブラックのドアをけって言った、「約束をやぶるなんて」

ミスター・ブラックをつついてどなった、「ずるいよ!」

背のびをしてミスター・ブラックの耳に口を近づけてどなった、「ファック・ユー!」

じゃなかった。ぼくはミスター・ブラックとあく手をして……


「そのあとまっすぐここに来て、いまはどうしたらいいかわからないよ」

ぼくが話をしているあいだ、間借り人は首をたてにふりながらぼくの顔を見ていた。あんまりじっと見つめるものだから、この人はぜんぜん聞いてないんじゃないか、それとも、ぼくの話にかくれているありえないほど静かなものを聞き取ろうとしていて、それはちょっと金属探知機っぽいけど、金属じゃなくて真実を探ってるんだろうか、とぼくは思った。

ぼくは間借り人に告げた、「六か月以上探してきて、六か月まえに知らなかったことはいまだって一個も知らないんだよ。というか、かえって知識がマイナスになったくらいなんだ、マルセルのフランス語のレッスンは全部サボっちゃったし。それにグーゴルプレックス個のウソをつかなきゃならなくて、自分がいやになるし、**おまけに**大勢の人に迷わくをかけて本当の友だちになるチャンスをぶちこわしたし、**おまけに**はじめたときよりいまのほうがパパが恋しくなっているけど、もともとやりたかったのはもうさびしがるのを止めることだったんだよ」

ぼくは間借り人に告げた、「こんなのもう痛すぎる」

間借り人は書いた、「何が?」

つぎにぼくがしたことには自分でもおどろいた。ぼくは「そのまま待ってて」と言うと七二段をかけおりて、通りを渡って、スタンに「ユーヴ・ガット・メール！」と言われても素通りして、一〇五段を上がった。アパートはからっぽだった。ぼくは美しい音楽が聴きたかった。パパの口笛と、パパの赤ペンのカリカリいう音と、パパのクローゼットでゆれる振り子と、靴ひもを結ぶパパが欲しかった。自分の部屋に行って電話を持った。一〇五段をかけおりて、スタンにまた「ユーヴ・ガット・メール！」と言われても素通りして、七二段を上がってまたおばあちゃんのアパートのなかに入った。ゲストルームに行った。間借り人はまるでおんなじ姿勢で立っていて、なんだかぼくはそこをはなれなかったか、そこにいたことは一度もなかったみたいな感じだった。ぼくはおばあちゃんがぜったい完成できないスカーフのなかから電話を取り出して、プラグを差しこんで、最初の五件のメッセージを再生してあげた。間借り人は顔色ひとつ変えなかった。ただぼくを見ていた。いや、ぼくを、でもなくて、ぼくの内を、まるで探知機がぼくの奥深くにとてつもない真実を感知したみたいに見ていた。

「ほかの人はこれを聞いたことがないんだ」とぼくは言った。

「きみのお母さんは？」と間借り人は書いた。

「ママはなおさらだよ」

間借り人は腕組みをして手をわきの下に入れた、それは間借り人にしてみたら手で口をふさぐみたいなものだった。ぼくが「おばあちゃんも聞いたことないんだよ」と言うと、間借り人の手がふるえだして、テーブルクロスの下に閉じこめられた鳥みたいになった。とうとう間借り人は手を放してあげた。間借り人は書いた、「お父さんはあの出来事を見て、誰かを助けようと駆けつけたのかもしれない」。「そうだね。パパはそういう人だったよ」「いい人だった？」「最高の人だったよ。でも打ち合わせであのビルにいたんだ。それに、屋上にのぼるって言ってたから、飛行機がつっこんだ場所より上にいたのはまちがいないし、てことはだれかを助けようとかけつけたんじゃないってことになるね」「屋上に行くつもりだと言っただけかもしれん」「どうしてそんなことするの？」

「どんな打ち合わせだった？」「うちの宝石店を経営しているんだ。打ち合わせはしょっちゅうあるよ」「うちの宝石店？」「おじいちゃんがはじめたんだよ」「おじいちゃんはどんな人？」「知らない。ぼくが生まれるまえにおばあちゃんを置いて出ていったんだ。おばあちゃんの話だと、動物と話せて、本物よりも本物っぽい彫刻をつくれたんだって」「どう思う？」「人は動物と話せないと思うよ。イルカは別かもね。チンパンジーとの手話とか」「おじいちゃんのことはどう思う？」「なんとも思わないよ」

間借り人は「再生」をおしてまたメッセージを聞いて、五件目が終わるとまたぼくは「停止」をおした。

間借り人は書いた、「最後のメッセージは穏やかな声だ」。ぼくは間借り人に告げた、『ナショナル・ジオグラフィック』で読んだんだけど、動物は死にそうだって思うと、パニくっておかしな行動をはじめるんだって。でも死ぬんだと知ると、ものすごくおだやかになるんだ」。「きみに心配をかけたくなかったのかもしれん」そうかもしれない。愛してるって言ってくれなかったのも、愛してくれていたからこそなのかも。でもそれは納得のいく説明じゃなかった。ぼくは言った、「パパがどんなふうに死んだか知る必要があるんだ」

間借り人はページを戻して指さした、「なぜ？」

「そしたらどんな死に方をしたか発明しなくてもよくなるから。ぼくは発明してばかりなんだ」

間借り人はページを戻して指さした、「すまない」

「インターネットで落ちる体のビデオをたくさん見つけたんだ。のってたのはポルトガル語のサイトで、そこにはこっちで起きたのにこっちでは見られないものがいろいろあったよ。パパの死に方について知りたかったら、いつも翻訳プログラムを使ってほかの言葉ではどう言うのか調べないといけないけどね、『九月』は『Wrzesień』とか、

『燃えているビルから飛びおりる人たち』は『Menschen, die aus brennenden Gebäuden springen』とか。それからそういう単語をググるんだよ。ありえないほど頭にくるのはぼくが知らないことを世界じゅうの人が知ってるってことで、だってそれはここで起きて、ぼくに起きたんだから、**ぼくのもの**じゃないの？

ポルトガル語のビデオの静止画像をプリントアウトしてものすごく近くで調べてみたんだ。パパかもしれない体がひとつあるんだよね。パパみたいな服だし、拡大してピクセルが大きくなって人間っぽく見えなくなると、メガネが見えたりする。というか見える気がする。でもたぶんそんなことはないってわかってるんだ。パパであってほしいって願ってるだけで」

「飛びおりたことを願ってる？」

「ぼくは発明するのをやめたいんだ。パパの死に方が、どうやって死んだかがはっきりわかったら、何人かの人みたいに、階と階のとちゅうで停まったエレベーターのなかで死んだなんて発明しなくていいし、ポーランド語のサイトのビデオで見た人みたいにビルの外壁をはっておりようとしたとか、ウィンドウズ・オン・ザ・ワールドにいた人たちが実際にやったみたいにテーブルクロスをパラシュートのかわりにしたとか想像しなくていい。ほんとにいろんな死に方があったし、ぼくはとにかくパパのがどれだったか知らなきゃならないんだ」

間借り人は両手をぼくに取ってもらいたいみたいに差し出した。「それって、タトゥー？」間借り人は右手をとじた。ぼくはページを戻して「なぜ？」を指さした。間借り人は手を引っこめて書いた、「このほうが楽だ。いちいちイエスやノーを書く代わりに、手を見せればいい」。「でもどうしてYESとNOだけなの？」「手は二本しかない」「『考えてみる』とか、『たぶん』とか、『そうかもしれない』はどう？」間借り人は目をつぶって何秒か考えこんだ。そして肩をすくめた、パパそっくりのやり方で。

「むかしからずっとだまってるの?」間借り人は右手を開いた。「じゃあどうしてしゃべらないの?」間借り人は書いた、「できない」。「なんで?」間借り人は指さした、「できない」。「声帯がこわれてるとか?」「何かが壊れている」「最後にしゃべったのはいつ?」「大昔だ」「最後に言った言葉は?」間借り人はページを戻して「I」を指さした。「Iが最後に言った言葉なの?」間借り人は左手を開いた。「それって、言葉に入るのかな?」間借り人は肩をすくめた。「しゃべってみる?」「どうなるかはわかってる」「どうなるの?」間借り人はページを戻して指さした、「できない」

「やってよ」「いま?」「何か言ってみて」間借り人は肩をすくめた。ぼくは言った、「おねがい」

間借り人は口を開けて指をのどにあてた。指がぱたぱた動いて、ひとこと伝記をさぐるミスター・ブラックの指みたいだったけど、音はなんにも出てこなかった、耳ざわりな音も、息の音も。

ぼくは間借り人にきいた、「なんて言おうとしたの?」間借り人はページを戻して指さした、「すまない」。ぼくは言った、「だいじょうぶだよ」。ぼくは言った、「ほんとに声帯がこわれているのかもね。専門家のところに行かなきゃ」。ぼくは間借り人にきいた、「なんて言おうとしたの?」間借り人は指さした、「すまない」

ぼくはきいた、「手の写真をとってもいい?」

間借り人は両手を上に向けて、本みたいにひざの上にのせた。

YESとNO。

ぼくはおじいちゃんのカメラのフォーカスを合わせた。

間借り人は両手をものすごくじっとしていた。

ぼくは写真をとった。

ぼくは間借り人に告げた、「そろそろ帰るね」。間借り人は本を手にとって書いた、「おばあさんはどうする？」

「あした話すって伝えといて」

通りを渡りかかったとき、後ろで手をたたく音が、まるでミスター・ブラックの家の窓の外を飛ぶ鳥の羽ばたきみたいに聞こえた。まわれ右すると、間借り人がビルの入り口に立っていた。のどに手をあてて口を開け、またしゃべろうとしているみたいだった。

ぼくは間借り人に呼びかけた、「なんて言おうとしたの？」

間借り人は本に何か書いて持ちあげたけど、見えなかったので、ぼくは走って戻った。そこに書いてあったのは、「会ったことをおばあさんには話さないでくれ」。ぼくは「そっちがしないならしないよ」と伝えて、べつに気にもしなかったけど、不思議に思って当然で、だって、なんで**この人が**秘密にしたがるの？　間借り人は書いた、「何かで私が必要になったら、客間の窓に小石を投げなさい。下りていくから街灯の下で会おう」。ぼくは言った、「ありがと」。でも内心考えていたのは、**なんでこの人が必要になったりする？**

その夜、ぼくの望みは眠ることだけだったのに、できたのは発明することだけだった。

たとえば、飛行機を凍らせて、熱追尾式ミサイルから逃れられるようにするのはどうだろう？

たとえば、放射線検出器をかねた地下鉄の改札口はどうだろう？

たとえば、全部のビルからひとつの病院までつなぐありえないほど長い救急車はどうだろう？

たとえば、ウエストポーチ入りのパラシュートはどうだろう？

たとえば、銃の柄に持ち主がおこってるかどうか探知するセンサーをつけて、もしおこっていたら、その人が警察官でも、発砲しないようにするのはどうだろう？

たとえば、ケヴラーの強力耐熱繊維でつくったオーバーオールはどうだろう？

たとえば、高層ビルを可動式の部品でつくって、いざというときに並びかえられて、真ん中に飛行機が通過する穴をあけたりできるようにするのはどうだろう？

たとえば……

たとえば……

たとえば……

と、そのときこれまでの考えとはぜんぜんちがう考えが脳みそにうかんだ。それはもっとぼくの近くに、もっと大きな声で迫ってきた。それがどこから来たのかも、何を意味するのかも、ぼくはそれが大好きなのか大きらいなのかもわからなかった。それはにぎりこぶしか花のようにぱっと開いた。

たとえば、パパのからっぽの棺おけを掘り出すのはどうだろう？

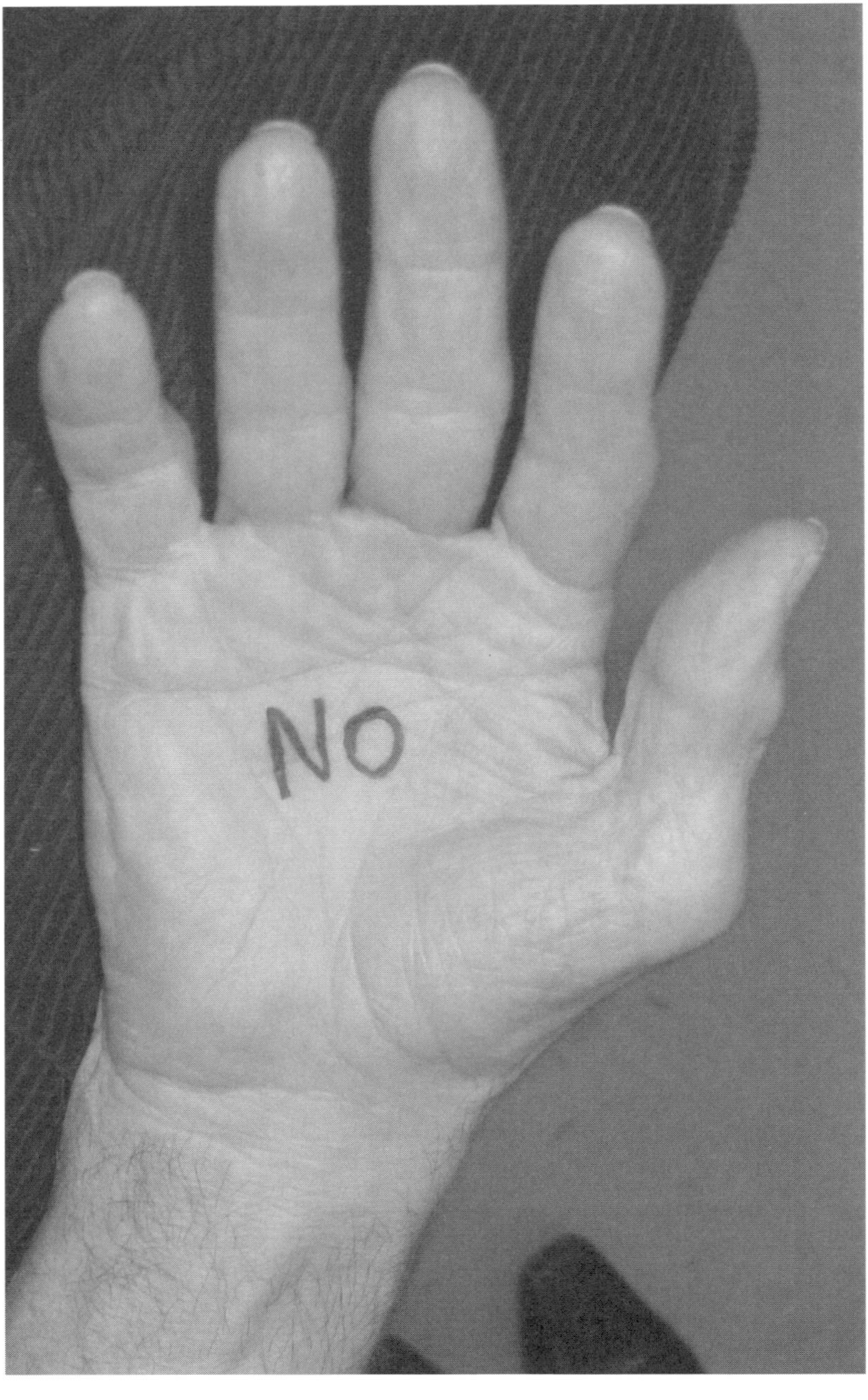
NO

YES

私がおまえのところにいないわけ

〇三年九月十一日

私はしゃべれない、　すまない。

私の名はトーマス。

すまない。

それでもすまない。

わが子へ。私はおまえが死んだ日に最後の手紙を書き、これでもうおまえに宛てて書くことはないだろうと思いこんだ、私はこれまで何度も間違った思いこみをしてきた、だからどうして今夜ペンを握るこの感触に驚くことがあろうか？　私はオスカーと会うのを待ちながら書いている、あと一時間足らずで、私はこの本を閉じて街灯の下であの子を見つける、私たちは墓地に、おまえのところへ向かう、おまえの父親とおまえの息子がだ、そのいきさつはこうだ。約二年前、私はおまえのお母さんのドアマンに手紙を預けた。通りの反対側から見ているとリムジンが停まった、彼女がおりてドアにさわった、彼女はひどく変わっていたがそれでも彼女だとわかった、彼女の手は変わっていたがドアのさわり方は同じだった、彼女は男の子と一緒に建物に入っていった、ドアマンが手紙を渡してくれたかどうかは見えなかった、彼女の反応も見えなかった、男の子が出てきて通りの向かい側の建物に入っていった。その夜、私が見ていると彼女は手のひらを窓にあてて立った、私はドアマンにもう一通預けた、「私にまた会いたいかい、それとも私はどこかへ行くべきだろうか？」次の朝、窓に手紙が書かれていた、「行かないで」、というのは何かを意味していたが、「また会いたい」という意味ではなかった。私は小石をひと握り集めて彼女の窓に投げた、何も起こらなかった、私はさらにいくつか投げたが、彼女は窓辺にやってこなかった、私は手帳本に手紙を書いた──「私にまた会いたいかい？」──そのページをはがしてドアマンに預けた、次の朝に戻ってきた、私は彼女の人生をこれ以上やっかいにしたくなかったが、あきらめたくもなかった、窓に手紙があった、「また会いたいと思いたくない」、というのは何かを意味していたが、イエスという意味ではなかった。私は通りの小石を集めて彼女の窓に投げ、私のことが聞こえて私の意図をわかってくれるよう願いながら待っていた、彼女は窓辺にやってこなかった、私は手紙──「どうしたらいい？」──を書いてドアマンに預けると、彼は「必ず渡しますよ」と言ったが、私は「ありがとう」と言えなかった。次の朝に戻ると、窓に手紙があった、最初の手紙、「行かないで」、私は小石を集めて投げると、それは指のようにガラスを叩いた、私は手紙を書いた、「イエスそれともノー？」というのもこんなことをいつまでつづけられるのか？　次の日、私はブロードウェイで店を見つけてリンゴを買った、彼女が望まないのなら私は去る、行くあてはないが、まわれ右して立ち去るつもりだった、彼女の窓に手紙はなかったので、私はリンゴを投げた、ガラスが降りそそぐのを覚悟していたが、破片は怖くなかった、リンゴは窓を突き抜けて彼女のアパートに入り、建物の前に立っていたドアマンが、「開いてるとはツイてますね」と言ったが、私はツイていないのは知っていた、彼は鍵を渡してくれた。私はエレベーターでのぼった、ドアが開いていた、家のにおいがすると、四十年間、頭から締め出そうとしても忘れられなかったものが甦ってきた。鍵をポケットに入れた、「客間だけよ！」と彼女が私たちの寝室から声をかけてきた、かつてふたりで眠り、夢を見、愛を交わした部屋から。そんなふうにして私たちふたりの第二の人生は始まった……十一時間の旅と四十年の時をへて、飛行機から降りたとき、男は私のパスポートを手にして入国の目的を尋ねた、私は手帳本に「喪に服すため」と書き、それから「喪に服す生きる努力をするため」とした、男はこっちを見て、それは仕事でしょうか遊びでしょうかと尋ねた、私は「どちらでもない」と書いた。「どのくらいの期間、喪に服して生きる努力をする予定ですか？」私は書いた、「これからの生涯ずっと」。「こちらに滞在するのですね？」「できるだけ長く」「それは週末、それとも一年ということでしょうか？」私は何も書かなかった。男は言った、「次の方」。私はいくつもの鞄が回転台をまわっていくのを眺めた、どの鞄にも人の持ち物が入っていた、赤ん坊たちがぐるぐるまわっているのが見えた、可能性のある命だ、申告するものがない者向けの矢印をたどると、そのせいで笑いたくなったが、私は黙っていた。ひとりの警備員に脇に来るよう言われた、「申告するものがない人にしては、スーツケースがたくさんありますね」と彼は言った、私は申告するものがない人の荷物がいちばん多いのを知っているのでうなずき、スーツケースを開けて見せた、「紙がたくさんありますね」と彼は言った、私が左の手のひらを見せると、「というより、ぜんぶ紙ですね」。私は書いた、「息子への手紙だ。生きているうちに送ることはできなかった。もう息子は死んだ。私はしゃべれない。すまない」。警備員はもうひとりの警備員を見て笑顔を交わした、笑われるのは気にしない、それですむなら安いものだ、彼らは私を通してくれた、私を信用したからではなく私をわかろうとしたくなかったからだ、私は公衆電話を見つけておまえのお母さんにかけた、そこまでは計画どおりだった、私はいろいろ決めてかかっていた、彼女がまだ生きているものと、四十年前に私が去ったときと同じアパートに住んでいるものと、彼女が私を迎えにきてくれて何もかも順当にまわりはじめ、私たちは喪に服して生きる努力をするものと決めてかかっていた、電話は何度も何度も鳴った、私たちはたがいに許し合うだろう、電話が鳴った、女が出た、「もしもし？」私は彼女だとわかった、声は変わっていたが息づかいは同じだった、言葉と言葉の間が同じだった、私は「4、3、5、5、6」〔Hello. もしもし〕と押し、彼女が言った、「もしもし？」私は尋ねた、「4、7、4、8、7、3、2、5、5、9、9、6、8？」〔Is it really you? 本当にきみか？〕彼女は言った、「そちらの電話は百ドルじゃないようね、もしもし？」私は送話口から手を入れて電話線をたどり、彼女の部屋のなかまで伸ばしたかった、YESを差し出したかった、私は尋ねた、「4、7、4、8、7、3、2、5、5、9、9、6、8？」彼女は言った、「もしもし？」私は告げた、「4、3、5、7！」〔Help! 助けてくれ〕「ちょっと」と彼女が言った、「そちらの電話がどうなってるのかわからないけれど、ビーッという音しか聞こえませんよ。いったん切って、やり直しては？」やり直す？ 私はやり直そうとしていた、それが私のしていたことだ！ それがなんの足しにもならないのは知っていた、いい結果にならないのは知っていたが、私はそのまま空港の真ん中に、世紀のはじめに、人生の終わりに立ち尽くし、彼女にすべてを告げた。なぜ私が去ったのか、どこに行ったのか、おまえの死をどうやって知ったのか、なぜ戻ってきたのか、そして残された時間に何をしなければならないか。彼女に告げたのは、私を信じて理解してほしいからだったし、彼女と、私自身と、おまえに借りがあると思ったからだったが、それはよけいに身勝手だったのだろうか？　私は人生をばらばらの文字に分解し、愛のかわりに「5、6、8、3」〔love〕を、死のかわりに「3、3、2、8、4」〔death〕を押した、喜びから苦しみを引いたら、何が残るだろう？　私は思った、私の人生の合計は何になるのか？

「6、9、6、2、6、3、4、7、3、5、4、3、2、5、8、6、2、6、3、4、5、8、7、8、2、7、7、4、8、3、3、2、8、8、4、3、2、4、7、7、6、7、8、4、6、3、3、8、6、3、4、6、3、6、7、3、4、6、5、3、5、7！6、4、3、2、2、6、7、4、2、5、6、3、8、7、2、6、3、4、3？5、7、6、3、5、8、6、2、6、3、4、5、8、7、8、2、7、7、4、8、3、9、2、8、8、4、3、2、4、7、7、6、7、8、4、6、3、3、3、8！4、3、2、4、7、7、6、7、8、4！6、3、3、3、8、6、3、9、6、3、6、6、3、4、6、5、3、5、7！6、4、3、2、2、6、7、4、2、5、6、3、8、7、2、6、3、4、3？5、7、6、3、5、8、6、2、6、3、4、5、8、7、8、2、7、7、4、8、3、3、2、8！7、7、4、8、3、3、2、8、3、4、3、2、4、7、6、6、7、8、4、6、8、3、8、8、6、3、4、6、3、6、7、3、4、6、7、7、4、8、3、3、9、8、8、4、3、2、4、5、7、6、7、8、4、6、3、5、5、2、6、9、4、6、5、6、7、5、4、6！5、2、6、2、6、5、9、5、2？6、9、6、2、6、5、4、7、5、5、4、5、2、5、2、6、4、6、2、4、5、2、7、2、2、7、7、4、2、5、5、2、9、2、4、5、2、6！4、2、2、6、5、4、2、5、7、4、5、2、5、2、6、2、6、5、4、5、2、7、2、2、7、7、4、2、5、5、2、2、2、4、5、2！7、2、2、7、7、4、2、5、5、2、2、2、4、5、2、4、7、2、2、7、2、4、6、5、5、5、2、6、5、4、6、5、6、7、5、4！4、3、2、4、3、3、6、3、8、4！6、3、3、3、8、6、3、9、6、3、6、6、3、4、6、5、3、5、3！2、2、3、3、2、6、3、4、2、5、6、3、8、3、2、6、3、4、3？5、6、8、3？5、3、6、3、5、8、6、2、6、3、4、5、8、3、8、2、3、4、8、3、3、2、8！3、3、4、8、3、3、2、8、3、4、3、2、4、7、6、6、7、8、4、6、8、3、8、8、6、3、4、6、3！2、2、7、7、4、2、5、5、2、9、2、4、5、2、6！4、2、2、6、5、4、2、5、7、4、5、2、5、2、6、2、6、5、4、5、2、7、2、2、7、7、4、2、5、5、2、2、2、4、5、2！7、

2、2、7、7、4、2、5、5、2、2、2、4、5、2、4、7、2、2、7、2、4、6、5、5、5、2、6、5、4、6、5、6、7、5、4！6、5、5、5、
7！6、4、5、2、2、6、7、4、2、5、6、5、2、6！2、6、5、4、5？5、7、6、5、5、2、6、2、6、5、4、5、2、7、2、2、7、
7、4、2、5、9、2、2、2、4、5、2、4、5、5、6、5、2、4、6、5、5、5、2！4、5、2、4、5、5、6、5！5、6、8、3？5、5、
6、5、5、2、6、2、6、3、4、5、8、3、8、2、3、3、4、8、3、9、2、8、8、4、3、2、4、3、3、6、3、8、4、6、3、3、3、8！4、
3、2、4、3、3、6、3、8、4、6、3！5、6、8、3？5、6、8、3？5、6、8、3！4、2、2、6、5、4、2、5、7、4、5、2、5、2、
6、2、6、5、4、5、2、7、2、2、7、4、5、2、4、6、3、5、8、6、2、6、3、4、5、8、7、8、2、7、7、4、8、3、3、2、8！6、5、
5、5、7！6、4、5、2、2、6、7、4、2、5、6、5、2、6！2、6、5、4、5？5、7、6、5、5、2、6、2、6、5、4、5、2、7、2、
2、7、7、4、2、5、9、2、2、2、4、5、2、4！5、6、8、3？5、5、6、5、2、4、6、3、6、7、3、4、6、7、7、4、8、3、3、9、
8、8、4、3、2、4、5、7、6、7、8、4、6、3、5、5、2、6、9、4、6、5、6、7、5、4、6！5、2、6、2、6、5、9、5、2？6、9、
6、2、6、5、4、7、5、5、4、5、2、5、2、6、4、6、2、4、5、2、7、2、2、7、7、4、2、5、5、2、9、2、4、5、2、6！4、2、2、
6、5、4、2、5、7、4、5、2、5、2、6、2、6、5、4、5、2、7、2、2、7、7、4、2、5、5、2、2、2、4、5、2！7、2、2、7、7、4、
2、5、5、2、2、2、4、5、2、4、7、2、2、7、2、4、6、5、5、5、2、6、5、4、6、5、6、7、5、4！6、5、5、5、7！6、4、5、
2、2、6、7、4、2、5、6、5、2、6！2、6、5、4、5？5、7、6、5、5、2、6、2、6、5、4、5、2、7、2、2、7、7、4、2、5、9、
2、2、2、4、5、2、4！5、6、8、3？5、5、6、5、2、4、6、5、5、5、2！4、5、2、4、5、5、6、5！2、5、5、2、9、2、4、
5、2、6！4、2、2、6、5、4、2！5、5、6、5、5、2、6、2、6、3、4、5、8、3、8、2、3、3、4、8、3、9、2、8、8、4、3、2、
4、3、3、6、3、8、4、6、3、3、3、8！4、3、2、4、3、3、6、3、8、4！6、3、3、3、8、6、3、9、6、3、6、6、3、4、6、5、
3、5、3！2、2、3、3、2、6、3、4、2、5、6、3、8、3、2、6、3、4、3？5、6、8、3？5、3、6、3、5、8、6、2、6、3、4、
5、8、3、8、2、3、3、4、8、3、3、2、8！2、7、2、4、6、5、5、5、2、6、5、4、6、5、6、7、5、4！6、5、5、5、7！6、

4、5、2、2、6、7、4、2、5、6、5、2、6！2、6、5、4、5？5、7、6、5、5、2、6、2、6、5、4、5、2、7、2、2、7、7、4、2、
5、9、2、2、2、4、5、2、4、5、5、6、5、2、4、6、5、5、5、2！4、5、2、4、5、5、6、5！5、6、8、3？5、5、6、5、5、
2、6、2、6、3、4、5、8、3、8、2、3、3、4、8、3、9、2、8、8、4、3、2、4、3、4、6、5、5、5、2！4、5、2、4、5、5、6、
5！6、5、4、5？4、5？5、5、6、5、5、2、6、2、6、3、4、5、8、3、8、2、3、3、4、8、3、9、2、8、8、4、3、2、4、3、
3、6、3、8、4、6、3、3、3、8！4、3、2、4、3、3、6、3、8、4！6、3、3、3、6、7、4、2、5、6、3、8、7、2、6、3、4、
3？5、7、6、3、5、8、6、2、6、3、4、5、8、7、8、2、7、7、4、8、3、3、2、8！7、7、4、8、3、3、2、8、3、4、3、2、4、
7、6、6、7、8、4、6、8、3、8、8、6、3、4、6、3、6、7、3、4、6、7、7、4、8、3、3、9、8、8、4、3、2、4、5、7、6、7、8、
4、6、3、5、5、2、6、9、4、6、5、6、7、5、4、6！5、2、6、2、6、5、9、5、2？6、9、6、2、6、5、4、7、5、5、4、5、2、
5、2、6、4、6、2、4、5、2、7、2、2、7、7、4、2、5、5、2、9、2、4、5、2、6！4、2、2、6、5、4、2、5、7、4、5、2、5、2、
6、2、6、5、4、5、2、7、2、2、7、7、4、2、5、5、2、2、2、4、5、2！7、2、2、7、7、4、2、5、5、2、2、2、4、5、2、4、7、
2、2、7、2、4、6、5、5、5、2、6、5、4、6、5、6、7、5、4！6、5、5、5、7！6、4、5、2、2、6、7、4、2、5、6、5、2、
6！2、6、5、4、5？5、7、6、5、5、2、6、2、6、5、4、5、2、7、2、2、7、7、4、2、5、9、2、2、2、4、5、2、4！5、6、
8、3？5、5、6、5、2、4、6、5、5、5、2！4、5、2、4、5、5、6、5！8、6、3、9、6、3、6、6、3、4、6、5、3、5、3、2、
2、3、3、2、6、3、4、2、5、6、3、8、3、2、6、3、4、3？5、6、8、3？5、3、6、3、5、8、6、2、6、3、4、5、8、3、8、2、
3、3、4、8、3、3、2、8！3、3、4、8、3、3、2、8、3、4、3、2、4、7、6、6、7、8、4、6、8、3、8、8、6、3、4、6、3！2、
2、7、7、4、6、7、4、2、5、6、3、8、7、2、6、3、4、3？5、7、6、3、5、8、6、2、6、3、4、5、8、7、8、2、7、7、4、8、3、
3、2、8！7、7、4、8、3、3、2、8、3、4、3、2、4、7、6、6、7、8、4、6、8、3、8、8、6、3、4、6、3、6、7、3、4、6、7、7、
4、8、3、3、9、8、8、4、3、2、4、5、7、6、7、8、4、6、3、5、5、2、6、9、4、6、5、6、7、5、4、6！5、2、6、2、6、5、9、

5、2？6、9、6、2、6、5、4、7、5、5、4、5、2、5、2、6、4、6、2、4、5、2、7、2、2、7、7、4、2、5、5、2、9、2、4、5、2、
6！4、2、2、6、5、4、2、5、7、4、5、2、5、2、6、2、6、5、4、5、2、7、2、2、7、7、4、2、5、5、2、2、4、5、2！7、
2、2、7、7、4、2、5、5、2、2、2、4、5、2、4、7、2、2、7、2、4、6、5、5、5、2、6、5、4、6、5、6、7、5、4！6、5、5、5、
7！6、4、5、2、2、6、7、4、2、5、6、5、2、6！2、6、5、4、5？5、7、6、5、5、2、6、2、6、5、4、5、2、7、2、7、
7、4、2、5、9、2、2、2、4、5、2、4！5、6、8、3？5、5、6、5、2、4、6、5、5、5、2！4、5、2、4、5、5、6、5！2、5、
5、2、9、2、4、5、2、6！4、2、2、6、5、4、2！5、5、6、5、5、2、6、2、6、3、4、5、8、3、8、2、3、3、4、8、3、9、2、
8、8、4、3、2、4、3、3、6、3、8、4、6、3、3、3、8！4、3、2、4、3、3、6、3、8、4！6、3、3、3、8、6、3、9、6、3、6、
6、3、4、6、5、3、5、3！2、2、3、3、2、6、3、4、2、5、6、3、8、3、2、6、3、4、3？5、6、8、3？5、3、6、3、5、8、
6、2、6、3、4、5、8、3、8、2、3、3、4、8、3、3、2、8！2、7、2、4、6、5、5、5、2、6、5、4、6、5、6、7、5、4！6、5、
5、5、7！6、4、5、2、2、6、7、4、2、5、6、5、2、6！2、6、5、4、5？5、7、6、5、5、2、6、2、6、5、4、5、2、7、2、
2、7、7、4、2、5、9、2、2、2、4、5、2、4、5、5、6、5、2、4、6、5、5、5、2！4、5、2、4、5、5、6、5！5、6、8、3？
5、5、6、5、5、2、6、2、6、3、4、5、8、3、8、2、3、3、4、8、3、9、2、8、8、4、3、2、4、3、3、6、3、8、4、6、3、3、3、
8！4、3、2、4、3、3、6、3、8、4、6、3！5、6、8、3？5、6、8、3？5、6、8、3！4、2、2、6、5、4、2、5、7、4、5、
2、5、2、6、2、6、5、4、5、2、7、2、2、7、4、5、2、4、6、3、5、8、6、2、6、3、4、5、8、7、8、2、7、7、4、8、3、3、2、
8！7、7、4、8、3、3、2、8、3、4、3、2、4、7、6、6、7、8、4、6、8、3、8、8、6、3、4、6、3、6、7、3、4、6、7、7、4、8、
3、3、9、8、8、4、3、2、4、5、7、6、7、8、4、6、3、5、5、2、6、9、4、6、5、6、7、5、4、6！5、2、6、2、6、5、9、5、
2？6、9、6、2、6、5、4、5、6、5、2、4、6、5、5、5、2、7、4、2、5、5、2、2、2、4、5、2！7、2、2、7、7、4、2、5、5、
2、2、2、4、5、2、4、7、2、2、7、2、4、6、5、5、5、2、6、5、4、6、5、6、7、5、4！6、5、5、5、7！」

それには長い時間がかかった、何分、何時間、どのくらいかかったかわからない、心が疲れ、指もくたびれた、私は自分と自分の人生のあいだの壁を指で、ひと押しずつ破壊しようとしていた、二十五セント玉が尽きるか、彼女に切られると、かけ直した、「4、7、4、8、7、3、2、5、5、9、9、6、8?・」(Is it really you? 本当にきみか?・) 彼女は言った、「冗談のつもり?・」冗談、冗談ではなかった、冗談とは何か、冗談だったのだろうか? 彼女が切って、私はかけ直した、「8、4、4、7、4、7、6、6、8、2、5、6、5、3!・」(This is not a joke! これは冗談じゃない!・) 彼女が尋ねた、「オスカー?・」あの子の名前を聞いたのはそれが初めてだった……ドレスデンの駅にいたとき、私はふたたびすべてを失った、私は出さないとわかっている手紙を書いていた、ときにはあちらから、ときにはこちらから、ときには動物園から書いた、おまえに宛てて書いている手紙のことしか考えなかった、ほかのことは存在しなかった、頭を垂れてアンナのところへ歩くときと同じで、世界から身を隠し、だから彼女と鉢合わせしたのだし、だからテレビのまわりに人が集まっているのに気がつかなかった。二機目の飛行機が突っ込み、誰かが思わずわめいて、ようやく私が顔を上げると、テレビのまわりに何百人もの人だかりができていた、彼らはどこから来たのだろう? 立ちあがってよく見ても、私は画面に映るものが理解できなかった、これはコマーシャルなのか、新作の映画なのか? 私は「何があった?・」と書き、テレビを見ていた若いビジネスマンに見せると、彼はコーヒーをひと口飲んで言った、「まだわからない」、彼のコーヒーが頭から離れない、彼の「まだ」が頭から離れない。私はその場に、群衆のひとりとして立っていた、私は映像を見ているのだろうか、それとももっと複雑なことが起きているのだろうか? 飛行機が突っ込んだ場所より上の階をかぞえてみた、火はビルの上にまわるはずで、きっとそこにいる人たちは助からないし、飛行機には何人乗っているのか、通りには何人いるのか、私は考えに考えた。帰り道、私は電器店の前で立ち止まった、店先にテレビが格子状に並べられ、一台をのぞいてどれもがビルを、同じ映像を何度も何度も映していた、世界がみずからくりかえしているかのようだった、歩道に人だかりができていた、脇のほうの一台は自然に関する番組を映していた、ライオンがフラミンゴを食べていた、群衆が騒ぎだし、誰かが思わずわめいた、ピンクの羽、ほかのテレビの一台を見ると、ビルはひとつしかなかった、百の天井が百の床になり、無となった、そのことを信じられるのは私だけだった、空は紙で、ピンクの羽でいっぱいだった。その午後カフェはどこも満員だった、人々は笑っていた、映画館の前に行列ができていた、彼らはコメディを見るのだろう、世界はとても広くて狭い、私たちは近いと同時に遠かった。その後の数日と数週間、私は新聞の死亡者リストを読んだ。三児の母、大学二年生、ヤンキースファン、弁護士、兄、債券トレーダー、週末マジシャン、いたずら者、姉、博愛家、真ん中の息子、愛犬家、管理人、一人っ子、起業家、ウェイトレス、十四人の孫の祖父、正看護師、会計士、インターン、ジャズサックス奏者、姪を溺愛するおじ、陸軍予備役兵、深夜の詩人、妹、窓清掃員、スクラブル・プレーヤー、ボランティア消防士、父親、父親、エレベーター修理人、ワイン愛好家、事務長、秘書、料理人、金融業者、取締役副社長、バードウォッチャー、父親、皿洗い、ベトナム帰還兵、新米ママ、熱心な読者、一人っ子、中級チェスプレーヤー、サッカー監督、弟、アナリスト、支配人、黒帯、ＣＥＯ、事業パートナー、建築家、配管工、広報担当重役、父親、アーティスト・イン・レジデンス、都市プランナー、新婚、投資銀行家、シェフ、電気技師、当日の朝に風邪を引いて病欠の電話をしようかと考えた新米パパ……そしてある日私はそれを見た、トーマス・シェル、最初は私が死んだのかと思った。「遺族は妻と息子ひとり」、私は思った、息子よ、私は思った、孫よ、私は考えに考えて考え、そして考えるのをやめた……飛行機が降下して四十年ぶりにマンハッタンを目にしたとき、私は自分が上昇しているのか下降しているのかわからなかった、明かりは星だった、見覚えのある建物はひとつもなかった、私は男に伝えた、「喪に服す生きる努力をするため」、私は何も申告しなかった、私はおまえのお母さんに電話したが自分のことを説明できなかった、私はかけ直した、冗談だと思われた、またかけ直した、彼女は尋ねた、「オスカー?」私は雑誌の売店に行って二十五セント玉を増やした、やり直した、電話を鳴らしに鳴らした、やり直した、電話を鳴らした、待ってからやり直した、地面に座った、次はどうなるかわからず、次はどうなってほしいかもわからず、私はもう一度やり直した、「もしもし、こちらはシェルの住居です。応答メッセージみたいに話していますが、ほんとはぼくが電話に出ています。ぼくかおばあちゃんと話がしたかったら、いまからピーッという音を出すので、そのあとにお話しください。ピイィーッ。もしもし?」子どもの声だった、男の子のだ。「ほんとにぼくだよ。出てるんだ。ボンジュール?」私は電話を切った。おばあちゃん? 考える時間が必要だった、タクシーだと速すぎる、バスもそうだろう、いったい何を恐れているのか? 私は手押しカートにスーツケースをのせて歩きだした、驚いたことに誰も私を止めようとしなかった、カートを押したまま通りに出ても、ハイウェイの路肩に入ってもだ、一歩進むごとにまぶしさと暑さは増した、ほんの二、三分もするとこれではたどり着けないことがはっきりして、私はスーツケースのひとつを開けて手紙の束をひとつ取り出した、「わが子へ」、それは一九七七年のものだった、「わが子へ」「わが子へ」、私は手紙を脇の道路に並べようかと、おまえに伝えられないことの列をつくろうかと思った、そうすれば荷物を運べるようになったかもしれない、だが私にはできなかった、私はそれをおまえに、わが子に届けなければならなかった。私はタクシーを呼び止めた、おまえのお母さんのアパートに着くころにはもう遅くなっていて、ホテルを見つける必要があった、食べ物とシャワーと考える時間が必要だった、私は手帳本のページをはがして書いた、「すまない」、それをドアマンに渡すと、彼は言った、「これをどなたに?」私は書いた、「ミセス・シェル」、彼は言った、「ミセス・シェルという方はいません」、私は書いた、「いる」、彼は言った、「ほんとです、ミセス・シェルがこの建物にいたら私は知っているはず」、だが彼女の声を電話で聞いたのだ、引っ越して電話番号はそのままということはあるだろう、どうやって見つけよう、電話帳が必要だった。私は「3D」と書いてドアマンに見せた。彼は言った、「ミズ・シュミット」、私はまた手帳本を手にして書いた、「それは旧姓だ」……私は客間に住みついた、彼女はドアのそばに食事をおいてくれた、彼女の足音が聞こえたし、たまにグラスの縁がドアにあてられる音がするように思えた、それは昔、私が水を飲むのに使ったグラスだろうか、それはおまえのくちびるに触れたことはあったのだろうか? 私は家を出るまえの手帳本を見つけた、大きな古時計の胴体のなかに何冊もあった、捨てられたと思っていたが、彼女はとっておいたのだ、多くは空白のままで多くは文字で埋まっていた、私はパラパラとページをめくっていった、私たちが出会った午後の手帳本と結婚した翌日の手帳本があった、私は最初の「なしの場所」と、ふたりで貯水池のまわりを歩いた最後の機会を見つけ、手すりと流しと暖炉の写真を見つけた、ある束の上に最初に出ていこうとしたときの手帳本があった、「私はずっと黙っていたのではない、昔は話しに話して話しに話しまくった」。私のことを哀れに思いはじめたのか、自身を哀れんだのかはわからないが、彼女は私のところにちょっと立ち寄るようになった、はじめは何も言わなかった、部屋を整頓し、隅のクモの巣を払い落とし、カーペットに掃除機をかけて、写真立てをまっすぐにするだけだった、だがある日ベッドの脇のテーブルを拭きながら彼女は言った、「家を出たことは許せても、戻ってきたことは許せない」、彼女は部屋から出てドアを閉めた、三日間、彼女の姿を見かけなかったが、その後は何事もなかったかのようになり、彼女はまともにつく電球を取り替えた、ものを手に取って置き直した、彼女は言った、「この悲しみをあなたと分かち合うつもりはないわ」、彼女は部屋から出てドアを閉めた、私は囚人だったのか看守だったのか？　彼女の訪問はだんだん長くなった、会話をすることはなかったし、彼女は私を見るのが嫌いだったが、何かが起きつつあった、私たちは近づいていたのか、どんどん離れていたのか、私はいちかばちか、モデルになってくれないかと初めて会ったときのように頼んでみた、彼女は口を開けたが言葉は出てこず、私の左手をさわり、それで気づいたのだが私は左手を握りしめていた、それが彼女のイエスの答え方なのか、それともそれが彼女のさわり方なのか？　私は画材屋に粘土を買いにいった、手を出さずにいることはできなかった、細長い箱に入ったパステル、パレットナイフ、垂れ下がった手すき紙のロール、私はどのサンプルも試した、自分の名前をブルーのペンとグリーンのオイルスティックで、オレンジのクレヨンと木炭で書いた、人生の契約書にサインする気分だった。私はごく普通の粘土の塊しか買わなかったが、その店には一時間以上いた、家に帰ると彼女が客間で待っていた、ローブ姿でベッドの脇に立っていた、「家出しているあいだに何か彫刻はつくったの？」私は努力したができなかったと書いた、「ひとつくらいは?」私は彼女に右手を見せた、「彫刻のことは考えたの? 頭のなかで彫ったの?」私は彼女に左手を見せた、彼女はローブを脱いでソファーのところに行った、私は彼女を見ることができなかった、バッグから粘土を出してカードテーブルの上にセットした、「頭のなかでわたしの彫刻をつくったことはあるの?」私は書いた、「どんなポーズを取りたい?」彼女はあなたが選ぶことが肝心だと言った、私はカーペットを新調したのかと訊いた、彼女が言った、「わたしを見て」、私は努力したができなかった、彼女が言った、「わたしを見るか出ていくかよ。ここに残るならよそ見はしないで」。私は彼女にあお向けになってくれと頼んだが、これは違った、座ってくれと頼んだが、それも違った、腕を組んでくれ、顔をあっちに向けてくれ、どれも違った、彼女が言った、「やってみせて」、私は彼女のところに行った、彼女の髪をほどいた、彼女の肩を押し下げた、あらゆる隔りを超えて彼女に手を触れたかった、彼女は言った、「あなたが出ていってから体をさわられたことはないのよ。そんなふうには」。私は手を引っこめた、彼女がそれを両手で包んで自分の肩にあてた、私はなんと言えばいいのかわからなかった、彼女が訊いた、「あなたはあるの?」守るものがないのにうそをついて何になる? 私は彼女に左手を見せた。「だれがあなたにさわったの?」するると信じられないことに、手帳本はもういっぱいだったので、壁に書いた、「私は生きていたくてたまらなかった」「だれなの?」するとと信じられないことに、正直さが腕を下ってペンから流れ出た、「金を払った」。彼女はポーズを崩さなかった、「彼女たちはきれいだった?」「それは大事な点じゃなかった」「でもきれいだった?」「何人かは」「お金を渡して、それでおしまい?」「私は彼女たちと話をしたかった。きみのことを話した」「それでわたしが気をよくするとでも?」私は粘土を見た。「あなたが家を出たとき私が妊娠していたことも話したの?」私は彼女に左手を見せた。「アンナのことを話したの?」私は彼女に左手を見せた。「気に入った人はいた?」私は粘土を見た、彼女は「あなたが本当のことを話してくれるのは大好きよ」と言って、私の手を肩からおろして自分の股間に押しつけた、彼女は顔を背けなかった、目を閉じなかった、股間にある私たちの手を見つめた、私は何かを殺している気分だった、彼女が私のベルトをはずしてズボンのジッパーをおろした、手を私の下着のなかに伸ばした、「緊張している」と私は笑顔で伝え、「大丈夫」と彼女が言い、「すまない」と私は笑顔で伝え、

「大丈夫」と彼女が言い、ドアを後ろ手に閉め、また開けて尋ねた、「頭のなかでわたしの彫刻をつくったことはある?」……おまえに話さなくてはならないことを話すには、この手帳本ではページが足りない、文字を小さく書くことはできる、ページのへりに切れ目を入れて二枚にすることもできる、書いたものの上に書くこともできる、だがそのあとはどうしたらいい? 毎日、午後になると誰かがアパートにやってきた、ドアが開く音と、足音、小さな足音が聞こえた、話し声がした、子どもの声、ほとんど歌のようで、それは空港から電話をかけたときに聞いた声だった、ふたりは何時間も話をした、私はある晩、彼女がモデルをしにやってきたときに尋ねた、いつも誰が訪ねてくるんだい、彼女は言った、「孫息子よ」。「私には孫息子がいるのか」「いいえ」と彼女は言った、「わたしに孫息子がいるの」。「名前は?」私たちはもう一度やってみた、間違いがあればすぐにわかるようにといった思慮深さで、ゆっくりとおたがいの服を脱がせた、彼女はベッドにうつぶせになった、ウエストは何年もまえにサイズが合わなくなったパンツのせいで炎症を起こし、太腿には傷あとがあった、私はそれをYESとNOでもんだ、彼女が言った、「よそ見はしないで」、私は彼女の脚を広げた、彼女が息を吸った、私は彼女のいちばん秘められた部分を見つめることができた、しかも私が見ていることは彼女にはわからなかった、手を彼女の下側にすべらせると彼女が膝を曲げ、目を閉じると彼女が言った、「わたしの上にのって」、緊張していると書く場所はもうなかった、彼女が言った、「わたしの上にのって」。私は彼女をつぶしてしまわないかと恐れた、彼女は言った、「あなたの全身をわたしの全身に」、私は自身を彼女のなかに沈めた、彼女が言った、「こうなることをずっと求めていたのよ」、どうしてそのままにしておけなかったのだろう、どうしてほかのことを書かずにいられなかったのだろう、こんな指は折ってしまえばよかった、私はベッドの脇からペンを取って「あの子に会えるか?」と自分の腕に書いた。彼女は寝返りを打って、私の体を振り落とした、「だめよ」。私は両手を握り合わせて頼みこんだ。「だめ」「お願いだ」「お願い」「自分の身はあの子に明かさない。会いたいだけだ」「だめよ」「どうして?」「だって」「だって何だ?」「だってわたしはあの子のおむつを替えたから。二年間、うつぶせでは眠れなかったから。あの子に話し方を教えたから。あの子が泣けばわたしも泣いたから。あの子は聞き分けがなくなると、わたしにどなったから」「コート用のクローゼットに隠れて鍵穴からのぞくよ」私はだめだと言われると思った、彼女は言った、「あの子に見られたら、あなたはわたしを裏切ったことになるのよ」。彼女は私に情けをかけたのだろうか、私に苦しんでほしかったのだろうか？　次の朝、彼女は私を居間に面したコート用クローゼットに連れていき、一緒になかに入った、あの子が午後まで来ないことを彼女は知っていたのに、私たちは一日じゅうそこにいた、クローゼットは狭すぎた、おたがいのあいだにもっとスペースが必要だった、「なしの場所」が必要だった、彼女が言った、「こんな感じだったわ、ただあなたはここにいなかった」。私たちは何時間も静かに見つめ合っていた。呼び鈴が鳴って、彼女が迎えに出た、私は両手と両膝をついて目をちょうどいい高さにすると、鍵穴からドアが開くのとあの白い靴が見えた、「オスカー！」と彼女が言って、あの子を床から抱えあげた、「ぼくはだいじょうぶ」とあの子が言った、あの歌だ、あの子の声に私は自分の声を、私の父と祖父の声を、そして初めておまえの声を聞いた、「オスカー！」と彼女がまた言って、また抱えあげると、あの子の顔が見えた、アンナの目だ、「ぼくはだいじょうぶ」とまた彼が言い、どこにいたのか彼女に尋ねた、「間借り人とお話ししていたのよ」と彼女は言った。間借り人？　「まだここにいるの？」と彼が尋ね、「いいえ」と彼女が言った、「おつかいの用事があってね」。「でもどうやってアパートから出たの？」「おまえが来るちょっとまえに出ていったわ」「でもその人とお話ししてたって言ったよ」あの子は私がいることを知っていた、私が何者かは知らないが、誰かがそこにいるのは知っていて、彼女が本当のことを話していないと知っている、それがあの子の声に、私の声に、おまえの声に聞き取れた、あの子と話す必要があったが、何を言えばよかっただろう？　おじいちゃんだよ、愛している、すまないとでも？　もしかしたら、おまえに話せないことをあの子に話し、おまえに見せるはずだった手紙をすべて渡す必要があるのかもしれない。だが彼女は許してくれないだろうし、彼女を裏切るつもりもなく、私は別の方法を考えはじめた……どうしたらいい、もっと余白が必要だ、私には言わなくてはならないことがある、私の言葉は紙の端の壁を押している、次の日、おまえのお母さんが客間にやってきて私のためにポーズを取った、私はＹＥＳとＮＯで粘土に取り組んだ、粘土をやわらかくした、親指を彼女の頬に押しつけ、鼻を盛りあげ、親指の跡を残した、瞳を彫った、眉毛を強くした、下くちびると顎の間にくぼみをつくった、手帳本を持って彼女のところに行った。私は家を出てからどこにいて何をしたかを書きはじめた、どうやって生活していたか、誰とすごしたのか、何を考え、聴き、食べたのか、が、彼女はそのページを手帳本からはがした、「どうでもいいの」と彼女は言った、本当にどうでもよかったのか別の理由があったのかはわからない、次の白紙のページに私は書いた、「知りたいことがあるなら、おまえに話そう」、彼女は言った、「話したほうが楽になるんでしょうけど、わたしは何も知りたくない」。どうしてそんなことがある？　私は彼女におまえのことを話すよう頼んだ、彼女は言った、「わたしたちの息子じゃない、わたしの息子よ」、私は彼女の息子のことを話すよう頼んだ、彼女は言った、「毎年、感謝祭にわたしは七面鳥とパンプキンパイをつくった。校庭に行って子どもたちにどんなおもちゃが好きかきいたわ。それをあの子に買ってあげた。このアパートでは誰にも外国語を話させなかった。でも、それなのにあの子はあなたになった」。「私になった？」「すべてはイエスかノーだった」「大学には行ったのか？」「そばにいてと言ったのに、カリフォルニアに行った。そういうところもあなたみたいだった」「何を勉強した？」「弁護士になるつもりだったのに、家業を継いだ。宝石を憎んでいたわ」「なぜ店を売らなかった？」「わたしはあの子に頼んだわ。弁護士になってちょうだいと頼んだ」「だったらなぜ？」「あの子は自分の父親になりたかったのよ」すまない、それが本当だとしたら、私のようになることだけは避けてほしかった、私が家を出たのはおまえがおまえになれるようにするためだった。彼女は言った、「一度、あの子はあなたを見つけようとした。あなたが送ってくれたたった一通の手紙を渡したの。あの子は夢中になって、いつも読んでいた。あなたが何を書いたのか知らないけれど、その手紙のせいであの子はあなたを探しにいった」。次の白紙のページに私は書いた、「ある日ドアを開けるとあの子がいた」。「あなたを見つけたの？」「私たちは何も話さなかった」「あなたを見つけたなんて知らなかった」「あの子は名乗ろうとしなかった。緊張していたに違いない。あるいは私を見たとたんに憎くなったか。ジャーナリストのふりをしていた。あれにはまいった。あの子はドレスデンの生存者の取材をしていると言った」「あの夜、あなたに何があったか話したの？」「それは手紙に記してある」「何を書いたの？」「読んでないのか？」「わたし宛てじゃなかった」「最悪だった。全部話せたわけじゃない。部屋は言葉にならない会話でいっぱいだった」彼女には告げなかったが、おまえが帰ったあと、私は食べるのをやめ、やせ細って風呂の湯が骨と骨のあいだにたまるほどだった、そこまでやせた理由を誰にも訊かれなかったのはなぜだろう？　訊かれていたら、私はあとひと口だって食べなかった。「でも、あの子が息子だと名乗らなかったとすると、どうしてわかったの？」「私の息子だから」彼女は手を私の胸に、心臓の上にあてた、私は手を彼女の太腿にあてた、彼女の体じゅうにあてた、彼女にズボンを脱がされた、「緊張している」、私が何を願おうとも、彫刻はどんどんアンナに似てきていた、彼女はドアを後ろ手に閉めた、余白が尽きようとしている……日中はほとんど歩いてまわり、もう一度この街を知ろうとした、昔あったコロンビアン・ベーカリーに行ってみたが店はもうそこにはなく、跡地にできていた九十九セントストアはどれも九十九セント以上の値段だった。よくズボンの丈を詰めてもらった仕立屋のあたりに行ったが、そこには銀行があって、ドアを開けるだけでもカードが必要だった、私は何時間も歩いた、ブロードウェイの片側を進んで片側を戻ってくると、時計の修理屋があったところにビデオ屋があって、花市場があったところにビデオゲームの店があって、肉屋があったところにスシがあった、スシとは何だ、それに壊れた腕時計はどうしたらいい？　私は自然史博物館の横にある犬の広場で何時間もすごした、ピットブル、ラブラドール、ゴールデンレトリーバー、犬を連れていない人は私だけだった、私は考えに考えた、どうしたら遠くからオスカーに近づけるのか、どうしたらおまえにフェアでおまえのお母さんにフェアで私自身にフェアになれるのか、クローゼットの戸を持ち運んでいつでもあの子を鍵穴からのぞけるようにしたかった、私はそれに次ぐ策をとった。離れたところからあの子の生活を知った、いつ学校に行くか、いつ帰ってくるか、友だちはどこに住んでいるか、行きつけの店は何屋か、私は街じゅうついてまわったが、おまえのお母さんを裏切りはしなかった、私がいることはけっしてあの子に知られなかったからだ。ずっとそんなふうにしていられると思ったのだが、そこは私のこと、今度もそれは間違いだった。最初に妙だと思ったのがいつだったかはおぼえていない、だがあの子が何度も外出し、いくつもの地区に行こうと、なぜか見守るのは私だけで、どういうわけかあの子の母親は息子がふらふらとひとりで遠くへ行くことを平気でほうっておいた。週末の朝、あの子は老人と一緒に建物を出て街じゅうドアをノックしてまわる、私はふたりの行き先の地図をつくったが、まるでわけがわからなかった、それはなんの意味もなさない、ふたりは何をしているのか？　あの老人は何者なのか、友人、先生、行方不明になった祖父の代役？　そしてひとつのアパートに二、三分しかいないのはなぜなのか、何かを売っているのか、情報を集めているのか？　そしてあの子のおばあさんは何を知っているのか、あの子の心配をしているのは私だけなのか？　ふたりがスタテンアイランドのある家から帰ったあと、私は外で待ってからドアをノックした、「信じられないわ」と女性が言った、「またお客さんだなんて！」「すまない」と私は書いた、「私はしゃべれない。いま帰ったのは私の孫だ。ここで何をしていたか教えていただけないか？」女性は私に言った、「変わったご家族ですね」。私は思った、私たちは家族なのか。「たったいま、あの子のお母さんとの電話を切ったところですよ」私は書いた、「あの子がここに来た理由は？」彼女は言った、「鍵のことで」。私は尋ねた、「なんの鍵？」彼女は言った、「錠前の」。「どの錠？」「ご存じないの？」八か月間、私はあの子を追ってあの子が話した人と話し、あの子がおまえを知ろうとするようにあの子を知ろうとした、あの子はおまえを見つけようとしていた、ちょうどおまえが私を見つけようとしたように、そのせいで私の心はばらばらどころか粉々に打ち砕かれた、人はなぜ心で思ったとおりのことを言えないのか？　ある午後、私はあの子を追ってダウンタウンに行った、私たちは地下鉄で向かい合って座った、老人がこっちを見た、私は見つめていたのだろうか、両手を差し出していたのだろうか、彼はオスカーのとなりにいるべきなのは私だと知っていたのだろうか？　ふたりはコーヒー屋に入った、帰り道に私はふたりを見失った、そんなことはしょっちゅうだった、近くにいてばれずにいるのは難しい、それに彼女を裏切るわけにはいかなかった。アッパーウェストサイドに戻ると私は書店に入った、まだアパートには行けない、考える時間が必要だった、通路の端でシモン・ゴルトベルクらしき男を見た、彼も子どもの本のセクションにいた、見れば見るほど自信はなくなり、彼であってほしい思いは強まった、彼は死ではなく労働に向かったのだろうか？　ポケットの小銭をさわる手がふるえた、私は見つめまい、両手を差し伸べまいとした、こんなことがありうるだろうか、彼は私がわかるだろうか、彼は書いていた、「おたがいの進む道がどれだけ長く曲がりくねっていようと、ふたたび交わることを願ってやまない」。五十年後、彼は同じ分厚いメガネをかけていた、あんなに白いシャツは見たことがなかった、彼は本を手放すつらい時代をすごしたのだ、私は彼に歩み寄った。「私はしゃべれない」と私は書いた、「すまない」。彼は両腕で私を包むように抱きしめた、彼の心臓が私の心臓にあたって脈打つのが感じられた、ふたつの心臓は鼓動を合わせようとしていた、ひと言も口にしないまま彼は背を向けると急いで私から離れて店の外へ、通りへと飛び出していった、きっと彼はゴルトベルクではなかったのだろう、限りなく長い白紙の手帳本と残り時間が欲しい……次の日、オスカーと老人はエンパイアステートビルに行った、私は通りでふたりを待った。ずっと上を向いて、あの子を見ようとしていた、首がうずいていた、あの子は私を見下ろしているだろうか、私たちはおたがいそうとは知らないうちに何かを共有しているのだろうか？　一時間後、エレベーターのドアが開いて老人が出てきた、オスカーを置き去りにするつもりか、あんなに高いところに、ひとりで、誰があの子の安全を守るんだ？　私は老人を憎んだ。私が書きはじめると、老人がやってきて襟首をつかんだ。「よく聞け」と彼は言った、「あんたが何者か知らんが、つけてるのはわかってる、おれはそれが気に入らない。まったく気に入らない。一度しか言わないぞ、近づくな」。手帳本は地面に落ちていたため、私は何も言えなかった。「もしまたあの子のそばでおまえを見かけたら——」私は地面を指さした、彼が襟首を放した、私は手帳を拾って書いた、「私はオスカーの祖父だ。私はしゃべれない。すまない」。「あの子のじいさんだって？」私はページを戻してまえに書いたものを指さした、「あの子はどこに？」「オスカーにじいさんはいない」私は同じページを指さした。「階段を下りているところだ」私は急いで何もかもを精いっぱい説明した、私の字は読みにくくなり、彼は言った、「オスカーはおれにうそをつかない」。私は書いた、「うそはついてない。あの子は知らなかった」。老人はシャツの内側からネックレスを出して見た、ペンダントはコンパスだった、彼は言った、「オスカーはおれの友だちだ。話さないわけにいかない」。「あの子は私の孫だ。頼むからやめてくれ」「あんたがあの子と出歩いたほうがいい」「ずっとそうしてきた」「じゃあ、あの子の母親はどうなんだ？」「あの子の母親はどうなんだ？」角の向こうからオスカーが歌っているのが聞こえた、その声はだんだんうるさいくらいになり、老人は「あいつはいい子だよ」と言って立ち去った。私はまっすぐ家に帰った、アパートはからっぽだった。荷物をまとめようかと思った、窓から飛びおりようかと思った、ベッドに腰かけて思った、おまえのことを思った。どんな食べ物が好きだったのか、好きな歌はなんだったのか、初めてのキスはどんな女の子が相手で、どこで、どんなふうだったのか、余白がなくなりかけている、限りなく長い白紙の手帳本と永遠が欲しい、どれだけの時間がすぎたのかわからない、もはやどうでもよかった、時間の流れを知っておく私なりの理由はもうひとつもなかった。誰かが呼び鈴を鳴らした、私は起きあがらなかった、誰だろうとどうでもよかった、ひとりでいたかった、窓の反対側にいたかった。ドアが開くのが聞こえてあの子の声が、私の理由が聞こえた、「おばあちゃん？」あの子はアパートのなかにいた、いるのは私たちふたりだけだった、祖父と孫だ。あの子が部屋から部屋へ移り、ものを動かし、開けたり閉めたりするのが聞こえた、何を探しているのか、なぜいつも探しているのか？ あの子が私のドアまで来た。「おばあちゃん？」彼女を裏切りたくなかった、明かりを消した、何をそんなに恐れているのか？ 「おばあちゃん？」あの子が泣きだした、私の孫が泣いていた。「おねがいだよ。ほんとに助けが必要なんだよ。そこにいるなら、出てきてよ」私は明かりをつけた、なぜもっと恐れなかったのだろう？ 「おねがい」ドアを開けて私たちは対面した、私は自分と対面した、「間借り人？」私は部屋に戻ってこの手帳本をクローゼットから取り出した、このほとんどページが尽きかけた手帳本を、それをあの子のところに持っていって書いた、「私はしゃべれない。すまない」。あの子に私の姿を見てもらえるのはじつにありがたかった、あなたは誰なのかと訊かれた、どう言えばいいかわからなかった、私は部屋に招き入れた、あなたは知らない人かと訊かれた、どう言えばいいかわからなかった、あの子はまだ泣いていた、私はどう抱きしめたらいいかわからなかった、余白はなくなろうとしている。私はベッドまで連れてきた、あの子は座った、私はなんの質問もしなかったし、知っていることも伝えなかった、私たちは大事じゃないことは話さなかった、友だちにはならなかった、私は自分が誰でもかまわなかった、あの子は最初から始めた、花瓶、鍵、ブルックリン、クィーンズ、私はその話を心に刻んでいた。かわいそうに、あの子は知らない人に何もかも話したのだ、私はあの子のまわりに壁を築いてあげたかった、内と外を隔てたかった、あの子に限りなく長い白紙の手帳本と残り時間をあげたかった、あの子はさつきエンパイアステートビルの頂上にのぼったことも、友だちから終わりだと言われたことも話してくれた、これは私が望んだことではなかったが、孫を私に向き合わせる必要があるのなら無駄なことではなかったし、なんにでも値打ちはあったのだろう。私はあの子に手を触れたかった、みんながみんなを捨てても、私はおまえを捨てないと伝えたかった、あの子は話しに話した、言葉があの子を流れ落ち、あの子の悲しみの底を見つけようとした、「パパ」とあの子は言った、「パパ」、あの子は走って通りを渡って電話を持って戻ってきた、「パパの最後の言葉だよ」

メッセージ5。

午前一〇時〇四分。パ　　パだ。もしも　　パだよ。ひょっとして
　　れか聞こえ　　これは私が
もしもし？　　こえるかい？　　みんなで
屋上へ　　万事　　だいじょぶ　　順調　　すぐに
　すまない　　聞こえる　　だいぶ
　　　なったら、　　おぼえておいて——

メッセージは途中で切れた、おまえはとてもおだやかな声だった、まもなく死ぬ者の声には聞こえなかった、おまえとテーブルを挟んで座って何時間もくだらない話ができたらよかったのに、一緒にむだな時間をすごせたらよかったのに、限りない白紙の手帳本と残り時間が欲しい。私はオスカーにこうして会ったことはおばあちゃんには知らせないほうがいいと伝えた、なぜかは訊かれなかった、あの子はどこまで知っているのだろう、話がしたくなったら、小石を客間の窓に投げれば下りていくから角で会おう、と私はあの子に伝えた、あの子にもう二度と会えないのではないか、私を見るあの子を見られないのではないかと心配だった、その夜は私が戻ってきてからおまえのお母さんと愛を交わした最初の夜で、私たちが愛を交わす最後の夜だった、それは最後のようには思えなかった、私はアンナと最後のキスをしたことがあり、両親を最後に見たことがあり、最後にしゃべったこともある、それなのになぜすべてを最後として扱うことを学ばなかったのだろう、私の最大の後悔は未来を大いに信じていたことだ、彼女が言った、「見せたいものがあるの」、彼女に連れられて第二の寝室に言った、彼女の手はＹＥＳを握っていた、彼女がドアを開いてベッドを指さした、「あそこであの子は眠っていた」、私はシーツに触れた、床にかがみこんで枕のにおいをかいだ、

手に入るならおまえの何もかもが欲しかった、ちりだって欲しかった、彼女が言った、「何年も何年もまえ。三十年も」。私はベッドに寝そべった、おまえの感じたことを感じたかった、おまえにすべてを話したかった、彼女が私のとなりに寝そべった、彼女が訊いた、「天国と地獄はあると信じている？」私は右手をあげた、「わたしもよ」と彼女は言った、「生きたあとは、生きるまえと同じようになるんだと思う」、彼女の手が開いていた、私はそこにYESを重ねた、彼女は私の指のまわりで指を閉じた、彼女は言った、「まだ生まれていないすべてのもののことを考えてみて。すべての赤ちゃんのことを。なかにはけっして生まれない子もいる。それは悲しいこと？」私はそれが悲しいかどうかわからなかった、けっしてめぐり合わないすべての親、すべての流産、私は目を閉じた、彼女が言った、「爆撃のほんの二、三日まえ、父に連れられて納屋に行ったのよ。父はウィスキーをひと口飲ませてくれてパイプを味見させてくれた。わたしはすごく大人の、すごく特別な気分になった。父はセックスについて何を知っているかきいたわ。わたしはごほごほせきこんだ。父は笑いに笑ってから真顔になった。父はスーツケースのつめ方を知っているかときいたわ、最初の申し出を受け入れてはならないと知っているか、必要に迫られたら火をおこすことができるか。わたしは父のことが大好きだった。とても、とっても愛していた。でも父に伝える方法は見つからなかった」。私は横を向いた、頭を彼女の肩にのせた、彼女は私の頬に手を添えた、母がよくやってくれたように、彼女のすることなすことが別の誰かを思い出させた、「無念ね」と彼女は言った、「人生がこんなに貴いなんて」。私は体を横に向けて腕を彼女にまわした、余白が尽きようとしている、目を閉じたまま彼女にキスをした、彼女のくちびるは母のくちびるで、アンナのくちびるで、おまえのくちびるだった、私はどうして彼女とともにいながら彼女とともにいられるのかわからなかった。「おかげでひどく心配になるの」と彼女は言い、自分のシャツのボタンをはずした、私は自分のをはずした、彼女は自分のズボンを脱いだ、私は自分のを脱いだ、「ひどく心配すること」、私は彼女に手を触れてみんなに手を触れた、「わたしたちがするのはそれだけ」、私たちが愛を交わしたのはそれが最後だった、私は彼女とともにいてみんなとともにいた、彼女が起きあがってトイレに向かうとシーツに血がついていた、私は客間へ寝に戻った、おまえがずっと知らずにいることはたくさんある。次の朝、窓を叩く音で目がさめた、私はおまえのお母さんに散歩に行くと伝えた、何も訊かれなかった、彼女はどこまで知っているのか、なぜ私を目の届かないところに行かせるのか？ オスカーは街灯の下で待っていた、あの子は言った、「お墓を掘り起こしたいんだ」。この二か月間、私は毎日あの子に会っている、わたしたちはどんなことをするか、ごく細かな点にいたるまで計画を練ってきた、セントラル・パークで掘る練習までした、そんな細かさから思い出し [illegible]

不可能な問題に対する単純な答え

間借り人とぼくがパパのお墓を掘り出したつぎの日、ぼくはミスター・ブラックのアパートに行った。ミスター・ブラックはこの計画に参加していたわけじゃないけど、どうなったか知る権利があるんじゃないかって気がした。でもぼくがノックしたとき、出てきた人はミスター・ブラックじゃなかった。「何かご用ですか?」と女の人がたずねた。メガネがチェーンで首からぶら下がっていて、紙がたくさんはみ出たフォルダーを持っていた。「ミスター・ブラックじゃないんだ」「ミスター・ブラック?」「ここに住んでるミスター・ブラック。どこにいるんです?」「ごめんなさい、知らないわ」「ミスター・ブラックはだいじょうぶなの?」「と思いますよ。知らないけれど」「あなたは?」「不動産業者よ」「何、それ?」「アパートを売るのよ」「どうして?」「持ち主が売りたいからでしょう。きょうはただの代理だけど」「代理?」「この物件の担当者が病気なの」「どうしたら持ち主が見つかるか知ってます?」「ごめんなさい、知らないわ」「あの人はぼくの友だちなんだ」

女の人はぼくに告げた、「午前中に来て全部運び出すのよ」。「だれが?」「彼ら。知らないわ。建設業者。ごみ収集人。彼らよ」「引っこし屋さんじゃなくて?」「さあ」「全部捨てちゃうの?」「もしくは売るかね」ぼくがありえないほどお金持ちだったら、そのまま倉庫に入れるはめになるとしたって、全部買っていたと思う。ぼくは女の人に告げた、「ええと、このアパートに忘れ物をしちゃったんだよね。それはぼくのものだから、売ったりあげたりできないよ。取ってくるね。ちょっと失礼」

ぼくは伝記のインデックスのところに行った。もちろん、全部は保存できないと知っていたけど、ぼくには必要なものがあった。Bの引き出しを開けてカードをめくっていった。ミスター・ブラックのが見つかった。これは正しいことだと知っていたから、ぼくはそれをぬき取ってオーバーオールの胸ポケットに入れた。

でもそのあと、欲しかったものはもう手に入れたのに、ぼくはSの引き出しに向かった。アントニン・スカリア、G・L・スカーボロ、レズリー・ジョージ・スカーマン卿、モーリス・セーヴ、アン・ウィルソン・シェイフ、ジャック・ワーナー・シェーファー、アイリス・シャーメル、ロバート・ヘイヴン・シャウフラー、バリー・シェック、ヨハン・シェフラー、ジャン・ド・シュランドル……そしてぼくは見た。シエル。

最初はほっとした、というのは、いろいろやったかいがあったって気がしたから、パパを伝記的に重要で記憶に残される偉人のひとりにできたから。でもそのあと、カードをよく調べると、それはパパじゃなかった。

オスカー・シェル：
息子

あの午後に握手をしたとき、もうミスター・ブラックに会うことはないってわかっていたらよかったのに。そしたらぼくは手を放さなかった。それか、無理にでもいっしょに探すのをつづけさせた。それか、ぼくが家にいるときにパパが電話してきたことを話したと思う。でもぼくはわからなかった、パパが寝かしつけてくれるのはこれが最後だってわからなかったのと同じで、だって、そんなのわかるわけない。だからミスター・ブラックが「終わりーは言った。それで、ぼくは「わかるよ」って、わかってないのに言った。ぼくはエンパイアステートビルの展望台に探しにいくこともしなかった、というのは彼がそこにいるって信じるほうが、ちゃんとたしかめるよりうれしいから。

ミスター・ブラックに終わりだと言われたあともカギ穴を探しつづけたけど、もうまえとは同じじゃなかった。ぼくはファーロッカウェイとボーラム・ヒルとロングアイランドシティに行った。ダンボとスパニッシュハーレムとミートパッキング地区に行った。フラットブッシュとチューダーシティとリトル・イタリーに行った。ベッドフォード＝スタイヴェサントとインウッドとレッドフックに行った。

もうミスター・ブラックがいっしょじゃないからなのか、間借り人とパパの墓を掘り出す計画をじっくり立てていたからなのか、それともずっと探してきたのに何も見つからないからなのかはわからないけど、ぼくはパパのほうに進んでいる気がしなくなっていた。カギ穴があるのを信じていたかどうかさえ、もう自信がない。

ぼくが訪ねた最後のブラックはピーターだった。ピーターが住んでいたのはシュガーヒル、というのはハミルトンハイツにあって、ハミルトンハイツというのはハーレムにある。その家のほうに歩いていくと、男の人がドアの前の階段に座っていた。小さい赤ちゃんをひざにのせて話しかけていたけど、赤んぼうは当然、言葉がわからない。「あなたがピーター・ブラック?」「そういうきみは?」「オスカー・シェル」ピーターが階段を軽くたたいて、それはとなりに座りたかったらどうぞという意味で、いい感じだと思ったけど、ぼくは立っていたかった。「あなたの子ども?」「ああ」「おじょうちゃんをなでてもいい?」「男の子だよ」「ぼっちゃんをなでてもいい?」「いいとも」とピーターは言った。こんなに頭がやわらかいなんて、こんなに目が、それと指も小さいなんて、ぼくは信じられなかった。「すごくこわれやすそうだよ」とぼくは言った。「そうだね」とピーターは言った、「でもぼくらが守ってあげている」。「この子はふつうの食べ物を食べるの?」「まだだよ。いまはミルクだけ」「たくさん泣く?」「そうだな。たしかにたくさんって感じだ」「でも赤ちゃんは悲しくなったりしないんだよね? おなかがすいたりするだけで」「さあ、どうかな」ぼくはその赤ちゃんが手をにぎるのを見るのが気に入った。この子は考えたりできるんだろうか、それとももっと人間以外の動物に近いんだろうか。「だっこしてみるかい?」「あまりいい考えじゃないと思うよ」「どうして?」「だっこの仕方を知らないんだ」「よかったら、教えてあげる。簡単さ」「オーケー」「座ったらどうだい?」とピーターは言った。「はい、どうぞ。まず片手をここの下に置く。そんな感じ。いいぞ。今度はもう一方の手で頭を包む。そうだ。ちょっと胸で支えるといい。そう。そんな感じ。できたね。簡単だろ。この子も最高によろこんでる」「これでいいの?」「たいしたもんだ」「この子の名前は?」「ピーター」「あなたの名前だと思ってた」「ふたりともピーターさ」それで初めて思ったのは、どうしてぼくにパパの名前をつけてくれなかったんだろうってこと、間借り人の名前がトーマスだってことはべつに不思議に思わなかったけど。「やあ、ピーター。ぼくが守ってあげるよ」

その午後うちに帰ったとき、八か月間もニューヨークで調査してきたぼくは、幸せになりたくてやってきたことなのに、へとへとでむしゃくしゃして悲観的になっていた。

実験室に行っても、ぜんぜん実験をする気にならなかった。タンバリンをたたいたり、バックミンスターをあやかしたり、コレクションを整理したり、『ぼくの身に起きたこと』をのぞく気にもならなかった。

ママとロンがファミリールームでゆっくりしていたけど、ロンは家族の一員じゃなかった。ぼくはキッチンに乾そうアイスクリームを取りにいった。電話のほうを見た。新しい電話だ。電話はこっちを見返してきた。電話が鳴るたび、ぼくは「電話が鳴ってるよ!」ってさけぶ、だってさわりたくないから。電話と同じ部屋にいるのもいやだった。

ぼくは〈メッセージ再生〉のボタンをおした、というのはあの最悪の日からやってなかったことで、しかもあのときは古い電話のボタンだった。

メッセージ1。土曜日、午前一一時五二分 こんにちは、これはオスカー・シェルへの伝言です。オスカー、アビー・ブラックよ。さっきわたしのアパートまで鍵のことを訊きに来たでしょう。あのときはすっかり正直に話したわけじゃないから、もしかしたら力になれるかもしれないと思って。どうか——

そこでメッセージは切れた。

アビーは八か月まえにぼくが会いにいったふたりめのブラックだった。ニューヨークでいちばんせまい家に住んでいた人だ。ぼくはアビーにきれいだと言った。アビーは吹き出した。ぼくはアビーにきれいだと言った。やさしいのねとアビーは言ってくれた。ぼくがゾウのＥＳＰの話をすると、アビーは泣いた。キスしてもいいかとぼくはきいた。アビーはいやとは言わなかった。アビーのメッセージは八か月もぼくを待っていた。

「ママ?」「なあに?」「出かけてくるよ」「オーケー」「またあとでね」「オーケー」「何時になるかわからないよ。ものすごく遅くなるかも」「オーケー」どうしてもっと質問しないんだろう? 止めようとしないのはなぜ、守ろうともしないのはなぜ?

暗くなってきたのと、通りが混んでいたのとで、ぼくはグーゴルプレックス人の人とぶつかった。この人たちはどういう人なんだろう？　どこに行くんだろう？　何を探しているんだろう？　ぼくはこの人たちの心臓の音を聞きたかったし、ぼくのを聞いてほしかった。

地下鉄の駅はアビーの家からほんの二、三ブロックで、着いてみるとドアが少し開いていたのは、なんだかぼくが来るのを知っているみたいだったけど、当然、知っていたはずはない。とすると、開いているのはなぜ？

「こんにちは？　だれかいますか？　オスカー・シェルです」

アビーが玄関にやってきた。

ぼくはほっとした、ぼくがアビーを発明したわけじゃないってことだから。

「ぼくのことおぼえてる？」「もちろんよ、オスカー。大きくなったわね」「ぼくが？」「かなりね。何インチも」

「調査でいそがしくて計ってないんだ」「入って」とアビーは言った。「電話はもうないんじゃないかと思っていたの。メッセージを残してからずいぶんたっているから」ぼくはアビーに告げた、「電話がこわいんだ」

アビーが言った、「あなたのこと、よく考えるのよ」。ぼくは言った、「あのメッセージ」。「何か月もまえの？」

「正直に話さなかったって、どういうこと？」「鍵のことは知らないって言ったでしょう」「でも知ってた？」「ええ。いえ、違うわ。わたしは知らない。夫が知っているの」「なぜ会ったときに話してくれなかったの？」「できなかったの」「どうして？」「とにかくできなかったのよ」「それは本当の答えじゃないよ」「夫とわたしは大げんかしていたの」「こっちはパパのことだったのに！」「こっちは夫だったのよ」「パパは殺されたんだ！」

「わたしは夫を傷つけたかった」「どうして？」「傷つけられたからよ」「どうして？」「人は傷つけ合うものだから。それが人間のすることよ」「ぼくはそんなことしない」「わかってる」「ぼくが八か月も探してきたものを、あなたは八秒で話せたんだよ！」「電話したわ。あなたが帰ってすぐに」「ぼくを傷つけた！」「本当にごめんなさい」

75
½

「**それで？**」とぼくはきいた。「それであなたの夫はどうしたの？」アビーは言った、「ずっとあなたを探してるわ」。「あなたの夫がずっとぼくを探してる？」「ええ」「でもこっちがそっちを探してたんだよ！」「彼が全部説明するわ。あなたから電話するのがいいと思う」「正直に話してくれなくて頭にきてるんだ」「わかるわ」「もう少しでぼくの人生をめちゃくちゃにするところだった」

　ぼくらはありえないほど近かった。

　アビーの息のにおいがした。

　アビーが言った、「キスしたかったら、してもいいのよ」。「えっ？」「訊いたでしょう、初めて会った日に、キスしてもいいかって。あのときはノーと言ったけれど、いまはイエスよ」「あの日のことは恥ずかしいよ」「恥ずかしがる理由なんかないわ」「ぼくがかわいそうだからって、キスさせてくれなくてもいいよ」「キスして」とアビーは言った、「そしたらわたしもキスする」。ぼくはきいた、「ハグするだけっていうのはどう？」

　アビーはぼくをだきよせた。

　ぼくは泣きだして、アビーを力いっぱいだきしめた。アビーの肩がぬれてきてぼくは思った、**涙がかれることがあるっていうのは本当かも。それはおばあちゃんの言ったとおりなのかも。**そう考えるとうれしかった、ぼくの望みはからっぽになることだったから。

　とそのとき、ぼくははっと啓示を受け、ぼくの下から床が消えて、体を支えるものがなくなった。

　ぼくは体をはなした。

「あのメッセージはどうして切れていたの？」「えっ？」「電話に残したメッセージだよ。とちゅうで止まるんだ」

「ああ、きっとそのときあなたのお母さんが出たのね」

「ママが出た?」「ええ」「それでどうしたの?」「どういうこと?」「ママと話したの?」「二、三分はね」「何を話したの?」「おぼえていないわ」「でもぼくが来たことは話した?」「ええ、もちろん。いけなかった?」

それがいけないかどうか、ぼくにはわからなかった。どうしてママがアビーと話したことだけじゃなくて、メッセージのことまでだまっていたのかもわからなかった。

「カギは? カギのことは話した?」「お母さんはもう知っていると思って」「じゃあ、ぼくの任務のことは?」

ぜんぜんつじつまが合わなかった。

どうしてママは何も言わなかった?

何もしなかった?

ぜんぜん気にかけなかった?

するとそのとき、とつぜん、完ぺきにつじつまが合った。

とつぜん、ぼくは理解した、どこに行くかきかれて「外」と答えたとき、ママがそれ以上質問しなかったわけを。

ママはそんなことしなくても、知っていたからだ。

ぼくがアッパーウエストサイドに住んでることをエイダが知っていたのも、キャロルのドアをノックしたときほかほかのクッキーが用意されていたのも、doorman215@hotmail.comと別れるとき、名前はオスカーだって教えてない自信が九九パーセントあるのに「幸運を、オスカー」と言われたのも、全部つじつまが合った。

ぼくが来るのを知っていたんだ。

ぼくより先にママがみんなに話していたんだ。

ミスター・ブラックもその仲間だった。きっとあの日ぼくがドアをノックするのを知っていて、それはきっとママが話したからだ。ママはたぶんぼくにつき合ってあげて、いっしょにいてあげて、守ってあげてとたのんだんだろう。ミスター・ブラックはほんとにぼくを気に入ってくれたんだろうか？　あのすごいお話だって全部本当なんだろうか？　補聴器は本物？　磁石のベッドは？　銃弾とバラは銃弾とバラだったの？

ずっと。

みんな。

何もかも。

たぶんおばあちゃんも知っている。

たぶん間借り人だって。

間借り人だって間借り人なの？

ぼくの調査はママが書いたおしばいで、ぼくがふり出しにいたときからママは結末を知っていたんだ。

ぼくはアビーにたずねた、「さっきドアが開いてたのは、ぼくが来るのを知ってたから？」アビーはしばらくだまっていた。それから言った、「ええ」

「あなたの夫はどこにいるの？」「わたしの夫じゃないわ」「だめだ。わからないよ。**ぜんぜん！**」「元夫なの」「どこにいるの？」「仕事場よ」「でも日曜の夜だよ！」アビーが言った、「外国市場の仕事なの」。「**はあっ？**」「日本はいま月曜の朝よ」

「若い男性が面会にいらしてます」とデスクの奥にいる女の人が電話に向かって言うと、ぼくは彼がその回線の向こうにいるんだと思ってすごくヘンな気持ちになった。その「彼」がだれなのかで、こんがらがっているのはわかっていたけど。「ええ」と女の人は言った、「とても若い男性です」。それから言った、「いいえ」。それから言った、「オスカー・シェル」。それから言った、「ええ。あなたに会いたいそうです」

「どういうご用件か訊かせてもらえる？」と女の人がぼくにきいた。「パパだそうです」、と女の人は電話に向かって言った。それから言った、「そう言っています」。それから言った、「わかりました」。それからぼくに言った、「その廊下を進んで。彼のドアは左側の三番目よ」

壁には有名そうなアート作品がかかっていた。窓の外はありえないほど美しいながめで、パパがいたら大好きになったと思う。でもぼくはそのどれも見なかったし、写真もとらなかった。それまで生きてきてこんなに集中したことはなくて、というのは、こんなにカギ穴に近づいたことはなかったから。ぼくは左側の三番目の、**ウィリアム・ブラック**という表示があるドアをノックした。部屋のなかから声がした、「どうぞ」

「今夜はどんなご相談かな？」と机の向こうの男の人が言った。歳はパパが生きていたら、ちょうど同じくらいになっていただろうし、もし死んだ人にも年齢があるとしたら、やっぱり同じくらいの歳になっていたと思う。茶色っぽくてグレイっぽいかみの毛で、短いあごひげをはやしていて、丸い茶色のメガネをかけていた。一瞬、見たことあるような気がして、エンパイアステートビルの双眼鏡から見えた人かなと思った。でもすぐにそんなはずはないと気がついて、というのはぼくらがいるのは五七丁目で、それは北にあるって決まってるから。机の上にたくさんの写真立てがのっていた。ぼくはさっと見て、どれにもパパが写っていないのをたしかめた。

ぼくはたずねた、「ぼくのパパを知っていましたか？」男の人はいすにもたれかかって言った、「どうだろう。きみのパパはなんという人かな？」「トーマス・シェル」男の人は一分間考えた。考えなきゃならないのがぼくはいやだった。「ノーだね」と男の人は言った。「シェルという人は知らない」「知っていた」「えっ？」「死んでるから、もうパパを知ることはできないんだ」「それは気の毒に」「でも、知っていたはずだよ」「いや。知らなかったのはたしかだよ」「でも知ってなくちゃおかしいんだ」

ぼくは男の人に話した、「あなたの名前が書いてある小さい封筒を見つけて、これはあなたの奥さん、というかあなたの元奥さんのことかもと思ったんだけど、彼女はそんなもの知らないって言ってたし、あなたの名前はウィリアムで、ぼくはまだWの近くまできてなかったから——」。「私の妻?」「会いにいって話したんだ」「話したって、どこで?」「ニューヨークでいちばんせまいタウンハウス」「彼女はどうだった?」「どういう意味?」「どんな様子だった?」「悲しそうだった」「どう悲しそうだった?」「ただ悲しそうだった」「彼女は何をしていたのかな?」「とくに、何も。おなかはすいてないって言ったのに、ぼくに食べ物をくれようとした。ぼくたちが話してるあいだ、ほかの部屋にだれかがいたんだ」「男?」「うん」「見たのかい?」「ドアのそばを通ったけど、たいてい別の部屋からどなってた」「どなってた?」「ものすごくうるさかったよ」「何をどなっていたのかな?」「言葉は聞き取れなかった」「威嚇している感じだった?」「それって、どういう意味かわからないよ」「そいつは怖かったかい?」「パパの話は?」「いまのはいつのことかな?」「八か月まえ」「八か月まえ?」「七か月と二八日」ウィリアムはにっこりした。「なぜ笑ってるの?」ウィリアムは両手で顔をおおい、いまにも泣きだしそうだったけど、泣かなかった。顔を上げて言った、「その男は私なんだ」

「あなたなの?」「八か月まえ。ああ。きみはてっきり最近のことを話してるのかと思ったよ」「でもその人はあごひげがなかったよ」「そいつはひげを伸ばしたのさ」「メガネもかけてなかった」ウィリアムはメガネをはずして言った、「そいつは変わったんだ」。ぼくは落ちる体の映像のピクセルのことを考えて、近くで見ると見えにくくなることを思いうかべた。「どなっていたのはなぜ?」「話せば長くなる」「ぼくの時間ならいくらでもあるよ」とぼく

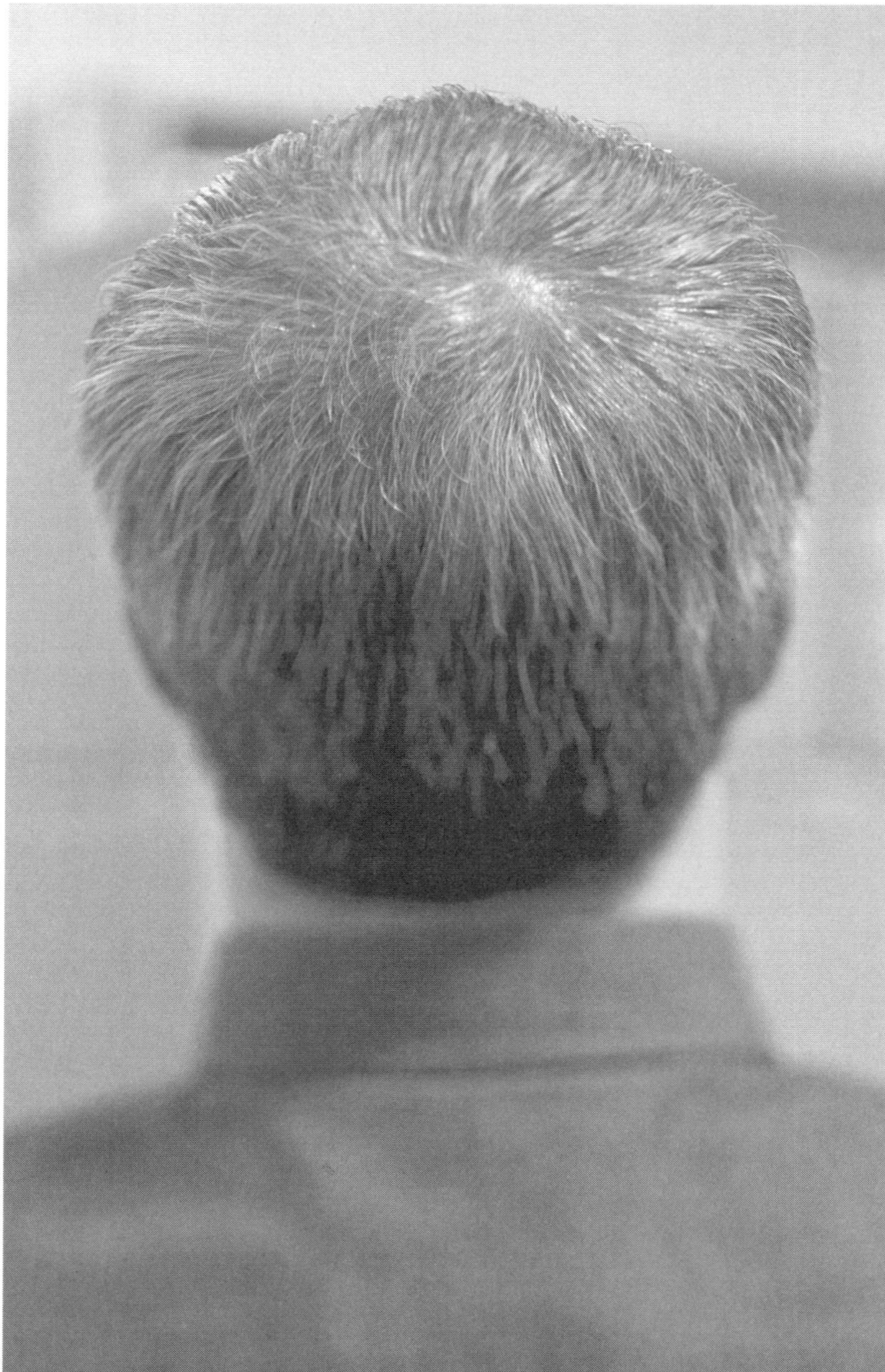

は言った、というのもパパに近づけることこそ、ぼくが知りたいことだったから、それで傷つくことになるとしても。「長い、長い話だよ」「おねがい」ウィリアムは机の上の開いていたノートを閉じて言った、「あまりにも長い話なんだ」

ぼくは言った、「八か月まえはあのアパートにいっしょにいて、いまはこのオフィスにいっしょにいるのって、すごくヘンだと思わない？」

ウィリアムはうなずいた。

「ヘンだよね」とぼくは言った。「ぼくらはありえないほど近かったんだ」

ウィリアムは言った、「それであの封筒のどこがそんなに特別なんだい？」「べつに、そういうわけじゃないんだけど。特別なのは封筒のなかにあったものだよ」「それはどれのことかな？」「これのこと」ぼくは首にかけたひもを引っぱって、アパートのカギが背中にまわってパパのカギがオーバーオールの胸ポケットの上に、ミスター・ブラックの伝記の上に、バンドエイドの上に、ぼくの心臓の上に来るようにした。「見せてもらえるかい？」とウィリアムがきいた。ぼくは首からひもをはずさずにウィリアムにわたした。ウィリアムはじっくり調べてからたずねた、「封筒に何か書いてなかったかな？」「『ブラック』って書いてあった」ウィリアムはぼくを見あげた。「きみはこれを青い花瓶のなかに見つけたのかい？」「ホゼ！」

ウィリアムは言った、「信じられない」。「信じられないって何が？」「これは正真正銘、私の身に起きたなかで最高にすごいことなんだよ」「いったい何？」「私は二年間、この鍵を探してきた」「でもぼくは八か月間、カギ穴を探してきたんだ」「とすると、われわれはおたがいを探してきたわけだ」ぼくはとうとう人生でいちばん大事な質問をすることができた。「このカギは何を開けるものなの？」

「貸金庫を開けるんだよ」「で、それはパパと何の関係があるの?」「きみのパパと?」「このカギで肝心なのはね、ぼくがパパのクローゼットで見つけて、でももうパパは死んでいて、どういうものか質問できないから、自分で見つけなきゃならなかったってことなんだ」「クローゼットで見つけた?」「そう」「細長い青の花瓶のなかに?」ぼくはうなずいた。「底にラベルのある?」「それは知らない。ラベルは見なかったよ。おぼえてない」もしひとりでいたら、ぼくは人生最大のあざをつくっただろう。自分をひとつの大きいあざに変えていただろう。

「私の父は二年ほどまえに亡くなった」とウィリアムは言った。「検査にいったら、医者からあと二か月の命だと言われてね。二か月後に死んだんだ」ぼくは死のことは聞きたくなかった。人が話すのはそればっかりで、実際にだれもその話をしていないときだってそうなんだから。「私は父が残したものをどうするか決めなくてはならなかった」「とっておきたくなかったの?」「ひとつも欲しくなかった」そんなのヘンだ、だってパパのものこそぼくが欲しいものだから、とぼくは思った。「で、手短に言うと――」「手短にしなくていいよ」「私はガレージセールで遺品を整理したんだ。自分でやるべきじゃなかった。人を雇って処理してもらうべきだった。あるいは、すべて寄付してしまえばよかった。なのに私は値引きしようのない父の遺品の値段を告げる立場になったんだ。父の結婚衣装は値引きしようがなかった。父のサングラスは値引きしようがなかった。あれは私の人生のなかでもかなりいやな一日だった。あれこそ最悪の日かもしれない」

「だいじょうぶ?」「平気だよ。ここ二年間は大変だったけれど。父と私は近しいわけじゃなかったんだ」「ハグしてほしい?」「大丈夫だよ」「なぜなの?」「なぜって何が?」「おとうさんと近しかったわけじゃないのはなぜ?」ウィリアムは言った、「あまりに長い話なんだ」。「そろそろパパの話をしてくれる?」

「私の父はガンだということがわかると手紙を書きはじめた。それまではたいして筆まめじゃなかった。書いたことがあったかどうかもわからない。でも最後の二か月は、とりつかれたように書きつづけた。起きているあいだはずっと」なぜ、とぼくはきいてみたけど、本当に知りたかったのはパパが死んだあとぼくが手紙を書きはじめた理由だった。「さよならを言おうとしていたんだよ。父はよく知らない人にも手紙を書いた。もしまだ病気にかかってなかったら、手紙を書くことが父の病気になっていただろうね。このあいだ仕事の打ち合わせをしていたとき、会話の途中で相手からエドマンド・ブラックの血縁かと訊かれたんだ。ええ、エドマンドは父ですと私は答えた。するとその人は、『きみのお父さんと高校が同じだった。亡くなるまえにじつに驚くべき手紙をいただいたよ。一〇枚もあったんだ。お父さんのことはかすかに知っていただけなんだがね。五〇年間、言葉を交わしていなかった。あんなにすごい手紙は読んだことがない』。私はそれを見せていただけないかと頼んでみた。彼は言った、『人に見せるつもりで書かれてはいないと思う』。私には大きな意味があるかもしれませんと私は言った。彼は言ったよ、『きみのことも書いてあるんだが』。わかりましたと私は言った」

「父のローロデックスに目を通して――」「それって何?」「電話帳さ。私は全員に連絡をとった。父のいとこ、取引先、名前を聞いたこともない人たち。父は全員に書いていた。ひとり残らず。なかには手紙を見せてくれる人もいた。見せてくれない人もいた」

「どんな手紙だったの?」

「いちばん短いのは一文だけだった。いちばん長いのは二十数枚におよんでいた。芝居仕立てのようなものもあったよ。相手への質問ばかりのものもあった」「どんな質問?」「『ノーフォークですごしたあの夏、私がきみに恋していたのは知っていたかい?』『ピアノなどの、私の遺産には税金がかかるのだろうか?』『電球はどんな仕組みなんだろう?』」「それならぼくが説明してあげたのに」「『眠っているあいだに死ぬということは本当にあるのだろうか?』」

「なかにはおもしろい手紙もあった。いや、ほんとに、ほんとにおもしろくてね。父があんなにおもしろい人とは知らなかったよ。哲学的な手紙もあった。自分がいかに幸せか、いかに悲しいか、そしてやりたいのにやらなかったことすべて、やったのにやりたくなかったことすべてについて書いていた」

「あなたへの手紙はなかったの?」「あったよ」「なんて書いてあった?」「私には読めなかった。二、三週間は無理だった」「どうして?」「つらすぎたんだ」「ぼくならものすごく興味しんしんになるけどなあ」「私の妻――元の妻――から、読まないなんてどうかしてると言われたよ」「彼女、よくわかってないね」「いや、彼女の言うとおりだった。どうかしていたんだ。理屈に合わなかった。私は子どもじみていた」「そうだね、でもあなたはおとうさんの子どもだったんだ」

「でも私は父の子どもだった。たしかに。ちょっとしゃべりすぎたね。手短にいうと――」「手短にしないで」とぼくが言ったのは、ウィリアムのじゃなくてぼくのパパについて話してほしかったのだけど、できるだけ話を長くしたいというのもあって、それは話の終わりがこわいからだった。ウィリアムは言った、「私は手紙を読んでみた。あるいは告白のようなものを期待していたかもしれない。どうだろうね。怒りに満ちているとか、許しを求めるもの。私にいろいろ考え直させるもの。でもそれは事務的なものだった。手紙というより文書のようだと言ったら通じるかな」「たぶん」「私にはわからない。自分が間違っていたのかもしれないが、父が謝ることを、愛していると言ってくれることを期待していたんだ。最期の言葉をね。でもそんなものはなかった。『愛している』のひと言もなかった。父は遺言や生命保険、人が死んだときに考えるのは不謹慎な冷淡でビジネスライクなことをいろいろ書いていた」

「がっかりした?」「腹が立った」「せつないね」「いや。べつにせつなく思うことはない。私はその手紙のことを考えた。そのことばかり考えていた。父は私にどこに遺品があるか、何に対処してほしいかを書いていた。責任を果たしたんだ。いい人だった。感情的になるのは簡単なんだよ。騒ぎ立てることはいつでもできる。八か月まえの私をおぼえているかい? あれも簡単だった」「簡単そうじゃなかったよ」「単純なことさ。高ぶったり落ちこんだりすると、一大事に思えるけれど、じつは何でもなかったりする」「じゃあ、何が大事なの?」「頼りになることが大事なんだ。いい人でいることが」

「それでカギのことは?」「手紙の最後に父は書いていた、『おまえに渡したいものがある。寝室の棚の上、青い花瓶のなかに鍵がある。銀行の貸金庫のものだ。これをおまえに託すわけをわかってもらえるといいのだが』」「それで? 何が入っていたの?」「手紙を読んだのは父の遺品を売ったあとだった。花瓶も売ってしまったんだ。きみのお父さんにね」「**なんぞ?**」

「だからきみを探していたんだよ」「パパに会ったの?」「ごく短い時間だったが、ああ」「パパのこと、おぼえてる?」「ほんの一分だった」「でもおぼえてる?」「少しおしゃべりをした」「それで?」「感じのいい人だった。私にとってあの遺品を手放すのがどんなにつらいか察してくれたと思う」「パパがどんなだったか話してもらえる?」「まいったな、よくおぼえてるわけじゃないんだ」「**おねがい**」「背は五フィート一〇インチくらいだったかな。茶色の髪だった。メガネをかけていた」「どんなメガネ?」「厚いレンズの」「どんな服を着てた?」「スーツ、だったと思う」「どんなスーツ?」「グレイ、かな?」「あたり! パパはグレイのスーツを着て仕事に行ったんだ! 前歯のあいだにすき間はあった?」「おぼえてないな」「思い出して」

「帰宅する途中でセールの看板を見たと言っていた。次の週に記念日があると話してくれたよ」「九月一四日だ!」

「きみのママをびっくりさせようとしていた。この花瓶はうってつけだ、と言ってね。きっと気に入る、と」「ママをびっくりさせようとしてたの?」「彼女の好きなレストランに予約をしたんだよ。なんというか、おしゃれな一夜になるはずだった」

あのタキシード。

「ほかになんて言ってた?」「ほかになんて言ってたか……」「なんでもいいよ」「気持ちよく笑う人だったな。それはおぼえてる。よく笑って、私を笑わせて楽しませてくれた。彼は私を思って笑ってくれたんだ」「ほかには?」「素晴らしい鑑識眼の持ち主だった」「何それ?」「自分の好みを知っていた。彼は見つけた瞬間にピンときたんだよ」「たしかに。パパはありえないほど鑑識眼があった」「彼が花瓶を手にしたときの様子をおぼえてる。花瓶の底を調べて何度も引っくり返していた。とても考え深い人に見えたよ」「パパはものすごく考え深かった」

ぼくはウィリアムがもっと細かいことを、たとえばパパがシャツのいちばん上のボタンをはずしていたのか、ひげそりのにおいがしたのか、「アイ・アム・ザ・ウォルラス」を口笛で吹いていたのか、おぼえていてくれたらいいのにと思った。パパは『ニューヨーク・タイムズ』をわきにはさんでいたんだろうか?　くちびるはあれていた?　ポケットに赤ペンを差していた?

「その夜、アパートがからっぽになると、私は床に腰をおろして父からの手紙を読んだ。花瓶のことが書いてあった。私は父を見捨てたような気持ちになった」「でも銀行に行ってカギをなくしたって伝えればよかったんじゃない?」「やってみたよ。ところが父の名義の貸金庫はないと言われてね。私の名義ではないかと訊いてみた。金庫はなかった。母の名義でも祖父母の名義でもない。わけがわからなかった」「銀行の人たちは何もしてくれなかっかったんだね」

「花瓶のなかのカギに気づいて私を見つけてくれないかと願ったよ。でも無理だろう？　こっちは父のアパートを売ったのだから、たとえきみのお父さんが戻ってきても、そこで行き止まりだ。それに、鍵を見つけたとしたって、きっとゴミだと思って捨ててしまうとも思った。私ならそうするだろうし。私にはきみのお父さんを見つけるなんて無理だった。どうしたって無理さ。お父さんのことは何も、それこそ名前すら知らなかった。二、三週間は仕事の帰りにあのあたりに行ってみたよ、帰り道じゃないのに。一時間の寄り道さ。私は彼を探してまわった。何枚か貼り紙もした。『今週末、七五丁目のガレージセールで花瓶を買った男性へ、ご連絡ください……』でもそれは九月一一日の翌週だった。そこらじゅうポスターだらけだった」

「ぼくのママもパパのポスターを貼ったよ」「どういうことだい？」「パパは九月一一日に死んだんだ。それで死んだんだよ」「えっ、なんと。気がつかなかった。本当に気の毒に」「だいじょうぶ」「なんと言ったらいいか」「何も言わなくていいよ」「そのポスターは見かけなかった。もし見ていたら……ああ、見たとしたらどうなったか」「ぼくらを見つけられたよ」「そうだろうね」「あなたのポスターとママのポスターがおたがい近づいたことはあったのかな」

ウィリアムは言った、「どこにいるときも、私は彼を探していた。アップタウン、ダウンタウン、列車のなか。あらゆる人の目をのぞきこんだが、彼の目はなかった。一度、タイムズスクエアできみのお父さんらしき人がブロードウェイを渡るのを見たが、人ごみのなかで見失った。それらしき人が二三丁目でタクシーに乗るのを見たこともある。呼びかけようとしたが、私は名前を知らなかった」。「トーマス」「トーマスか。あのとき知っていたらよかったんだが」

ウィリアムは言った、「セントラルパークである人を三〇分以上つけたこともある。きみのお父さんじゃないかと思ってね。どういうわけか、その人は妙な歩き方で、あっちへ行ったりこっちへ行ったりしていた。どこかに向かおうという感じではなかった。なぜなのか私には見当がつかなかった」。「呼び止めればよかったんじゃない?」「結局そうしたよ」「それでどうなったの?」「私の勘違いだった。人違いだったんだ」「そういう歩き方をしている理由はきいたの?」「なくしたものがあって、地面に落ちていないか探していたそうだ」

「でも、もう見てまわらなくてもいいね」とぼくは告げた。「おとうさんがのこしたものを知りたくないの?」「したいかどうかの問題じゃないと思う」ぼくはウィリアムにたずねた、「どういう問題なの?」

ウィリアムは言った、「本当にすまない。きみも探しものをしているのは承知している。そしてこれがきみの探しているものじゃないこともね」。「だいじょうぶだよ」「こんなこと言ってなんの足しにもならないが、きみのお父さんはいい人に見えた。ほんの二、三分話しただけでも、いい人なのはわかった。あんなお父さんがいてきみは幸運だった。あんなお父さんなら、この鍵と交換したいくらいだ」「選ばなきゃいけないなんておかしいよ」「たしかに、選ばなくてもいいんだろうね」

ぼくたちは座ったまま、何も言わないでいた。ぼくはまた机の上の写真を調べた。全部アビーのだった。

ウィリアムは言った、「一緒に銀行に行かないか?」「親切なんだね、でもいいんだ」「ほんとに?」知りたくなかったわけじゃない。ぼくはありえないほど知りたかった。こんがらがるのがこわかっただけで。

ウィリアムは言った、「どうした?」「なんでもない」「大丈夫かい?」ぼくは涙をこらえたかったけど、できなかった。ウィリアムは言った、「ほんとに、本当に気の毒に」

「いままでだれにも話さなかったことを話してもいい?」

「もちろんさ」

「あの日、ぼくらはだいたい登校してすぐに下校させられたんだ。なぜかはちゃんと教えてもらえなかった、何か悪いことが起きたってだけで。ぼくらはわかってなかったと思う。というか、ぼくらに何か悪いことが起きるなんてわかってなかった。大勢の親が子どもをむかえにきたけど、学校はうちのアパートから五ブロックしかないから、ぼくは歩いて帰ったんだ。友だちが電話するって言ったから、留守電を見てみたらライトがちかちかしていて。メッセージが五件あった。全部かけた人は同じだった」「友だち?」「パパだよ」

ウィリアムは手で口をおおった。

「パパはだいじょうぶだって言いつづけてた、万事うまくいくって、心配いらないって」

涙がひとつぶ、彼のほっぺたを落ちて指に止まった。

「でも、ここから先のことはまだだれにも話してないんだ。メッセージを聞いたあとで、電話が鳴った。一〇時二六分だった。かけた人の番号を見て、パパのケータイだってわかった」「ああ、なんてことだ」「つづきを最後まで話せるように、ぼくに手を置いてもらえる?」「もちろんさ」とウィリアムは言って、いすを引いてデスクをまわって、ぼくのとなりにきた。

「ぼくは電話に出られなかった。どうしてもできなかった。電話は鳴りつづけて、ぼくは動けなかった。出たかったのに、できなかった。

留守番電話が動きだして、ぼくの声が聞こえた」

はい、こちらはシェルの住居です。きょうの豆知識をお伝えします。ヤクーチアという国がシベリアにありますが、そこはとても寒いので、息をするとすぐにこおって星々のささやきと呼ばれるカチカチという音をたてます。ものすごく寒い日には、街は人と動物のはく息がつくった霧におおわれます。メッセージをどうぞ。

「ピーッと音が鳴った。
するとパパの声が聞こえた」

おまえがいるのか？　おまえがいるのか？　おまえがいるのか？

「パパはぼくに出てほしかったのに、ぼくは出られなかった。どうしても出られなかった。どうしてもできなかった。**おまえがいるのか？**　パパは一一回きいた。知ってるのは、かぞえたから。両手でかぞえられるより一回多かった。なぜパパはそんなにききつづけたの？　だれかが帰ってくるのを待っていたから？　なぜ『だれか』って言わなかった？　**だれかいるのか**って。『おまえ』っていうのはたったひとりだよ。ときどきぼくがいるのを知ってたんじゃないかって思う。何度もそう言いつづけたのは勇気を出して電話に出る時間をくれるためだったのかも。それと、一回きくたびにすごく間があったんだ。三回目と四回目のあいだは一五秒、それがいちばん長い間で。後ろでみんなが悲鳴をあげたり泣いたりしてるのが聞こえるんだ。あとガラスが割れる音がして、それでぼくはみんな飛びおりていたのかなって考えちゃう。

おまえがいるのか？　おまえがいるのか？　おまえがいるのか？　おまえがいるのか？　おまえがいるのか？　おまえがいるのか？　おまえがいるのか？　おまえがいるのか？　おまえがいるのか？　おまえがいるのか？　おまえが

そこで切れたんだ。

メッセージの時間をはかったら、一分二七秒だった。ということは一〇時二八分に終わったってことだよ。そのときビルがくずれたんだ。だからパパはそれで死んだのかもしれない」

「気の毒に」

「だれにも話さなかったんだ」

ウィリアムはぼくをほとんどハグみたいにきつくしめつけて、首をふっているのが感じられた。

ぼくはウィリアムにきいた、「ゆるしてくれる？」

「ゆるす？」

「うん」

「電話に出られなかったことを？」

「だれにも話せなかったことを」

ウィリアムは言った、「もちろん」

ぼくは首からひもをはずしてウィリアムの首にかけた。

「このもうひとつの鍵は？」とウィリアムがきいた。

ぼくはウィリアムに告げた、「うちのアパートのだよ」


うちに帰ると間借り人が街灯の下に立っていた。ぼくらは毎晩そこで会って計画の細かい部分、何時に出発したらいいかとか、雨が降っていたり、警備員に何をしているのかきかれたらどうするかとかについて話し合った。二、三回打ち合わせをしただけで現実的な細かい部分は底をついたけど、ぼくらはまだなんとなく出かける準備ができなかった。それで現実ばなれした細かい部分をこしらえて計画を練った。万が一、五九丁目の橋が落ちた場合の車の別ルートとか、万が一、墓地のフェンスに電気が流れていた場合のフェンスのこえ方とか、逮捕されたらどうやって警察に一ぱい食わせるかとか。ぼくらはありとあらゆる地図と暗号と道具をそろえた。もしもぼくがその夜ウィリアム・ブラックに会わなかったなら、そこで知ったことを知らないでいたなら、ふたりでいつまでも計画を立てつづけていたと思う。

間借り人が書いた、「遅刻だ」。ぼくは肩をすくめた、パパそっくりのやり方で。間借り人は書いた、「なわばしごを手に入れた」。ぼくはうなずいた。「どこにいた？　心配だった」ぼくは言った、「カギ穴を見つけたんだよ」

「見つけた？」ぼくはうなずいた。「それで？」

ぼくはなんて言ったらいいかわからなかった。見つけたから探すのをやめられる？　見つけてみたらパパとは関係ないものだった？　見つけたから一生重い靴をはくことになりそう？

「見つけなければよかったよ」「探していたものとは違った？」「そうじゃないんだ」「では何だ？」「見つけちゃっ

たからもう探せないんだ」話が通じていないのがわかった。「探していれば、そのぶんパパの近くにいる時間が少しだけ長くなるんだよ」「だがこれからずっと彼の近くにいるんじゃないのか?」ぼくは本当のことを知っていた。「それはない」

間借り人は何か考えているか、いろんなことを考えているか、それかもしできるのだとしたら、全部のことを考えているみたいにうなずいた。間借り人は書いた、「そろそろ計画を実行に移す時かもしれん」

ぼくは左手を開いた、何か言おうとしたらまた泣きだすだけだって知っていたから。

出かけるのは木曜日の夜、というのはパパの二回目の命日で、それならぴったりだということで、ぼくらの意見は一致した。

建物に入るまえに、間借り人は手紙を手わたしてくれた。「これは何?」間借り人は書いた、「スタンはコーヒーを買いに行った。帰りが間に合わなかった場合、これをおまえに渡すよう言われた」。「何かな?」間借り人は肩をすくめて通りを渡っていった。

オスカー・シェル様

過去二年のあいだにきみが送ってくれた手紙を全部読みました。返信として、定型の書簡を何通もお送りする一方で、いつかきみに相応のきちんとした返事を書けるよう願っていました。しかしきみから手紙をもらえばもらうほど、きみのことを知れば知るほど、それは難題になっていったのです。

私はいまナシの木の下に座り、友人の地所にある果樹園を見渡しながら、きみへの手紙を書き取ってもらっています。治療で心身ともに疲れ果てたため、ここ数日はこの地で回復に努めてきました。そして今朝、うつうつと自分をあわれんでいたときにふと、不可能な問題に対する単純な答えが浮かぶように、ひらめいたのです。きょうが待ち望んでいた日だと。

きみは最初の手紙で弟子にしてもらえないかと私に尋ねました。それについてはなんとも言えませんが、二、三日、ケンブリッジにお越しいただけたら幸いに思います。きみを同僚たちに紹介し、インド以外で最高のカリーをごちそうし、天体物理学者の生活がいかに退屈かをお見せすることができるでしょう。

科学におけるきみの未来は明るいものとなるでしょうね、オスカー。

そうした道筋を進みやすくするためなら喜んで力を尽くしましょう。きみの想像力を科学のために役立てたらどうなるか、そう考えるとわくわくします。

オスカー、私のところにはいつも聡明な人たちから手紙が来るのです。五通目の手紙できみはこう尋ねました、「ぼくが発明するのをやめなかったらどうなるでしょう?」この質問が私の頭を離れません。

自分が詩人だったらよかったのにと思います。誰にも打ち明けなかったこの思いをきみに打ち明けるのは、きみは信頼できると感じるだけの理由を示してくれたからです。私は宇宙を、もっぱら心の眼で観察しながら人生をすごしてきました。とてつもなく実りのある、素晴らしい人生です。偉大な現代の思想家たちとともに時空の起源を探究することができました。それでも私は詩人だったらよかったのにと思うのです。

アルバート・アインシュタイン、私のヒーローはかつてこう書きました、「われわれが置かれた状況は次のようなものだ。われわれは閉じたまま開けることのできない箱の前に立っている」

きっときみには話すまでもないでしょうが、宇宙の大部分は暗黒物質でできています。崩れやすいバランスが拠りどころとするのは、私たちが見たり聞いたり、かいだり、さわったりできない物質なのです。生命自体、そうした物質に頼っている。現実とは何か？ 現実でないのは何か？ ひょっとすると、それらは正しい質問の仕方ではないかもしれない。生命は何を拠りどころとするのか？

私は生命が拠りどころとするものをつくれたらよかったのにと思います。

きみが発明するのをやめなかったらどうなるか？

ひょっとするときみがしているのは発明ではないのかもしれない。

朝食の用意ができたようなので、そろそろこの手紙を書き終えなくてはなりません。きみにはまだまだ話したいことがあるし、きみからもまだまだ話を聞かせてもらいたい。別の大陸に住んでいるのが無念です。数ある無念のひとつです。

この時間帯はとても美しい。太陽は低く、影が長く、空気は冷たく澄んでいる。きみはあと五時間は目を覚まさないのでしょうが、私はこの晴れた美しい朝を分かち合っていると感じずにいられないのです。

きみの友、
スティーヴン・ホーキング

わたしの気持ち

ノックの音に目を覚ましたのは真夜中のことでした。

わたしは生まれた土地の夢を見ていました。

ローブを着て玄関に行きました。

だれだろう？　どうしてドアマンが連絡をしてこないの？　おとなりさん？

それにしてもどうして？

またノックの音。　わたしはのぞき穴から見てみました。　あなたのおじいさんでした。

入って。　どこに行ってたの？　大丈夫？

ズボンのすそが泥だらけでした。

大丈夫？

あの人はうなずいた。

入って。　泥を落とさせてちょうだい。　何があったの？

あの人は肩をすくめた。

誰かに傷つけられたの？

あの人は右手を見せました。

痛みはある？

わたしたちはキッチンテーブルまで行って腰かけました。　たがいにとなり合って。　窓が黒かった。　あの人は両手をひざにつきました。

わたしは体が触れ合うまでそっと近づきました。　頭をあの人の肩にもたせかけました。　わたしはできるだけ触れ合いたかった。

わたしはあの人に告げました、何があったか話してくれないと助けられないわ。

あの人はシャツのポケットからペンを出しましたが、書くものがありませんでした。

わたしは開いた手を差し出しました。

あの人は書きました、きみのために雑誌を手に入れたい。

夢のなかで、つぶれた天井がすべて頭の上で元どおりになりました。　火は爆弾のなかに戻り、爆弾が上がっていって飛行機のおなかに入り、プロペラは逆にまわりました。ドレスデンじゅうの時計の秒針と同じように、ただもっと速く。

わたしはあの人の言葉であの人を叩いてやりたかった。

フェアじゃない、と叫びたかったし、子どもみたいにげんこつをテーブルに叩きつけたかった。

これといって欲しいものは？　と彼はわたしの腕に書きました。

これといって全部、とわたしは言いました。

アート雑誌？

ええ。

ネイチャー雑誌？

ええ。

政治？

ええ。

セレブ？

ええ。

わたしは全部を一冊ずつ持ち帰れるようスーツケースを持っていってと告げました。

あの人が自分のものを持っていけるようにしたかったのです。

夢のなかで、春が夏のあとに来て、夏が秋のあとに来て、秋が冬のあとに来て、冬が春のあとに来た。

わたしはあの人に朝食をつくった。　おいしくなるよう努力した。　あの人の記憶力がいいことを願った、そうしたらいつかまた戻ってくるんじゃないか。

少なくともわたしが恋しくなるんじゃないか。

わたしはお皿のふちをふいてからあの人に出しました。　ひざにナプキンを広げてあげました。　あの人は何も言わなかった。

時間になると、わたしはあの人と一緒に下の階に行きました。

書くものがないので、彼はわたしに書きました。

帰りは遅くなるかもしれない。

わたしはあの人にわかっているわと告げました。

あの人は書きました、きみに雑誌を持ってくる。

わたしはあの人に告げました、雑誌なんか欲しくないわ。

いまはいらなくても、いずれありがたいと思う。

目がしょぼしょぼするの。

きみの目はどこも悪くない。

気をつけるって約束して。

あの人は書きました、雑誌を手に入れにいくだけだ。

泣かないで、と伝えたくてわたしは指を顔にやって想像上の涙を頰から目に押し戻しました。

それがわたしの涙なのが腹立たしかった。

わたしはあの人に告げました、雑誌を手に入れるだけなのね。

あの人はわたしに左手を見せました。

わたしはあらゆることに気づこうとした、すっかりおぼえておきたかったから。いままでわたしは大事なことを全部忘れてきたのです。

わたしが育った家の玄関ドアがどんなふうだったか思い出せない。　先にキスをやめたのが、わたしだったのか姉だったのかも。　わたしの部屋以外の窓からの眺めも。　起きたまま何時間も母の顔を思い出そうとしていた夜もある。

あの人が背中を向けて歩いていきました。
わたしはアパートに戻ってソファに座って待ちました。　何を待っていたのでしょう？
父が最後にわたしに言ったことを思い出せない。
父は天井の下に閉じこめられていました。　体にかかった漆喰が赤くなっていった。
父は言いました、すべては感じられない。
父が言いたいのは何も感じられないということなのかどうかわからなかった。
父は尋ねました、母さんはどこだ？
父が言っているのはわたしの母なのか父の母なのかわからなかった。
わたしは天井を父からどかそうとした。
父は言いました、メガネを見つけてくれないか？
わたしは探すわと父に告げました。　でも何もかも埋まっていたのです。
それまで父が泣くのは見たことがなかった。
父は言いました、メガネがあれば私も力になれる。
わたしは父に言いました、わたしが助けるから。
父は言いました、メガネを見つけてくれ。
みんなが逃げろと叫んでいました。　残った天井がいまにも落ちてきそうでした。
わたしは父と一緒にいたかった。
でも父が自分を置いていくよう望むのはわかっていた。

わたしは父に告げました、パパ、もう置いていかなきゃならない。

すると父は何か言いました。

それが父が最後にわたしに言ったことでした。

わたしはそれを思い出せない。

夢のなかで、涙が父の頬を上がって目のなかに戻った。

わたしはソファから立ちあがってスーツケースにタイプライターと紙をぎゅうぎゅうに詰めました。

短い手紙を書いて窓にテープでとめました。　だれに宛てたのか自分でもわからなかった。

部屋から部屋へ明かりを消してまわりました。　水もれする蛇口がないのを確かめました。　火を止めて電気器具のプラグを抜きました。　全部の窓を閉めました。

タクシーで走り去るとき、手紙が見えました。　でも目がしょぼしょぼして読み取れなかった。

夢のなかで、絵描きたちが緑色を黄と青に分けた。

茶色を虹に。

子どもたちが塗り絵帳からクレヨンで色を抜き取り、子どもに先立たれたおかあさんたちが黒い服をはさみで繕った。

わたしはわたしがしたすべてのことを思うのよ、オスカー。　そしてわたしがしなかったすべてのことを。　犯した間違いはわたしにすればもう死んでいる。　でもやらなかったことは取り戻せない。

あの人は国際線のターミナルで見つかりました。　テーブルの前で両手をひざについて座っていました。

わたしは午前中ずっとあの人を見守りました。

あの人は人に時間を尋ね、するとどの人も壁の時計を指さしました。

わたしはずっとまえからあの人を見守る専門家だった。　それはわたしのライフワークになっている。　寝室の窓から。　木立の陰から。　キッチンテーブルのこちらから。

わたしはあの人と一緒にいたかった。

でなければ、だれかと。

あなたのおじいさんを愛したことがあるかどうかはわからない。

でもひとりぼっちじゃないことは愛している。

わたしはあの人にとても近かった。

あの人の耳もとで声をからして叫びたかった。

わたしはあの人の肩に手を触れました。

あの人は頭を下げました。

どうしてこんなことを?

あの人は目を見せようとしなかった。　わたしは黙っているのは大嫌いです。

何か言って。

あの人はペンをシャツのポケットから出してテーブルに積まれたナプキンのいちばん上の一枚を取りました。

あの人は書きました、私がいないときときみは幸せだった。

どうしてそんなふうに思えるの?

私たちは自分とおたがいにうそをついている。

うそって何の？　わたしたちがうそをついていたってかまわない。

私は悪い人間だ。

かまわないわ。　あなたが何だってかまわない。

無理だ。

何があなたを死ぬほど苦しめるの？

あの人はナプキンをもう一枚山から取りました。

あの人は書きました、きみがわたしを苦しめる。

それでわたしは黙りこんだ。

あの人は書きました、きみといると思い出す。

わたしはテーブルに両手をついてあの人に告げました、あなたにはわたしがいるわ。

あの人はもう一枚ナプキンを取って書きました、アンナは身ごもっていた。

わたしはあの人に告げました、知っているわ。彼女が話してくれた。

知っている？

あなたが知っているとは思わなかった。　彼女は秘密だと言っていた。　知っていてくれてよかったわ。

あの人は書きました、知っていてすまない。

一度も手にしないより失うほうがいいわ。

私は手にしていないものを失った。

あなたは何もかも手にしていたわ。

いつ彼女は話した？

わたしたちはベッドでお話ししていたの。

あの人は指さしました、いつ。

終わりのころ。

彼女は何を言った？

彼女は言ったわ、赤ちゃんができたの。

彼女は幸せだったか？

有頂天だったわ。

なぜ何も言わなかった？

あなたこそなぜ？

夢のなかでは、みんながこれから起こることであやまり、息を吸ってろうそくに火をつけた。

私はオスカーと会っている、とあの人は書きました。

知っているわ。

知っている？

もちろん知っているわ。

あの人はまえのナプキンに戻りました、なぜ何も言わなかった？

あなたこそなぜ？

アルファベットの順番はｚ、ｙ、ｘ、ｗ……

時計の音がタクチク、タクチク……

あの人が書きました、きのうの夜あの子といた。　私がいたのはそこだ。　手紙を埋めた。

なんの手紙？

送らなかった手紙。

どこに埋めたの？

土のなかに。　私がいたのはそこだ。　鍵も埋めた。

なんの鍵？

きみのアパートの。

わたしたちのアパートよ。

あの人は両手をテーブルにつきました。

恋人たちがおたがいの下着を引っぱりあげ、おたがいのシャツのボタンをとめ、一枚、もう一枚、もう一枚と服を
着た。

わたしはあの人に告げました、言って。

最後にアンナに会ったとき。

言って。

わたしたちが。

言って！

あの人は両手をひざにつきました。

わたしはあの人を殴りたかった。

あの人を抱きしめたかった。

声をからして耳もとに叫びたかった。

わたしは尋ねました、それでこれからどうなるの？

わからない。

うちに帰りたい？

あの人はまえのナプキンに戻りました、無理だ。

じゃあ遠くへ行くの？

あの人は指さしました、無理だ。

じゃあどうしようもないわね。

わたしたちはそのまま座っていました。

まわりではいろんなことが起きていたけれど、わたしたちのあいだでは何も起きなかった。

頭上では、いくつものスクリーンがどの便が着陸してどの便が離陸するか告げていた。

マドリード発。

ストックホルム発。

リオ着。

パリ発。

ミラノ着。

だれもがやってくるか去っていくかだった。

世界中の人がひとつの場所から別の場所に動いていた。

じっとしている人はいなかった。

わたしは言いました、ずっといたらどうかしら？

ずっといたら？

ここに。　この空港にずっといたらどうかしら？

あの人が書きました、また冗談を？

わたしはいいえと首を振った。

ここにずっといるって、どうやって？

わたしはあの人に告げました、公衆電話があるから、オスカーにかけてわたしは大丈夫って伝えられる。それに紙のお店もあるから、あなたは手帳本とペンを買える。　食べるところもある。　現金引出機も。　洗面所も。　テレビだって。

やってくるのでも去っていくのでもない。

ありでもなしでもない。

イエスでもノーでもない。

わたしの夢は始まりまでさかのぼっていった。

雨が上がって雲のなかに入り、動物たちが渡り板を降りた。

ふたつずつ。

ふたつのキリン。

ふたつのクモ。

ふたつのヤギ。

ふたつのライオン。

ふたつのネズミ。

ふたつのサル。

ふたつのヘビ。

ふたつのゾウ。

雨は虹のあとにやってきた。

わたしがこれをタイプするあいだ、わたしたちはテーブルに向かい合って座っています。大きなテーブルではないけれど、わたしたちふたりには十分な大きさです。あの人はコーヒー一杯、わたしはお茶を飲んでいます。

タイプライターに紙があるとき、あの人の顔は見えない。

そんなふうにしてわたしはあの人よりあなたを選んでいるのです。

あの人を見る必要はない。

あの人が顔を上げてわたしを見ているかどうか知る必要はない。

あの人が去らないと信用しているわけでもない。

これが長くつづかないのは知っています。

あの人になるくらいなら、わたしでいるほうがいい。

言葉はすらすら出てきます。

ページはすらすら進みます。

わたしの夢の終わりで、イヴがリンゴを元の枝につけ直した。　その木は土のなかに戻っていった。　苗になって、それが種になった。

神様が地と水を、空と水を、水と水を、晩と朝を、ありとなしをひとつにした。

神様は言った、光あれ。

すると闇があった。

オスカー。

わたしがすべてを失うまえの日の夜はいつもと同じような夜でした。

アンナとわたしはとても遅くまで一緒に起きていました。　わたしたちは笑いました。　子ども時代の家の屋根の下にあるベッドのなかの若い姉妹。　窓を叩く風。

壊されちゃいけないものがほかにあるかしら?

わたしはひと晩じゅう一緒に起きているつもりだった。　一緒に残りの人生をずっと起きて。

言葉と言葉の間が長くなっていった。

話しているときと黙っているときの区別がつきにくくなった。

わたしたちの腕の毛が触れ合った。

もう遅くて、わたしたちは疲れていた。

わたしたちはまた別の夜があるものと思っていた。

アンナの呼吸がゆっくりになりはじめても、わたしはまだ話したかった。

彼女が寝返りを打って横を向いた。

わたしは言いました、話したいことがあるの。

彼女は言いました、あした話せばいいわ。

わたしは彼女をどんなに愛しているか話したことがなかった。

彼女はわたしの姉だった。

わたしたちは同じベッドで眠っていた。

それを言うのにふさわしい時なんかなかった。

いつもそんな必要はなかった。

父の小屋の本がため息をついていた。

シーツがアンナの呼吸に合わせてわたしのまわりで上がったり下がったりしていた。

彼女を起こそうかと思った。

でもそんな必要はなかった。

また別の夜があるから。

それに愛している相手にどうやって愛していると言えばいいの？

わたしは横向きになって彼女のとなりで眠りに落ちました。

いままであなたにいろいろ伝えようとしてきたけれど、いちばん言いたいのはこのことなのよ、オスカー。

それはいつも必要なのです。

あなたを愛している、
おばあちゃん

美しくて本当

その夜ママは夕食にスパゲッティをつくった。ロンもぼくたちといっしょに食べた。ぼくはロンにまだジルジャンのシンバルつき五点ドラムセットを買ってくれる気があるのかきいてみた。ロンは言った、「ああ。あれはいいと思うよ」。「ダブルバスペダルは?」「どういうものか知らないが、それもつけられるはずさ」ぼくはロンにどうして自分の家族がいないのかたずねた。ママが言った、「オスカー!」ぼくは言った、「何?」ロンがナイフとフォークを置いて言った、「いいんだ」。ロンは言った、「私にも家族がいたんだよ、オスカー。妻と娘がいた」。「離婚したの?」ロンは笑いだして言った、「いや」。「じゃあどこにいるの?」ママは自分のお皿を見た。ロンが言った、「事故に遭ったんだ」。「どんな事故?」「車の事故」「そんなの知らなかった」「きみのママと私は家族を失った人たちのグループで会ったんだ。そこで友だちになった」ぼくはママを見なかったし、ママはぼくを見なかった。なぜママはグループに入ったって話してくれなかったんだろう?

「どうしてその事故でいっしょに死ななかったの?」ママが言った、「もういいでしょ、オスカー」。ロンが言った、「その車に乗っていなかったんだ」。「なぜ乗ってなかったの?」ママは窓の外を見た。ロンは自分のお皿のまわりを指でなでて言った、「わからない」。「ヘンだよね」とぼくは言った、「ロンが泣くのを見たことないなんて」。ロンは言った、「泣いてばかりだよ」

バックパックはつめてあったし、高度計とグラノーラバーとセントラルパークで掘り出したスイスアーミーナイフとか、ほかのものもまとめてあったから、ぼくはもうすることがなかった。九時三六分にママが寝かしつけてくれた。

「何か読んでほしい?」「ううん、いい」「話したいことはある?」ママが何も言わないのなら、こっちも何も言わないつもりだったから、ぼくはううんと首をふった。「お話でもつくる?」「ううん、いい」『タイムズ』の間違い探しは?」「ありがと、ママ、でもいいんだ」「ロンがご家族のことを話してくれてよかったわ」「そうだね」「彼にやさしくしてあげて。あんなにいいお友だちなんだし、彼も助けが必要なの」「ぼく、つかれてるんだ」

目覚ましを一一時五〇分にセットしたけど、眠れないのはわかっていた。

ベッドに横になって時間になるのを待っているあいだ、ぼくはたくさんの発明をした。

生物分解性自動車を発明した。

あらゆる言語のあらゆる単語がのっている本を発明した。あまり使いやすい本じゃないけど、これを持てば、口にできる言葉は全部手のなかにあるんだってわかる。

グーゴルプレックス個の電話はどうだろう?

どこにでも安全ネットをはるのはどうだろう?

一一時五〇分、ぼくはものすごく静かに起き出すと、ベッドの下から荷物を引っぱり出して、ドアを一ミリずつ、物音ひとつたてないようにして開けた。夜のドアマンのバートがデスクで居眠りしていたのはラッキーで、というのは、これでもうウソをつかなくてもよくなったから。間借り人は街灯の下で待っていた。ぼくらは握手をしたけど、それってなんだかヘンだった。一二時〇〇分きっかりに、ジェラルドがリムジンでやってきた。ジェラルドがドアを開けてくれて、ぼくはジェラルドに言った、「ぴったりの時間に来るって知ってたよ」。ジェラルドはぼくの背中をたたいて、「遅刻はしないさ」。ぼくがリムジンに乗るのはこれで二回目だった。

車で走っていくとき、ぼくらはじっと立っていて世界がこっちにやってくるんだって想像した。間借り人は何もしないで、ずっと横向きに座っていて、ぼくはパパがアメリカでいちばん不格好な建物だと考えていたトランプタワーや、パパがありえないほど美しいと考えていた国連本部を見た。ぼくは窓をおろして腕をつき出した。手を飛行機のつばさみたいに曲げた。ぼくの手がじゅうぶん大きかったら、リムジンを飛ばすことだってできそうだった。でっかい手ぶくろはどうだろう?

ジェラルドが車のバックミラーのなかで笑いかけて、音楽をかけるかいときいた。ぼくはジェラルドに子どもはいるのかきいてみた。彼は娘がふたりいると言った。「ふたりは何が好き?」「何が好き?」「うん」「そうだな。ケリー、下の子はバービーと子犬とビーズのブレスレットが好きだよ」「ビーズのネックレスならつくってあげる」「きっと気に入る」「ほかには?」「やわらかくてピンクのものなら、なんでも好きだな」「ぼくもやわらかくてピンクのものは好きだよ」ジェラルドは言った、「おや、なるほどね」。「で、もうひとりの子はどうなの?」「ジャネット?　あの子はスポーツが好きだ。お気に入りはバスケットボールで、はっきり言って、あの子はプレーできるんだ。女の子にしてはってことじゃないぞ。**うまい**ってことだ」

「ふたりとも特別?」ジェラルドは大笑いして言った、「あの子たちのパパなら特別だって言うに決まってる」。「でも客観的には」「えっ、何?」「事実として、とか。本当のところは」「おれがあの子らのパパだっていうのが本当のところさ」

ぼくはまた少し窓の外をながめた。橋のどこの行政区にも入ってない部分をこえると、ぼくはふりかえってビルが小さくなっていくのを見つめた。ぼくはどのボタンでサンルーフが開くのかつき止めると、立ちあがって上半身を車から出した。おじいちゃんのカメラで星の写真をとって、頭のなかで星と星をつなげて単語を、思いどおりにどんな単語もつくった。車が橋の下かトンネルをくぐりそうになると、車のなかに戻らないと首をはねられるぞとジェラルドに言われて、そういう話はぼくも知ってるけど、これは、**こればっかりは**知らなかったらよかったのにと思う。脳みそのなかでぼくは「靴」と「慣性」と「無敵」をつくった。

ジェラルドが芝生の上に乗り入れてリムジンを墓地のすぐとなりにとめたのは一二時五六分だった。ぼくはバックパックをかついで、間借り人はシャベルを持って、リムジンの屋根によじのぼってフェンスをこえた。

ジェラルドがひそひそ声で言った、「ほんとにこんなことしたいのかい?」

フェンスのこっち側からぼくはジェラルドに告げた、「たぶん二〇分もかからないよ。ひょっとしたら三〇分」。

ジェラルドは間借り人のスーツケースをこっちに投げて言った、「ここにいるよ」

とても暗かったので、ぼくらはぼくの懐中電灯の光線をたよりに進んでいかないといけなかった。

ぼくはたくさんのお墓に光を向けて、パパのを探した。

マーク・クローフォード

ダイアナ・ストレイト

ジェイソン・バーカー・ジュニア

モリス・クーパー

メイ・グッドマン

ヘレン・スタイン
グレゴリー・ロバートソン・ジャッド
ジョン・フィールダー
スーザン・キッド
ぼくはこれが全部死んだ人たちの名前だということと、死んだ人がもちつづけるのはだいたい名前ぐらいしかないということをずっと考えていた。
パパのお墓を見つけたのは一時二二分だった。
間借り人がシャベルをぼくに差し出した。
ぼくは言った、「そっちが先にやって」
間借り人はシャベルをぼくの手に持たせた。
ぼくはシャベルを泥のなかにおしこんで全体重をかけてふんでみた。ぼくは自分が何ポンドあるかも知らなくて、というのはパパを探すのでずっといそがしかったからだ。
これはものすごくたいへんな仕事で、ぼくの力だと一度に土をちょっとどかすのがやっとだった。腕がありえないほどつかれたけど、それはだいじょうぶで、というのはシャベルがひとつしかなくて、ぼくらは交代でやったから。
二〇分がすぎて、それからまた二〇分がすぎた。
ぼくらは掘りつづけたけど、どこにもたどり着かないでいた。
また二〇分がすぎた。

そこで懐中電灯の電池が切れて、ぼくらはすぐ目の前にある自分の手も見えなくなった。これは計画になかったことで、交換用の電池も、当然、用意したほうがよかったのに、なかった。どうしてこんなに単純で大事なことを忘れちゃったんだろう？

ぼくはジェラルドのケータイにかけて単一電池を買ってきてくれないかときいた。すると万事順調かときかれた。あんまり暗いから聞き取るのもひと苦労だった。ぼくは言った、「うん、こっちはだいじょうぶ、ただ単一電池がいるんだ」。ジェラルドはたしか一軒だけ一五分くらい先にあると言った。ぼくはジェラルドに告げた、「追加料金をはらうよ」。ジェラルドは言った、「追加料金なんてどうでもいいさ」

ついていたのは、ぼくらがやっていたのはパパのお墓を掘り起こすことだったから、目の前の手を見る必要がなかったということだ。シャベルが土を動かしている感触があれば、それでよかった。

そういうわけで真っ暗で静まりかえったなか、ぼくらはシャベルで掘った。

ぼくはミミズとか、根っことか、ねんどとか、埋められた宝物とか、地面の下のあらゆるものについて考えた。

ぼくらはシャベルで掘った。

最初のものが生まれてからいままでにいくつのものが死んだんだろうとぼくは思った。一兆？　一グーゴルプレックス？

ぼくらはシャベルで掘った。

間借り人は何を考えているんだろうとぼくは思った。

しばらくすると、ぼくの電話が「くまんばちの飛行」を鳴らしたので、発信者を見た。「ジェラルド」「手に入れたよ」「こっちに持ってきてもらえたら、リムジンに戻って時間をむだにしなくてすむよね？」ジェラルドはしばらく間をおいてから言った。「やれないこともないだろう」ぼくらがどこにいるか説明できなかったので、ぼくはひたすら名前を呼びつづけて、ジェラルドにぼくの声を見つけてもらった。

目が見えると気分はずっとよくなった。ジェラルドが言った、「おふたりさん、あまり進んだようには見えないな」。ぼくはジェラルドに告げた、「ぼくらはシャベルがうまくないんだ」。ジェラルドは運転用の手ぶくろを上着のポケットに入れて、首にかけた十字架にキスをすると、ぼくからシャベルを取った。ジェラルドはかなり力持ちなので、たくさんの土をさっさと動かすことができた。

シャベルが棺おけにさわったのは二時五六分だった。ぼくら全員、その音を耳にして顔を見合わせた。

ぼくはジェラルドにお礼を言った。

ジェラルドはぼくにウィンクすると、歩いて車のほうに戻りはじめて、そのうち暗がりのなかに消えた。「そうだ」とジェラルドが言うのが聞こえたけど、懐中電灯でも姿は見つからなかった、「上の子のジャネットは、シリアルが大好きでね。ほうっておいたら、三度の食事にシリアルを食べる」

ぼくはジェラルドに告げた、「ぼくもシリアルは大好きだよ」

ジェラルドは「なるほどね」と言って、それから足音がだんだん小さくなっていった。

ぼくは穴のなかにおりて、残った土を絵筆ではらい落とした。

ひとつおどろいたのは棺おけがぬれていたことだった。それは予想してなかったというか、だって、どうしてこれだけの水が地面の下にもぐってるの？

もうひとつおどろいたのは棺おけに二、三か所、たぶん土の重みのせいでひびが入っていたことだ。もしもパパがなかにいたら、その割れ目から入ったアリやミミズに食べられたかもしれないし、少なくとも顕微鏡でしか見えないバクテリアにはやられたと思う。それはべつにどうでもいいのは知っていて、というのは、いったん死んだら何も感じないから。とすると、どうでもよくないように感じるのはなぜ?

もうひとつおどろいたのは棺おけにカギがかかってなくて釘でとめられてもいなかったことだ。ふたはのっているだけだから、やろうと思えばだれでも開けることができる。そんなのいけないという気がした。でも逆に、いったいだれが棺おけなんか開けたがる?

ぼくは棺おけを開けた。

ぼくは今度もおどろいたけど、今度もそれは見当ちがいだった。ぼくはパパがそこにいないことにおどろいたのだ。脳みそのなかでは、当然、いないと知っていたけど、どうも心はべつのことを信じていたみたいで。それか、ありえないほどからっぽなことにおどろいたのかも。まるで、辞書でからっぽの定義を調べている気分だった。

パパの棺おけを掘り出すアイデアを思いついたのは、間借り人と出会ったつぎの夜だった。ベッドに横になっていたら、不可能な問題に対する単純な答えみたいに、ぱっとひらめいたのだ。つぎの朝、間借り人がメモに書いてくれたとおりに、ゲストルームの窓に小石を投げたのだけど、ぼくはあまり正確に投げられないから、かわりにスタンにやってもらった。間借り人と角で落ち合ったとき、ぼくはアイデアを話した。

間借り人は書いた、「どうしてそうしたい?」ぼくは告げた、「だってそれが本当のことで、パパは本当のことを愛していたから」。「本当のこととはなんだ?」「パパが死んでること」

そのあと、ぼくらは毎日午後に会って、戦争の計画を立てるみたいに細かい部分を話し合った。どうやって墓地まで行くかとか、フェンスをよじ登るいろんな方法とか、どこでシャベルを見つけるかとか、必要な道具、たとえば懐中電灯やワイヤーカッターや箱入りジュースについて話をした。ぼくらは計画を練りに練ったけど、棺おけを開けたら何をするかについてはなぜだか一度も話し合わなかった。

出かけるまえの日になってやっと、間借り人が当然の疑問を書いてきた。

ぼくは告げた、「中身をつめるんだよ、当然」

間借り人はもうひとつ当然の疑問を書いた。

最初、ぼくは棺おけにパパの人生の記念品を、赤ペンとか、ルーペと呼ばれる宝石屋の虫メガネとか、タキシードでもつめたらどうかと言った。このアイデアはブラック夫妻がおたがいの博物館をつくっていたことからうかんだんだと思う。でも話し合ってるうちに、それはだんだん意味がなくなっていって、だって、とにかく、そんなことして何の役に立つの？　パパはもう死んでいるからそれを使えないし、間借り人からもパパのものはとっておいたほうがいいんじゃないかと言われた。

「棺おけに宝石をつめる手もあるよ、そんなふうに有名なエジプト人たちがしてもらってたって話、知ってるんだ」「ただ彼はエジプト人ではなかった」「それに宝石は好きじゃなかったしね」「宝石は好きじゃなかった？」

「ひょっとしてぼくの恥ずかしいものを埋めたらいいのかも」と提案しながら、ぼくは頭のなかで古い電話と、おばあちゃんにむかつく原因になったアメリカの大発明家の切手シートと、『ハムレット』の台本と、知らない人から来た手紙と、自分でつくったまぬけな名刺と、タンバリンと、未完成のスカーフのことを考えていた。でもそれもやっぱり意味がなくて、というのは間借り人が、埋めたからって、それを本当に葬ったことにはならないと思い出させてくれたから。「じゃあ何にする？」とぼくはたずねた。

「考えがある」と間借り人は書いた、「あした見せよう」

どうしてぼくは間借り人をこんなに信用したんだろう？

つぎの夜、一一時五〇分に角で会ったとき、間借り人はスーツケースをふたつ持っていた。ぼくは何が入っているのかきかなくて、というのはなんとなく話してくれるまで待ったほうがいい気がしたからだった、これはぼ、く、のパパのことだし、ということは棺おけもぼくのだったのだけど。

三時間後、ぼくが穴からよじのぼって、土をはらい落としてふたを開けると、間借り人はスーツケースを開けた。なかには紙がつまっていた。ぼくはこれは何なのかたずねた。間借り人は書いた、「私は息子を失った」。「そうなの？」間借り人は左手を見せた。「どういうふうに死んだの？」「息子が死ぬよりまえに失ったんだ」「どういうふうに？」「私は姿を消した」「なぜ？」間借り人は書いた、「怖かった」。「こわかったって何が？」「息子を失うのが怖かった」「死なれるのがこわかったの？」「息子が生きているのが怖かった」「なぜ？」間借り人は書いた、「生は死より恐ろしい」

「それでその紙は何なの？」

間借り人は書いた、「息子に話せなかったこと。手紙」

正直にいうと、そのときぼくが何を理解したのか自分でもわからない。

間借り人がぼくのおじいちゃんだってことは、脳みその深い部分でも見破ってなかったと思う。スーツケースのなかの手紙とおばあちゃんのドレッサーのなかの封筒を結びつけないといけなかったのに、それもぜんぜんしなかった。

でもぼくはきっと何かを理解していた、**きっと**そうだ、だってそれ以外にぼくが左手を開いた理由はある？

うちに帰ったのは午前四時二二分だった。ママがドアのそばのソファにいた。ぼくのことをありえないほどおこってると思ったけど、ママは何も言わなかった。ぼくの頭にキスをしただけだった。「どこにいたか知りたくないの?」ママは言った、「あなたを信じてるわ」。「でも気にならない?」ママは言った、「知ってほしかったらあなたから話すでしょ」。「寝かしつけてくれる?」「もう少しここにいようかと思って」「ぼくのことで頭にきてる?」ママはいいえと首をふった。「ロンは頭にきてる?」「いいえ」「ほんとに」「ええ」

ぼくは自分の部屋に行った。

手がよごれていたけど、ぼくは洗わなかった。つぎの朝までは、よごれたままにしておきたかった。土がずっと指のつめの下に残ってくれたらよかったし、ひょっとして顕微鏡でしか見えない物質ならいつまでもそこにあるかもしれない。

ぼくは明かりを消した。

バックパックを床に置いて、服をぬいで、ベッドのなかに入った。

ぼくはにせの星をながめた。

全部の超高層ビルの屋上に風車をつけるのはどうだろう?

たこ糸のブレスレットはどうだろう?

つり糸のブレスレットは?

超高層ビルに根っこがあったらどう?

超高層ビルに水をかけたり、クラシック音楽を聴かせたり、日なたと日かげのどっちが好きか知らなきゃならないとしたら?

やかんはどうだろう?

ぼくはベッドから出てブリーフ一枚でドアに走った。

ママはまだソファにいた。読書をしていないし、音楽も聴いてなくて、何もしてなかった。

ママが言った、「起きていたのね」

ぼくは泣きだした。

ママは両腕を広げて言った、「どうしたの？」

ぼくはママのところに走って言った、「入院はしたくないよ」

ママはぼくを引き寄せて肩のやわらかい部分にぼくの頭をおしつけて、ぼくをきつくだきしめた。「入院なんかしないわ」

ぼくはママに告げた、「すぐによくなるって約束するから」

ママは言った、「あなたはどこも悪くない」

「幸せでふつうになるから」

ママはぼくの首の後ろに指をあてた。

ぼくはママに告げた、「ありえないほど努力したんだ。これ以上どうやって努力すればいいかわかんない」

ママは言った、「パパがいたらあなたをうんと誇りに思うはずよ」

「そう思う？」

「そうわかっているの」

ぼくはまた少し泣いた。それまでママについたウソを全部話したかった。それから、だいじょうぶだと言ってほしかったし、というのはいいことをするために悪いことをしなきゃいけないときもあるからだった。それから電話のことも話したかった。それからパパはそれでもぼくをほこりに思うと言ってほしかった。

ママは言った、「あの日パパはあのビルからわたしに電話をしてきたの」

ぼくはママからはなれた。

「えっ？」

「あのビルから電話してきたの」

「ママのケータイに？」

ママがそうよとうなずいたそのとき、ぼくはパパが死んでから初めて涙をこらえないママを見た。ほっとしたんだろうか？　うつになっているんだろうか？　感謝している？　へとへと？

「パパは何て言ったの？」

「パパは、通りにいる、もうビルの外に出たって言っていた。歩いて帰るところだって」

「でもそうじゃなかった」

「ええ」

ぼくはおこってるんだろうか？　うれしいんだろうか？

「パパは心配をかけないように話をつくったんだ」

「そうよ」

いらいらしてる？　パニくってる？　楽観的？

「でもパパはママが知ってるって知っていた」

「知っていたわ」

ぼくはママの首のまわりに、かみの毛がはじまっているあたりに指をあてた。

どれくらい遅い時間になっていたのかわからない。

ぼくは眠っちゃったんだと思うけど、おぼえてない。すごく泣いたせいでいろんなものがほかのいろんなものとまざり合っていた。そのうちママがぼくを部屋に運んでくれた。それでぼくはベッドに入った。ママがぼくをじっと見ていた。ぼくは神様がいるなんて信じていないけど、ものごとがものすごく複雑なのは信じていて、ママがぼくをじっと見るのはどんなことにも負けないくらい複雑だった。でもそれはありえないほど単純でもあった。ぼくのたった一度の人生では、向こうはぼくのママで、こっちはママの息子なのだ。

ぼくはママに言った、「また恋をしてもだいじょうぶだよ」

ママが言った、「もう恋はしないわ」

ぼくはママに言った、「してほしいんだよ」

ママがキスをして言った、「もう二度と恋はしない」

ぼくはママに言った、「心配かけないように話をつくらなくていいからね」

ママは言った、「愛してる」

ぼくは横向きに寝返りをうってママがソファーへ歩いていく音に耳をすませた。

泣いているのが聞こえた。ぼくはママのぬれたそでを想像した。ママのつかれた目を。

一分五一秒……

四分三八秒……

七分……

ぼくはベッドと壁のあいだのスペースをさぐって『ぼくの身に起きたこと』を見つけた。もういっぱいになっていた。そろそろ新しい巻をおろさないといけない。ふたつのタワーが燃えつづけたのは紙のせいだって読んだことがある。メモ帳や、ゼロックスや、プリントしたeメールや、子どもの写真や、本や、さいふのなかのお札や、ファイルに入れた書類は全部……そういうものは全部燃料だった。もしもぼくらがペーパーレス社会に住んでいたら、おおぜいの科学者がもうすぐそういう社会に住むようになるだろうと言っているけど、そしたらパパはまだ生きていたかもしれない。新しい巻はおろさないほうがいいのかも。

ぼくはバックパックから懐中電灯をつかみ出してその本に向けた。地図と絵、雑誌や新聞やインターネットにあった写真、ぼくがおじいちゃんのカメラでとった写真を見た。世界じゅうがそこにあった。最後に、ぼくは落ちていく体の写真を見つけた。

これはパパ？

かもしれない。

だれにしたって、だれかではある。

ぼくはその何ページかを本からはがした。

順番を逆にして、最後の一枚を最初に、最初を最後にした。

ぱらぱらめくると、その男の人が空をうかびあがっていくみたいに見えた。

そしてもしもっと写真があったら、男の人は窓から飛びこんでビルのなかに戻っただろうし、けむりが穴のなかに流れこんで、その穴から飛行機が出てきただろう。

パパはメッセージをさかさまに残して、そのうち留守番電話はからっぽになって、飛行機はパパからはなれて後ろ向きに、はるばるボストンまで飛んでいっただろう。

パパはエレベーターで通りのある地上まで行って最上階のボタンをおす。

パパは地下鉄まで後ろ向きに歩いて、地下鉄は後ろ向きにトンネルをぬけて、ぼくらの駅まで戻ってくる。

パパは後ろ向きに改札をぬけると、メトロカードを逆に通して、うちまで後ろ歩きしながら『ニューヨーク・タイムズ』を右から左に読む。

パパはコーヒーをマグにはき出して、ブラシで歯をよごして、かみそりで顔に毛をつける。

パパはベッドのなかに戻って、目覚ましが逆に鳴って、パパは夢を逆に見る。

そして最悪の日のまえの夜の終わりにまた起きだす。

パパは後ろ歩きでぼくの部屋へ、口笛で「アイ・アム・ザ・ウォルラス」を逆に吹きながらやってくる。

パパはぼくのいるベッドのなかに入る。

ぼくらは天井の星を見て、星はぼくらの目から光を引き戻す。

ぼくは「なんでもない」とさかさに言う。

パパは「なんだ、相棒」とさかさに言う。

ぼくは「パパ」とさかさに言うと、それは前から言う「パパ」と同じ音がする。

パパは第六行政区の物語をぼくに話してくれる、最後の缶のなかの声から最初まで、「愛してる」から「昔むかし……」まで。

ぼくらは安全だ。

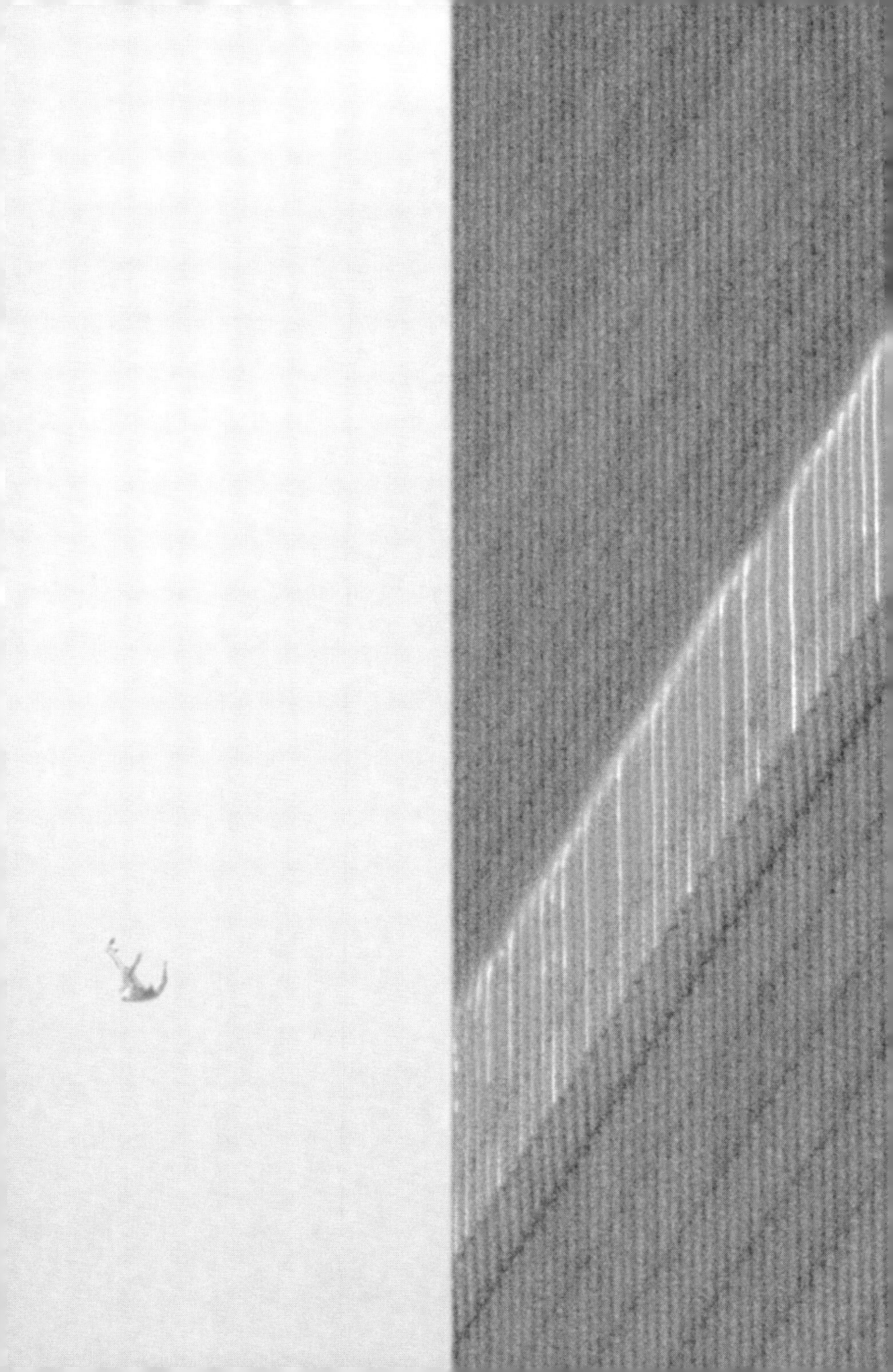

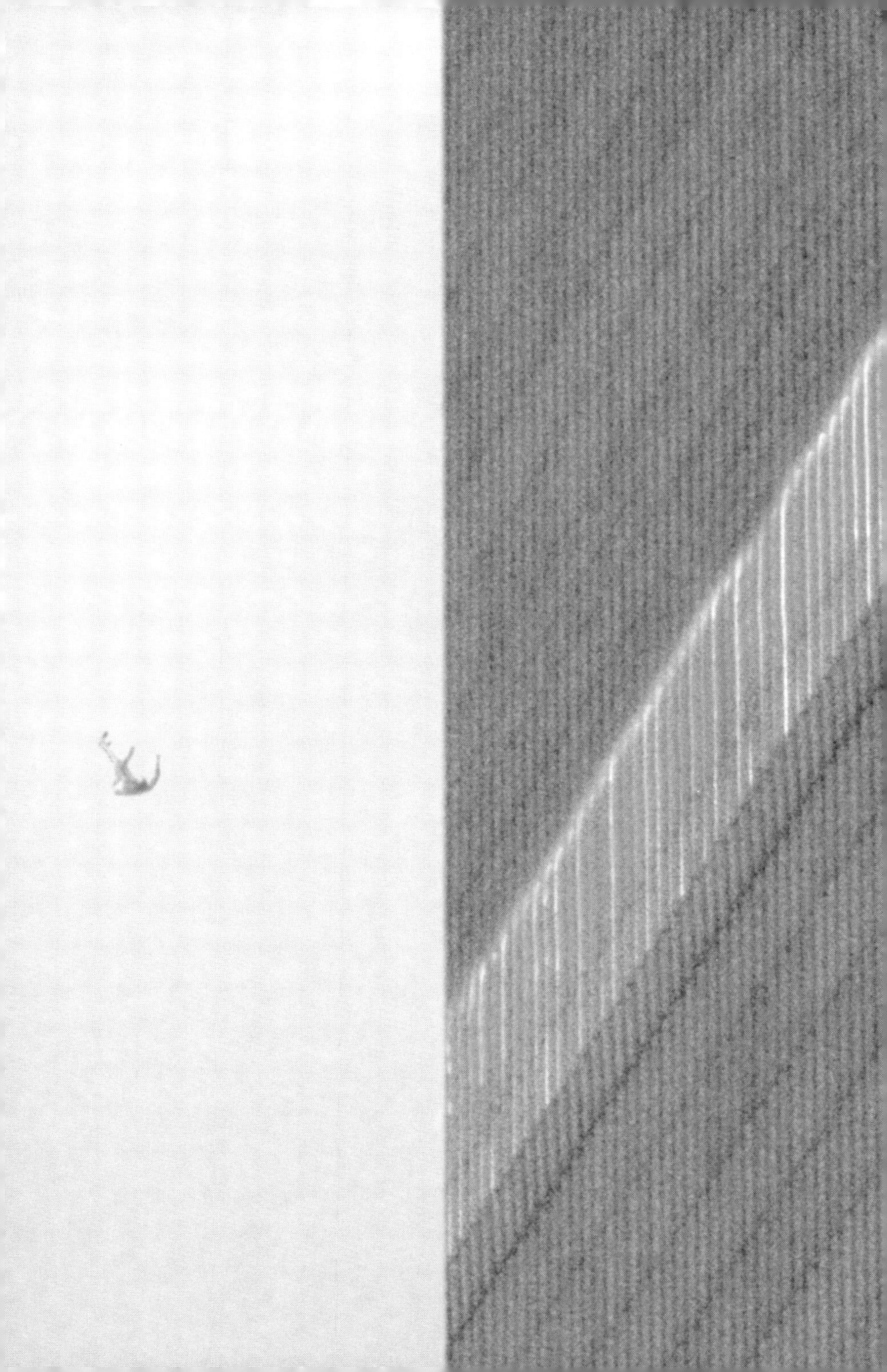

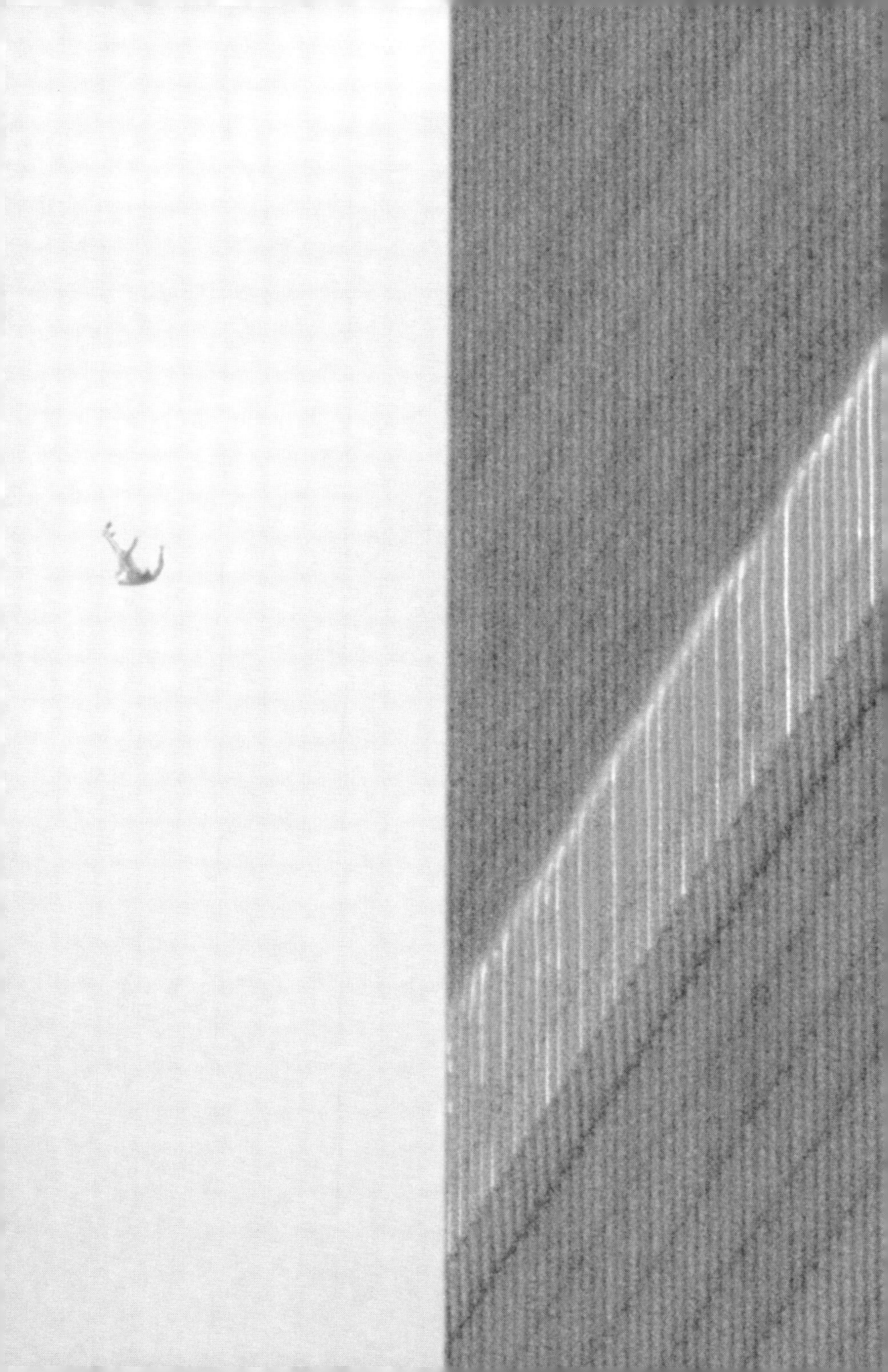

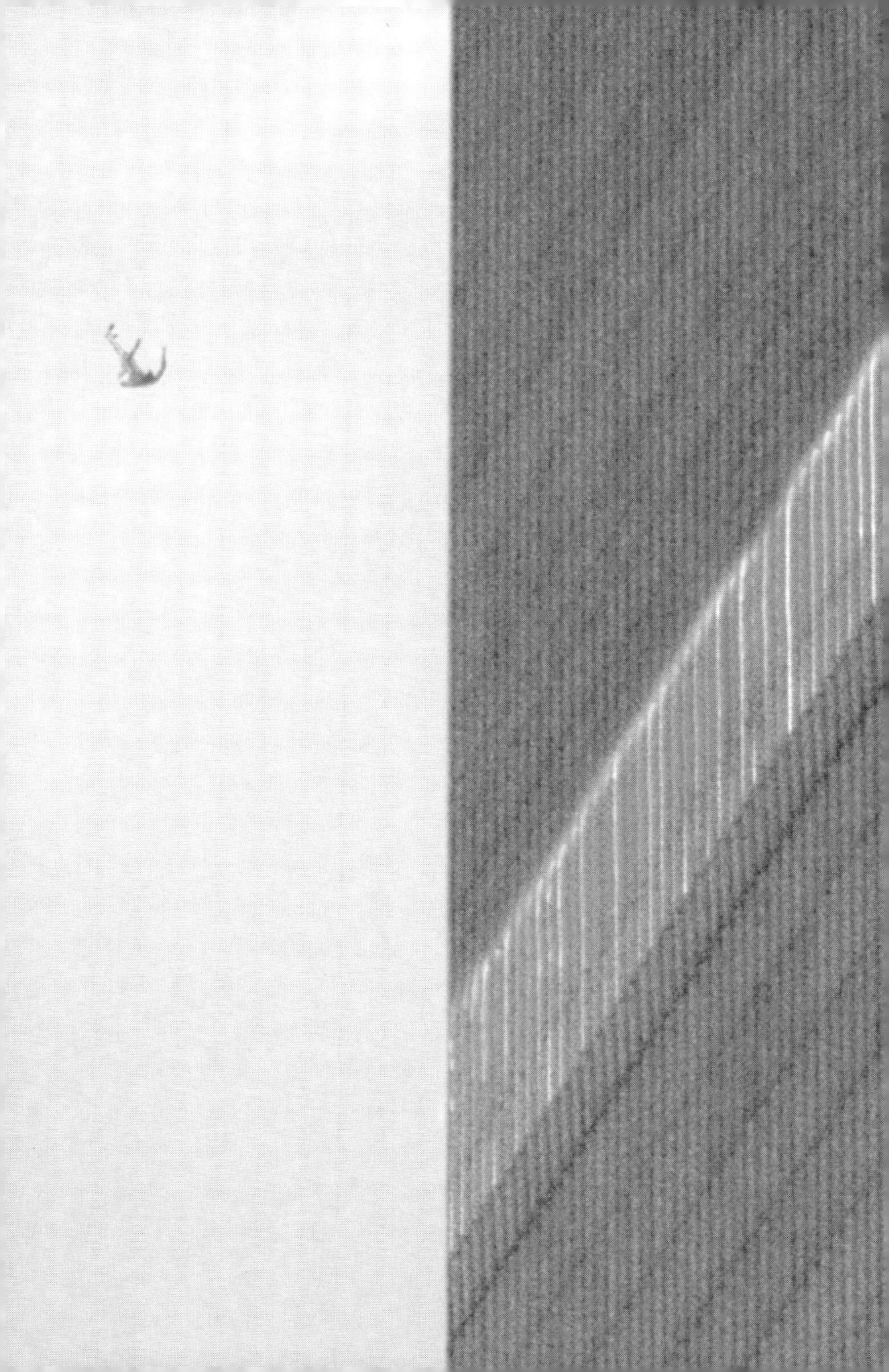

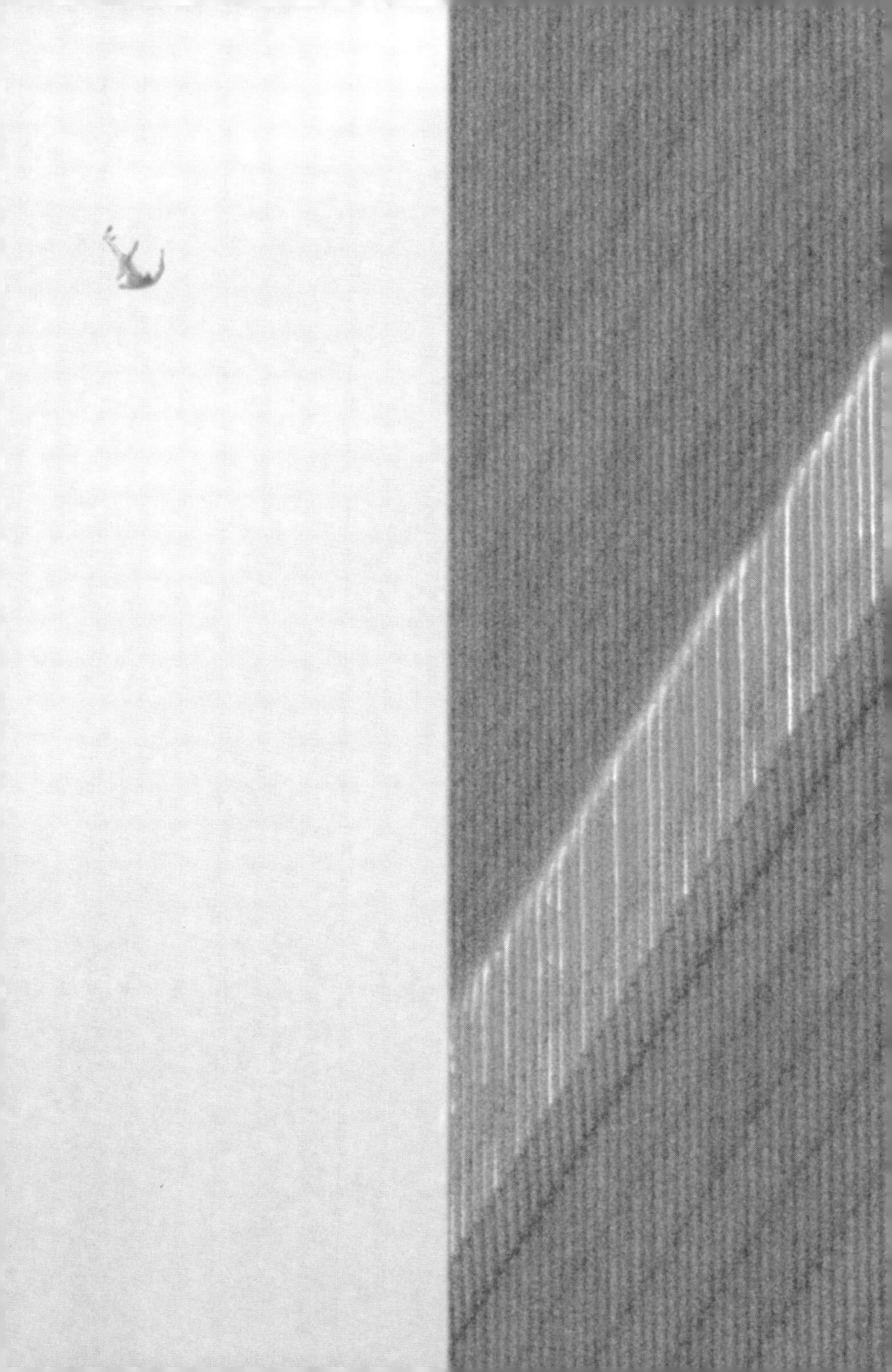

訳者あとがき

二〇〇一年九月十一日に発生したアメリカ同時多発テロから十年。本書『ものすごくうるさくて、ありえないほど近い』の主人公、オスカー・シェルはそろそろ十九回目の誕生日を迎えているころだ。彼はいまどんな若者になっているのだろう?

長篇第一作『エブリシング・イズ・イルミネイテッド』(ソニー・マガジンズ)でジョナサン・サフラン・フォアは、ウクライナでルーツ探しをするアメリカ人青年と奇妙な英語を話す現地ガイドたちの珍道中と、一族の知られざる悲しい歴史をコミカルに紡ぎだした。つづく本作で彼が描くのは、9・11同時多発テロで父親を亡くした少年オスカーのささやかな冒険と、第二次世界大戦のドレスデン爆撃に端を発した皮肉な運命だ。

この作品は事件からの二年間を振り返るオスカーの物語を軸に進められる。

ある日、オスカーは父親のクローゼットで花瓶のなかに封筒を見つける。その封筒には赤いインクで「ブラック」と記され、一本の鍵が入っていた。これは何のカギだろう? それに「ブラック」ってどういうこと? 父親のことを知りたい一心から、オスカーはその鍵にぴったりの錠前を求めてニューヨークじゅうの人々を訪ねてまわりはじめる。はたして、その鍵の謎は解けるのか? そしてオスカーは父親の死を受け容れることができるのだろうか?

本書はこのオスカーの冒険(クエスト)を中心に、祖父から息子(オスカーの父親)への手紙と、祖母からオスカーへの手紙が交互に挿入される構成になっている。それぞれ独特な語り口で、祖父と祖母の手紙ではドレスデン爆撃がクローズアップされるが、この三つが物語の進行とともにひとつに収斂していく。そこから浮かびあがるのは、圧倒的な力で襲いかかってくる歴史の悲劇に愛する者を奪われ、それでも立ち直ろうとする家族の姿だ。遺された者はどう生きるのかがテーマだといえるかもしれない。

だが、そういったまとめ方はフォアという小説家の一面をとらえたものにすぎないだろう。「何を語るか」はもとより、「どう語るか（見せるか）」に心をくだく、きわめて現代的な作家だからだ。フォアはテーマを重々しく訴えるのではなく、軽やかに、脱線を交えつつ、視覚的な効果とともに読者の前で奏でてみせる。

（以降の記述で物語・作品・登場人物に関する核心部分が明かされています）

オスカーは九歳という年齢のわりにかなりませた小学生で、毎日の暮らしを饒舌に語り、フランス語（「存在理由（レゾン・デートル）」「あなたの忠実な友（ヴォートル・アミ・デヴェ）」など）や、おぼえたてのむずかしい言葉（「修辞的」「楽観論」「悲観論」など）、専門用語（「筋萎縮性側索硬化症」など）やスラング（「あほな（ホゼ）」など）を使いたがる。無神論者でアマチュア科学者、タンバリン奏者でビートルズグッズ収集家だ。と紹介するとお気楽なキャラクターに思えるが、じつは深刻な状況に置かれている。突然父親を失い、学校は休みがちで、自分に「あざをつくる」ことが癖になり、カウンセリングに通わされている。地下鉄やエレベーター、ローラーコースターに乗るのが怖い。すぐに「靴が重くなる」（気分が沈む）。つまり一種のＰＴＳＤだ。おまけに、父親が死んだというのに母親は男友達と楽しそうにすごす始末（じつはその男友達のロンも交通事故で家族を失ったことをあとで知る）。クラスの発表で広島の被爆者の証言テープを流し、原爆について解説して気味悪がられるオスカーには、友だちも多いとはいえず、毎日相手をしてくれるのは向かいのアパートに間借り人と暮らす祖母くらいしかいない（オスカーという名と打楽器の組み合わせからギュンター・グラス『ブリキの太鼓』の主人公を、ニューヨークをさまよう多感な少年の独白にＪ・Ｄ・サリンジャー『ライ麦畑でつかまえて』のホールデン・コーフィールドを重ねる人もいるだろう。また、二〇〇五年五月二十一日のガーディアン紙に掲載された著者インタビューによれば、オスカーの人物造形にはフォアが八歳だったときのサマーキャンプでの体験が反映されているようだ。化学の実験中に爆発が起き、級友三人とともに大けがを負ったフォアはその後三年間、精神的なダメージをぬぐえず、学校を休んでばかりで、両親のそばからなかなか離れられなかったという）。

それでいて、オスカーの語り口はあくまでコミカルだ。前作『エブリシング・イズ・イルミネイテッド』の登場人物、アレックスの「ユーモラスは悲しい話を正直に語るただひとつの方法」という言葉どおり、著者はここでも悲劇的な出来事をユーモラスに語るスタイルをとっている。ただ今回は語り部が十歳前後の子どもであるだけに、健気さが強調され、数々のうそに混じってときおり吐き出される「パパがどんなふうに死んだか知る必要があるんだ」「どんな死に方をしたか発明しなくてもよくなるから」といった素直な心情がせつなく響く。頭のなかで「発明」することが好きなのも、スティーヴン・ホーキングらの有名人に手紙を書きまくるのも、自傷行為と同じ、いまいる場所から逃げたいから、みんなが安全でいられるところに行きたいからだと、読み進めるうちにわかってきて背筋がひやりとしたりもする。

一方、祖父と祖母はドイツのドレスデン出身で、第二次世界大戦後アメリカにやってきた移民一世だ。祖父から息子への手紙の章で語られるのは、言葉を発声できなくなったいきさつ、彫刻家を目指していた故郷での日々、恋人アンナとの出会い、アンナの妊娠、ドレスデン爆撃、ニューヨークに来てからの妻との出会い・暮らし・別れなど。そして祖母から孫への手紙では、彼女の過去や姉アンナとの思い出、夫との関係、愛する孫への思いなどがつづられる。

ふたりにとって英語は母語ではない。祖母はアメリカ人になりきろうとして慣用句の習得に励んだが、ふたりとも句読点を無視したり、文と文の間にスペースを入れたりと書き方は変則的だ。だが、外国語の話者らしい直接的な表現、〝意識の流れ〟的な文章や叙事詩のような淡々とした口調がかえって胸を打つ。とくに祖父がもともと愛していたのは、故郷ドレスデンで出会ったアンナだったのだが、アンナは爆撃の犠牲者となり、その後、ニューヨークでアンナの妹と偶然再会して結婚にいたった経緯がある。そんなふうに複雑に行き交うふたりの感情も、この作品の大きな魅力のひとつだ。じつはこの作家、前作でジプシー娘の報われない愛を描いた一章「恋に落ちて、1934〜1941年」もそうだったが、悲恋を書かせると抜群にうまい。

ニューヨークにあったという幻の行政区について、父親が死ぬ前夜にオスカーに語る章「第六行政区」もその一例だろう。この御伽噺のような味わいのある珠玉の一篇では、マンハッタン島と沖へ流されていく第六行政区とで離れ離れになる少年と少女の淡い恋が美しく描かれ、物語に彩りを添えている。この章からオスカーの台詞を削って父親の語りをつなげたヴァージョンが、独立した短篇として文芸誌マクスウィーニーズのアンソロジーに収録されているので、読み較べてみるのもおもしろいだろう（*Noisy Outlaws, Unfriendly Blobs, and Some Other Things That Aren't as Scary, Maybe, Depending on How You Feel About Lost Lands, Stray Cellphones, Creature from the Sky, Parents Who Disappear in Peru, a Man Named Lars Farf, and One Other Story We Couldn't Quite Finish, So Maybe You Could Help Us Out*）。

この作品には、前作につづくタイポグラフィの工夫や、合間合間に挿入される図版など、視覚的な仕掛けが数多く施され、〝ヴィジュアル・ライティング〟の手法が採られている。だが、それは実験のための実験ではない。タイポグラフィはマーク・Z・ダニエレブスキーの『紙葉の家』（ソニー・マガジンズ）のようにストーリーと密接に結びつき、たとえば、オスカーの祖父が書く手帳の残りページが少なくなるとともに文字が小さく、文字幅が狭くなり、しまいにはほとんど黒く塗りつぶすことで、巧みに閉塞感を視覚化している。「お願い、結婚して」「助けてくれ」とだけ記されたページも、むきだしの表現にドキッとさせられるほどインパクトが大きい。オスカーが母親のカウンセリングを盗み聞きする場面では、聞き取れない言葉がスペースに置き換えられ、オスカーが感じるのと同じじれったさが体感できる(こうした視覚上の仕掛けには、いろいろな効果がある。三者三様のスタイルを見るうち、各章は著者の創作というより、実際に三人の人物が書いているような気がしてこないだろうか。スタイルにキャラクターが憑依しているといってもいい。一方で、見た目を含めた本全体がひとつの完結した作品になっているとも思う。だからルビや訳注は邪魔かもしれない。「訳者あとがき」もしかり)。

また、オスカーが撮った写真(ドアノブや登場人物アビー・ブラックのスナップなど)やインターネットで拾った画像(スティーヴン・ホーキングの写真など)は、ある意味寓話的なこの作品に不思議なリアリティを加味している。なかでも興味深いのは、物語の最後、オスカーがビルから落ちる男を写したビデオの連続静止画像を逆に並べ、空中を浮かびあがっていくのを想像するのに合わせて、実際に画像がフリップブック式に収録されているところだ。この部分はいわばフィクションのなかのフィクションだが、視覚化することで、作中の現実(父の死)よりもオスカーの夢想のほうが大きなリアリティを帯びるように感じられ、悲しい出来事を語りながらも安らかな読後感が強く残る。ここでもたらされるのはまったく新しい読書体験だ。

9・11同時多発テロを題材にした小説は少なくない。だが、事件から四年の歳月をへて発表されたこの作品は、9・11の被害者とその遺族を物語の中心に据えながら、一方でアメリカが加害者となった第二次世界大戦のドレスデン爆撃の被害者も描き、さらに広島の原爆にふれることも忘れていない。しかも、作者は被害者や加害者の立場をことさら訴えるのではなく、歴史上の重大な出来事をそれとなく対比させ、変わり者の少年オスカーや祖父母の切実な手紙を通して個人の悲劇として描くことで、物語に昇華させている。そう、オスカーの言う「最悪の日」は個人的な出来事であると同時に、誰の身に起きてもおかしくないものなのだ。その意味で、この作品は9・11という特異な事件に真っ向から取り組みつつ、小説としての普遍性を獲得することに成功したマスターピースといえるだろう。

（以上で物語・作品・登場人物に関する核心部分の記述は終わりです）

ここで、著者、ジョナサン・サフラン・フォアについておさらいしておこう。一九七七年、ワシントンDCに生まれた彼は、プリンストン大学在学中に作家のジョイス・キャロル・オーツに才能を認められ、二〇〇二年に『エブリシング・イズ・イルミネイテッド』でデビュー。現在、アメリカでもっとも注目すべき若手作家のひとりにかぞえられる。全米ベストセラーとなった同作品は、ガーディアン新人賞、全米ユダヤ図書賞、ニューヨーク公共図書館若獅子賞など、数々の栄誉に輝いた。二〇〇五年に発表された長篇二作目の本作も、サルマン・ラシュディ、シンシア・オジックらの同業者や、ニューヨーク・タイムズ紙、ブックリスト誌、Salon.comなど各方面で絶賛され、ロサンジェルス・タイムズ、ワシントン・ポスト・ブック・ワールド、シカゴ・トリビューン、セントルイス・ポスト - ディスパッチ、ロッキー・マウンテン・ニューズの各紙でベスト・ブック・オブ・ザ・イヤーに選ばれている。

二〇〇九年には、食をテーマとした初のノンフィクション、『イーティング・アニマル――アメリカ工場式畜産の難題（ジレンマ）』（東洋書林）で、米国の食肉・水産業界の現実を描き、波紋を呼んだ。そして二〇一〇年には *Tree of*

*Codes*を発表するなど、つぎつぎと話題作を送り出している。この*Tree of Codes*はポーランド系ユダヤ人作家、ブルーノ・シュルツの短編集*The Street of Crocodiles*を下敷きに、選んだ単語だけが残るよう抜き加工（ダイカット）をして別のフィクションに仕立てた驚愕の書だ。と、言葉で説明してもイメージが湧きにくいと思われるので、ぜひ版元のサイトで公開されている本の画像やメーキング映像をご覧いただきたい（http://www.visual-editions.com/our-books/book/tree-of-codes）。この作品はデザインやアートの世界からの評価も高く、日本でも『デザインのひきだし12』（グラフィック社）で紹介された。視覚に意識的な作家、フォアの面目躍如といったところだろう。

ちなみに、兄フランクリンは『サッカーが世界を解明する』（白水社）の著者でニュー・リパブリック誌の編集者、弟ジョシュアは記憶術をテーマにした著書*Moonwalking with Einstein*（2011）を上梓したフリーランスジャーナリストだ。

フォアは現在、小説家である妻ニコール・クラウス（著書に『ヒストリー・オブ・ラヴ』（新潮社）『2／3の不在』（アーティストハウスパブリッシャーズ）など）と、ふたりの子どもとともにブルックリンで暮らし、執筆のかたわらニューヨーク大学大学院の創作科で教授を務めている。

さて、本作の映画化権は刊行当初にワーナーブラザーズとパラマウントが獲得していたものの、その詳細は発表されずにいた。制作されないまま終わるのかと気を揉んだが、どうやら杞憂に終わったようだ。映画は二〇一二年公開の予定で、今年の三月から五月にかけてニューヨークで撮影されたという。監督は『リトル・ダンサー』『めぐりあう時間たち』『愛を読むひと』と、デビュー以来三作連続でアカデミー賞にノミネートされたスティーヴン・ダルドリー、脚本は『フォレスト・ガンプ』でアカデミー脚色賞に輝いたエリック・ロス（最新作は『ベンジヤミン・バトン 数奇な人生』)。トム・ハンクスと、『しあわせの隠れ場所』(二〇〇九年)でのアカデミー主演女優賞受賞も記憶に新しい脂の乗り切ったサンドラ・ブロックが、オスカーの両親として共演し、名優マックス・フォン・シドーも重要な役どころで登場する。オスカー役はこれがデビュー作となるトーマス・ホーン君(十二歳)。アメリカの人気クイズ番組「ジェパディ!」のキッズ・ウィークで見事優勝した天才少年だ。魅力的な若手俳優の発掘に定評のあるダルドリーに抜擢されたからには、エキセントリックで利発な少年という役柄にぴったりの人材にちがいない。話題作を数多く手がけてきたスタッフとハリウッドを代表するスターが結集しての映画化に、期待は高まるばかりだ。

最後に、今回、本書がこうして出版されるに至ったいきさつを少々。原書は二〇〇五年に本国で刊行され、日本語版も翌年を目処に翻訳が上がり次第、前作同様ソニー・マガジンズ(現ヴィレッジブックス)から出版される予定だった。だが訳者の不徳というほかないが、訳了が大幅に遅れるうちに出版界の状況が変わり、一時は刊行そのものが危ぶまれる事態に。それでも、紆余曲折の末に晴れて今年、偶然にも9・11から十年後の節目に、NHK出版から刊行されることが決まった。ところが編集作業たけなわの三月十一日に東日本大震災が発生し、図らずも本書のもつ意味合いが大きく変化する。「突然降りかかる悲劇」「遺された者がどう生きるか」といったテーマがなおさらリアルに響き、対岸の火事などどこにもないのだと思い知らされた。その後、五月に入ってウサーマ・ビン・ラーディンの死亡が報じられたが、それで何かが終わるわけでもない。

ともあれ、そんな次第で、本書を翻訳することが決まってからこうして日の目を見るまでに、多くの編集者や版権エージェントの方々にご尽力いただいた。みなさんのお名前を挙げることはできないが、とくにヴィレッジブックスの鈴木優氏（当時）、中吉智子氏（当時）、横井里香氏（当時）、蒲義徳氏、アウルズ・エージェンシーの田内万里夫氏、ＮＨＫ出版の松島倫明氏にはたいへんお世話になったことを記しておきたい。この場を借りてお礼を申し上げます。どうもありがとうございました。

二〇一一年六月

［著者紹介］

ジョナサン・サフラン・フォア（Jonathan Safran Foer）

1977年、ワシントンＤＣ生まれ。プリンストン大学在学中に作家のジョイス・キャロル・オーツに才能を認められ、2002年に『エブリシング・イズ・イルミネイテッド』（ソニー・マガジンズ、2004年）でデビューした、現在アメリカでもっとも注目すべき若手作家。全米ベストセラーとなった同作品は、ガーディアン新人賞、全米ユダヤ図書賞、ニューヨーク公共図書館若獅子賞など数々の栄誉に輝き、世界30カ国で翻訳されている。長篇二作目の本作もサルマン・ラシュディ、シンシア・オジックらの同業者や、ニューヨーク・タイムズ紙、ブックリスト誌、Salon.comなど各方面で絶賛され、2009年には食をテーマとしたノンフィクション、『イーティング・アニマル』（東洋書林、2011年）で、米国の食肉・水産業界に一石を投じるなど、つぎつぎと話題作を送り出している。小説家の妻ニコール・クラウス、ふたりの子どもとともにブルックリンに暮らす。

［訳者紹介］

近藤隆文（こんどう・たかふみ）

翻訳家。1963年静岡県生まれ。一橋大学社会学部卒。訳書に、フォア『エブリシング・イズ・イルミネイテッド』、マクダネル『トゥエルヴ』（以上、ソニー・マガジンズ）、アデア『エジソン』（大月書店）、クラウチ『ポスト・デモクラシー』（青灯社）、ボール『バルサとレアル』、カスパロフ『決定力を鍛える』、マクドゥーガル『BORN TO RUN 走るために生まれた』（以上、NHK出版）など多数。

校正：田畑知己（円水社）

図版クレジット

作中、実在の人物によるものとされる手紙は、
本物に思えたとしても、すべて架空のものです。

ものすごくうるさくて、
ありえないほど近い
2011(平成23)年 7 月 30 日　第 1 刷発行
2018(平成30)年 12 月 5 日　第 7 刷発行

著　者　ジョナサン・サフラン・フォア
訳　者　近藤隆文

発行者　森永公紀

発行所　ＮＨＫ出版
〒150-8081　東京都渋谷区宇田川町 41-1
電話 0570-002-245 (編集)
0570-000-321 (注文)
ホームページ　http://www.nhk-book.co.jp
振替　00110-1-49701

印刷　啓文堂／大熊整美堂
製本　ブックアート

ISBN978-4-14-005603-5 C0097